मृणाल पाण्डे

AF644558

जन्म : 26 फरवरी, 1946 को टीकमगढ़, मध्य प्रदेश में।

शिक्षा : एम.ए. (अंग्रेज़ी साहित्य), प्रयाग विश्वविद्यालय, इलाहाबाद। गन्धर्व महाविद्यालय से 'संगीत विशारद' तथा कॉरकोरन स्कूल ऑफ़ आर्ट, वाशिंगटन में चित्रकला एवं डिजाइन का विधिवत् अध्ययन।

कई वर्षों तक विभिन्न विश्वविद्यालयों (प्रयाग, दिल्ली, भोपाल) में अध्यापन के बाद पत्रकारिता के क्षेत्र में आईं। 'साप्ताहिक हिन्दुस्तान', 'वामा' तथा 'दैनिक हिन्दुस्तान' के सम्पादक के बतौर समय-समय पर कार्य किया। 'स्टार न्यूज़' और 'दूरदर्शन' के लिए हिन्दी समाचार बुलेटिन का सम्पादन किया। तदुपरान्त प्रधान सम्पादक के रूप में 'दैनिक हिन्दुस्तान', 'कादम्बिनी' एवं 'नन्दन' से जुड़ीं। वर्ष 2010 से 2014 तक प्रसार भारती की चेयरमैन भी रहीं।

प्रकाशित पुस्तकें : *विरुद्ध, पटरंगपुर पुराण, देवी, हमका दियो परदेस, अपनी गवाही* (उपन्यास); *दरम्यान, शब्दवेधी, एक नीच ट्रैजिडी, एक स्त्री का विदागीत, यानी कि एक बात थी, बचुली चौकीदारिन की कढ़ी, चार दिन की जवानी तेरी* (कहानी-संग्रह); *मौजूदा हालात को देखते हुए, जो राम रचि राखा, आदमी जो मछुआरा नहीं था, चोर निकल के भागा, सम्पूर्ण नाटक* (नाटक) और देवकीनन्दन खत्री के उपन्यास *काजर की कोठरी* का इसी नाम से नाट्य-रूपान्तरण; *परिधि पर स्त्री, स्त्री : देह की राजनीति से देश की राजनीति तक, स्त्री : लम्बा सफ़र* (निबन्ध); *बन्द गलियों के विरुद्ध* (सम्पादन); *ओ उब्बीरी* (स्वास्थ्य); मराठी की अमर कृति *माझा प्रवास : उन्नीसवीं सदी* तथा अमृतलाल नागर की हिन्दी कृति *गदर के फूल* का अंग्रेज़ी में अनुवाद।

अंग्रेज़ी : द *सब्जेक्ट इज वूमन* (महिला-विषयक लेखों का संकलन); द *डॉटर्स डॉटर, माई ओन विटनेस* (उपन्यास); *देवी* (उपन्यास-रिपोर्ताज); *स्टेपिंग आउट : लाइफ़ एंड सेक्सुअलिटी इन रुरल इंडिया*।

अपनी गवाही

मृणाल पाण्डे

अनुवाद
अरविन्द मोहन

राधाकृष्ण पेपरबैक्स

मूल अंग्रेजी में यह पुस्तक 'माई ओन विटने' (My Own Witness)
शीर्षक से वाइकिंग, पेंग्विन बुक्स इंडिया लि. द्वारा प्रकाशित

पहला पुस्तकालय संस्करण
राधाकृष्ण प्रकाशन प्राइवेट लिमिटेड द्वारा
2003 में प्रकाशित

राधाकृष्ण पेपरबैक्स में
पहला संस्करण : 2010
दूसरा संस्करण : 2019

© मृणाल पाण्डे

राधाकृष्ण पेपरबैक्स : उत्कृष्ट साहित्य के जनसुलभ संस्करण

राधाकृष्ण प्रकाशन प्राइवेट लिमिटेड
जी-17, जगतपुरी, दिल्ली-110 051
द्वारा प्रकाशित

शाखाएँ : अशोक राजपथ, साइंस कॉलेज के सामने, पटना-800 006
पहली मंजिल, दरबारी बिल्डिंग, महात्मा गांधी मार्ग, प्रयागराज-211 001
36-ए, शेक्सपियर सरणी, कोलकाता-700 017

वेबसाइट : www.radhakrishnaprakashan.com
ई-मेल : info@radhakrishnaprakashan.com

बी.के. ऑफसेट
नवीन शाहदरा, दिल्ली-110 032
द्वारा मुद्रित

मूल्य : ₹ 199

APNI GAWAHI
Novel by Mrinal Pande

ISBN : 978-81-8361-402-3

अद्भुत पत्रकार,
उससे भी अद्भुत व्यक्ति

निखिल चक्रवर्ती की याद
में समर्पित

सन्तो
सच कहता हूँ
सुनो
बहुतों से बढ़कर
मैं पापी
कारण बूझ नहीं मैं पाता
प्यार तुम्हारा क्यों है मुझ पर ?
मैं अब देता अपनी गवाही
मानो इसे
मेरी अन्तरात्मा की वाणी
कुछ भी हासिल
नहीं है मेरा,
यूँ ही मिला है
इतना यश मुझको
देख
जीवन की उलझन
मैं अड़ा बारम्बार
अड़ियल बैल के मानी
पूँछ ऐंठना
चाबुक लगाना, सब
बन गए निरर्थक
छोड़कर सारा काम जब
बैठ गया मैं
अड़ियल बैल के मानी
(—सन्त तुकाराम की एक कविता का भावानुवाद)

—अरविन्द

अथ श्रीगणेश

तस्वीरें आपके बीतों दिनों के बारे में भला ऐसा क्या बता सकती हैं जो आप नहीं जानते ?

कृष्णा अपनी तस्वीरें पलट रही है। वह खुद को माइक और कैमरे के सामने बोलते देख रही है, गुलदस्ते थामते देखती है, उलझन में पड़कर होंठ चबाने की मुद्रा में, किसी अनदेखी चीज को घूरने की मुद्रा में नजरें तरेरते देखती है। इसी बीच कहीं उसके बाल काले से अधपके खिचड़ी हो चले हैं, आँखों के नीचे तनाव ने झाँइयाँ भी डाल दी हैं। यदि वह कहती कि यह खुशदिली की धारियाँ हैं, तो आइने के सामने उसके पीछे खड़ी उसकी बेटियाँ कहतीं, नहीं, ये तो झुर्रियाँ हैं। निखालिस।

क्या उसने प्रिंट मीडिया में बहुत कम समय बिताया ? वह कई बार इस सवाल से खुद जूझती रही है। यूँ उसे लगता था कि कई पैमानों से यह अवधि खासी लम्बी ही थी। खासकर एक औरत के लिए। फिर वह उस ख़्याल को यूँ ही लटकता छोड़ देती है।

उसने घर से बाहर यही सोचकर कदम रखा था कि फलाँ की बीवी, फलाँ की बेटी, फलाँ की बहू वाले या लेखक वाले नाम, ख्याति और बेजान से पड़े भारी-भरकम ठप्पों से वह मुक्त होकर कुछ अपने मन की सी कर सके। लेकिन जिस पेशे को उसने अपने तईं इतनी सोच-समझ के साथ चुना था, अन्त तक जाते-जाते उसकी यही असलियत सामने आई कि यहाँ मीडिया में भी किसी महान विचार या प्रेम नहीं, निराधार सी उम्मीदों और बेपनाह खौफ के आधार पर ही साम्राज्य बनते, बढ़ते और चलते हैं।

और हर कहीं किसी कर्मकांड या तत्त्व की तरह कुछ समय बाद आपसे एक निर्विवाद भक्तिभाव की अपेक्षा की जाती है और फिर, बस दिलोदिमाग की हरकतें ठंडी पड़ जाती हैं और आदमी को कोल्हू के बैल या टमटम के टट्टू की तरह आँखों पर पट्टी बाँधे चलते जाना होता है। तदुपरांत जहाँ उसे ले जाया जाता है, जहाँ-जहाँ से रास्ता होकर जाता है, उस पर सवाल उठाना बेमतलब हो जाता है।

कृष्णा को यह आदतें छोड़ने, अपनी आँखों पर बँधे पट्टे को उखाड़ फेंकने का फैसला करने में पूरे बीस साल लग गए, इतने लम्बे अर्से बाद ही वह हिम्मत जुटा पाई, आगे-पीछे बहुत कुछ सोचे बिना इस काम से मुक्त होने की।

अब जब उसकी बेटियाँ कभी घर आती हैं और वे सभी साथ-साथ शहर के बीच

में घूमने निकलती हैं तब कृष्णा एक बार फिर उन सड़कों से गुजरती है जहाँ वह कभी पूरी तरह रची-बसी थी पर अब तो उधर से शायद ही कभी गुजरती है। इनमें से कई सड़कें शहर के उन उथलजरों की तरफ जाती हैं, जहाँ कृष्णा शायद कभी जाएगी नहीं, उसके मन में इन्हें देखने की इच्छा तक नहीं है।

"यह है वह इमारत," वह अपने नाती-नतिनियों से कहती है, "जहाँ मैं एक बार पुलिस लाठी से बचने के लिए भागकर छुप गई थी। इसे हम नई बिल्डिंग कहते थे। मैं तब एक दूसरी बिल्डिंग में काम करती थी जिसे हम पुरानी बिल्डिंग कहते थे। यहाँ कई साल मैंने काम किया और यहीं से होते-होते मैं सीनियर गिनी जाने लगी। पर इस पेशे से बाहर निकलने में लगभग चौथाई सदी लग गई।"

"पर नानी," ये नन्हे बच्चे पूछते हैं, "जब तुम्हें यह काम खराब लगने लगा तभी तुम बाहर क्यों नहीं निकल आईं ?"

"ऊँ...ऊँ..." कृष्णा अटकती है, "पहली बात तो यह थी कि जब तुम्हारे नाना ने सरकारी नौकरी छोड़ दी तो हम लोग जरा खस्ताहाल से हो गए थे. और दूसरी वजह थी कि मुझे घर से बाहर निकलना जरूरी भी लगता था।"

"इन बच्चों को तो घर की पॉलिटिक्स में शामिल मत करो अम्मा," उसकी बेटियों ने टोका, "तुमने जो कुछ किया उसके लिए तुम्हें इस तरह का अपराध बोध क्यों है ? इसकी जरूरत नहीं है।"

"क्यों नहीं ?" कृष्णा प्रतिवाद करती है, "बच्चे परिवार का इतिहास जानें इसमें गलत क्या है ! उन्हें भी मालूम रहना चाहिए कि बड़े-बुजुर्ग भी कैसी-कैसी गलतियाँ कर सकते हैं और हम में से कोई भी जन्म से ही एकदम परफेक्ट माँ-बाप बनकर पैदा नहीं होता।"

बेटियाँ एक-दूसरे को देखती हैं और चुप हो जाती हैं। साफ है कि इस सवाल पर उन्होंने आपस में पहले भी कई बार बातें की होंगी।

इन दिनों कृष्णा अक्सर अपने उन गुजरे दिनों को याद करती है जब वे लोग लगभग खानाबदोशोंवाला सा जीवन जीते थे। उसके पति के अधिकांश नौकरशाह दोस्त रण-संचालन जैसी कुशलता से ट्रांसफर और पोस्टिंग के मामलों में अपनी गोटियाँ फिट रखते थे और एक-दूसरे का ख्याल रखा करते थे। इस पूरी बिरादरी के यहाँ से वहाँ आने-जाने, उजड़ने-बसने वाली नौकरियों का संचालन अब उनसे थोड़े वरिष्ठ हो गए वे नौकरशाह करते थे, जिनके ऊपर निरन्तर घटिया या औसत किस्म के नेताओं की लगाम सधी होती थी। ऐसे बँधे-बधाए जीवन में कृष्णा कभी भी रम नहीं पाई।

पर दिलचस्प बात यह कि इन नौकरशाहों में से कोई भी, खासतौर से उनकी बेगमें, इस जीवनशैली के बारे में सार्वजनिक रूप से कभी अपने कष्ट नहीं बखानती थीं। यह वे लड़कोरी राजमहिषियाँ थीं, जिनके खुर्राट पति देश को चलाने, कानून एवं व्यवस्था की निगरानी और सरकारी गोपनीयता कानून की हिफाजत करने में ही अहर्निश जुटे रहते हैं। ऐसे में माना जाता था कि अगर पति कभी-कभार ही हँसते हुए नजर आएँ या उनकी

बीवियों को सारा घर-परिवार अकेले चलाना पड़ता है तो इसमें शिकायत क्या करना ?

फिर भी अगर कोई बीवियाँ यह सब नहीं सँभाल पातीं और बोझ में ही उनका धैर्य और ऊर्जा जवाब देने लगती, तो इस बात को भी कतई सार्वजनिक नहीं होने दिया जाता। अफसर बिरादरी सदा इस बात का खयाल रखती है कि उनका अन्तरंग जीवन लोगों की नजर में न आ जाए। उन लोगों की हताशा, उनके आतंक, उनके गुस्से को, जिन्हें वे साल-दर-साल भुगतते थे, कभी दर्ज नहीं किया जाता, न सामने लाया जाता। वे सब बीते वक्त को सदा 'गुड ओल्ड डेज' ही कहा करते और जब सर्विस वाइव्ज़ वेलफेयर एसोसिएशन अपना वार्षिक प्रीतिभोज देता तो वहाँ उनके पतियों की टोली औरतों को 'गर्ल्स' कहकर पुकारती। गर्ल्स ! वेल डन गर्ल्स ! शाबाश लड़कियो!

और ये लड़कोरी बीवियाँ प्रसन्न होकर नवोढ़ाओं सी ठिलठिलातीं। साल-दर-साल ऐसे तमाम ढकोसलों को तोड़कर बाहर निकल आने का लोभ संवरण कृष्णा के लिए मुश्किल होता गया था।

पर पति और कृष्णा, दोनों के अफसरी खानदानों के लिए इस तरह का फैसला लक्ष्मण रेखा को लाँघने जैसा था। आखिरकार वह और उससे भी बढ़कर उसके वैवाहिक जीवन की बागडोर थामने वाला उसका पति इतनी पुरानी और मजबूत परम्परा का किस तरह उल्लंघन कर सकता था ?

क्या वे दोनों इस विशेषाधिकार प्राप्त खानाबदोश कबीले को त्यागकर निरुद्देश्य भटकन में डूबना चाहते थे ? कृष्णा के मुन्नू चाचा की तो राय थी कि वे दोनों यूँ अपनी जाति और वर्ग को छोड़कर आम लोगों की तरह जीवन जीने का एक बेहद घटिया प्रयोग कर रहे हैं।

यह सन् 1998 की बात है।

आखिरकार वे दोनों एक-दूसरे के सहारे ही बाहर निकल पाए—ठीक वैसे ही जैसे हजारों साल पहले मिस्र के जाहवेह ने अपने बच्चों के साथ किया था, "जाहवेह ने उन्हें पवित्र भोज खिलाया और जाति-बिरादरी से बहिष्कृत होने के बाद सदैव जल्दी-जल्दी खाकर निरन्तर चलते जाने की हिदायत की।"

और ठीक जाहवेह के बच्चों की तरह वे भी इसके बाद जाति बाहर हो गए व बाइबल के जाहवेह की ही तरह उनसे पुश्तैनी जमीन रखने, उस पर अपनी फसलें उगाने का फट्टा देखने की भी अनुमति छीन ली गई, क्योंकि कबीले को डर था कि यह विद्रोही खानाबदोश कहीं पारिवारिक जमीन पर दावा करके वहाँ अपना घर बनाने न बैठ जाए।

"उस साल इस वक्त यात्रा करने का मतलब ही भारी सर्दी में फँसना था। यह तो यात्रा करने का, खासतौर से लम्बी यात्रा करने का सबसे बुरा समय होता है...।"

कृष्णा देर रात तक लांसलोट एंड्रूज़ के यह शब्द पढ़ती रही थी। इस बीच खाली समय न होने से उसने पढ़ाई कम कर दी थी, सो अब वक्त मिलने और किताबों का

आनन्द लेने की फुर्सत होने पर कृष्णा अक्सर पुरानी कहानियों को दोबारा-तिबारा पढ़ती थी। पुराने बक्से से उसने जो किताबें निकाली थीं वे सभी पुरानी और खस्ताहाल थीं। पर अब शहर की किताबों की कुछ ही दूकानों पर ऐसी पुरानी किताबें दिखने में आती हैं। पढ़ना हो तो आम पट्टी पर से भी सस्ते पेपर-बैक खरीद सकते हैं लेकिन अक्सर वहाँ बकवास किताबें ही मिला करती थीं।

आजकल ज्यादातर घरों की बैठक में तो टीवी का ही राज है। चैनल-चैनल हिन्दी भाषा ही अक्सर यहाँ सुनाई-दिखाई देती है पर उसने जाने कैसा डरावना रूप ले लिया है। टीवी वाले लोगों की अदालत—हमारी अदालत जाने कैसे और कितने नामों से पर्दे पर 'अपराधियों' को लाते-बरी करते रहते हैं। पैनल चर्चा नाच-गाना सब बहुत ही भौंड़ी और विद्रूपमय भाषा में। फिर शाम होती है और शुरू हो जाते हैं धारावाहिक। उसी हिन्दी में सिन्दूर पुती महिलाओं को रुलाने-धुलाने का सिलसिला चालू हो जाता है। कई बुजुर्ग लोग तो बैठकों से दर-ब-दर डिप्रेशन में डूब रहे हैं। क्या देखें वे ? क्या सुनें ?

अमेरिका में बनी उन मशीनों से हिन्दी के कॉमेडी सीरियलों में ठहाके भरे जाते हैं। बटन दबाते ही हा, हा, हा !

कभी किसी ने कृष्णा से कहा था कि इन मशीनों को 'लॉफ स्वीटनिंग मशीन' कहा जाता है। मज़ाक का मज़ाक ! कैसा भौंडापन है यह !

यह कैसा प्रतिशोध ले रही है दुरदुराई गई मातृभाषा !

कृष्णा को एक अंग्रेजी साप्ताहिक के लटके-झटकेबाज सम्पादक कृष्णन की याद आई जिसे देसी भाषाओं से सख्त नफरत थी। कुछ दिन पहले ही कृष्णा ने उसे एक ऐसी ही टीवी परिचर्चा में देखा था। तब तक वह राज्य सभा की एक सीट हथिया चुका था और एक धुर दक्षिणपन्थी पार्टी से उसका जुड़ाव था। इस परिचर्चा में वह मुस्लिम कलाकारों द्वारा बनाई गई हिन्दू देवी-देवताओं की नंगी तस्वीरों वाली प्रदर्शनी को अपनी पार्टी के हुड़दंगियों द्वारा जला दिए जाने और देसी जुबानों की वकालत कर रहा था। इन्हीं हुड़दंगियों ने भारत आए पाक गायकों के कार्यक्रम वाले हॉल की बिजली काट दी थी और समलैंगिक सम्बन्धों पर बनी फिल्म का प्रदर्शन रुकवा दिया था। कृष्णन उनकी इन बातों को भी सही ठहरा रहा था। उसका कहना था कि विधर्मी हमारी हिन्दू संस्कृति को भ्रष्ट नहीं कर सकते।

पर यह पूरी बातचीत अंग्रेजी में ही हो रही थी।

कभी वह समय भी था जब इसी कृष्णन ने भारतीय पुरातत्त्व सर्वेक्षण विभाग से लड़ाई लड़कर एक ऐतिहासिक ठिकाने पर आधुनिक भारतीय कला की सबसे बड़ी और दिखावे भरी प्रदर्शनी आयोजित की थी और कहा गया कि इसने आधुनिक भारतीय कला को नया जीवनदान दिया। उसने एक मृतप्राय समाचार पत्रिका के लिए एक के बाद एक विवादास्पद भाँडाफोड़ आवरण कथाएँ छापकर उसे भी कुछ समय के लिए चर्चित बनवा दिया था।

पर आज वही कृष्णन खुद वी.आई.पी. बन चुका था, और संस्कृति और मर्यादा

के नाम पर देसी जुबानों और हुड़दंगियों की वकालत कर रहा था। बस इतना जरूर था कि ये पैरवी वह अंग्रेजी में ही कर रहा था। बड़े लोगों की बड़ी बात !

फिर कृष्णा को हिन्दी इलाके की खाँटी उपज, असामान्य बुद्धि और सूझ-बूझ वाले हंगामेदार कुँआरे जेपी की याद आई। वह उन बिरले लोगों में था जिन्होंने मीडिया की विकट भाषायी जाति-व्यवस्था को बड़ी सफलता से तोड़ा था। कृष्णन ने जब-जब उससे उलझने की कोशिश की, जेपी ने उसे धूल सुँघाई थी। पर बाद में एक दिन जेपी ने भी अचानक अंग्रेजी बोलनेवाली एक पारसी लड़की से शादी कर डाली। इसके बाद, जाने क्यों उसने अपने हिन्दीवाले चेले-चपाटियों-दोस्तों से एक दूरी बना ली और अन्ततः एक दिन खबर आई कि वह एक अंग्रेजी दैनिक का सम्पादकीय सलाहकार बन गया था। जैसे कि अंग्रेजी सम्पादकों को अपने विवेक और ज्ञान के अलावा भी किसी और की सलाह की दरकार थी, आखिरकार जैसी कि उम्मीद की जा रही थी, जेपी सलाहकारी से उचाट होकर एक टीवी चैनल में चला गया। शैम्पू किए ब्लोअर से सुखाए गए तरतीब भरे बालों और डिजाइनर कमीजों-टाइयों के साथ सेक्सी स्टार पद को प्राप्त हुआ यह नया जेपी काफी तेजी से ऊपर चढ़ा और उसी गति से वह हिन्दी को भी अंग्रेजीभाषी, भद्रलोक के बीच फैशनेबल बनाता चला गया। तभी अचानक एक दिन दिल के दौरे से हठात् उसकी मौत हो गई। डॉक्टरों के अनुसार काम के तनाव और थकान के चलते शायद उसे यह दौरा पड़ा था।

जेपी जिस मशहूर कार्यक्रम का संचालक था, वह उसकी मौत के बाद भी चलता रहा। धीमे-धीमे जेपी के संकट के दिनों के साथी, उसके चेले-चपाटी जो उसे छोड़कर गायब हो गए थे, अब विभिन्न चैनलों पर जेपी बनने का प्रयास करते दिखाई देने लगे, पर वे अपने उस्ताद की छाया भी नहीं छू सकते थे।

कृष्णा ने बत्तियाँ बुझाईं तो बहुत रात हो गई थी और बिस्तर पर उसके पति गहरी नींद में समा चुके थे।

"अब सो भी जाओ," उन्होंने धीमी आवाज में कहा।

"मैं सो नहीं सकती," कृष्णा कहती है, "मैं कुछ ज्यादा ही सोचने लगी हूँ।"

1

जब वे सभी बच्चे थे तब कृष्णा की माँ पार्वती उन्हें लगातार तरह-तरह की कहानियाँ सुनाया करती थी। किस्से तो वह कुछ नसीहतें देने के लिए सुनाया करती थी लेकिन इस चक्कर में अक्सर कहानी अन्त से ही शुरू करती थी और कम्बख्त हितोपदेश जाने कहाँ खो जाता था।

इन कहानियों में एक रहस्यकथा इस बारे में थी कि कृष्णा की माँ के एक चाचा ने अपनी पत्नी से अत्यधिक प्रेम करने के कारण उसे कैसे मार डाला था ! इस बेचारी चाची को बड़ी लम्बी प्रसवपीड़ा हुई और आखिरकार माँ के पिता ने, जो सर्जन थे, उसका ऑपरेशन किया। तब एनेस्थिशिया का चलन आज की तरह नहीं था और जब उसे होश आया तो वह बहुत ही डरावने ढंग से कराहने-चिल्लाने लगी। थोड़ी देर में ही चाचा जो उससे बहुत प्रेम करते थे, उसकी तकलीफ देखकर इतने विचलित हो गए कि उसका पेट जोर-जोर से दबाने और मसलने लगे। और इस चक्कर में टाँके लगा पेट इतना दबा दिया गया कि कच्चे टाँके खुल गए और तीन दुधमुँहों की महतारी बेचारी चाची गोलोकवासी हो गई।

इस दन्तकथा की मार्फत माँ शायद उनको यह बताना चाहती थी कि औरतों के सन्तान पैदा होने के भारी कष्ट की घड़ियों में मर्द कैसी मूर्खताएँ करते हैं; या शायद वह यह बताना चाहती थी कि अगर कोई मर्द उससे बहुत प्रेम करे तो इसमें भी औरत का मरण ही है। वह कहना चाहे जो चाहती हो, उसके चेहरे की हल्की मुस्कान यही बताती थी कि और जो हो यह किस्सा पति-पत्नी के रिश्तों या सहज मानवीय प्रेम के बारे में तो नहीं ही है।

कृष्णा के नाना सुदूर कुमाऊँ में बसे एक छोटे से पहाड़ी शहर में डॉक्टर थे। अंग्रेज सरकार बहादुर ने यहाँ उनकी पोस्टिंग की थी और उसके बाद यह बात वह भूल सी गई थी। नाना का कार्यक्षेत्र आसपास की पहाड़ियों में बिखरे उन्नीस गाँवों तक फैला था। नानाजी खबर मिलते ही थ्री-पीस सूट और हैट पहने घोड़े पर सवार होकर आँधी-तूफान-बर्फ, सबके बीच बच्चे-बूढ़ों को देखने के लिए भरी रात में भी चल देते थे। साथ में उनका कम्पाउंडर, बुद्धिबल्लभ भी खच्चर लेकर विशेष लालटेन उठाए हुए चलता था।

डाक सा'ब जिस मकान में रहते थे वह अस्पताल के अहाते में ही था और पार्वती

के अनुसार बचपन में वे लोग इस बात के अभ्यस्त हो गए थे कि देर रात आकर कोई दरवाजा खटखटाता, फिर धीमी आवाज में पूछताछ और आपसी राय-मशविरा होंगे, आलमारी खुलेगी, लालटेन में भरे जाने वाले किरासन तेल की गन्ध आएगी और फिर उनके पिता के घोड़े और कम्पाउंडर के खच्चर के टापों की आवाज दूर होती जाएगी। अक्सर जमीन-जायदाद की लड़ाई में जख्मी लोग खाट पर लादकर अस्पताल लाए जाते थे। उनके जिस्म हँसिए, बल्लम, गँडासे, कुदाल जैसी उस किसी भी हथियार से बुरी तरह काट डाले गए होते थे जो उनके हमलावर के हाथ में झगड़ते वक्त रहा होता। कुछ इलाज से बच जाते थे, कुछ चल बसते थे। डाक सा'ब जिनकी जान बचा पाते थे, वे लोग उनका उपकार मानते हुए बाद में वर्षों तक अपने खेत की ढेरों ताजा उपज—आलू, प्याज, हरी सब्जियाँ, संतरे, सेब, घर में बने खुशबूदार घी से भरी लकड़ी की ठेकियाँ लेकर हाजिर हो जाते थे। इतना बढ़िया जमा दही वे लोग लाते थे कि आप चाहें तो उसे काटकर पॉकेट में रख लीजिए और उसमें से एक बूँद पानी निकलकर कपड़े को खराब नहीं करेगा ! यह कृष्णा की माँ, पार्वती का कहना था।

स्कूल से छुट्टी पाकर होमवर्क पूरा हो जाने के बाद पार्वती और उसके भाई-बहन वहीं अपने घर के छोटे अहाते में खेलते रहते थे। उनको अपने आसपास के नज़ारों और रोने-चीखने की आवाजों की आदत सी हो गई थी। अक्सर वे बड़े मनोयोग से पेशेवर लोगों द्वारा लाशों को शवघर से लाते-ले जाते देखते। पार्वती ने यह भी बताया कि उन्होंने चुपचाप एक डायरी भी रखी हुई थी जिसमें उस अस्पताल में मरनेवालों की संख्या, मरने की तारीख और समय, वे नोट करते जाते थे। और जब सारा रिकार्ड देखा गया तो जो उनके नौकर-चाकर कहा करते थे वही बातें सही साबित हुईं कि मनुष्य के जनम-मरण पर जितना असर चन्द्रमा का पड़ता है उतना किसी और चीज का नहीं। कृष्ण पक्ष की तुलना में उजले पाख में न सिर्फ ज्यादा मौतें होती हैं बल्कि ज्यादा बच्चे भी जन्म लेते हैं। माँ ने उनको बताया था कि नानी को अलबत्ता डॉक्टर की बीवी होना एकदम रास नहीं आता था। उसे लगता था कि हर आदमी उसके सर पर सवार घर को भ्रष्ट करने के कुचक्र में जुटा है। उनके अपने खाने का समय तय नहीं था क्योंकि डॉक्टर सा'ब को कोई भी कभी भी बुला लेता था और पतिपरायण नानी पति के खाए बगैर कैसे मुँह में अन्न डाल सकती थी ? देर-सबेर और हड़बड़ी में कुछ भी खा लेने के चलते वे लगातार पेट की तकलीफ झेलतीं। पर उन्होंने कभी भी एलोपैथिक दवाएँ नहीं खाईं। वे जड़ी-बूटियों और अपनी बनाई दवाई से ही अपना इलाज करती थीं। नानी की जिन्दगी का मात्र यही इलाका ऐसा था जिस पर नाना का कोई वश न चलता था।

नाना यह बात अपने रिश्तेदार मेहमानों के सामने कबूल भी करते थे—पर अपने बच्चों के आगे उन्होंने ऐसा कभी नहीं किया। उनके लिए तो वे आखिरी दिन तक एक सख्त और अनुशासनप्रिय घर के मुखिया बने रहे जिस कारण बच्चों के मन में उनके प्रति प्रेम से ज्यादा आतंक था।

पार्वती के मायके के ही किसी आदमी ने, जो सम्भवतः उसके पिता का कोई पुराना मरीज था, कृष्णा को बताया था कि नानाजी को हिन्दी से कितना अघोषित लगाव था, और यह भी कि शायद इसके पीछे स्वतन्त्रता आन्दोलन की प्रेरणा थी। उन्होंने 'एडिटर' बद्रीदत्त पांडे के प्रसिद्ध स्थानीय अखबार 'शक्ति' में छपी राष्ट्रभक्तिवाली कविताओं की एक फाइल बना रखी थी। मातृभाषा से उनका यह लगाव सम्भवतः 1920 के दशक का था और तब यह कोई छोटी चीज नहीं थी क्योंकि गांधीजी और स्वराजियों के प्रति जरा भी रुझान मालूम पड़ते ही आप जेल की हवा खा सकते थे। साथ ही अपनी स्थायी और पेंशनवाली सरकारी नौकरी से भी हाथ धो बैठते।

पार्वती को नाना ने ही हिन्दी में हस्तलिखित पत्रिका निकालने को प्रेरित किया था। पत्थरों से बने उस बड़े घर में पार्वती और उसके अनेक भाई-बहनों के साथ यह काम शुरू हुआ। बच्चे पत्रिका के जितने अंक निकालते, नानाजी हरेक के लिए उनको एक-एक रुपया देते थे। उस जमाने के लिए यह पैसा काफी था।

कृष्णा की माँ ने ही उसे बताया था कि उन दिनों माहौल में एक सनसनी सी महसूस होती थी, एक बिजली सी दौड़ती रहती थी। अपनी मातृभाषा में पढ़ते-लिखते समय स्वाभिमान का बोध होता था और हाथ से बुनी मोटी खादी का कपड़ा पहनने में भी। "पर मोटे-खुरदरे रूमालों से मुश्किल आती थी।" पार्वती ने बताया, "मुझे अक्सर जुकाम हो जाता था और खुरदरे खादी से दो-चार बार नाक पोंछते ही लगता था कि बस अब नाक कटकर झड़ी।"

किसी विलुप्त सभ्यता की तरह माँ के युग की वे पत्रिकाएँ, खादी की पोशाकें और रूमाल भी काल के गाल में कैसे समा गए, पता भी नहीं चला। लेकिन माँ के मन में अभी भी वे हिन्दी कविताएँ गूँजती थीं और उस युग की यादें अभी भी उसके लिए बहुत सुहावनी थीं।

ये तमाम किस्से सुन-सुनकर कृष्णा और उसके भाई-बहनों को लगता था कि उनकी माँ ने आदर्शवाद और रोमांच से भरा जीवन जिया होगा। पार्वती उनको बताती थी कि कैसे देर रात को भूखे और बीमार स्वराजी आते थे। कैसे उन्हें चुपचाप खाना खिलाया जाता था, उनकी सेवा-सुश्रूषा की जाती थी और फिर विश्वस्त पुराने नौकरों के साथ सुरक्षित ठिकानों पर भिजवा दिया जाता था। प्रतिबंधित हिन्दी पत्रिकाएँ जाने किन गुमनाम स्रोतों से उनके घर आ जाती थीं और उन्हें बड़े चाव से छुपकर शौचालय में कैसे पढ़ा जाता था और फिर युवकों और छात्रों की एक नामहीन टुकड़ी में बाँट दिया जाता था। उनके उस घर में अक्सर विस्फोटक साहित्य और परचे सुरक्षित रखने के लिए आते थे और इन्हें अस्पताल के तहे कपड़ों में लपेटकर या ऑपरेशन रूम की आलमारियों या फिर मरीजों के बिस्तरों के नीचे छुपाकर रखा जाता था।

कृष्णा को बहुत बाद में इस बात का एहसास हुआ कि उसकी माँ पार्वती शायद अंग्रेजी हुकूमत के एक अधिकारी की बीवी के रूप में जिए अपने जीवन की नीरसता को तोड़ने के लिए ही ये किस्से कल्पना की कूँची से तमाम तरह के रंगरोगन लगाकर

सुनाया करती थी। उसे अपने वर्तमान की ऊब से बचने के लिए उन नाटकीय घटनाओं को याद करना जरूरी लगता होगा जो उसके बचपन को अविस्मरणीय बनाती थीं। 16 वर्ष की उम्र में ही विवाहित होकर उसे उन हिन्दुस्तानी अधिकारियों की देसी मेमों की हर बात पर सिर हिलाना और मुस्कुराते हुए अनगिनत पकवान बनाना-परोसना भी सीखना पड़ा था। ये भूरी मेमसाहबें मानती थीं कि गोरे अंग्रेज और उनकी मेमसाहबें जो-जो काम अधूरे छोड़ गए हैं, वह सब उन्हें पूरे करने चाहिए। वे अपनी मजेदार अंग्रेजी में कभी नवीनतम पढ़े रोमांचित नावेलों की बातें सुनाती थीं या कभी यह किस्सा सुनाती थीं कि लखनऊ की फलाँ पूर्व महारानी ने किस तरह मुश्किल में पड़कर अपना माणिक का हार सस्ते में बेच दिया। उनके बच्चे एनिड ब्लाइटन और मार्क ट्वेन की किताबें पढ़ते हुए बड़े होते थे।

कृष्णा और उसके भाई-बहन बेसब्री से इन्तजार करते थे कि कब ये औरतें विदा हों और कब पार्वती उनके असली रूप में उनके बीच वापस आकर उन्हें अपने बचपन की मजेदार कहानियाँ सुनाए। वह देखा करती थी कि इन मेमसाहबों के विदा होते ही उसकी माँ की आँखों की चमक तथा चेहरे के भाव बदल जाते थे। फिर वह अभी-अभी गए मेहमानों के हावभाव और भाषा की नकल करने के साथ-साथ उनकी आदतों की नकल भी हूबहू उतार देती थी। दस वर्ष की उम्र में पार्वती को एक महिला पाठशाला भेजा गया था जहाँ भले घर की लड़कियों को इंग्लिश और हिन्दी के साथ ही नागरिकशास्त्र और बुनाई-कढ़ाई की भी शिक्षा दी जाती थी। बुनाई-कढ़ाई में तो पार्वती के हाथ खास नहीं चलते थे लेकिन भाषाओं, खासकर हिन्दी में उसकी सहज रुचि थी। उसने बड़े गौरव के साथ अपने बच्चों को बताया कि कैसे वह बड़े आराम से पन्त, निराला, मैथिलीशरण गुप्त और प्रसाद की कविताएँ धड़ाधड़ उद्धृत कर सकती थी और स्कूल के काव्यपाठ तथा वाद-विवाद के सारे पुरस्कार झटक ले जाती थी।

आज कृष्णा को लगता है कि एक हद तक पुरानी चीजों की मरम्मती सम्भव है। फर्नीचर, पुराने बर्तनों, गहनों, चित्रों और पुरखों की हवेलियों तक को ठीक-ठाक करके फिर से उपयोग में लाया जा सकता है। पर भाषा के साथ यह नहीं है। वह गई तो गई। माँ को जो बातें मालूम थीं और जिन्हें वह अपनी सबसे कीमती यादों के तौर पर दिल से लगाकर रखे हुए थी, वे माँ की भाषा के मुरझाने के साथ ही पुरानी और अनुपयोगी बनती चली गई थीं। अपने बच्चों को उस युग की कहानियाँ सुनाना भी अब बीते दिनों की रंग उड़ी फिल्में दिखाने जैसा हो चला था।

पार्वती कहा करती थी, "पाठशाला तो अभी भी है पर सिर्फ इमारत भर है। वहाँ जो पढ़ाई होती है उससे आज की किसी लड़की को न दूल्हा मिल सकता है न काम।"

कृष्णा को असली जीवन और दन्तकथाओं का फर्क दिखने लगा है।

पार्वती ने दर्जनों बार उनको सुना-सुनाकर यह बात कही होगी कि कैसे अगर उसे फिर से जीवन जीने का अवसर मिले तो वह कृष्णा के नखरों में न आकर उसे किसी कस्बे के हिन्दी मीडियम स्कूल में भेजने से मना कर देती। माँ यह कहकर सदा हँस

देती थी, पर कृष्णा जानती थी कि बात पूरी गम्भीरता से कही गई थी।

जब माँ ने पहली बार यह बात कही थी तब कृष्णा तेरह वर्ष की थी और वह कांवेंट स्कूल में अपने दाखिले का विरोध कर रही थी। पिताजी बीमार थे और अपनी बहन के साथ कृष्णा को भी एक कांवेंट स्कूल में भेजने का प्रयास पार्वती ने थक-हारकर छोड़ दिया था। फिर भी कृष्णा जब कभी माँ की यह बात सुनती, उसका मन कचोटता।

माँ उसके बारे में बाहरवालों से जो-जो बातें कहती रहती थी, उसमें एक यह भी थी कि कृष्णा की अंग्रेजी कांवेंट के बच्चों जितनी अच्छी है। वैसे माँ को अपनी बेटी के हिन्दी और संस्कृत ज्ञान पर भी नाज था जो उस वर्ग के बच्चों में प्रायः नहीं दिखता था। पिता के बाद कृष्णा और माँ को उसके वैधव्य के जीवन ने काफी बदल दिया। कृष्णा अब सोफे पर पालथी मारकर बैठ जाती थी और खूब सारी हिन्दी किताबें पढ़ती रहती। कई बार वह पाती थी कि माँ उसे एकटक निहार रही है। वह सोचती होगी कि कृष्णा अभी अपने खयालों में गुम होगी, लेकिन कृष्णा को लगा कि माँ की टकटकी के पीछे यह चिन्ता छिपी थी कि उसकी यह धूमकेतु सी पगली बेटी पता नहीं कब क्या करने लगे। उसे लगता था कि कहीं वह कलम ही न पकड़ ले क्योंकि तब अपनी कलम से वह जो कुछ उगलेगी वह तूफान ही खड़ा करेगा।

और काफी समय बाद जब कृष्णा ने अपना अध्यापन का काम छोड़कर एक हिन्दी समाचार एजेंसी में काम करने के फैसले की जानकारी देने के लिए फोन किया तो उसे लगा जैसे माँ को इस तरह की खबर का अन्देशा काफी पहले से था।

''हाँ,'' पार्वती ने कहा, ''काम तो बढ़िया लगता है,'' फिर थोड़ा रुककर, ''लेकिन तुझे बड़ी देर-देर तक काम करना होगा ? पोलिटिकल प्रेशर होंगे ? थानों और दंगाग्रस्त इलाकों के चक्कर लगाने होंगे ?''

''उससे क्या होगा ?''

''क्या तू यह सब झेल सकेगी ? क्या तू यह सब करना चाहती है ? राजनेताओं की संगति में ज्यादा दिखनेवाली औरतों को मर्द आदर के साथ नहीं देखते।''

''आदर-वादर नहीं, सालों को अपनी मर्दानगी को खतरा लगता है।''

कृष्णा को अचानक लगा कि वह चीख रही है।

माँ खामोश रही। गाली उसकी बर्दाश्त से बाहर थी।

''ठीक है, गुडलक,'' उसने आखिर में कहा और फोन काट दिया।

कृष्णा को लगा कि उसने माँ का दिल दुखा दिया है और वह उससे मिलने जा पहुँची।

शाम को जब वह माँ के पास पहुँची तो उसके हाथ में मिठाइयों का डिब्बा था। माँ ने कृष्णा को बाँहों में भर लिया। इस अजीबोगरीब बेटी का मायके आना जरा कम ही होता था और यह अब और कम होता जा रहा था।

''वाह ! मुझे दिल्ली की मिठाइयाँ बहुत पसन्द हैं। डिब्बा खोलते ही पूरी रसोई गमगमा जाती है।'' यह कहकर माँ रुकी और उसने कृष्णा की तरफ भेद-भरे रुख से

देखा।

"तुम खुश लग रही हो।"

"मुझे भी ऐसा ही लगता है," कृष्णा ने कहा पर उसके मन में अपराधबोध बना हुआ था।

पार्वती ने उसकी चिरपरिचित टीपॉट से उन्हीं पुराने कपों में चाय उड़ेली, "लड़कियाँ कैसी हैं ?" उसने झिझकते हुए पूछा, "उन्हें तुम्हारे फैसले से कोई परेशानी तो नहीं है ?"

कृष्णा ने कोई जवाब नहीं दिया। उसको अपने खाते में बढ़ती रकम याद आई। अब पाई-पाई गिनने और जैम की बोतलों को खुरच-खुरचकर काम चलाने के दिन गए, उसने सोचा।

"तुम्हारे पति का क्या मानना है ? क्या तुम्हें लगता..."

"नहीं, मुझे कुछ नहीं लगता-वगता।"

कृष्णा धीरे-धीरे चाय पीती रही। वह फिर से गर्मा गए माहौल को स्वतः सामान्य होने देना चाहती थी।

"मैं तो तुम्हारा और लड़कियों का भला ही चाहती हूँ," पार्वती ने कहा।

"मुझे मालूम है," कृष्णा ने कहा।

"मुझे मालूम है कि तू दो बच्चियों की माँ है," पार्वती ने कहा, "लेकिन मुझे इसे लेकर फिकर है। इससे कोई फायदा नहीं है।"

"फायदा तो हो गया है, माँ," कृष्णा ने कहा और यह कहते हुए उसकी आवाज में खनक थी, पर पार्वती अभी भी कहीं थी और देख रही थी।

"मैं तो हमेशा रहूँगी नहीं, तू जानती है और अकेली मैं ही हूँ जिसने हर चीज में तेरा साथ दिया है। मैं जब नहीं रहूँगी तब तेरा क्या होगा ? और लड़कियाँ, क्या तुमने कभी सोचा है कि आगे चलकर उन पर इन सबका क्या असर होगा ?"

"मैं नहीं जानती, माँ," कृष्णा ने कहा, "मुझे कैसे मालूम ?"

पार्वती और पास आ गई और मेज पर कोहनी टिका ली।

"परिवार का सहारा हर किसी को चाहिए।" उसने कहा।

"अन्त में जाकर परिवार के अलावा और कोई काम नहीं आता।"

"शायद वह भी नहीं," कहा पार्वती ने।

2

कृष्णा को जब से याद है, उसके पत्रकार मुन्नू चा ऊपर से कठोर और अन्दर से बहुत मुलायम बताए जाते रहे हैं। वह इस पर विश्वास भी करती थी पर यह विश्वास तभी तक बना रहा तब तक उसने उन्हें भी अपना काम बदलने की सूचना न दी।

कभी कोई बहुत आदर्श या नैतिकता की बात सामने रखनी हो या किसी को उसकी गलती दो टूक लफ्जों में बतानी हो, इसके अलावा मुन्नू चा शासक हो कभी पारिवारिक मामलों में बोलते रहे हों, परिवार के सदस्यों का कहना था कि एक प्रमुख अंग्रेजी अखबार में चौथाई सदी से ज्यादा समय तक न्यूज एडिटर रहने के चलते गलतियाँ पकड़ना उनका स्वभाव बन गया था। अखबार में तो उन्हें तबाहियों-बर्बादियों को बढ़ा-चढ़ाकर पेश करने और गलतियाँ बताने के लिए ही तनख्वाह मिलती थी। वे अपनी नौकरी पर लगभग रोज ही पूरी रात काम करते थे और फिर घर आकर सीधे सोने चले जाते थे। उठने पर गलतियाँ ढूँढ़ना और बताना ही उनका काम था। इसके साथ ही उन्हें गलती करने वाले या अपना कोपभाजन बनने वाले व्यक्ति को पुर्जियों पर हरी स्याही से तीखी और संक्षिप्त टिप्पणियाँ लिख भेजने की आदत भी हो गई थी। हरी स्याही में वे अपनी बारीक और अच्छी लिखावट में बड़े मनोयोग से ये नोट्स बनाते और इनमें जो सन्देश होता वह अक्सर निगेटिव ही हुआ करता था : 'इंसिडेंटली सर, आई डिसेग्री टोटली विद योर एसर्सन एबाउट किनशिप ऐंड फेमिली ड्यूटीज। ए गुड हार्स इज आलसो ए मेम्बर ऑफ द फेमिली' (महाराज जी, परिवार और नातेदारी के आपके विचारों से मैं जरा भी सहमति नहीं रखता) या 'आई डिस्लाइक, ने एब्होर आल फस आन बर्थडेज सो प्लीज डु नॉट डिस्टर्ब मी टुमारो, आई ऐम बिजी अदरवाइज' (मैं जन्मदिन के सारे दिखावों को नापसंद, नहीं, उनसे नफरत करता हूँ इसलिए मुझे कल परेशान न किया जाए। मैं वैसे भी व्यस्त हूँ) या, 'द जेंटलमैन इन क्वेश्चन डज नाट इंटरेस्ट मी, आई फाइंड हिम ए बोर, सो प्लीज डू नॉट रेफर टू मी' (आपने जिस महाशय को भेजा उनमें मेरी कोई रुचि नहीं है। मुझे वे भारी बोर लगे, इसलिए उन्हें मेरे पास न भेजें)।

मुन्नू चा संवाद के लिए सिर्फ एक ही भाषा को सभ्य मानकर उसमें विश्वास रखते थे और वह भाषा भी गोरों द्वारा बोली जानेवाली अंग्रेजी। फ्रेंच, इतालवी, स्पेनिश और थोड़ा-बहुत लैटिन को भी वे भाव देते थे। कहा यह जाता है कि अपनी एकमात्र भतीजी

के गोरे पति को मुन्नू चा ने अपने अच्छे दिनों की यादगार सुनाई। उन्होंने उसे लन्दन के बारे में इसी अंदाज में सुनाया जैसे वह उनके ही देश का हो। फिर वे वहाँ के स्मारकों, सड़कों, गलियों, पबों, पार्कों, शराबों और मीठी बियर के गुण-दोषों के बारे में बताते रहे। उन्होंने थोड़ी शर्मिंदगी वाले अंदाज में यह संकेत भी दिया कि एशियायी लोगों ने ही इस अद्भुत समाज की परम्पराओं और खूबियों को खराब किया है।

इस बेचारे दामाद को बहुत बाद में उस बात का पता चला जो कृष्णा और परिवार के अन्य लोग पहले से ही जानते थे कि मुन्नू चा का सारा ज्ञान किताबी है और जहाँ तक परिवार के लोगों की सूचना है, वे कभी लन्दन या ब्रिटेन की कौन कहे, पड़ोस के नेपाल तक भी नहीं गए थे।

मुन्नू चा तब जरूर पैंसठ के आसपास के होंगे जब कृष्णा ने एक हिन्दी समाचार एजेंसी में नौकरी करने की इच्छा के बारे में उनसे बात की। उन्होंने उसकी ओर ऐसे देखा जैसे वह कीड़ा-मकोड़ा हो, "मैंने कभी ऐसी बकवास नहीं सुनी। बेशक प्रिंट मीडिया में जाओ लेकिन हिन्दी क्यों ? जब तुम्हारे पास अंग्रेजी में मास्टर्स डिग्री है तो भाषायी पत्रकारिता की गन्दी नाली में क्यों गिरती हो ?" फिर उन्होंने पास्कल के बारे में कुछ बताया जिसने अपने दर्शन में कहा है कि मनुष्य की सारी परेशानियाँ सिर्फ इस बात से पैदा होती हैं कि वह कभी भी शान्त नहीं बैठ सकता।

सुबह के आठ बजे थे और अपनी सामान्य रुटीन के अनुसार मुन्नू चा नहा-धोकर घर के धुले और मुड़े-तुड़े कुर्ते-पाजामे के ऊपर लाल गाउन पहने बैठे थे। उन्हें जब भी घर से बाहर जाना होता था तो वे थ्री-पीस सूट और हैट पहनकर ही निकलते थे, भले ही गर्मी का मौसम क्यों न हो। परिवार के लोगों से कम-से-कम बातचीत करने के अपने रिकार्ड को कृष्णा के साथ बातचीत में थोड़ा आगे बढ़ाकर वे अपनी प्रिय आरामकुर्सी पर जा विराजे, उस दिन का अखबार उठाया और इस अंदाज में पढ़ने लगे मानो कृष्णा का वहाँ कोई वजूद ही न हो।

दरअसल मुन्नू चा ने कभी भी खुद को पारम्परिक भारतीय व्यवस्था का—उनका अपना परिवार हो या किसी और का—अंग बनाने का प्रयास ही नहीं किया। अपने भाई-बहनों के परिवार के लिए भी वे सदा एक बाहरी आदमी ही रहे जिनमें से अधिकांश सिविल सर्वेंट थे। वे उनके फ्रिजों से पानी पीते थे, खाने के बाद ले जाकर अपना प्लेट सिंक में फेंक देते थे और जोर-जोर से कुल्ला करते थे। उनके डाइनिंग टेबल पर सजे खाने को किसी से भी पहले अपने प्लेट में रखकर खाने लगते थे और इस क्रम में पूरी मेज पर दाल-सब्जी का रस बिखेर देते थे। वे यह सब इस अंदाज में और हड़बड़ी में करते थे मानो अभी भी उनके जिम्मे अखबार का डाक एडिशन देखकर छोड़ना है। खाना मिलने में जरा सी भी देर हुई नहीं कि वे गुस्सा होकर भाग लेते थे और बड़बड़ाते रहते थे कि इंडियन लोगों के लिए टाइम का कोई वैल्यू नहीं है। वे अकेले रहते थे। मधुमेह की मरीज उनकी पत्नी उनके रिटायर होने से कुछ समय पहले निस्सन्तान और अन्धी होकर यहीं मरीं। उनका घर खुद उनके द्वारा तय दिनों को ही साफ होता था

और यह काम उनका एक बहरा और न जाने कितनी उम्र का नौकर किया करता था क्योंकि कृष्णा ने उसे उसी हाल में सदा देखा था। वह भुलक्कड़ और अक्खड़ था। वह जितने वर्ष मुन्नू चा के घर पर था, ज्यादा समय फोन पर यही जवाब देता था, "नहीं, साहब नहीं हैं।" और यह कहकर वह जिस निष्ठुरता से फोन का रिसीवर पटकता था कि आपको लगता जैसे वह हिन्दी फिल्मों का भाड़े पर आया हत्यारा है।

कृष्णा ने कुछ दम लेकर पूछा, "चाचा, मुझे कहाँ अप्लाई करना चाहिए ?"

"तुम अपना वक्त बर्बाद कर रही हो," अखबार की ओट से बहुत नपी-तुली आवाज आई, "हिन्दी पत्रकार हैं ! पर मैं उन घटिया अखबारों के लिए एक फूटी कौड़ी खर्च न करूँ और मैं उन्हें यह कहने का सन्तोष भी नहीं दे सकता कि मेरी सहमति से मेरी ही भतीजी उनकी बिरादरी में आ गई है।"

मीडिया और भारतीय लोकतन्त्र के बारे में बातें करते हुए मुन्नू चा 'हम' और 'वे' का प्रयोग बहुत करते थे। अंग्रेजी मीडिया में काम न करने वाला पत्रकार उनके लिए 'वे' का हिस्सा था। और फिर वे यह भी जाहिर कर देते थे कि उनके विभाजन के दूसरी तरफ खड़े 'वे' लोग कुछ भी सही नहीं कर सकते क्योंकि उनको लन्दन के फ्लीट स्ट्रीट के अंग्रेज पत्रकारों की लम्बी परम्परा से प्रशिक्षण मिलने की जगह खादी-झोला हिन्द-स्वदेशी टाइप लोगों से प्रशिक्षण मिला है। वे जिस अखबार में काम करते थे वहाँ भारतीय स्वतन्त्रता दिवस या गणतन्त्र दिवस पर छुट्टी न होकर क्रिसमस और ईस्टर की छुट्टी होती थी। यह उन चन्द अखबारों में था जिसने अपना कोई भाषायी अखबार या पत्रिका नहीं निकाली थी और जिसके संडे मैगजीन में साप्ताहिक भविष्यफल नहीं होता था जिसे भारतीय पाठक बहुत चाव से पढ़ते हैं।

कृष्णा को याद है कि उसके बचपन के दिनों में मुन्नू चा शिकायत किया करते थे कि नई हिन्दुस्तानी सरकार देसी भाषाओं में शिक्षा पर जोर दे रही है लेकिन अखबारी कागज के दाम बढ़ाती जा रही है। उन्हें पक्का भरोसा था कि ऐसा अभिव्यक्ति की आजादी के रखवाले अंग्रेजी मीडिया को चौपट करने के लिए किया जा रहा है। वे यह मानने को तैयार न थे कि हिन्दी भाषा के अखबार किसी भी अच्छी चीज की तारीफ कर सकते हैं या उसके पक्ष में खड़े हो सकते हैं। वे धोतीधारी नए नेताओं और पत्रकारों का निरन्तर मजाक ही उड़ाते रहे और यह कहते रहे कि नए धन्धे में आने से पहले ये लोग ढोर-डाँगर चराया करते थे इसलिए उनके हाथ-पैर भी अफरा की तरह हैं। उनके कैरियर के आखिरी दिनों में जब उनके ही युवा पत्रकार उन गाँवों से 'अजीब' समाचार ले आते थे कि विश्व बैंक की सहायता से बनने वाले बाँधों से गाँव वाले लोग उजड़ रहे हैं या छोटी जाति की औरतों और आदिवासियों के बुनियादी अधिकारों का हनन हो रहा है, तो वे उखड़ पड़ते थे। उनके लिए गाँव की औरतों या नक्सलवादियों और भूमिहीन मजदूरों या असंगठित क्षेत्र के बारे में लिखना 'स्नाबरी' (सामाजिक दिखावे) का ही एक रूप है। भारत के सामन्तों और पूर्व महाराजाओं की स्वतन्त्र पार्टी के वे पक्के समर्थक थे और इस पार्टी के बहुत कम दिनों में ही समाप्त हो जाने का दुख प्रकट

करने में उन्होंने कभी कोताही नहीं की।

मुन्नू चा के अनुसार हिन्दी पत्रकार बनने का कृष्णा का फैसला 'नथिंग बट ए फ्यूटाइल गेश्चर ऑफ डिफायंस अगेंस्ट द वीक मोर्टल कंडिशन ऑफ वूमेनकाइंड इन ए थर्ड वर्ल्ड कंट्री' (और कुछ नहीं, तीसरी दुनिया की औरतों की सांघातिक स्थितियों के खिलाफ विरोध की भंगिमा भर है।) उसे नौकरी की जरूरत नहीं है, वह तो औरतों द्वारा समय-समय पर अपनी तरफ ध्यान खींचने की आदत का यह प्रदर्शन कर रही है। इसे ही पास्कल ने डबल एस वाला 'डाइवर्टिजमेंट' कहा था जिसका मतलब है गलती से कोई काम कर देना। यह फैसला उसे निराशा से भले ही मुक्त कर दे पर अन्ततः उसे बर्बाद कर देगा, उनके मन में इस बारे में कोई सन्देह न था।

उन्होंने जब देखा कि कृष्णा रो रही है तो अपनी बात बन्द की और पेपर पढ़ने लगे। पन्ने पलटने और फड़फड़ाने से उनका गुस्सा साफ झलक रहा था। औरतों से और उससे भी ज्यादा रोती औरतों से नफरत करने के साथ ही नई भाषा नीति, नई शिक्षा नीति, नए समाजवादी बजट और योजना आयोग की कथित जनोन्मुख नीतियों के खिलाफ रोज अखबारों में सम्पादक के नाम पत्र लिखने वाले व्यक्ति की तरफ से उसके निर्णय का यह बहुत साफ संकेत था। वे नियमित रूप से आई.आई.टी. के निदेशकों और प्रमुख विश्वविद्यालयों के कुलपतियों को पत्र लिखकर यह सलाह दिया करते थे कि वे जबरन स्थानीय भाषाओं को पढ़ाई का माध्यम बनाकर उच्च शिक्षा का स्तर न गिराएँ।

मुन्नू चा मानते थे कि अंग्रेजी का प्रयोग एकदम पूरी शुद्धता के साथ किया जाना चाहिए। कभी-कभार जब वे परिवार के लोगों से मिलने के लिए उनके घर चले जाते थे तो वे घर के बच्चों से 'लेफ्टिनेंट' और 'न्यूमोनिया' जैसे मुश्किल शब्दों के हिज्जे पूछते थे और अगर वे गलती करते थे तो उनके कान भी उमेठते थे। उनको लगता था कि वे भले ही न्यूज एडिटर अब न भी रह गए हों पर अखबारों की दुनिया अभी भी भाषा और निर्देशों के लिए उनकी तरह के लोगों का मुँह जोहती है। कभी-कभार वे अपनी नीली पेंसिल से अखबार के सम्पादकीय पृष्ठ में हिज्जे और सम्पादन सम्बन्धी सारी गलतियाँ या निशान लगाकर उसे रजिस्टर्ड डाक से अखबार के मालिकों को भेज देते थे, 'हार्सेज स्वेट; मेन पर्सपायर' जैसी शुद्धि वे जरूर बताते थे। फिर गलती बताने का उनका एक अन्य प्रिय अन्तर था—रिलेटिन और रिलेशन का। 'रिलेटिव्स आर ह्वाट यू आर डूम्ड टू इनहेरिट ओर मैरी इंटू; रिलेशन्स आर योर ओन बिजनेस'। 'काइंडली' और 'हंबली' जैसे शब्द देखकर वे गुस्से से छूट पड़ते थे और इसे गूं-खोर हिन्दुस्तानी, गुलामी का प्रतीक मानते थे। वे कहते थे कि अंग्रेजी अखबारों में बैठे लोगों को भी मालूम होना चाहिए कि मुन्नू अभी भी इस पेशे की प्रतिष्ठा की रखवाली में मुस्तैद है।

बाद में जब कृष्णा के भाई ने मुन्नू चा को फोन करके पूछा कि आपने उससे इतनी कड़ी बातें क्यों कह दीं तो चाचा ने झिझकते हुए जवाब दिया कि उन्हें तो मालूम ही न था कि वह किस विषय में बात करने आई थी। फिर उनका गुस्सा चढ़ने लगा,

"क्या तुम्हें मालूम नहीं है कि इस तरह के आक्षेप लगाना गलत है ? अपने परिवार के खिलाफ कोई भला आदमी कभी आक्षेप लगाता है," यह कहते हुए उन्होंने फोन पटक दिया।

कृष्णा ने जब मुन्नू चा की चेतावनियों की परवाह न करते हुए एक हिन्दी समाचार एजेंसी में संवाददाता के तौर पर काम शुरू कर दिया तब उसे पता था कि उसे भी उनकी हरी स्याही वाली परची मिलनेवाली थी। इस टिप्पणी में लिखा था कि मार्क ट्वेन ने कभी कहा था कि अगर श्रम इतना ही बढ़िया होता तो अमीर लोग कब के इस पर टूट पड़े होते और यही बात हिन्दी भाषा पर भी लागू होती है। "अगर यह काम इतना ही अच्छा होता तो नेहरू परिवार और मेरे जैसे लोग कभी पहले ही इस पर टूट पड़े होते। तुम्हारा वगैरह-वगैरह मुन्नू चाचा।"

3

कृष्णा ने विजिटर रजिस्टर में अपना नाम-पता लिखा। उसने उम्मीद की कि रजिस्टर खोलने वाले बाबू को उसके दिल के जोर-जोर से धड़कने का एहसास नहीं होगा। उससे आगे शीशा लगे केबिन में उसके नए बॉस बैठते हैं। वे उस समाचार एजेंसी के प्रमुख हैं जहाँ कृष्णा ने अभी-अभी नौकरी ज्वाइन की है। बॉस भूरे रंग की स्मार्ट सफारी सूट और जानकार मोची द्वारा बनाए बढ़िया जूते पहने हुए थे। मुन्नू चा जिस भाषायी धोतीवाला पत्रकार के नाम से बिदकते थे, वह तो उन्हीं के कल्पना भर की चीज थी। दीवार पर एक तस्वीर टँगी थी जिसमें उसके यही बॉस सम्भवतः राष्ट्रपति को ले जाने वाले विशेष विमान के पास खड़े दिखते हैं। बाल झड़ते जाने से दिखने लगी चाँद और झबरीली मूँछोंवाले एक अन्य पत्रकार भी उनके साथ खड़े हैं। उनके हाथ की उँगली यह तस्वीर खींचने वाले को कुछ निर्देश देती लगती है। वे किसी दूरदराज की सरजमीन पर खड़े लगते हैं और उनके ऊपर एकदम साफ आसमान नीली छतरी की तरह लग रहा है। उनके हाथों में पोर्टेबल टाइपराइटर भी है।

उसके नए बॉस करीब चालीस के थे जबकि खुद उसने तीस पार किया था और बाद में बॉस ने ही बताया कि उन्होंने कुछ समय पहले विश्वविद्यालय के उसी विभाग की एक सीनियर रिसर्च असिस्टेंट से शादी की है जहाँ कृष्णा पहले पढ़ाती थी। पर अब उन दोनों का अलगाव भी हो गया था। वह अब अपनी बीस पार की प्रेयसी के साथ रहते थे। पत्नी बच्चों के साथ कहीं और रहती थी। बॉस उनकी पढ़ाई का खर्च देते थे और शनिवार-इतवार कभी जाकर उनसे मिल भी आते थे।

इस प्रकार लगभग निष्क्रिय हो गई समाचार एजेंसी, हिन्द भारती में कृष्णा का पाला मुन्नू चा की झिड़की और माँ की चेतावनी के छह महीने बाद शुरू हुआ।

यह भी संयोग मात्र था वरना किसी नामी प्रकाशन-समूह में कुछ वर्ष तक काम किए बिना आपको समाचार एजेंसी में काम नहीं मिल सकता और बिना किसी समाचार एजेंसी में कुछ वर्ष गुजारे आपको नामी अखबार में नौकरी नहीं मिल सकती। अपवाद की एक ही स्थिति है कि अगर आप किसी ऐसे व्यक्ति को जानते हों जो आपको पहले मुर्गी-पहले अंडा वाली इस स्थिति से सीधे उबार दे।

कृष्णा के लिए यह काम किया कवि से मीडिया संचालक बने एक परिचित मित्र

ने। पीवी हिन्दी इलाके से आए और कथित तौर से सम्भावनाओं भरे कवि थे जो अपना शहर छोड़कर दिल्ली आए और यहाँ आकर शासक दल में शामिल हो गए। अब वे इसके मीडिया सेल के भाषायी प्रवक्ता थे और सातों हिन्दी प्रदेशों से जुड़े अधिकांश मामले देखते थे। कुछ अन्य लोगों के विपरीत उन्होंने इस बात की आलोचना नहीं की कि एशिया के अन्य लोकतान्त्रिक देशों में उभर आए शासक परिवारों की तरह अपने यहाँ शासक दल को कंट्रोल करने वाले परिवार के लोग क्यों अपने बच्चों को अमेरिका और इंग्लैंड भेजकर पढ़ाते हैं जबकि खुद वे यहाँ नित नए कॉलेजों और विश्वविद्यालयों को मंजूरी देते हैं। एक कवि की तेज दृष्टि वाली पीवी ने जान लिया था कि इस शासक परिवार के बच्चे भले ही देसी भाषाओं को भूल जाएँ, परिवार में और दोस्तों के बीच सिर्फ अंग्रेजी में ही बोलें, पर जब लोगों के पास जाने का अवसर आएगा तब उन्हें देसी जुबानों में ही काम करने-बोलने की मजबूरी होगी। और यह काम कोई अत्यधिक महत्त्वाकांक्षी हिन्दी लेखक बखूबी कर सकता है जो छोटे शहर के अध्यापन और किरानीगीरी में फँसना नहीं चाहता हो। वह इन आधुनिक 'राजकुमारों' को जल्दी से कामचलाऊ हिन्दी सिखाने की पेशकश कर सकता है। पर यह भी महत्त्वपूर्ण था कि वे इतनी ही हिन्दी जान पाएँ जिससे लम्बे भाषण तैयार करने और औपचारिक कामों में गुरुजी की सेवाओं की जरूरत आगे बनी रहे। और इस बीच इस व्यवस्था में गुरु अपने ऊपर चढ़ने का जुगाड़ भी कर लेगा।

जब कृष्णा ने पीवी की मदद ली तब तक वे अपने नेता के लिए एक बहुत जरूरी सहायक बन चुके थे। कहा जाता था कि वह हिन्दी में पार्टी हाई कमान के अधिकांश राजनीतिक भाषण तैयार करते थे। बजट के ऊबाऊ भाषण या राष्ट्रीय अभिभाषणों के बीच भी वह देसी जुमले, दोहे, शेर या कहावतें वगैरह डालकर बहुत ही अच्छा प्रभाव डालने वाले भाषण तैयार करते थे। इसके साथ ही एशिया में तीसरी दुनिया की असली आवाज बनने के लिए देसी भाषाओं और पत्रकारिता के राष्ट्रीय संस्थान बनाने की बातें भी बीच-बीच में वे छेड़ देते। किसी को भी नहीं मालूम था कि अगर सैकड़ों सांसदों को चुनने वाले करोड़ों हिन्दी भाषी उठ खड़े होकर अपनी भाषा के बोलने-सुनने की माँग करने लगें तो क्या होगा। हिन्दी को कोई कितना भी नापसन्द करे पर उनके इस तर्क के आगे सभी नत हो जाते थे।

और इस प्रकार अपने पीवी महाराज थोड़े-थोड़े वामपन्थी रुझान वाले कस्बाई कवि से 'ऊपर' उठकर सरकार के भारी अनुदान से चलने वाली प्रमुख हिन्दी समाचार एजेंसी हिन्द भारती के निदेशक मंडल के प्रमुख के पद तक पहुँचे थे। इस पद पर आने से उन्हें एक मकान, एक कार, एक निजी सहायक, खर्च लायक काफी धन और इनसे भी बढ़कर बारम्बार विदेश घूमने का अवसर सुलभ हो गया था। भाषा और लोकतन्त्र सम्बन्धी अन्तर्राष्ट्रीय जलसों से लौटने पर वे कहा करते थे कि हिन्दी को ग्लोबल रियलिटी (वैश्विक वास्तविकताओं) के संग-संग चलाने की जरूरत है। उन्होंने एजेंसी को भी इसी दिशा के काम करने और उसमें जान भरने की कोशिश की तथा उसे 'अप

मार्केट' और अंग्रेजी से मैत्री रखनेवाला बनाने का प्रयास किया। उन्होंने कृष्णा को यह भी बताया कि इसके लिए वे सबसे पहले एजेंसी में नए लोग लाना चाहते हैं और फिर उसकी तरह के द्विभाषी लोगों को प्रमुख संवाददाता बनाकर लाना चाहते हैं।

ज्ञान और सत्ता के प्रति उनके दोषपूर्ण नजरिए को देखते हुए कृष्णा को उनकी कार्ययोजना की सफलता पर शक ही था। पर वह खुद अपने निर्जन प्रदेश से निकलकर बाहर आना चाहती थी। शुरू में उसने पीवी को नई नौकरी में जाने की अपनी इच्छा के बारे में बताया भी नहीं था। उसने यह इच्छा भी नहीं जाहिर की थी कि जिस एजेंसी पर उनकी इतनी पकड़ है उसमें वह भी काम करना चाहती है। उसने उनसे यह भी नहीं कहा कि वह अपने मौजूदा काम से ऊब गई है क्योंकि वे इतने चालाक तो थे ही कि इतने से ही सब कुछ भाँप लेते। क्या उन्होंने यही सोचकर उसके मामले में यही बातें नहीं कही थीं ? उन्होंने जब कहा कि वह अच्छा पत्रकार बन सकती है तो उन्होंने उसकी तरफ नजर भी नहीं उठाई थी बल्कि लगभग इसी तरह की कुछ बात बुदबुदाई थी। कृष्णा ने उनसे पूछा था कि उसका पत्रकारिता का प्रशिक्षण न पाना क्या उसके लिए बड़ी मुश्किलें खड़ी करेगा ?

"मैंने पाया है कि पत्रकार अलग तरह की हिन्दी लिखते हैं। उनके तरह की आमफहम हिन्दी अच्छी लगती है। पर मेरा रुझान अधिक किताबी और शास्त्रीय भाषा की तरफ है क्योंकि मेरी पृष्ठभूमि साहित्य की है," उसने हँसते हुए कहा था।

"तुम्हारी पृष्ठभूमि और प्रतिष्ठा एकदम दुरुस्त है," पीवी ने उसे बीच में काटा, "लेकिन तुम्हें हमारे औपनिवेशिक शासकों द्वारा छोड़ी गई भाषा को एक गर्ल्स कॉलेज में पढ़ाने में अपनी प्रतिभा को बर्बाद नहीं करना चाहिए।"

और आखिरकार वह भी यह मान गई कि आया और कुत्ते के साथ महँगी कारों में कॉलेज आनेवाली अमीरजादियों को अंग्रेजी पढ़ाकर वह अपना वक्त ही जाया कर रही है। पीवी की इस बात से भी कृष्णा सहमत थी कि ये लड़कियाँ नए अमीरजादों के इंग्लिश स्पीकिंग बीवी की ख्वाहिश ही पूरी करने की तैयारी कर रही हैं। ऐसे में कृष्णा को उस काम में लगना चाहिए जहाँ सचमुच कुछ किया जा सकता है।

एक बार अध्यापन के उबाऊ धन्धे से मुक्ति की सम्भावना दिखी नहीं कि हिन्दी पत्रकार बनने की उमंग जोर पकड़ने लगी। कृष्णा ने पीवी से कहा कि क्या वे उसे किसी हिन्दी प्रकाशन या अपनी समाचार एजेंसी में नियमित काम दिला सकते हैं ? उन्होंने कहा कि वे ऐसा कर सकते हैं। और फिर ज्यादा कुछ कहे-किए उन्होंने यही कर दिया।

तो इस प्रकार मिला पहला काम।

"अब जरा नफासत और भलमनसाहत का सारा मुलम्मा उतार फेंको, सुन रही हो ?" हँसते हुए पीवी ने कहा और उसे नौकरी पर बधाई दी। "अगर ज्यादा भली बनी रहोगी और अपने काम से मतलब रखोगी तो इस शहर में लोग तुम्हें कुचलकर आगे बढ़ जाएँगे।...कृष्णा, अपने अन्दर धार पैदा करो," उन्होंने कहा, "और सीधा वार

करो। जहाँ जंगल का कानून चलता हो वहाँ जिन्दा रहने का यही तरीका है।''

कृष्णा अक्सर लुटियन्स के नक्शे से बनी दिल्लीवाले इलाके में सरकार द्वारा दिए गए मकान से चलने वाली संस्थाओं के आगे से गुजरी थी लेकिन उसने कभी इनकी तरफ गौर नहीं किया था। पहली नजर में टेलिग्राफ लेन का 96 नम्बर मकान भी काफी निराश करनेवाला ही लगा। द्वितीय विश्वयुद्ध के दौरान सैनिकों को अस्थायी तौर पर रखने के लिए चालीस के दशक में कभी बने ठोस लेकिन बहुत सादे दिखने वाले मकानों में यह भी एक था। और अस्सी के दशक में जब इन मकानों में भीड़भाड़ वाले काम होने लगे और ज्यादा लोग रहने लगे तो इन्हें हवादार बनाना जरूरी हो गया था। मेन रोड से इसका बरामदा भर दिखाई देता था क्योंकि इसके आगे ज्यादा पेड़ और झाड़ियाँ न थीं। कम शक्ति वाले बल्ब उतने ही कम वोल्टेज पर जलते हुए यहाँ रोशनी लाने का संघर्ष करते थे। यह भी स्पष्ट था कि एजेंसी के जिस काम को सरकार के आगे महत्त्वपूर्ण समाचार कर्म के रूप में पेश किया जाता था उसमें बड़े अखबारी संस्थानों की कोई खास दिलचस्पी नहीं थी और इस मकान के अन्दर-बाहर की गतिविधियाँ भी उसी अनुरूप ढीली-ढाली थीं। बड़े हिन्दी अखबारों का अपना-अपना बड़ा सरंजाम था और उनके सम्पादक अंग्रेजी समाचार एजेंसियों की नियमित सेवा लेना ही पसन्द करते थे। सिर्फ छोटे दैनिक ही इस एजेंसी की सेवाएँ लेते थे और उनमें से भी अधिकांश कोई भुगतान न करने के लिए ही कुख्यात थे।

मकान के सामने की लान घास-फूस और झाड़-झंखाड़ से भरी थी। दीवार पर जंग लगी कीलों पर टेढ़ा टँगा बोर्ड जरूर यह घोषणा कर रहा था कि यह भारत की प्रमुख हिन्दी समाचार एजेंसी, हिन्द भारती का मुख्यालय है। आसपास के मकानों की तरफ कँटीले तार लगे थे और सामने किसी को भी रोक सकने में अक्षम गेट था लेकिन इसके साथ ही छोटा बोर्ड भी गड़ा था, 'बिना अनुमति प्रवेश मना है।'

एजेंसी के जिस 'आगंतुक कक्ष' में बैठकर कृष्णा ने घंटे-भर से ज्यादा समय तक इन्तजार किया वह सरसों तेल में बने अचार और हींग की गंध से भरा हुआ था। उसके नए बॉस के कमरे के आगे जो नेम प्लेट लगी थी और उसमें एक लम्बा-सा बिहारी नाम था जिसके अन्त में 'नीरज' तखल्लुस लगा हुआ था। कृष्णा को बताया गया था कि उनको 'नीरज जी' कहकर ही बुलाया जाता है।

जब कृष्णा अन्दर आई तो उसने सकुचाते हुए नीरजजी के नाम लिखी पीवी की चिट्ठी उनके पी.ए. शर्माजी को दी। सुतवाँ नाक और पतली मूँछवाले शर्माजी देखने में अपच के मरीज लगते थे। चिट्ठी हाथ में लेकर उसने सबसे पहले तो चेहरा सख्त बनाकर उसे ऊपर से नीचे तक देखा। फिर उसके महँगे हैंड-बैग और बाहर खड़ी कार पर कुछ तिरस्कारपूर्ण नजरें डालीं और अन्त में सिर के इशारे से उसे फटेहाल सोफे पर बैठ जाने का संकेत दिया। इसके बाद वे फिर से अपना हिन्दी अखबार पढ़ने में जुट गए।

शर्माजी के चेहरे पर किसी किस्म की गर्माहट का भाव या धनात्मक संकेत न पाने से कृष्णा को खास चिन्ता नहीं हुई। दिल्ली के अन्य सैकड़ों पी.ए. की तरह वे भी बॉस

के निजी सहायक भर ही थे और यह दिखाना चाहते थे कि उनका व्यवहार किस तरह हर किसी के साथ समान रूप से अशिष्टतापूर्ण होता है। नई दिल्ली में बॉस के दफ्तर के बाहर बैठकर इन्तजार करना तो एक किस्म का कर्मकांड है। और बाहर बैठे पी.ए. को तो देवी-देवताओं के वाहनों—नन्दी बैल, साँप और चमत्कारी चूहे की तरह के गुणों से लैस होना ही होता है। पी.ए. तो देशभर के दलालों और फिक्सरों के पक्के यार होते हैं और जो कोई उन्हें उनका चढ़ावा नहीं चढ़ाता उसे वे अपनी असली शक्ति का शिकार बना—बॉस से मिलने से रोकते हैं।

कृष्णा ने शर्माजी को तब छेड़ना उचित नहीं समझा। पर जब उसने अखबार एक तरफ रखकर लिफाफा खोला और पीवी की चिट्ठी पढ़नी शुरू की तो उसने कहा, "कृपया नीरजजी को ही चिट्ठी दे दें—यह उन्हीं के लिए है।"

"हाँ-हाँ, मुझे मालूम है," उसने कहा और चिट्ठी पर से नजर नहीं हटाई। पर जब वह कृष्णा के पते वाली लाइन पर आया तो उसने उस पर दोबारा नजर डाली। दिल्ली में पता आपकी सामाजिक हैसियत का सबसे बड़ा पैमाना होता है। जब उसकी घाघ आँखों ने पते में लिखे कोड के नाम को देख-परख लिया तो उसकी नजर बदल गई। "आपके पास बायोडाटा है ?" उसने कृष्णा से पूछा। बालों से भरे अपने भारी भरकम हाथ में उसने कागज इस अंदाज में पकड़ा मानो वह कोई बम हो, और फिर वह कुछ समय के लिए यह तय नहीं कर पाया कि इसका क्या किया जाए।

आखिर में उसने सारे कागजों पर एक बार फिर से नजर डाली, फिर अपने पैरों पर खड़ा हुआ और कदम ताल करने के अंदाज में झूमता हुआ अन्दर चला गया।

कृष्णा ने सुना कि बॉस ने हड़बड़ाते हुए शर्माजी को हड़काया, "उसे तुरन्त अन्दर भेजो।"

शर्माजी बाहर आए और फिर से अपने मुँह से इशारा करके कृष्णा को अन्दर जाने को कहा, "आपको बुला रहे हैं।" वह अभी अपने उसी अशिष्ट व्यवहार को जारी रखने का दिखावा कर रहे थे लेकिन वह देख सकती थी कि यह शख्स खुद किस तरह असुरक्षित महसूस कर रहा है और अन्दर-अन्दर डरा हुआ है।

एक बड़ी मेज के पीछे धारीदार चमकते तौलिए से ढकी आराम कुर्सी पर नीरजजी धँसे हुए थे। उनके पीछे की दीवार पर राष्ट्र के पहली पीढ़ी के नेताओं की मढ़ी हुई तस्वीरें लटकी थीं। जिस पार्टी के ये सभी नेता थे उसने पहले बीस वर्षों तक लगातार शासन किया था और कुछ वर्षों तक झटके खाने के बाद वह तीन साल पहले फिर से सत्ता में लौटी थी। नीरजजी ने कृष्णा को बताया कि उनके दोस्त पीवी की इच्छा उसके लिए आदेश है और उसे निश्चित रूप से वरिष्ठ संवाददाता की नौकरी मिल जाएगी, भले ही इसमें ज्यादा पैसे न मिलें। उनके कुल लहजे से यह लगता था कि उन्हें भरोसा नहीं है कि कृष्णा नौकरी के प्रति सचमुच गम्भीर है।

इस पूरी बातचीत में कृष्णा हाँ-हूँ किए बिना बैठी रही, उसे मालूम था कि आगे अभी ऐसे और काफी दिखावे होते रहेंगे। असल में उसे नौकरी पर रखा जा चुका था।

उसने अपने सम्भावित बॉस का चेहरा बहुत दिलचस्पी के साथ देखा।

''शुक्रिया,'' उसने कहा, ''आपका बहुत-बहुत धन्यवाद।''

नीरजजी मजबूत कन्धों और साँड़ जैसी गर्दनवाले लम्बे आदमी थे। उनकी भौंहें घनी और काली थीं और उन बाहर निकली आँखों के ऊपर झुकी चली आ रही थीं जिसमें शिकारी भाववाली चमक रह-रहकर आती-जाती थी। कृष्णा को लगा कि उनका चेहरा ऐसा है कि अगर आप सचेत होकर न रहें तो वह व्यक्ति आप पर हावी हो ही जाएगा। आप इस चेहरे पर न तो दया कर सकते हैं न इससे ज्यादा अपनत्व बढ़ा सकते हैं। जब वे उसके पेपरों को देख रहे थे तो उनकी हर हरकत एकदम नपी-तुली और सन्तुलित थी—ठीक जापानी सूमो पहलवान की तरह।

''पढ़ाई-लिखाई में आपने बहुत अच्छा किया है लेकिन कुछ वर्षों के अन्दर ही आपने तीन विश्वविद्यालय बदले हैं।''

''हाँ,'' कृष्णा ने यह जवाब देते हुए विनम्रता की सीमा तक पहुँचने का संकेत दे दिया। उसे क्या-क्या उम्मीदें हैं, उसकी क्या जरूरत है, उसकी क्या मंशा है, इस तरह के मसलों पर नीरजजी के साथ लम्बी बात करने की उसकी मंशा न थी। वह जानती थी कि नीरजजी अभी पीवी का कहना मानेंगे ही क्योंकि वे अभी इस पोजिशन में हैं कि एजेंसी को और फंड दिलवा सकें। दरअसल, इसी कारण से वे उससे मिलने को भी राजी हुए थे। फिर भी वे यही दिखा रहे थे कि नौकरी देकर वे ही कृष्णा पर एहसान कर रहे हैं।

कृष्णा के अपने मन ने कहा कि इस आदमी के साथ व्यवहार में लगातार सावधान रहने की जरूरत है। उसने जितने बरस तक अध्यापन किया था उसका भले ही नीरजजी के लिए कोई उपयोग न हो लेकिन इसी अनुभव ने उसे भारतीय पुरुष की बारीक से बारीक टिप्पणियों और संकेतों का अर्थ समझ लेने और उसके प्रपंच को भेदने की समझ दी थी।

इसलिए उसने नीरजजी से यही कहा कि वह अंग्रेजी अध्यापन और हिन्दी पत्रिकाओं में लिखकर हिन्दी पत्रकार बनने के लिए तरह-तरह के अनुभव कर रही थी। और अब एक बार इस क्षेत्र में आ जाने के बाद वह यहाँ जमना और सफल होना चाहती है।

नीरजजी ने एक बार फिर उसके कागजातों पर नजर डाली। ''अगर आप हिन्दी पत्रकार के तौर पर स्थायी नौकरी पाना चाहती हैं तो निश्चित रूप से आप अपने जैसे समाज की अपवाद ही हैं। क्या आपको मालूम है कि आप क्या कह रही हैं ?''

कृष्णा चुप रही। इसमें कहने की क्या बात है ?

नीरजजी ने उसे कागजात वापस किए। ''मैं क्या कहूँ ? अगर आप अब भी यहाँ काम करना चाहती हैं तो अगले हफ्ते से काम शुरू कर सकती हैं, हमारे वरिष्ठ सहयोगी हरि बाबू आपको बाकी चीजें समझा देंगे।''

''शुक्रिया,'' कृष्णा ने कहा, ''आपका बहुत-बहुत धन्यवाद।''

4

अगले हफ्ते कृष्णा हरि बाबू के पीछे-पीछे एक उटपटांग कमरे में दाखिल हुई जिसमें एक दरवाजा दाहिनी तरफ था तो आगे से ही दूसरा दरवाजा बाईं ओर था। स्पष्ट था कि यह इमारत और यह कमरा किसी समाचार एजेंसी का दफ्तर बनाने के लिए नहीं बने थे, यह मकान आवास के लिए ही बना था। कमरे के अन्दर एक भव्य परन्तु निहायत गन्दा फायरप्लेस था जो कभी संगमरमर का था। अब यहाँ एक हीटर पड़ा था और हीटर के ऊपर जो केतली रखी थी वह भी कालिख से भरी हुई थी। लकड़ी की पार्टीशन ने कमरे की एकमात्र खिड़की को भी बाँटते हुए हरि बाबू जैसे 'वरिष्ठों' के लिए बैठने की जो छोटी-छोटी जगहें बना दी थीं उन्हें देखकर दया ही आती थी। कृष्णा को लगा कि कमरे के ऐसे बँटवारे में वास्तु और आन्तरिक सज्जा की दृष्टि का नितान्त अभाव तो है ही, इस बँटवारे के जरिए इन छोटे क्यूबिकल्स में बैठने वालों और बाकी स्टॉफ के बीच भी दीवार उठाने का प्रयास किया गया है। मकान के सबसे बड़े कमरे में काम करने वाले ज्यादातर डेस्क वाले बुढ़ाते और पस्त पड़े चेहरेवाले मर्द थे। उनकी वेशभूषा भी उनकी ऊब और घिसाई का पता दे देती थी और उनकी आँखों से निराशा साफ झलकती थी। यह भरोसा करना मुश्किल था कि इस कमरे की किसी गतिविधि से किसी किस्म का रचनात्मक काम उपज सकता है।

इसी बेढंगे आकार-प्रकार वाले कमरे में काम शुरू करके कृष्णा को अचानक यह एहसास हुआ कि वह कहाँ है। निरन्तर शोर करते टाइपराइटरों ओर टेलिप्रिंटरों की आवाजों के बीच उसे लगा कि इस बड़े पेशे के लगभग हाशिए पर पड़ी जगह में उसे काम करना है।

और इस एहसास के साथ ही यह लोभ हुआ कि जितनी जल्दी सम्भव हो, यह जगह छोड़ देनी चाहिए। पर वह यह करेगी कैसे और वह भी इतनी जल्दी ?

कृष्णा ने कुछ उसी तदर्थवादी ढंग से काम कीं शुरुआत की जैसे अपने बसने की जगह के बारे में फैसला न कर सकने के बावजूद सारी दुनिया में भटकने वाला व्यक्ति करता है। कभी वह डेस्क के काम में मदद करती थी तो कभी किसी बीमार साथी का काम कर देती थी। कभी वह उन चिररुष्ट और दिखावापसन्द नौकरशाहों से मिलने और इंटरव्यू करने निकलती थी जो वैसे तो उसके पति के साथी ही थे, पर सौभाग्यवश उसे इस रूप में नहीं पहचानते थे। दफ्तर के लोगों के बीच अपने को जमाने और दोस्ती

बढ़ाने के लिए उसने अपने साथी मिस्टर कुरैशी को अंग्रेजी ग्रामर भी पढ़ाया जिन्होंने उसे भी उर्दू पढ़ाने की पेशकश की थी।

कृष्णा को जल्दी ही लग गया कि सारे भाषायी प्रकाशन गृह, चाहे उनका राजनीतिक रुझान कोई भी हो, मन से तो अंग्रेजी को बहुत महत्त्व देते हैं लेकिन हरदम इसको और इसका उपयोग करने वालों को दबाने की ताक में भी लगे रहते हैं। कृष्णा ने जान लिया कि बिना ज्यादा हंगामा मचाए और बिना नए दुश्मन बनाए भी किस तरह इस विदेशी भाषा को कमजोर किया जा सकता है या इसकी जड़ें काटी जा सकती हैं। सबसे पहले तो आप विकास सम्बन्धी रिपोर्टों के बारीक विवरण में जाइए और ये आँकड़े अलग कीजिए कि कितने लोग गरीबी रेखा के नीचे जीवन बसर करते और वहीं समाप्त हो जाते हैं, फिर आप ये आँकड़े जुटाइए कि कौन हिन्दी समेत देसी जुबानों को बोलता, लिखता और पढ़ता है। अगला कदम उत्तर के हिन्दी भाषी इलाके द्वारा लोकसभा और राज्यसभा में भेजे जाने वाले सांसदों से सम्बन्धित आँकड़े जुटाने का है। ये सारे आँकड़े एक साथ करने पर उसके सहकर्मियों के लिए अपने काम के प्रति आस्था फिर से जगाना आसान हो जाता था। इन तथ्यों से मुश्किल महसूस करनेवाले हिन्दी के विरोधी भी अब अंग्रेजी को राष्ट्रभाषा के तौर पर आगे करने का तर्क नहीं दे सकते थे और उनका अपराध भाव बोध ही उन्हें शान्त करा देता था।

मिस्टर कुरैशी ने उससे कहा था कि जो ताकतवर लोगों से भी ज्यादा उचित-अनुचित की चिन्ता में लगे रहते हैं उनको ही निराशा-परेशानी होती है। निस्सन्देह अंग्रेजी सत्ता का मूर्त रूप है, पर असली चीज है इसी ताकत का उपयोग करते हुए खुद उसे अपनी ताकत पर शर्मिंदा कर देना।

नीरजजी ने कृष्णा के साथ खुद तो बहुत मिलनसार व्यवहार किया लेकिन दफ्तर के सहभागियों के साथ मेल-जोल में उसकी ज्यादा मदद नहीं की। कृष्णा ने देखा कि जैसे ही वे न्यूज रूम में आते थे, उनका पूरा तौर-तरीका ही बदल जाता था। उन्होंने मुँह से तो यह बात नहीं कही, पर अपने व्यवहार से यह जाहिर कर दिया था कि बाहर उन्हें हिन्दी फिल्मों के डरावने और कंजूस बॉस का रूप ही चरितार्थ करना है। अपने पद के गुरूर और अपने नीचे के सहयोगियों के प्रति तिरस्कार भाव रखते हुए उन्हें अपनी सत्ता का एहसास दिलाने के लिए शब्दों का सहारा लेने की जरूरत नहीं पड़ती थी और दफ्तर के अन्दर वे किसे और क्यों पसन्द करते हैं—आगे बढ़ाते हैं, यह भी छुपा न रहता था।

उन्होंने बाहर आकर कृष्णा की तरफ ध्यान नहीं दिया क्योंकि वह अपने कागजों के ऊपर झुकी बैठी रहती थी। वे धूल भरी मरियल मेजों के बीच बेचैनी से चहल-कदमी करते, किसी मेज़ से कोई कागज उठाते और जोर-जोर से चीखकर आर्डर देते। किसी से भी कोई स्पष्टीकरण माँग लेते थे। कई बार वे कृष्णा की एक सहकर्मी को कुरेदते

हुए कोई बहुत ही घटिया चुटकुला सुना देते थे जिससे वह बेचारी चुकन्दर सी लाल पड़ जाती थी और फिर बाकी दिन सिर गाड़े बैठी रहती थी।

कभी-कभार वे कृष्णा को चेम्बर में बुलवा लेते थे और फिर दोनों के लिए कॉफी मँगाते थे, और यह करते हुए वे अपने चपरासी को चाइनाबोन वाले कप-प्लेट निकालने के लिए आलमारी की चाबी पकड़ाते थे। जब कॉफी रख दी जाती थी तो नीरजजी तौलिए से ढकी अपनी कुर्सी पर पीछे पसरकर बैठ जाते थे, अपने बाल भरे हाथ मेज पर पसार देते थे और बहुत ही शरारती मुस्कान के साथ कहा करते थे, ''यह जगह तो कृष्णा जी, हमारे और आपके जैसे लोगों के लिए कूड़ाघर ही है।'' कृष्णा की नजर तब पर्दे के पीछे कॉफी लिये खड़े चपरासी पर जाती थी जो कॉफी के प्यालों को फिर से भरने के लिए वहाँ खड़ा रहता था। और उसके कुल हाव-भाव से लगता था कि उसने न तो कुछ सुना है न देखा है।

''मुझे जीवन में अच्छी चीजें बहुत पसन्द हैं।'' नीरजजी यह वाक्य बार-बार दोहराया करते थे।

उनके चेम्बर में जो बातें होती थीं और जिनमें आमतौर पर नीरजजी ही सारा कुछ बोलते थे, उसमें प्रायः रोज भारतीय राजनीति में आ रही गिरावट और हिन्दी पत्रकारिता की कंगाली का रोना रोया जाता था। कृष्णा को उनकी भावनाओं का एहसास था, वह अक्सर उनकी काफी बातों से आंशिक रूप से सहमत भी होती थी लेकिन इसके बावजूद वह सात बड़े राज्यों के विशाल पाठक समुदाय से संचार-संवाद की बड़ी दुनिया में प्रवेश करना चाहती थी, ज्यादा बड़ी भूमिका निभाना चाहती थी। वह खुद को नीरजजी जैसे क्रूर और कुंठित बॉस के रूप में बदले, यह खयाल उसके मन में आया भी नहीं था। भारतीय नव धनाढ्य लोगों के प्रति नीरजजी के मन में जो अपार आकर्षण और श्रद्धा भाव था, उसे भी कृष्णा एक खास किस्म की भावुकता या बुड़बकपना मानती थी, फिर उनके सामन्ती दिखावे या तौर-तरीके भी पर्याप्त नकली और खोखले थे लेकिन उसने कभी अपने इन निष्कर्षों को उनके सामने जाहिर नहीं किया।

कुछ व्यावहारिक और ठोस आधार पर नीरजजी का यह कहना सही था कि शासन का पुराना तरीका ही यहाँ कारगर होता है। वे कृष्णा से कहते थे कि सामन्तवाद तो अत्याचार को मंजूर करने की भावना के साथ ही जुड़ा है और वही शासक अच्छा है जिसकी धाक या खौफ से ही काम हो जाता है। जो मजदूरों के लोकतान्त्रिक विमर्श से काम करेगा, वह क्या खाक शासन कर पाएगा ! उन्होंने कई बार कृष्णा से कहा था कि हमारे जैसे दफ्तरों में धमकियों से ही सबसे अच्छा काम होता है। उनकी तरह ही उसे भी एक दिन सम्पादक बनना है इसलिए उसे भी अपने अन्दर वही मारक भाव भरना होगा वरना एक दिन आप पाएँगी कि आपके भरोसेमन्द साथी ने ही आपकी पीठ में छुरा भोंक दिया है। नीरजजी खुद ब्यूरो चीफ को हड़काते थे, जो बाहर जाकर संवाददाताओं को धमकाते थे। संवाददाता टाइपिस्टों को डाँटते जो अपना गुस्सा चपरासियों पर उतारते और वे बेचारे बाहर जाकर आसपास भटकते भिखमंगों को भगाते

थे या जानबूझकर ऑफिस की क्राकरी धोने के नाम पर तोड़ डालते थे।

साथियों से उनकी निजी जिन्दगी के बारे में बात करना जख्मों का पिटारा खोलने जैसा था। कृष्णा ने पाया कि गाँव में रहने वाले माँ-बाप कभी फसल में लगाने के लिए तो कभी बेटियों की शादी या मोतियाबिन्द का ऑपरेशन कराने के नाम पर लगातार पैसे माँगते हैं; बेटी के ससुराल वाले सोना, नकदी, स्कूटर, रंगीन टीवी की माँग करते हुए धमकी देते हैं कि इनके न मिलने पर बेटी को कष्ट सहना होगा। बच्चों के स्कूल टीचर उनसे यह सोचकर कलेंडर-डायरी माँगते हैं कि पत्रकारों के पास तो इन चीजों के ढेर लग जाते होंगे। फिर गैस सिलिंग, फोन, कोऑपरेटिव सोसाइटी में बारी से पहले सदस्यता पाने के लिए भी पत्रकार होने के नाम पर उन्हें सिफारिश का आग्रह सुनना पड़ता है। अगर वे ऐसा न कर पाएँ तो यह इशारा कर दिया जाता था कि इसकी कीमत बच्चों को परीक्षा में चुकानी पड़ सकती है। कृष्णा को लगा कि हरेक आदमी इस तरह के दबावों और अन्यायों के बीच जीवन बसर करने का अभ्यस्त हो चुका है। सभी को ये चीजें खराब लगती हैं, पर अधिकांश इनकी उपेक्षा करने लगे हैं या अपने भर कोशिश करते हैं और फिर उनके इस व्यवहार या काम से हटकर उधर लगने की कीमत उनके नीचे काम करनेवालों को चुकानी पड़ती है।

बड़ा छोटे का शिकार करे, डार्विन के इस बुनियादी सिद्धान्त का इसी दफ्तर में व्यावहारिक दर्शन हो जाने के बाद भी कृष्णा ने पाया कि उनके ज्यादातर सहकर्मी भले और निरीह जीव हैं। और इनके साथ कृष्णा को मात्र दो तरह की सावधानी बरतनी है, उनकी घूरती आँखों के सामने न पड़ना और लंच के समय चलने वाले परिहास और चुटकुलेबाजी का विषय बनने से बचना।

उसने कुछ और नए गुर भी सीखे। उसने यह भी सीखा कि जब आपकी ओर भौंडे और अश्लील जुमले उछाले जाएँ तो कैसे उनके प्रति अज्ञानता या लापरवाही दिखानी है। उसने यह भी सीख लिया कि अपने ऊपर आनेवाले वारों से कैसे बचा जाए और खुद हमले की स्थिति में रहा जाए। अपने साथियों की नाजायज शिकायतों को भी नाराज हुए बगैर सुनने की कला भी उसने सीख ली और अक्सर उसे खुद अपने धैर्य और सहनशक्ति पर ही अचरज होता था, पर मर्दों वाली इस दुनिया में पहले अपने पाँव जमा लेना और ज्यादा जरूरी था। फिर वह साबित करेगी कि क्या ताजा समाचार है, इसके बारे में उसके अपने विचार क्या हैं।

धीरे-धीरे उसने अखबारनवीसी के वे सारे कलमघिस्सू काम इस उम्मीद से सीख लिए कि जब तक कोई आदमी उसकी प्रतिभा और लगन को पहचानकर उसे किसी अच्छे अखबार समूह में ढंग का काम न दे दे तब तक ये काम उसे मैदान में बचाए रखेंगे और इस उम्मीद के चलते वह हर दिन 96 टेलिग्राफ लेन के दफ्तर में जितना वक्त लगाती थी वह भले ही परेशानी और थकान वाला हो, यूँ उसमें एक रूमानियत भी थी, इसके साथ ही अच्छी अंग्रेजी जानने का लाभ यह था कि जब-तब कुछ बड़े लोगों का इंटरव्यू करने का जिम्मा भी उसे ही दिया जाता था।

एक दिन जब वह अपने मित्र पीवी की कृपा से राष्ट्रपति भवन के दरबार हॉल के मंच पर खड़ी हुई तब उसे यह एहसास हुआ कि शासक दल के दिखावटी दाँतों में हिन्दी का स्थान काफी महत्त्वपूर्ण है। उसे दक्षिण अफ्रीका की एक रंगभेद विरोधी लेखिका को शासक दल द्वारा दिए जा रहे पुरस्कार के अवसर पर हिन्दी में मान पत्र पढ़ना था। स्वतन्त्रता संग्राम से निकले शासक दल की तरह इस लेखिका का भी स्वतन्त्रता, समानता और बन्धुत्व में पूरा विश्वास था। बुजुर्ग महिला के चेहरे पर सूखे अखरोट की तरह धारियाँ उभर आई थीं और उन्होंने अपनी पोशाक के ऊपर फूल की छोटी-सी कली खोंस रखी थी। वह दरबार-हॉल में जितनी देर रहीं, अपनी मुस्कान बिखेरती ही रहीं। करोड़ों गरीब और फटेहाल लोगोंवाले देश के नेताओं की चकाचौंध वाली पोशाकें शायद उनकी प्रसन्नता का कारण थीं। पूरे हॉल द्वारा खड़े होकर बजाई गई तालियों, वाहवाहियों और सबकी नजरों के केन्द्र में बने रहने की मुश्किल जिम्मेदारी का निर्वाह उन्होंने बड़ी शालीनता और खूबसूरती से किया और जब पोपले मुँह से बदबूदार भभके छोड़नेवाले गांधीवादियों की पूरी फौज ही उनसे हाथ मिलाने के लिए उमड़ पड़ी तब भी उन्होंने उनसे मुँह नहीं मोड़ा।

शुरू में हिन्द भारती में कृष्णा के जिम्मे आमतौर पर शहर की सांस्कृतिक गतिविधियों की रिपोर्टिंग करना और खबरों में रहनेवाले या दिल्ली आने वाले सांस्कृतिक जगत के लोगों का इंटरव्यू करना था। और वह यह नहीं कह सकती कि इस दंभी, आत्ममुग्ध और बात-बेबात लम्बा भाषण झाड़ने वाली जमात से समय लेने, बतियाने, खबर बनाने के धन्धे को लेकर वह कोई बहुत उत्साहित थी। इंटरव्यू के दौरान आमतौर पर वे अपने काम का गुणगान तो करते ही थे, खुद को परम सन्त, त्यागी और शहीद जैसा बताने से भी नहीं चूकते थे। पर वे जिस तेजी से ये दावे करते थे, उन्हें जानने वाले उनसे ज्यादा तेजी से इन बातों को गलत बता देते थे और सदा 'तस्वीर का दूसरा पहलू' उजागर करने के लिए तत्पर रहते थे। लेकिन जब एक बार उसने इसी फील्ड में जमने का मन बना लिया तब यह काम बहुत आसान बन गया और मात्र दो महीने में ही उसने इस काम को ऐसा साध लिया कि अपना रोज का या सामान्य काम निपटाने में उसे दो से तीन घंटे का समय ही लगता था। सो अब उसके बाद अपना काम निपटाने के बाद किताबों की दूकानों में घूमने, मनचाहा लिखने, घूमने-फिरने और पहले के सारे काम करने के लिए पर्याप्त वक्त रहने लगा क्योंकि अब न तो क्लास लेने का चक्कर था, न ट्यूटोरियलों का। और अनेक तरह से अब उसका जीवन आदर्श ढंग से बीतने लगा—कमी थी तो केवल आर्थिक पक्षवाली क्योंकि इस काम के काफी कम पैसे मिलते थे और उसे परिवार के ऊपर अभी भी आश्रित होना खलता था।

उस सुबह जब कृष्णा को उसका काम बताया गया तो साथ ही हिदायत भी दी गई कि 'वे सरकार के महत्त्वपूर्ण व्यक्ति हैं। आप तो जानती ही हैं कि इसका क्या

मतलब होता है।'

जब वह नियत जगह पर पहुँची तो पाया कि अधिकारी महोदय के ठहरने वाला होटल पहाड़ी से लगा है और वहाँ तक ले जाने वाली सड़कों पर पानी और कीचड़ भरा है। इस नौकरशाह-कवि ने कृष्णा को बताया कि बांग्लादेश खूबसूरत मुल्क है जो अब दिन-ब-दिन अरब कठमुल्लों के प्रभाव में आता जा रहा है, पर अभी भी वहाँ अच्छी कविताओं और निश्चित रूप से सबसे बढ़िया किस्म की हिल्सा मछली के लिए उर्वर माहौल बचा है।

कृष्णा इस सज्जन से पहली बार तब मिली थी जब वे ढाका से दिल्ली ठकुरसुहाती करने आए थे जहाँ वे यूनेस्को के काम से तब तैनात थे। उन्होंने बताया था कि अपने बेटे को विदेशी विश्वविद्यालय में दाखिला दिलाने के लिए उन्हें पैसों की जरूरत है क्योंकि हिन्दुस्तानी विश्वविद्यालय तो बस खत्म ही हो गए हैं। इनमें कोई जान नहीं है। वे भी उसी विश्वविद्यालय से पढ़े थे जहाँ से कृष्णा ने पढ़ाई की थी। उन्होंने कहा कि उन दिनों तो यहाँ के विश्वविद्यालय भी अलग थे, अध्ययन-अध्यापन की जगह थे। इन दिनों वे अपनी मातृभाषा ओड़िया में कविताएँ लिखते थे और उनके पाँच काव्य संग्रह आ चुके थे।

इस बार जब कृष्णा की उनसे भेंट हुई तो वह संवाददाता ही थी लेकिन वे अपनी मलाईदार विदेशी पोस्टिंग से अभी-अभी लौटकर मानव संसाधन विकास मन्त्रालय में जमे थे। उनकी किताबों का आठ यूरोपीय भाषाओं में अनुवाद हो चुका था और अब इसका अनुवाद हिन्दी में हो रहा था। और यह खबर उन्होंने कृष्णा को खुशखबरी के अंदाज में सुनाई। उन्होंने बताया, "अनुवादक मेरे ही मन्त्रालय का एक बाबू है और दोनों भाषाओं पर उसकी जबर्दस्त पकड़ है।" कृष्णा ने बताया कि वह भी उससे मिल चुकी है। वह कभी-कभार ओड़िया कथाओं का अनुवाद करने हिन्द भारती में आता था। फिर वे लोग चाय पीते हुए उससे गप्पें भी लड़ाते थे। लेकिन यहाँ अपने बॉस के सामने यही अनुवादक मित्र भीगी बिल्ली बना हुआ था। उसके चेहरे पर ठेठ बाबू वाली मुस्कान तो थी ही, वह कुर्सी पर भी एकदम किनारे टिककर इस अंदाज में बैठा था मानो उसको अभी-अभी आदेश मिलेगा और वह पलक झपकाए बिना 'जी सर' कहते हुए उठ खड़ा होगा।

महीने-भर बाद इसी अनुवादक ने कृष्णा से पूछा कि क्या वह उसके बॉस की लम्बी ओड़िया कविता का अनुवाद एक बार देखना चाहेगी। उसने कहा, "कृपा करके देख लीजिए। यह मेरे लिए बहुत मददगार चीज होगी।" अनुवाद ठीक ठाक था, कविता जरूर बहुत घटिया सी थी। लेकिन कुछ दिनों बाद ही एक नामी और प्रतिष्ठित सरकारी संस्थान ने भारतीय भाषा की सर्वश्रेष्ठ रचना के तौर पर इसे पुरस्कृत करने की घोषणा की। जब इस पुरस्कार वितरण समारोह का निमन्त्रण पत्र आया तो कृष्णा ने पाया कि इस नौकरशाह ने कार्ड के नीचे अपने हाथ से लिखा हुआ था, 'कृपया जरूर आएँ।'

कृष्णा ने इस आयोजन की रिपोर्टिंग की और इन संस्थाओं और अकादमियों को

कोष देनेवाले अधिकारियों को पुरस्कार के लिए मनोनीत करने और इनके द्वारा नियुक्त चयन परिषद द्वारा पुरस्कार देने की नैतिकता पर सवाल भी लगे हाथों सट में उठा दिया।

उसे जेनेवा में तैनात नौकरशाह की नाराजगी भरी चिट्ठी मिली। उन्होंने लिखा था कि उनके निजी सचिव ने फैक्स पर उनके पास यह रिपोर्ट भेजी थी और वे यह देखकर हैरान थे कि उनके जैसे स्वतन्त्रता सेनानी और पाँच पुस्तकों के रचयिता के खिलाफ उसने ऐसी हल्की टिप्पणी कर दी।

मौसम अच्छा हो तो कृष्णा पैदल ही दफ्तर जाती थी। सर्दियों में दिल्ली की सड़कों पर चलना, यहाँ के शोरगुल, आसमान, रोशनी के बीच से गुजरना उसे अच्छा लगता था। कई बार उसे यह एहसास भी होता था कि छोटे कस्बों-शहरों के असंख्य लोगों की तरह वह भी हिन्दी के विकास के लिए कष्ट सह रही है। उसके पास से जो भी स्टोरी गुजरती वह उसे हिन्दी पत्रकारिता के एक महान उद्यम में अपने योगदान की तरह लिखती थी। वह खबरों को लोकतन्त्र की समृद्धि का बुनियादी स्रोत मानती और मानती थी कि इसी बुनियाद पर अखबार उद्योग भी फलता-फूलता है और फिर वह खुद से कहा करती थी कि इसी जिम्मेदारी के चलते उसे हर चीज के बीच से समझकर असली बातें सामने लानी चाहिए।

इस बीच हिन्द भारती का हाल खस्ता हो गया था। यह स्थिति कुछ समय से चल रही थी। कर्मचारियों का वेतन रुकने लगा, स्टेशनरी जरूरत से कम मिलती थी, चपरासी और किरानी बैठे-बैठे उँगलियाँ चटखाते थे और उनके चेहरे से दरिद्रता झलकती थी। लेकिन नीरजजी के रंग-ढंग पर कोई फर्क नहीं पड़ा। उनके कपड़े-लत्ते, दूसरे सामान वैसे ही चमक-दमक वाले थे, विमान के बिजनेस क्लास से उनका चलना भी वैसे ही जारी रहा।

आखिरकार उसने पीवी से बात की जिन्होंने उसे यह काम दिलवाया था और फिर उसने उनसे पूछा कि एजेंसी का यह हाल क्यों है।

"चपरासी सब बताते हैं कि नीरजजी पैसों का गोलमाल कर रहे हैं और सिर्फ महत्त्वपूर्ण नेताओं के साथ विमान-यात्राओं के चक्कर में ही सारा रुपया लगाते हैं, फिर वे नकली बिल बनाकर खूब पैसे लेते हैं ?"

"आप इसे सही मानती हैं !"

"हाँ।"

"लेकिन क्यों ?"

उसने थोड़ी झिझक के साथ कहा, "अकेले वही हैं जिनकी शानो-शौकत बरकरार है जबकि हमें तो महीने के तीसरे हफ्ते में वेतन मिल जाना भी बड़े भाग्य की बात लगती है।"

"ठीक है, पर कम फंडवाले ऐसे उपक्रम को सिर्फ वही चला सकते हैं," पीवी ने आखिर में कहा, "उन्होंने हिन्दी के भले के लिए क्या कुछ नहीं किया है !"

यह एक ऐसा जुमला था जिसे सुनते ही कृष्णा का पारा चढ़ जाता था।

काफी सारे लोग—प्रोफेसर, व्यापारी, उद्योगपति, सांसद, जमींदार, सामन्त, पूर्व महाराज—अक्सर यह दावा करते हैं कि उन्होंने हिन्दी की बहुत 'सेवा' की है। और उनके कहने या दावे के साथ ही यह भी जोड़ दिया जाता है कि हिन्दी के पत्रकार तो भूखे हैं, सब नाश करने वाले हैं, हिन्दी के विकास में असली बाधक तो हिन्दीवाले ही हैं।

कृष्णा को यह बात सुनने के लिए भी ज्यादा इन्तजार नहीं करना पड़ा।

"हम लोगों ने हिन्दी को बढ़ावा देने के लिए संसद के अन्दर क्या-क्या नहीं किया लेकिन जरा देखो कि इस न्यूज एजेंसी के स्टाफ ने इसे कहाँ पहुँचा दिया है। यही क्यों, हिन्दी अखबार भी हमारी सर्विस न लेकर अंग्रेजी एजेंसियों की सर्विस ले रहे हैं। और फिर बिलों का भुगतान भी नहीं करते। जरा बताइए कि हम इसे कैसे चलाते रहें ? और कब तक चलाते रहें ?"

उन्होंने बड़ी मायूसी से कृष्णा की ओर देखा, कृष्णा वहाँ से उठकर चल दी।

संसद का सत्र चल रहा था लेकिन बिजली कटने के चलते दफ्तर का काम रुका पड़ा था। दफ्तर के सबसे पियक्कड़ मौगाजी ने कृष्णा को प्रेस क्लब में लंच कराने का न्यौता दिया। देश की पत्रकारिता का एक अलग चेहरा प्रस्तुत करने वाली यह जगह अजीबो-गरीब शक्ल-सूरत और तोंदियलों से भरी नजर आती है। और कृष्णा को लगता है कि बात-बेबात वे बहस में उलझ जाते हैं और चौसठ कलाओं पर वे लगभग उतने ही किस्म की अंग्रेजी में बहस करते हैं।

"उस तरफ लड़की के साथ बैठे उस लम्बू को देखिए," मौगाजी ने कहा, "वह...का दलाल है।" और उन्होंने एक बड़े औद्योगिक घराने का नाम लिया। "वह शेखी बघारता है कि पिछले पन्द्रह वर्षों से उसने एक भी शब्द नहीं लिखा है लेकिन सबसे नामी-गिरामी अखबार का एसोसिएट एडिटर बना हुआ है। हाँ, आपको महीने में जितनी तनख्वाह मिलती है, उससे ज्यादा वह एक दिन में इधर-उधर से बना लेता है।"

"ये घराने आपके, हमारे पास क्यों नहीं आते ?" कृष्णा ने पूछा।

"उनकी नजर में हम हिन्दीवालों की कोई हैसियत ही नहीं है।" मौगाजी ने दुःख से कहा।

"काश, उसकी गर्लफ्रेंड जैसी घड़ी मेरे पास भी होती !" कृष्णा ने चुटकी ली।

"उसकी क्या बात है," मौगाजी ने आँखें चमकाईं, "उसके यार तो सबसे ऊँची कुर्सियों पर बैठे हैं, नीरजजी भी मानते हैं कि वह ऊँचे कनेक्शनों वाली लड़की है।"

कृष्णा ने मौगाजी से पूछा, ''क्या आपको लगता है कि नीरजजी अपनी बीवी के साथ धोखा कर रहे हैं ?''

''बीवी से धोखा !'' मौगाजी ने ठहाका लगाया, ''उसकी बीवी जैसी महिलाओं को अपने पति के 'सोर्स' और कनेक्शनों से क्या मतलब है ?''

''मुझे नहीं मालूम, पर ऐसी पत्नियाँ इन चीज़ों को जानकर खुश तो नहीं हो सकतीं।''

''शादीशुदा जीवन के साथ खुशी का क्या मतलब है ?'' कहते हुए मौगाजी ने जिन की दूसरी गिलास का आर्डर दिया।

''फिर शादी ही क्यों करना ?'' कृष्णा ने जिद जारी रखी।

''एकदम सही बात !'' मौगिया ने फरमाया और लम्बी डकार ली।

अभी दिन पूरी तरह चढ़ा नहीं था पर वहाँ मौजूद लोगों पर शराब इतनी चढ़ चुकी थी कि साफ लगता था कि वे काफी सुबह से ही बार में डटे हुए थे। एक-दूसरे से गलबहियाँ हुए वे इस टेबल से उस टेबल तक जाकर किस्से-कहानी सुन-सुना रहे थे, अपनी टिप्पणी और राय जड़ते जाते थे और इतने शऊर में भी थे कि दफ्तर जाकर काम करें और अपने प्रेस के कर्मचारियों से जबानी लड़ाई में कमजोर न पड़ें।

इनमें से एक ने मेज पर बैठी खूबसूरत और आकर्षक महिला से कहा, ''तो, लवलीन, तुमने फिर उस मादर...पाकी का इंटरव्यू हथिया ही लिया ? तुम यह सब कैसे कर लेती हो ?''

लवलीन ने उसकी तरफ उसी अंदाज में देखा जैसे नाली के तिलचट्टे को देख रही हो। उसका चेहरा बता रहा था कि वह अन्दर से खौल उठी है। निश्चित रूप से वह किसी भी तरह दबने वाली महिला नहीं थी।

''ट्राई ऐंड गेट इट योरसेल्फ चार्ली,'' उसने पलटकर खालिस ब्रिटिश अंग्रेजी में जवाब दिया। उसकी आवाज दमदार और बेलाग थी।

''अरे, यह सब कुड़ी होने का कमाल है। तुम्हारा जलवा पाकियों पर चल जाता है। मेरे पास वो जलवा कहाँ है।''

पूरे हॉल में खामोशी छा गई।

लवलीन ने बहुत ही नाटकीय मुद्रा में उसे देखा। आप देख सकते थे कि इस दिखावटी मुद्रा के पीछे कुछ बड़ा और करारा जवाब देने की तैयारी चल रही थी, पर ऊपर से इसकी मंशा नहीं दिखती थी। ''ठीक है प्यारे, मैं बताऊँगी कि मैंने कैसे यह इंटरव्यू कर लिया।''

शराबी महाराज बड़े अंदाज से उसके पास खड़े हो गए, मानो मर्द होने के चलते आखिर उनकी ही जीत हुई। मर्द अभी भी इस पेशे में सबकुछ हैं और कोई औरत उनकी सत्ता को चुनौती नहीं दे सकती है। अगर आपको इस पेशे का सही लेखा-जोखा लेना है तो प्रेस क्लब जाकर देखिए, उनकी अदा मानो यही कह रही थी।

लवलीन उठ खड़ी हुई। उसने बड़ी सावधानी से अपनी मेज से बियर का गिलास

उठाया और एक झटके में उस आदमी की गोद में इसे उलट दिया। ''प्यारे, वहाँ के दम से स्टोरी निकलती है। लेकिन मैं शर्त लगा सकती हूँ कि बियर के बुलबुले भी वहाँ कोई सुगबुगाहट नहीं पैदा कर सकते।''

उस शराबी की कमर के नीचे बियर का झाग भर गया और नीचे बहकर पहुँची बियर ने उसके पैरों के नीचे का फर्श भी गीला कर दिया। वह लवलीन पर झपटा; लेकिन उसने वार बचा लिया। फिर कई पत्रकारों ने उसे पकड़ लिया और लवलीन मटकती हुई बाहर चली गई।

वहाँ बैठी कृष्णा को अचानक लगा कि उसका तो पूरा फैसला ही गलत हो गया। उसने तो राष्ट्र-निर्माण में लगे करोड़ों लोगों के काम से अपना जुड़ाव कायम करने के लिए पूरा काम और घर छोड़ा था, पर यहाँ तो वह एक घुमंतू सर्कस का हिस्सा भर बन गई है।

राष्ट्र की राजधानी को असली निर्णायक मंडली का हिस्सा होने के चलते उनके जीवन में काम और छुट्टी के बीच कोई अन्तर नहीं है और सत्ता के गलियारों में उनकी असीमित पहुँच है। लेकिन सत्ता के रहस्यों को अगर वे जानने लगे हैं तो सत्ता ने भी उन्हें अपने रंग में डुबोकर उनकी नकेल अपने पास रखी है। काम खत्म करने के बाद वे आपे में नहीं रहते।

इस एहसास ने कृष्णा को अपने फैसले पर शर्मिंदा तो किया लेकिन कहीं उसने अपने को आजाद भी महसूस किया।

5

जिस साल कृष्णा पैंतीस वर्ष की हुई उसी साल चंबल की दस्यु सरदारनी ने भिंड में आत्मसमर्पण किया, कपिल देव की टीम ने प्रूडेंशियल कप के फाइनल में वेस्टइंडीज को पीटकर चमत्कार कर दिया और पंजाब में आतंकवादियों ने बीस पुलिस अधिकारियों की हत्या कर दी। यही वह वर्ष था जब कृष्णा को पहली बार सम्पादक का पद देने की पेशकश की गई।

फरवरी के आखिरी दिनों का तीसरा पहर था और धूप की गरमी पहले-पहल थोड़ी परेशानी पैदा करने लगी थी।

फोन आया था तब घर पर और कोई भी न था। खुद कृष्णा ने बिना कालीन वाली ठंडी फर्श पर नंगे पाँव सरपट दौड़ते हुए फोन उठाया था और कहा था, ''हेलो !''

जब दूसरी तरफ से आवाज आनी शुरू हुई तो उसका माथा घूमने लगा। उसे लगा कि उसका शरीर तो फोन के पास ही रह गया है और वह खुद छत के आसपास उड़ने लगी है। लेकिन उसने फोन पर आने वाला प्रत्येक शब्द गौर से सुना। फोन करने वाले ने कहा कि अब वक्त आ गया है कि नए लोगों को सम्पादकी सौंपी जाए जिससे कि पत्र-पत्रिकाओं को नया जीवन मिले। उसे न तो अपनी अनुभवहीनता की परवाह करनी चाहिए, न ही अपने अधीन काम करने वाले वरिष्ठ लोगों की वरिष्ठता की। प्रतिभा और भाषा पर पकड़ उम्र और अनुभव से ज्यादा महत्त्वपूर्ण चीजें हैं इसलिए काम करते-करते भी काफी कुछ सीखा जा सकता है। उसे ऐसा लगा कि वे शब्द सीधे भगवान के मुँह से आ रहे हैं और भगवान की बातें तो अकाट्य हैं। इसलिए उसने कहा, 'हाँ' और खुद ही हैरान होती रही कि बिना हिचक और स्पष्ट ढंग से जिसने हाँ की है, क्या वह उसकी ही आवाज थी ?

इसके बाद उसने बढ़िया नई साड़ी पहनी, नाखून रँगे, होंठों पर लिपस्टिक और लिपग्लास लगाए, इत्र छिड़का, फिर उसने कद्दआदम आइने में खुद को गौर से देखा।

क्या यह तुम्हीं हो कृष्णा ? क्या सचमुच तुम्हीं हो ?

उसे ऐसा लगा कि वह नशे में झूम रही है। बहुत-बहुत खुश और सरसराते रेशम की साड़ी में अन्दर से उबाल खाता हुआ उसका मन।

पेट में कहीं अन्दर अजन्मे गर्भ के दिनों जैसी एक मितली भी मचलती रही।

कृष्णा की मेज पर अब चार-चार फोन थे और इन्हें सबसे पहले भलेमानस शुक्लाजी अर्थात् सम्पादक के पी.ए. अर्थात् उसके पी.ए. उठाते थे। फोन वाले का नाम-काम पूछने के बाद वे घंटी देकर पूछ लेते कि आप फलाँ से बात करेंगी या नहीं। यह अस्सी के दशक के शुरू के दिन थे और पत्रिकाओं का वैभव अभी तेजी पर था। पर यह भले ही पाठकों के लिए अच्छा दौर हो लेकिन किसी युवा महिला सम्पादक के लिए बहुत आरामदायक वक्त नहीं था। आप बाएँ हाथ से गिलास पकड़े-पकड़े दाहिने हाथ के पोरों पर ही महिला सम्पादकों की संख्या गिन सकते थे।

अपनी सम्पादकी के पहले कुछ महीनों तक तो कृष्णा को यही एहसास कराया गया कि वह यहाँ बिना किसी उद्देश्य या लक्ष्य के ही लाई गई है। फिर बेमन से एक दफ्तर बनाया गया जिसमें वह अपनी प्रस्तावित पत्रिका की डमी कॉपी तैयार कर सके। उसे एक छोटे से कमरे में ले जाया गया। वह उन अनेक वैसे ही छोटे कमरों में से एक था, जो एक अँधियारे गलियारे के दोनों तरफ बने थे। यूँ कमरा साफ-सुथरा और रौशन था और स्टोर इंजार्ज ने वहाँ एक पुराना लेकिन ठीक-ठाक काम करता एअर कंडीशनर भी लगवा दिया। लेकिन कृष्णा को अपनी मेज और बैठने की जगह चूहेदानी की तरह लगती थी और उसे ऐसी ही जगहों में देशभर में बैठने वाले बाबुओं और टाइपिस्टों की रोनी सूरतों की याद आती रहती थी। इसके बाद काफी धूम-धड़ाके के बीच उसी पुरानी मेज के पीछे सम्पादक की नई और भारी-भरकम कुर्सी रखी गई। सबकी निगाहें कृष्णा पर थीं पर वह प्रसन्न नहीं थी। कुर्सी कुछ ज्यादा ही भारी-भरकम थी और सिर टिकाने के लिए बना पीछे का हिस्सा इतना ऊँचा था कि वह उसमें छुप जाती थी। जब उसने यह कमी बताई तो उसे कहा गया कि सम्पादक की कुर्सी तो मर्दों के सामान्य आकार के हिसाब से ही बनाई जाती है।

कृष्णा जब भी किसी मेहमान को छोड़ने के लिए या बाहर निकलने के लिए कुर्सी से उतरती थी, उसे अपनी अकड़ी गर्दन को सीधा करने के लिए सिर को दाएँ-बाएँ करना होता था। जब भी उसे अकेलेपन का एहसास होता था तो मन करता था कि इस कुर्सी को सीढ़ियों से नीचे धकेलकर मेज के नीचे छुपकर बैठ जाए।

पर वह ऐसा नहीं कर सकती थी।

अब वह सम्पादक थी।

हिन्दी की कई अन्य पत्रिकाओं के साथ कृष्णा का नया दफ्तर जिस बिल्डिंग में था, वह पुराने शहर की एक भारी-भरकम बूढ़ी इमारत थी। जब रोशनी चली जाए तो यहाँ का माहौल डरावना लगता था। जब रोशनी हो तब उदास। अफवाह थी कि इतनी भारी-भरकम इमारत के लिए इमारत के बूढ़े मालिक को मात्र पाँच हजार रुपए महीने का किराया दिया जाता है। अखबारवाला होने के चलते मकान मालिक न तो किरायेदार

के खिलाफ कहीं फरियाद कर सकता था, न ही उसकी फरियाद की सुनवाई हो सकती थी।

इमारत की सबसे निचली मंजिल के अधिकांश कमरों में ताला पड़ा रहता था। कहा जाता था कि इन कमरों में एक ऐसी फैक्टरी का कबाड़ भरा पड़ा है जो बीमार घोषित होकर बन्द की जा चुकी है, पर ऐसा होने के पहले मालिक ने जो भी उपयोगी और कीमती चीजें थीं वे चुपचाप बाहर खिसकवा दी थीं। कमरों के बीच में बड़ा-सा आँगन था जिससे होकर सीढ़ियाँ ऊपर दफ्तर तक आती थीं। इसके चारों ओर खुली नालियाँ थीं जो रद्दी प्लास्टिक बैग, सिगरेट की टोंटियों और कचरे से जाम पड़ी रहती थीं। अँगनाई में बड़े आराम से मुँह उठाए गायें, मुर्गियाँ और बकरियाँ टहलती रहती थीं। और मुश्किल से खड़ी की गई गाड़ियों के ऊपर या अगल-बगल हग कर चल देती थीं। जिन चार चौकीदारों के ऊपर मुख्य दरवाजे पर पहरा देने का जिम्मा था, उनके दर्शन शायद ही कभी होते थे। खबर थी कि उन सबने अपने-अपने ऑटोरिक्शा ले लिये थे और ड्यूटी के घंटों में भी शहरभर में ऑटो चलाते फिरते थे। कुल मिलाकर पूरा माहौल स्पष्टतः ऐसा था या बना दिया गया था कि हिन्दी वालों के मन में अपनी सम्पादकी या पत्रकारिता के लिए कोई गौरव-भाव जग ही नहीं सकता था।

कृष्णा के पड़ोसी, लालाजी ने कभी इसी प्रकाशन समूह के प्रतिष्ठित हिन्दी अखबार की सम्पादकी की थी। वह अक्सर उनसे उस पार्क में मिलती थी जो उन दोनों के मकानों के बीच में था। उन्होंने बार-बार उसे सलाह दी थी, "अपनी माँगें कभी भी छोटी न रखना। उन्हें लगता है कि हिन्दी वाले तो बस यूँ ही टके के भाव मिल जाते हैं।" सीमेंट की बेंच पर लालाजी जिस तरह बैठते थे, जिस तरह अपनी छड़ी पर अपनी ठोढ़ी टिकाते थे, पाँव सामने फैलाए रहते थे, वह सब उनके शब्दों की तुलना में ज्यादा सधा और व्यवस्थित लगता था। अपने अधपके लम्बे बालों के बीच उँगलियाँ फेरते वक्त उनके चेहरे और आँखों का भाव एकदम अलग हो जाता था। और कृष्णा जब यह कल्पना करती थी कि इन थकान वाले वर्षों के पहले वे कैसे होंगे तो उसे उनके चेहरे पर वह जख्म भी ताजा नजर आता था जो इस दौरान उन्हें मिला होगा।

"जब मैं सहायक सम्पादक होकर वहाँ गया तो मेरी उम्र सिर्फ 30 वर्ष की थी," उन्होंने कहा, "और मुझे लगा कि कोई भी सेठजी के कमरे में उसी तरह जा सकता है जैसे कि मैं तब जाता था जब हम दोनों देश की आजादी के लिए लड़ रहे थे। दरअसल जेल में रहते हुए ही उस बुढ़ऊ ने एक ऐसा प्रकाशन-गृह शुरू करने की योजना बनाई थी जो उसके पूरे औद्योगिक साम्राज्य की गाड़ी खींचने वाला इंजन बने।

"जब मैंने वहाँ नौकरी ज्वाइन की तब हमने कभी भी पद और पैसे के बारे में बात ही नहीं की थी," लालाजी ने कहना जारी रखा, "वैसे ही जैसे मैं जेल जाते हुए यह नहीं सोचता था कि मेरी बीवी और बच्चों का काम कैसे चलेगा।"

"उन दिनों काफी मुश्किल होती होगी ?" कृष्णा ने टोका।

"नहीं, तब तो मजा ही मजा था।" लालाजी ने कहा, "जब अखबार जम गया तब सेठजी बदल गए। पहले उन्होंने हम हिन्दी सम्पादकों से सीधे मिलना बन्द कर दिया। फिर उन्होंने सूट और हैट पहनना शुरू कर दिया। मैंने उन्हें समझाना चाहा, भाई साहब, हमारा अखबार भले ही हर पैमाने से ठीक न उतरे पर यह देश के साधारण आदमी से उसी की भाषा में संवाद तो करता है। यह चीज मुनाफे और कमाई के लिए नहीं। हम यहाँ लोगों की सेवा के लिए ही हैं। हमें व्यापारी और धंधेबाज नहीं बनाइए क्योंकि हम ये काम नहीं कर सकते।"

"फिर ?"

"सेठजी को पक्का भरोसा हो चला था कि उनके बच्चे हमारे ऐसा नहीं सोचते थे और इस तर्क के आगे ज्यादा कुछ कहने को बचा ही नहीं।" लालाजी ने कहा।

प्रकाशन-गृह के अंग्रेजी सम्पादकों और मैनेजरों की स्थिति एकदम अलग थी। उनका लकदक दफ्तर नई दिल्ली के बीच स्थित एकदम नई, सेंट्रली एयर कंडीशण्ड भवन में चकाचौंध से भरा था। हिन्दी पत्रिकाओं के सम्पादकीय कार्यालय की पुरानी इमारत पुरानी दिल्ली की तेज और बदबूदार गलियों के बीच थी। लोग सहज में भरोसा ही नहीं करते थे कि ये दोनों एक ही प्रकाशन समूह के दफ्तर हैं। नई बिल्डिंग सरकार द्वारा बहुत ही सस्ती दर पर अखबारों के लिए उपलब्ध कराई गई जमीन पर बनी थी। कीमत में रियायत सामाजिक सेवा के नाम पर की गई थी। इस पूरे इलाके में ऐसी ही अनेक बहुमंजिली इमारतें हैं जो दूसरे अखबार समूहों ने बनवाई थी और वे भी ऐसी ही 'बहुमूल्य' सामाजिक सेवा कर रही थीं। इन सभी इमारतों के अन्दर एक प्रयास निरन्तर चलता रहता है कि प्रेस और सम्पादकीय विभाग को कम-से-कम जगह में खपा दिया जाए और वह भी बेसमेंट और नीचे की जगहों पर। इस इलाके को फ्लीआ स्ट्रीट ऑफ इंडिया भी कहा जाता और अगर प्रेस क्लब में इसके बारे में प्रचलित चुटकुले पर भरोसा करें तो यह निजी पूँजी के द्वारा सार्वजनिक सेवा का उत्तम उदाहरण था।

कृष्णा की तरह पुराने शहर वाले हिस्से से आए लोग आसानी से नई बिल्डिंग की चकाचौंध में गुम हो जाते थे। इस खूबसूरत इमारत के भूतल पर विज्ञापन और सर्कुलेशन वालों का दफ्तर था। ब्लैक मार्बल की फर्श, खूबसूरत कारीगरी वाली लकड़ी की खिड़कियाँ, गाँवों और पुराने किलों की शैली वाले ग्रिल, पीतल के बड़े-बड़े सुन्दर फूलदानों से सजा यह हिस्सा एक दूसरी दुनिया में पहुँचने का एहसास देता था। यहाँ जगह-जगह बड़े खूबसूरत अंदाज में अंग्रेजी प्रकाशनों के लोगो उभरे या चिपके हुए थे। कृष्णा को लगता था कि इसी कम्पनी के नामी-गिरामी हिन्दी प्रकाशनों का कहीं भी जिक्र न करना, जाने-अनजाने ढंग से भाषायी पत्रकारों को यह बताने का एक और तरीका

है कि विज्ञापन की कमाई और प्रसार सम्बन्धी प्राथमिकताओं में उनकी असल में कोई भी गिनती नहीं है।

पुरानी बिल्डिंग में हुई एक बैठक में उमेशजी ने कहा था, "असली मुद्दा यह है कि बाजार वाली अर्थव्यवस्था में हम सभी लोगों को कम्पनी के खाते में अपना-अपना योगदान करना चाहिए। एक प्रकाशन के लाभ से दूसरे प्रकाशन के घाटे को भरना अब सम्भव नहीं है।"

कहा जाता था कि स्वामिभक्त उमेशजी सेठजी के उन युवा बेटों की बातें ही अपने मुँह से उचारते थे जो अभी-अभी यूरोप से व्यवसाय प्रबन्धन की पढ़ाई करके लौटे थे।

उमेशजी को उन सभी से ये बातें कहने का निर्देश दिया गया था क्योंकि वे ही अलग-अलग पीढ़ियों के बीच सेतु का काम करते थे। करीब 40 वर्ष पूर्व इस अखबार समूह के मालिक से एक बहू ने हिन्दी प्रकाशनों की शुरुआत कराई थी। उन दिनों सिर्फ कृष्णा के दादाजी के पहाड़ी शहर में ही नहीं, पूरे मैदानी इलाके में खादी की तरह हिन्दी का प्रचार-प्रसार भी स्वतन्त्रता संग्राम का अभिन्न अंग माना जाता था। उसे औपनिवेशिक सत्ता के संग ही विदेशी हुकूमत की भाषा का विरोध करने का हथियार माना जाता था। इस युवा बहू के उद्योगपति पिता को ब्रिटिश हुकूमत ने 'सर' की उपाधि दी थी लेकिन बाद में वे भी गांधी के पक्के समर्थक बन गए थे। इसी क्रम में वे गांधी की प्रिय भाषा के भी पक्के मददगार हो गए। उनकी बेटी में भी वही भावना मौजूद थी और इसी से उन्होंने अभी तक सिर्फ अंग्रेजी प्रकाशन करने वाले अपने अखबार समूह से अनेक हिन्दी पत्रिकाएँ निकालनी चाहीं। उनका मानना था कि इन्हीं से गांधी के हिन्दुस्तान की मूल भावना अक्षुण्ण रहेगी और इस पर आने वाले खर्च की परवाह नहीं करनी चाहिए।

उनकी इस भावना और विचार को उनके ससुराल वालों ने भी पसन्द किया और उनसे ऐसा करने का वादा किया, पर पुराने प्रबन्धकों के बाजार का अंदाजा लगाने और कम-से-कम खर्च में यह काम करने का उपाय कर लेने के बाद ही उन्हें इसकी स्वीकृति दी गई। यह माना गया कि नए शासकों के साथ अच्छा सम्बन्ध रखने में स्वदेशी वाली पुरानी भावना को सामने रखना मददगार होगा। इसके साथ ही हिन्दी इलाके से कम पैसों में काम करनेवाले लोग ढूँढ लेना मुश्किल न था।

और अब उमेशजी यह आखिरी बचा आदर्शवादी तेवर भी हटा रहे थे।

पीवी को भारी-भरकम पुरस्कार मिला।

लगभग उन्हीं दिनों जब लालाजी ने इस समूह में काम करना शुरू किया था। इसके मालिकों ने भारतीय संविधान में वर्णित अठारह भाषाओं में रची गई सर्वोत्तम रचना को सम्मानित करने के लिए इस भारी-भरकम पुरस्कार की योजना शुरू की थी। इस सूची

में अंग्रेजी शामिल नहीं थी। भव्य वार्षिक पुरस्कार समारोहों में पुरस्कार देने वाले यह बताना कभी नहीं भूलते कि भारत के भाषायी लेखकों ने राष्ट्रभक्ति और दिलेरी दिखाने में सबको पीछे छोड़ दिया और आज देश को उनसे ही सारी उम्मीदें थीं। और अब पीवी को यह पुरस्कार मिल रहा था और इसे एक सम्पादकीय में हिन्दी द्वारा अपना उचित स्थान पाना बताया गया।

लेकिन हिन्दी के महान् उत्थान के बारे में इस सारे कहे-सुने-लिखे के साथ यही दिक्कत थी कि वास्तविक तथ्य इन बातों की पुष्टि नहीं करते थे। हिन्दी इलाके से चार-चार प्रधानमन्त्री आए लेकिन देश के मुख्य प्रकाशन समूह वहाँ की साहित्यिक संस्थाओं से किसी भी किस्म का सम्बन्ध नहीं बना सके। चालीस और पचास के दशक में ही हिन्दी लुप्त होने जैसी स्थिति में आ गई थी और यह बात इनके प्रबन्धकों ने सबसे पहले भाँपी। वे मानते थे कि हिन्दी की पहुँच बहुत दूर तक है, इसमें सम्भावनाएँ बहुत हैं लेकिन अब इसमें बहुत कम जान रह गई है। मुम्बई और कोलकाता में बैठे इन समूहों के मार्केटिंग मैनेजरों के लिए राजनीतिक रूप से अत्यधिक सम्वेदनशील होने के बावजूद हिन्दी प्रदेश ऊसर ही रह गए थे जिनमें पूँजी पैदा करने की न तो कोई सम्भावना थी, न ही चुस्ती-फुर्ती।

पुरानी बिल्डिंग में काम करनेवाली कृष्णा और उसके साथियों को नई बिल्डिंग में बैठे मार्केटिंग और विज्ञापन विभाग के अधिकारियों की चुप्पी और ऐसी प्रतिकियाएँ निरन्तर सताती थीं। हिन्दी वालों को वे सिर्फ फोन से ही अपना सन्देश देते-लेते थे और संवाद की भाषा सिर्फ अंग्रेजी हुआ करती थी।

एक वह दौर था जब डायनासोरनुमा हिन्दी लेखक शान से उत्तर भारत में इस विश्वविद्यालय से उस विश्वविद्यालय छलाँग लगाते थे और पूरे नाजो-नखरे के साथ अध्यापन किया करते थे। किसी ने आनन्द भवन में नेहरू के साथ चाय पी थी तो किसी ने गांधी की लम्बी यात्राओं में भागीदारी की थी, कोई विदेशी कपड़ों की होली जलानेवाला था तो किसी ने अंग्रेजी हुकूमत से लड़ने के लिए सरकारी नौकरी छोड़ दी थी। सेवानिवृत्त और बूढ़े या फिर सेवानिवृत्ति के करीब पहुँचे इन लोगों को अन्दाज आने लगा था कि आगे कैसे दिन आने वाले हैं। नए लेखकों का कद अपेक्षाकृत छोटा था लेकिन उनका खून उबाल खाता था, उनमें कुछ कर गुजरने की बेचैनी थी और उन्हें धुर गाँव-देहात की तरफ ले जाने वाली हिन्दी की जगह अंग्रेजी की सलीकेदार तानाशाही पसन्द थी। वे दनादन अंग्रेजी या अंग्रेजी में अनूदित यूरोपीय साहित्य के उद्धरण देकर अपने बुद्धिजीवी होने का प्रमाण पेश करना पसन्द करते थे, और उनकी उस शहरी जमात से छनती भी थी जो खुद को सोशलिस्ट कहते थे। इनका उन अर्द्ध वामपन्थी बौद्धिकों से दोस्ताना था जिनका दिल हिन्दुस्तानी गाँवों की बदहाली पर रोता था। औपचारिक साहित्यिक जमावड़ों में वे सफारी सूट—भले ही वह कितनी भी खराब ढंग से सिली गई क्यों न हो—पहनकर आते थे, सिगार या चुरुट पीते थे। किसी कॉलेज में हिन्दी या राजनीति शास्त्र या इतिहास पढ़ाने के नाम पर समय काट रहे

ये सारे लोग दिल्ली में बड़ा ब्रेक मिलने के जुगाड़ में लगे रहते थे। उनका अध्यापन भी मात्र इसी बात की कवायद लगता था कि वे आउटडेटेड न हो जाएँ। सम्पादकीय प्रतिभा तलाशने निकले लोगों के लिए इसी अति महत्त्वाकांक्षी, बेढंगे और आधे मन से काम करने वाले युवा तुर्कों की जमात से कुछ चिर क्रुद्ध और महत्त्वाकांक्षी लोगों की टोली चुन लेना बहुत मुश्किल काम न था। इनमें से कुछ शासक दल के लिए तलवारबाज बन जाते थे तो अन्य सम्पादक और रिपोर्टर।

जैसा कि प्रकाशन-गृहों के चालाक प्रबन्धकों ने पहले ही देख लिया था कि सम्पादक बनते ही हिन्दी के बड़े से बड़े दादा और लेखक—जो खुद को अराजकतावादी तक कहा करते थे—आरामतलबी और शानो-शौकत का गुलाम बन जाते थे और नौकरी जाने का डर उनसे सारा कुछ करा लेता था। छोटे शहरों में की गई मास्टरी या बाबूगीरी में उन्होंने तंगी और गरीबी का पर्याप्त अनुभव कर लिया होता था। इतना ही नहीं, उन्हें अंग्रेजी बोलने वाली जमात से भी काफी कष्ट हो चुका होता था। सो वे यह निश्चित कर लेना चाहते थे कि फिर से पुरानी स्थिति नहीं आने देनी है। जब कृष्णा या उसके मित्र जेपी जैसे लोगों के लिए सम्पादकी करने की बारी आई तब तक ये अधिकांश लोग उन झंखाड़ गाछों की तरह बन गए थे जो अपनी जमीन को छोड़ना तो नहीं ही चाहते थे, पर न फल रहे थे और न किसी को अपने नीचे पनपने दे रहे थे। उन्हें न तो अंग्रेजी अखबारों या पत्रिकाओं के सम्पादकों से अपनी तुलना पसन्द थी, न ही वे उनके बराबर वेतन-भत्तों की माँग करते थे। यह समझदारी मानी जाती थी कि अगर हिन्दी सम्पादक को भनक लग जाए कि मालिकान उन्हें दो पैसे का फायदा देने वाले हैं तब वे कभी भी हिन्दी सम्पादकों के प्रति पूरे प्रबन्धन के नजरिए पर सवाल नहीं उठाएँगे। उन्हें मात्र अपने लाभ से काम रहता था। अपना घुटन-भरा माहौल, घटिया केबिन और इस सबसे खराब पे-पैकेट कभी नहीं अखरता था। हिन्दी मीडिया में कम तनख्वाह पर काम करने वालों की जमात मौजूद है, यह तथ्य ही उनके लिए अपना फायदा उठाने का हथियार बन गया था और कम-से-कम तनख्वाह पर लोगों की भर्ती करना उनका धरम। प्रबन्धन से उनकी मुलाकात राजा-महाराजा के झरोखा-दर्शन जैसी थी जहाँ वे गरीब और आतंकित जनता की तरह महाराज अर्थात् प्रबन्धकों के जूते की नोक से नजर हटाने का साहस नहीं करते थे।

और यह भी अजूबा नहीं था कि संघर्ष ने हिन्दी पत्रकारों में एका नहीं बनाया। अधिकांश सम्पादकीय सहकर्मी मीटिंग रूम या लंच के समय भी एक-दूसरे से कटे-कटे, नाराज और तनाव में रहते थे। पुरानी बिल्डिंग में कार पर लगे कम्पनी के स्टिकर को देखे बिना भी आप दन से समझ सकते थे कि ये गाड़ियाँ हिन्दी पत्रकारों की हैं, उन्हें शोफरवाली कम्पनी कार की सुविधा शायद ही कभी मिली होगी। अंग्रेजी सम्पादकों को ये चीजें बिना माँगे मिलतीं और ठीक उसी दिन से मिलने लगतीं जिस दिन से काम शुरू करते थे। हिन्दी के सभी सम्पादक कम्पनी द्वारा बहुत रो-धोकर दिए गए कर्ज के सहारे सेकेंड या थर्ड हैंड कार ही ले पाते थे और सभी खुद ही

गाड़ी चलाकर दफ्तर आते-जाते थे। वे शहर के उन सस्ते इलाकों में रहते थे जहाँ किराए के मकान उन्हें मिलनेवाले किराया-भत्ते के अन्दर ही आ जाते थे। वैसे इन इलाकों में भी अच्छी सड़कें वगैरह थीं लेकिन नई इमारत वाला एक भी अंग्रेजी का सम्पादक उधर नहीं था और कृष्णा को भी नहीं लगता था कि वह भी कभी उन इलाकों में जाएगी।

पर उसका यह मानना देवेश्वरजी की मौत वाले दिन टूट गया।

6

सुबह के छह बजे थे और कृष्णा प्याले में चाय डाल रही थी कि फोन की घंटी बजी। एक प्रकाशक मित्र ने फोन किया था। उसने बताया कि उनके साथी सम्पादक देवेश्वरजी नहीं रहे। मौत अचानक हुई। थोड़ी देर तक साँस लेने में तकलीफ हुई और फिर साँस रुक गई। जब तक उनकी छोटी-छोटी बेटियाँ डॉक्टर को बुलाएँ, उनकी मौत हो गई थी। देवेश्वरजी एक हिन्दी साप्ताहिक के सम्पादक थे और उसके कमरे के सामने वाला कमरा ही उनका था।

देवेश्वर जी विधुर थे। दुबले-पतले और गम्भीर देवेश्वर जी ने कुछ बहुत अच्छी कविताएँ लिखी थीं, एक बहुत अच्छा हिन्दी नाटक लिखा था और हर हफ्ते आने वाली उनकी तीखी सम्पादकीय टिप्पणियों को पढ़ने में मजा आ जाता था। नाटक-समीक्षक के तौर पर वे अक्सर बड़ी कड़ी भाषा का प्रयोग करते थे और कई बार तथ्यों से बहककर भी आक्षेप लगाते थे। लेकिन राजनीतिक विश्लेषणकर्त्ता के रूप में वे किसानोंवाली समझदार नजर से चीजों की चीर-फाड़ करते थे और सीधे मामले के असली मर्म तक पहुँचते थे।

कृष्णा को नहीं मालूम था कि वे उसे पसन्द करते थे या नहीं। जब वे दोनों साथ होते थे तो उनका व्यवहार बहुत ही गर्मजोशी भरा, मित्रवत् और चुटकी लेने वाला होता था लेकिन जब उनके इर्द-गिर्द हिन्दी लेखकों और साथियों की मंडली होती थी तो वे कृष्णा की तरफ बहुत ही सपाट नजरों से देखते थे और अक्सर अपने मित्रों से फुसफुसाहट भरे अंदाज में कुछ-कुछ टिप्पणियाँ करते रहते थे जिस पर जोरदार ठहाके लगते थे और कृष्णा को लगता था कि यह सबकुछ उसके बारे में ही चल रहा है।

एक दूसरा प्रसंग भी याद आता है। गर्मियों के दिन थे और पुरानी बिल्डिंग में दिन-भर का काम करके निकलने के बाद भी गर्मी का पारा कुछ गिरा नहीं लगा। कृष्णा नीचे आँगन वाले हिस्से में आकर अपनी कार खोलने का प्रयास कर रही थी। कार का हैंडिल इतना गर्म था कि उसने रूमाल लेकर उसे पकड़ा था और इस चक्कर में कार में चाबी लगाने में दिक्कत हो रही थी। जब वह कार खोलने में जुटी थी तभी देवेश्वर और उनका एक चेला नीचे उतरे। उनके तेवर चढ़े हुए थे और दिन-भर के काम से थके साठ साल के व्यक्ति के लिए यह कोई अजूबा नहीं था क्योंकि इस

अँधियारा भरे और डरावने भवन में, जहाँ अक्सर बिजली चली जाती थी और जहाँ शायद ही कभी पुराना एयर कंडीशनर ढंग से चलता हो, दिन-भर काम करने के बाद हाल बदहाल हो जाता था। वे कृष्णा से मात्र कुछ इंच के फासले से निकले पर उन्होंने उसकी तरफ ध्यान नहीं दिया और साथ चल रहे चेले की पीठ ठोकी कि जल्दी चलो वरना इस समय ऑटोरिक्शा मिलना मुश्किल है।

"क्या मैं आपको लिफ्ट दे सकती हूँ ?" कृष्णा ने डरते-डरते पूछा।

"नो मेम साहिब !" उन्होंने जवाब दिया और आगे बढ़ गए।

'मेम साहिब !' कृष्णा को इस बिल्डिंग के अपने साथियों से यह सम्बोधन सुनने की उम्मीद न थी। वह नहीं बता सकती कि बाकी लोग आपसी बातचीत में उसके लिए इस सम्बोधन का प्रयोग करते हैं या कि उस दिन उन्होंने उसे झिड़कने के लिए यूँ ही इस शब्द का प्रयोग किया था। वह यह भी नहीं बता सकती कि सीधी गाली सुनने में उसे क्या ज्यादा खराब लगता।

कृष्णा जब देवेश्वर के दो बेडरूम वाले फ्लैट की सीढ़ियाँ चढ़ रही थी तब उसे ये घटनाएँ याद आईं। फ्लैट के अन्दर शव के पास बैठी दोनों बेटियाँ रो रही थीं और शव से सटाकर रखी गई बर्फ की सिल्लियों के गलने से निकलते पानी को सँभालने का बारी-बारी से प्रयास कर रही थीं। कृष्णा ने पड़ोसियों से जाना कि देवेश्वर खुद बिना माँ की इन दोनों बच्चियों का पालन-पोषण कर रहे थे और दूसरे लोगों की मदद की पेशकश को ठुकराते रहे थे। फिर एक-एक करके कृष्णा के अन्य साथी भी आने लगे। इनमें अधिकांश प्रेस के कर्मचारी और यूनियन के लोग थे। एक छोटे और दढ़ियल तन्दुरुस्त आदमी ने, जिसे सभी कामरेड मोहन कहा करते थे, नाराजगी भरा छोटा भाषण भी दे डाला कि किस तरह मैनेजमेंट पुरानी बिल्डिंग के लोगों और हिन्दीवालों के साथ भेदभावपूर्ण व्यवहार करता है और यूनियन के वे लोग इस चीज का ध्यान रखेंगे कि कामरेड देवेश्वर के परिवार को पूँजीपति मालिक की तरफ से पर्याप्त मुआवजा मिले।

कृष्णा ने देखा कि बिना रँगाई-पुताईवाली इमारत का यह एक ऐसा फ्लैट था जिसमें मात्र कामचलाऊ चीजें थीं और ऐसा कुछ भी नहीं था जिसे समृद्धि या अमीरी का सूचक माना जाए। दोनों लड़कियाँ दुबली-पतली और अभावग्रस्त लगती थीं और उनके हाथ घरेलू कामों से रूखे बन चुके थे। उन्होंने बताया कि वे दोनों अभी स्कूल में ही हैं और यहाँ उनकी देखभाल करने वाला कोई रिश्तेदार भी नहीं है। उनकी आँखों से निराशा, दुख, हताशा साफ झलक रही थी। कृष्णा लड़कियों के साथ बैठी रही। उसे न कुछ करने की सूझ रही थी, न ही कुछ कहने की। जब बाकी लोग शव को लेकर अन्तिम संस्कार के लिए चले गए तो वह भी घर लौट आई।

बाद में उसने पीवी को फोन किया, "पीवी, हमें उनकी बच्चियों के लिए जरूर कुछ करना चाहिए। आप चाहें तो उन्हें कोई काम दिला सकते हैं या अपनी एजेंसी में ट्रेनी लगवा सकते हैं ?"

"यह काम वंशानुगत नहीं चलता," पीवी ने कहा। उनका स्वर बहुत रूखा था। और लगता था कि वे कहना चाहते हैं कि मुझ पर दबाव न डालो।

कृष्णा को यह बात थोड़ी देर बाद ध्यान में आई कि जब पीवी को पुरस्कार मिला था तब यह चर्चा थी कि अकेले देवेश्वर ने ही इस फैसले के खिलाफ अपनी आपत्ति दर्ज कराई थी। तब उन्होंने बहुत तीखे स्वर में कहा था, "वह अब लेखक नहीं, सत्ता का दलाल है। अब वह कवि नहीं रहा।"

उसे लगा कि वह भी कैसा मूर्ख है जो इस बात को भूलकर पीवी से पैरवी करने पहुँच गई ! कुछ पल के लिए एकदम खामोशी रही। फिर उसने विषय बदल दिया और वे दूसरी चीजों पर काफी समय तक बातें करते रहे।

कृष्णा के पचास वर्ष होने के एक वर्ष पूर्व खुद पीवी का भी स्वर्गवास हो गया। उससे कुछ महीने पहले ही उनकी एक बेटी, जिसकी शादी एक प्रोपर्टी डीलर से हुई, की भी रहस्यमय परिस्थितियों में मौत हो गई। यह चर्चा थी कि दहेज के चलते उसकी हत्या की गई। यह कहा जाता है कि पीवी उसकी मौत के सदमे से उबर ही नहीं पाए।

विजयादशमी का दिन था। वे लोग एक कार में सवार होकर घर से कृष्णा के दफ्तर की तरफ रवाना हुए। सुबह का वक्त था और एक मोर अचानक निकला और चार लेन वाली सड़क पार करके नील के एक पुराने पेड़ पर जा बैठा। उसकी पूँछ में हजारों आँख जैसे निशान वाले पंख थे। दोनों बेटियाँ खुशी से चिल्ला पड़ीं।

कृष्णा के पति गाड़ी चला रहे थे। गाड़ी चलाते हुए उन्होंने बेटियों से कहा कि कौरवों और पांडवों के बाद से दिल्ली कम-से-कम नौ बार बसी और उजड़ी है, क्या तुम लोगों को यह यकीन होता है ? उन्होंने पूछा तो दोनों ने एक साथ कहा—ना। पति ने कृष्णा की तरफ देखा और मुस्कुराए।

आज उनके और बच्चियों के लिए छुट्टी का दिन था पर उसके लिए नहीं। योजना यह थी कि वे लोग कृष्णा और कार को उसके दफ्तर में छोड़कर रिक्शा ले लेंगे और पुरानी दिल्ली के साप्ताहिक हाट में घूमेंगे तथा पुरानी किताबें देखेंगे-खरीदेंगे। बच्चियों ने अभी-अभी पढ़ना शुरू किया था। साफ-सुथरी सड़कों और हरे-भरे पेड़ों के बीच से गुजरते हुए वे दोनों बहुत खुश तो थीं ही, एक-दूसरे को चिढ़ाते-उलझते भी चल रही थीं।

उन्नीस सौ चौरासी में कृष्णा पैंतीस वर्ष की थी, प्रधानमन्त्री छियासठ वर्ष की, उनके पुत्र चालीस वर्ष के और राष्ट्रपति अस्सी वर्ष के थे। पुरानी दिल्ली एक बार फिर से दंगाइयों और शरणार्थियों का शहर बननेवाला था। लेकिन लोग अभी यह नहीं जानते थे।

उन लोगों ने गाड़ी दफ्तर के अहाते में खड़ी की और फिर बाहर जाने की तैयारी करने लगे। कृष्णा ने बच्चियों को चूमकर विदा करना चाहा लेकिन वे तो बाँहों से

छिटककर भागीं और रिक्शा स्टैंड की तरफ चल दीं।

"ध्यान रखना," कृष्णा ने अपने पति से कहा।

अक्तूबर, 1984 का वह आखिरी दिन धूसर अँधियारा और ठंड भरा था। ग्यारह बजे जब कृष्णा दफ्तर रवाना होने ही वाली थी कि फोन की घंटी बजी। एक विषादपूर्ण आवाज ने सूचना दी कि प्रधानमन्त्री की गोली मारकर हत्या कर दी गई है और वे पुरानी बिल्डिंग के अपने दफ्तर जाने के पहले तुरन्त नई बिल्डिंग आ जाएँ।

फोन पर आई आवाज कुछ अजीबोगरीब ढंग से शान्त थी। देश पर सत्रह वर्ष तक शासन करनेवाली महिला की मौत ने भावनात्मक रूप से एक बहुत ही अजीब स्थिति पैदा कर दी थी जिससे सारी मौखिक अभिव्यक्तियाँ—दुख की, क्रोध की या फिर राहत की—शायद जड़-सी हो गईं। यह हाल पत्रकारों का भी था।

दफ्तर जाते हुए सड़क पर अजीबोगरीब खामोशी थी। राष्ट्रपति की बग्घी जब गणतन्त्र दिवस परेड के समय रायसीना पहाड़ी पर बनी सड़क से गुजरती है, कुछ वैसी ही खामोशी थी। दफ्तर में लाबी सुनसान थी। पार्किंग की जगह में खड़े लोग घूर-घूरकर आने-जाने वालों को देख रहे थे। अन्दर लिफ्ट चलानेवाला कोई न था। कृष्णा जब लिफ्ट से बाहर निकली तभी कारीडोर में उसी समूह के हिन्दी अखबार का एक रिपोर्टर थोड़ा लड़खड़ाता हुआ दूसरी तरफ से आता मिला। कृष्णा और वह, दोनों साथ ही न्यूजरूम में दाखिल हुए। उसकी आँखें अंग्रेजी अखबार के उन लोगों को ढूँढ़ती रहीं जो घोषित रूप से कांग्रेस विरोधी थे। वह तब भी नशे में झूम रहा था। किसी को भी नहीं मालूम था कि वह वहाँ क्यों आया है; सम्भवतः वह अपना गम हल्का करने आया था। पर हर आदमी यह देख सकता था कि वह एकदम मदहोश था।

अचानक वह बोल पड़ा, "मैं अपने दफ्तर जा रहा हूँ पर उससे पहले तुम मादर...अंग्रेजी वालो, मेरी बात सुन लो..." उसकी जुबान लड़खड़ाने लगी।

कृष्णा दरवाजे वाले गलियारे में ही खड़ी रही, आगे नहीं बढ़ पाई, जैसे उसका शरीर आगे जाने को ही तैयार न हो ! उसने पाया कि राजधानी में गाली के जितने और जैसे रूप प्रचलित थे, वे सब उसके आगे एक-एक करके प्रकट हो रहे थे।

शराबी को लग रहा था कि वह अकेला पड़ता जा रहा है। वह काफी गुस्से में था। उसने कहा, जिन्होंने उसे और उसकी जुबान को इस इमारत से बाहर ढकेला है और जो स्वर्गीय 'मैडम' के इतने विरोधी रहे हैं, उन पर लानत है। नई बिल्डिंग में समाचारों का काम देखनेवालों को लगातार गालियाँ सुना रहा वह रोता हुआ आदमी उस ठंडे दिन में भी एक गन्दी कमीज और मुड़ा-तुड़ा पैंट पहने हुए था जबकि सारे लोग स्वेटर और जैकेट पहने हुए थे।

"और मैं तुम सभी से पूछता हूँ कि अब हम सब क्या करेंगे ? कोई नहीं जानता...कि विदेशी ताकतें हमारे ऊपर चढ़ी आ रही हैं और हमारा देश बर्बाद हो

जाएगा...''

हो सकता है कि वह आदमी बहुत अकेला हो और उसे अपने आप पर अफसोस आ रहा हो, लेकिन उसकी भावना और पीड़ा ने कृष्णा को अन्दर से झकझोरा, भले ही उसका स्यापा करने का तरीका कितना भी भोंडा और बेतुका हो।

न्यूजरूम के लड़कों ने इस पियक्कड़ की बकवास पन्द्रह मिनट तक झेली। फिर एक सीनियर पत्रकार ने उठकर गुस्से से कहा, ''अरे कोई है, इस साले को फेंको बाहर।'' वह इस शराबी के शरीर को छूकर अपना हाथ गन्दा नहीं करनेवाला था। एक चपरासी आया और उसने इस शराबी को ऊपर से नीचे तक देखा, पर वह अभी हाथ लगाता, इससे पहले ही उसने अपना सिर झुकाया और बुदबुदाते हुए बाहर निकल गया।

इस प्रकार यह हिन्दी के दुख का इजहार हुआ।

और साथ ही अंग्रेजी की परेशानी का भी।

''अन्दर आ जाइए,'' अंग्रेजी अखबार के सम्पादक ने अपने आधा खुले दरवाजे से कृष्णा से कहा, ''इस सीन के लिए माफ करेंगी। असल में उस शराबी को इधर आने ही नहीं देना चाहिए था। इस तरह ताबड़तोड़ बुलवाने के लिए माफ करेंगी लेकिन मुझे लगा कि आप स्वर्गीय प्रधानमन्त्री पर झट से हजार शब्द लिख देंगी। क्यों न औरत पर औरत ही लिखे।''

''औरत पर औरत ! क्या मतलब ?''

''जहाँ तक मुझे याद है, आपने अपनी पत्रिका के लिए उनका एक अद्‌भुत इंटरव्यू किया था। वहाँ आपने उनसे एक लड़की के रूप में उनके जीवन, उनकी शादी, मातृत्व, उनके बच्चों, उनके पोते-पोतियों और उनके काम के बारे में बात की थी।''

''नहीं,'' कृष्णा ने सीधे ना कर दी। उसे नहीं लगता कि वह यह 'पीस' लिख सकेगी।

''जरा इस हिसाब से सोचिए, हममें से कितने लोगों को इस लौह महिला के जीवन के नर्म पहलुओं को जानने का अवसर मिला है ? कृष्णा, आपके ऊपर आपके पाठकों और दोस्तों का इतना हक तो बनता ही है। हमें मालूम है कि आप बहुत बढ़िया अंग्रेजी लिखती हैं। इसलिए ज्यादा नखरे न कीजिए, प्लीज !''

और यूँ कृष्णा के पाठक अंग्रेजी दैनिक के पाठक बन गए। इसके लिए इस कम्पनी के प्रति निष्ठा की याद नहीं दिलाई गई, न ही इस आलेख को तैयार करने में उसके वास्तविक दुख ने कोई भूमिका निभाई।

बाद में जब कृष्णा पुरानी बिल्डिंग के अपने अँधियारे दफ्तर में जाने के लिए लम्बे बरामदे से गुजरी तब उसी शराबी लड़के को हिन्दी समाचार साप्ताहिक *दिनान्तर* का युवा रिपोर्टर अपने साथ लिये जा रहा था। यह बरामदा जहाँ खत्म होता था वहाँ बने शौचालय के आसपास सस्ती दारू की खाली बोतलें पड़ी थीं जो धूप में चमक रही थीं। लड़के ने शराबी को कहीं कोने में पड़े टूटे सोफे पर लिटा दिया और तौलिया भिगोकर उसका मुँह पोंछा। शराबी जार-जार रो रहा था और यह रिपोर्टर कह रहा था, ''मुझे मालूम है भाई साहब कि आपको कैसा महसूस हो रहा है।''

"वह साक्षात् दुर्गा थी..." शराबी तब तक बार-बार यही दोहराता रहा जब तक वह सो नहीं गया।

कृष्णा और यह नौजवान साथ-साथ बिल्डिंग से बाहर आए। उसने बताया कि सुबह ही किसी ने उसका बटुआ मार लिया जिसमें उसका प्रेस कार्ड भी पड़ा था। फिर वे दोनों कृष्णा की कार से ही अखिल भारतीय आयुर्विज्ञान संस्थान की तरफ चले जहाँ प्रधानमन्त्री के शव में लेप लगाकर उसे पार्टी मुख्यालय में दर्शन के लिए रखने को तैयार किया जा रहा था।

कृष्णा गाड़ी चला रही थी और वह नौजवान उसे रास्ते भर अपनी कहानी सुनाता रहा। सत्तर के दशक में जब जयप्रकाश नारायण का नवनिर्माण छात्र-आन्दोलन शुरू हुआ तब उसमें शामिल हुए लड़कों में वह भी एक था। तब वह भागलपुर, बिहार में था और सैकड़ों दूसरे लड़कों के साथ ही जेपी के संग-संग जेल गया था। उसने कहा कि उसके प्रदेश के बुनियादी स्वभाव में ऐसा कुछ बागी तत्त्व है जो बुद्ध और महावीर के समय से अभी तक चला आ रहा है। बिहार की जातिवादी राजनीति ने उसे नौकरी के लिए दिल्ली आने को मजबूर किया लेकिन हिन्दी में लिखने के चलते वह खुद को बिहार से जुड़ा महसूस करता है।

सड़कों पर अचानक एक जन-सैलाब उमड़ने लगा था। अस्पताल की तरफ जानेवाली अधिकांश सड़कें बन्द हो गई थीं और अस्पताल के दरवाजों पर ताले लग गए थे। वे दोनों थोड़ी देर तक वहीं आसपास भटकते रहे लेकिन सुरक्षा प्रबन्ध बहुत सख्त थे और पुलिस वैन पूरे इलाके की मुस्तैदी से रखवाली करते घूम रहे थे। पार्टी के अनेक कार्यकर्त्ता दहाड़ें मारकर रो रहे थे जबकि बाकी सारे नारा लगा रहे थे कि वे अपने नेता की मौत का बदला लेंगे, "खून का बदला खून से लेंगे।"

कृष्णा इस इलाके की मुख्य सड़कों के अलावा पीछे के रास्तों और गलियों से नहीं गुजरी थी। एक छोटे कद की दुबली-पतली महिला ने वहाँ पहुँचे हजारों लोगों के मन में इतना दुख, क्रोध और बदले की भावना पैदा कर दी है, यह देखना एक अर्थ में अच्छा भी लग रहा था लेकिन साथ ही एक आतंक भी पैदा हो रहा था। आखिर इन लोगों के मन में उस नेता की मौत का यह कैसा असर है जो इनसे एकदम दूर-दूर रहती थी, एकदम अलग वर्ग और समूह की थी ? कृष्णा के मन में आया, क्या अपनी छाती पीट रही औरतें राजस्थान की पेशेवर रुदाली औरतों की तरह यह काम ड्यूटी समझकर कर रही हैं या मजे के लिए ? या फिर वे सचमुच दिन-दहाड़े हुई इस हत्या से पैदा दुख के चलते ऐसा कर रही हैं ?

चूँकि अस्पताल में घुसने पर रोक थी इसलिए उन लोगों ने तय किया कि वे तीनमूर्ति भवन चलें जहाँ पहुँचकर शव को सार्वजनिक दर्शन के लिए रखने की तैयारी तो देख लें। तीनमूर्ति भवन देश के पहले प्रधानमन्त्री जवाहरलाल नेहरू का आवास था जो इस मृत प्रधानमन्त्री के पिता भी थे। इन्दिरा गांधी ने अपना काफी वक्त इस मकान में गुजारा था और वे अपने विधुर पिता और पुत्रों के मेहमानों के लिए मेजबान की

भूमिका निभा चुकी थीं। इन्हीं पुत्रों में से बड़े को तब तक देश का अगला प्रधानमन्त्री घोषित कर दिया गया था जिसकी विस्तृत खबर कृष्णा और उसके साथी को बाद में लगी।

यह भव्य इमारत जो अब एक संग्रहालय में बदल दी गई है—चारों तरफ से बड़े-बड़े पेड़ों से घिरी है और यहाँ घास के बड़े-बड़े मैदान भी हैं। इसके बीच-बीच में गुलाब के फूलों की क्यारियाँ हैं। इन्दिरा गांधी की एक संगी, जिन्हें इसी परिवार ने विभाजन के दौरान बचाया था और बाद में गोद ले लिया था, यहाँ की तैयारियाँ देख रही थीं। इस बहादुर और दुख में डूबी महिला को देखते ही उसका गम समझ में आता था। उसकी आँखें भी सूजी हुई थीं। न अपनी एकमात्र परिचित पारिवारिक सदस्य की ऐसी मौत पर रो रही थीं। साथ ही बुदबुदाती जा रही थीं कि मैडम सब पर भरोसा कर लेती थीं, सबके लिए एकदम खुली थीं और यह उसी की कीमत है। वे नंगे पैर ही खुरदुरे बरामदे और सड़क पर चल-फिर रही थीं। उन्होंने आदेश दिया कि कुछ तौलिए और गुलाब की पंखुड़ियाँ वी.आई.पी. लोगों के लिए उसी जगह के करीब रख दी जाएँ, जहाँ शव को रखा जाता है।

''गेंदा नहीं,'' वह बार-बार बोलती जा रही थीं, ''गेंदा नहीं, ऐसा भोंडा और रुखा फूल ! मैडम को इससे एलर्जी थी।''

सूरज एकदम चढ़ आया था और गर्मी लगने लगी थी। ऊँचे रविश के दूसरी तरफ बने सर्वेंट क्वार्टरों के चूल्हों का धुआँ उठने लगा। इन्हीं झाड़ियों से इस भवन के असली निवासियों और नौकर-चाकरों के इलाके का बँटवारा होता था जैसे गुलाब की पंखुड़ियों और गेंदे का।

कृष्णा ने नई बिल्डिंग के सामने सड़क पर ही अपने इस साथी को उतार दिया और फिर गाड़ी लेकर अपने दफ्तर चल दी।

जाते-जाते कृष्णा ने सोचा कि अगर वह महिला इतने बड़े भवन में पैदा न हुई होती और उसे गेंदे से एलर्जी न होती तो शायद यह सब कुछ हुआ ही न होता।

कृष्णा के मन में यह बात किसी दुर्भावना से नहीं आई थी पर क्या कोई ऐसे विचारों को आने से रोक सकता है ?

7

"घर आ जाओ," माँ ने कृष्णा से कहा, "तुमने बहुत सम्पादकी कर ली है और थकी हो। अब तुम्हें आराम और ठीकठाक भोजन की जरूरत है। बेटियों को भी साथ लिए आओ। अब अमरूद आने लगे हैं।"

"लड़कियों का स्कूल है," कृष्णा ने कहा, "और अम्मारानी, हमें बदलते वक्त के साथ चलना सीखना होगा।"

"बेवकूफी की बातें न करो," पार्वती ने कहा, "और खराब भाषा का इस्तेमाल मत करो। मुझे मालूम है कि यह बहुत काम और थकान वाला समय है। आ जाओ," उन्होंने फिर कहा, "घर आओ और सुस्ता लो।"

पहाड़ी पर चढ़ते हुए टैक्सी का इंजन ज्यादा ही जोर से घरघरा रहा था। टैक्सी के रूप में यह मारुति वैन था जिसको पहले ही काफी रगड़ा गया था और जो चढ़ान शुरू होते ही मोड़ों पर ढंग से नहीं चल पा रहा था। गाँव के बच्चे सड़क के किनारे बने मील के पत्थरों और संकेत-पट्टियों पर चैन से बैठे सेब चबा रहे थे। उनके पीछे सेब के पुराने बगीचों की हरियाली छितरी हुई थी। इनमें से अधिकांश पेड़ अब खराब हो गए थे, उनमें कीड़े लग गए थे और कोई भी इनके फलों को खरीदना नहीं चाहता। बागानों के मालिक अपनी जमीन बेच रहे थे और मैदानी शहरों से आनेवाले लैंडडेवलपर अन्धाधुंध खरीद कर रहे थे। उनके पास इतना पैसा था कि उन्हें अंदाजा नहीं था कि उसे कैसे खर्च किया जाए।

"तुम्हारा पुराना स्कूल कहाँ है ?" लड़कियों ने कृष्णा से पूछा। गाड़ी जब एक बड़े फेरे वाले मोड़ पर आई तो वे सभी एक छोटे पहाड़ी शहर के बाहरी हिस्से को देख सकते थे और यहीं कृष्णा ने इशारा किया। उस पुरानी इमारत पर अभी भी लाल या हरे रंग के टीन की छत थी और स्कूल की खिड़कियाँ अभी भी सूर्योदय की रोशनी में चमकती थीं। जल्दी ही ऊटपटांग किस्म की सीमेंट वाली इमारतों ने स्कूल को ढक लिया। प्रायः इन सभी इमारतों पर टीवी एंटिना लगे थे।

"चीजें बदल गई हैं," कृष्णा ने अपनी बेटियों से कहा, "काफी चीजें बदल गई हैं।"

"लेकिन जगह तो अभी भी सुन्दर है।"

"वो तो है।"

"आप रुकना चाहती हैं ?" टैक्सी ड्राइवर ने पूछा। वे लोग सड़क के किनारे बनी चाय की एक दूकान के पास रुके जहाँ बहुत घटिया बनी चाय में से किरासन की बू भी आ रही थी। वहाँ उन्होंने हाथ-पाँव सीधे किए।

"अब चलें ?" आखिर में कृष्णा ने कहा।

जैसे-जैसे वे लोग घर के पास आते गए, सड़क सूरज की रोशनी से नहाई सी दिखने लगी। पहाड़ी के किनारे फूल खिल रहे थे। लोगों ने घरों के आगे लिली, आइरिस और नरगिस की झाड़ियाँ लगा रखी थीं जिन पर फूल लदे थे। कृष्णा जितनी बार घर आती उतनी बार इस जगह की खूबसूरती और साथ ही साथ दरिद्रता पर हैरान होती।

उसने देखा है कि उसके शहर के फलदार पेड़ भी धीरे-धीरे कम होते जा रहे हैं और अधिकांश बागान पैसेवाले बिल्डरों को बेचे जा चुके हैं। ये लोग अटैचियों में पैसा भरकर मैदान से यहाँ आते हैं। एक समय के बाद वे इस सारी हरियाली और खूबसूरती को हटाकर उसकी जगह भद्दे टूरिस्ट लॉज बना देंगे और फिर अनेक राज्यों के विस्थापित शरणार्थी यहाँ आएँगे। वे अपनी कामचलाऊ दूकान लगाकर मुरादाबाद के पीतल की घटिया चीजें, लुधियाना में मशीन से बने कैशमिलन स्वेटर और शॉल उल्टी-सीधी कीमतों पर उन अमीर पर्यटकों को बेचेंगे जो महँगे लॉजों में रहेंगे और सिर्फ बिसलेरी का पानी ही पीएँगे। सारे प्राकृतिक झरने एक-एक करके सूखते जा रहे हैं। सम्भवतः प्रकृति पर्यटकों को अपने से दूर भगाने और ऐसी लोभी पीढ़ी से अपनी दूरी बनाए रखने के लिए अपना आखिरी हथियार इस्तेमाल कर रही हो !

वे लोग पत्थर से बने एक दोमंजिला मकान के सामने से गुजरे जिसकी निचली मंजिल पर चाय, तम्बाकू, आलू, रुई, छाते जैसी रोजाना की जरूरत की चीजों की दूकानें थीं। सूरज अब ढलने की तैयारी में था और उसकी मंद पड़ती रोशनी दाहिने तरफ की पहाड़ी को स्वर्णिम काँसे के रंग में रँगे हुई थी—पत्थर और झाड़ियाँ, सब पर यही रंग चढ़ा था।

कैंची के मोड़ के पास, जहाँ दो नदियाँ मिलती हैं और अचानक सामने घाटी नजर आने लगती है, एक बहुत ही चमक-दमक वाला मन्दिर था। मन्दिर के सामने चाय की दूकानों की पूरी पाँत थी और फिर वह पुल आता था जो उनको दूसरी तरफ ले जाता।

"देखो, देखो, माँ, बन्दर !" बच्चियाँ सामने सड़क पर झुंड में चल रहे लंगूरों को देखकर चिल्ला पड़ीं। पश्चिम की तरफ बहने वाली बयार और थोड़ी ठंडक तो थी ही, भीड़ और लकड़ी के जलने से निकलने वाले धुएँ की गन्ध भी थी।

जब वे लोग नदी पार कर गए तब कृष्णा ने अपनी बेटियों को बताया कि बचपन में वे लोग यहाँ तक पैदल ही आ जाते थे और यहाँ वे लोग नेपाली हम्मालों को मछलियाँ पकाते हुए देखते थे जो उन्होंने डाइनामाइट लगाकर पकड़ी होती थीं।

"यह तो मछली पकड़ने का बहुत क्रूर तरीका है।"

"हमें भी ऐसा लगता था लेकिन हमको भी अगर घरवाले तब मछली मारने देते तो शायद हम भी ऐसे ही मारते।"

वे लोग दिल्ली से काफी दूर, करीब छह हजार फीट की ऊँचाई पर थे। बच्चियों ने मजे लेने के लिए अपना पूरा सिर खिड़की से बाहर निकाल लिया था जैसा कि अक्सर कार में सवार कुत्ते करते हैं। बाहर आसमान एकदम नीला था और जहाँ तक आँखें देख पाती थीं सिर्फ पहाड़, पेड़ और कार्तिक महीने के सूरज की मद्धिम चमक ही दिखाई देती थी।

"माँ, नानी का असली नाम क्या है ?"

"पार्वती। इसका मतलब होता है पर्वत की बेटी।"

"क्या इसी के चलते वे पहाड़ों में रहती हैं ?"

"क्या पता ?"

अक्तूबर की शुष्क और शीतल हवा में खुली नालियों से उठी बदबू भी समाई थी और बाजार, इलाके की इन नालियों का पानी बाहर निकलने के लिए कोई दरार या रास्ता खोजने के चक्कर में जगह-जगह बिखरा था। सड़क शान्त हो गई थी और नीचे के इलाके के दूकानदार अपनी दूकानें बन्द करके घर जा चुके थे। इलाके में चलनेवाले गँदले पुराने स्टाल अब चमक-दमकवाली दूकानों में खप गए थे। शीशे के डिस्प्ले केस में टीवी और रेडियो सजाकर रखनेवाली इन दूकानों की चमक ने उनके आसपास की चमक भी बढ़ा दी थी। चाँदनी में पेड़ों की डोलती परछाइयाँ दीवार पर पड़कर कुछ ऐसा भ्रम पैदा कर रही थीं मानो इमारतें झुकती जा रही हैं।

एक सोफे पर आधी आँखें बन्द किये लेटे रहना कितना सुखद है, वह भी तब जब आपकी माँ हुकुम दे-देकर सारी दुनिया को हाँकने में लगी हो। दिन-भर कृष्णा पार्वती के पुराने सोफे पर पड़ी रही और लड़कियाँ कुछ अजीबोगरीब खेल-खेलने में मगन रहीं। जब बच्चों को बाहर जाने, दौड़ने, कूदने की गुंजाइश न हो तो वे ऐसे खेल खुद ईजाद कर लेते हैं।

कृष्णा की माँ को चूड़ियाँ बहुत पसन्द थीं। लेकिन विधवा होने के चलते वह काँच की चूड़ियाँ नहीं पहन सकती इसलिए उसने प्लास्टिक और पक्की मिट्टी की चूड़ियों जैसी न जाने कई नई चीजें ढूँढ़ ली थीं। आज उसने काले रंग का जो मोटा बाला पहना था वह नग जड़ा था और टीवी की रोशनी पड़ते ही वे खास ढंग से चमक जाते थे। टीवी-कैमरे स्वर्गीय नेता के चेहरे से अब उन रोते, बिलखते, चिल्लाते चेहरों की तरफ मुड़ रहे थे जो पूरे दिन और रात तक शव के दर्शनों के लिए आते रहे। शोक, चीख-चिल्लाहट और मृत चेहरे का बार-बार देखना निराशा पैदा कर रहा था।

"माँ, तुम टीवी बन्द क्यों नहीं कर देतीं ?" उसने माँ से कहा।

"बंद कर देती," पार्वती ने जवाब दिया, "लेकिन मैं सारी चीजों को एक बार और

देखना चाहती हूँ। बेचारा लड़का। काश वह राष्ट्र के नाम सम्बोधन करता।''

कृष्णा को लगा कि उसकी माँ की यूँ भी हादसों और बर्बादी जैसी चीजों के बारे में जानने में दिलचस्पी रहती है और यहाँ तो सबसे बड़े परिवार में ही भारी हादसा घट गया है। कृष्णा की माँ अब स्थानीय हिन्दी अखबारों में डूबी रहती है और दिल्ली के हाल-चाल की जो भी उल्टी-सीधी रिपोर्टें इनमें छपती हैं, उन पर पक्का भरोसा करती है। पुलिस और कानून-व्यवस्था अब चरमराकर बैठनेवाली है, इस किस्म की रिपोर्टों को वह ज्यादा गौर से पढ़ती है और नाश्ते के समय अपने ढंग से इसे सबको सुनाती है।

कृष्णा ने कहा, ''माँ, यह सम्भव है कि शासक परिवार अब राजनीति से बाहर ही हो जाए। उनके पास जीने, करने को काफी कुछ है। सम्भव है कि उनका बेटा चुनावों, आतंकवाद और रुपए की गिरावट जैसी बातें कर-करके तंग आ गया हो। सम्भव है कि वह अपनी पत्नी से इतना प्रेम करता हो कि उसकी सलाह मानकर परिवार की बची-खुची निधि समेटकर बाहर चला जाए।''

''वे लोग ऐसे नहीं हैं,'' पार्वती ने कहा, ''इतनी बात तो पक्के तौर से कही जा सकती है। नहीं, मुझे लगता है कि वह अपनी माँ की बनाई राजनीति में फँस गया है। वह भागेगा नहीं। इस परिवार का कोई भी बन्दा भगोड़ा नहीं हो सकता। राजनीति ही उनका धरम है।''

पार्वती कृष्णा की बेटियों के लिए एक ही तरह के स्वेटर बुनने में लगी थी और चाहती थी कि उनके दिल्ली लौटने से पहले स्वेटर पूरे हो जाएँ। पूरे दिन उसका हाथ चलता रहता था और ऊन का गोला यहाँ-वहाँ लुढ़कता रहता था। कभी-कभी वह हाथ रोककर फँदे गिन लेती थी।

''नहीं, वे लोग यहीं रहेंगे और संघर्ष करेंगे,'' उसने कहा।

कृष्णा कुछ-कुछ देर बाद उठकर बाहर जाती थी और बच्चों को देख आती थी। बच्चों माने कृष्णा की बेटियाँ और उसकी बहन के बच्चे। सूरज की तेज रोशनी के चलते वह कनखियों से ही उधर देखती थी। उधर शरद की ठंडी हवा बाहर खड़े पीपल की पत्तियों को खड़खड़ा रही थी। वह अक्सर कहा करती थी कि बच्चों को अधिक से अधिक बाहर ही खेलना चाहिए लेकिन उन पर नजर भी रखनी चाहिए और कपड़े-लत्ते भी ढंग के होने चाहिए।

''हम खेलते थे, तब न इतने फैंसी कपड़े-लत्ते थे, ना ही कोई देखनेवाला,'' कृष्णा ने कहा। पार्वती की आँखों में एक साथ नाराजगी और क्रोध तथा प्रेम और स्नेह का भाव आया। उसने कहा, ''अच्छा तुम लोग तो बिना पाले-पोसे ही इतनी बड़ी हो गई हो ? हाँ नहीं तो ?''

उनके बच्चों के लिए नानी हर समय मौजूद रहती थी—गौरयों और मच्छरों की तरह।

क्या समय आने पर मैं भी अपनी बच्चियों के बच्चों के लिए वैसे ही मौजूद

होऊँगी ? कृष्णा ने खिड़की की छड़ों और उससे पार के आसमान में ताकते हुए उदासी से सोचा।

माँ के घर से जब वे लोग ट्रेन से वापस लौटे तब कृष्णा को पहली बार एहसास हुआ कि अब स्थितियाँ बदलने जा रही हैं। और फिर उसे अपने पति की पखवाड़े भर पहले बेटियों से यूँ ही कही गई यह बात याद आई कि दिल्ली समय-समय पर उजड़ती-बसती रही है।

शहर को लपेटने वाला भोर का कोहरा सूरज निकलने के साथ ही धीरे-धीरे बिला गया था। टैक्सी जब घर की तरफ बढ़ी तब कृष्णा ने पाया कि अचानक जाने कहाँ से आकर सड़कों पर भटकने वाले आवारा लड़कों के झुंड यूँ ही छोड़ दी गई टैक्सियों पर टूट पड़े हैं और वे चिल्ला-चिल्लाकर दूसरों को बुला रहे हैं। टैक्सियों के सिख मालिकों ने सिख गार्डों द्वारा इन्दिरा गांधी की हत्या करने का बदला खुद से लिये जाने के डर से अपनी-अपनी टैक्सियाँ छोड़ दी थीं और भाग गए थे। उनके साथी टैक्सी चालकों का कहना था कि इन्दिरा गांधी के समर्थक यह दंगा करवा रहे हैं। एक चौराहे पर उसने ऐसे ही एक झुंड को डाँटते हुए कहा, "तुम लोग क्या कर रहे हो ?" उसकी आवाज और भंगिमा देखकर कुछ बच्चे तो वहाँ से खिसके पर बाकी ने कोई परवाह न की और पीली-काली गाड़ी को पीटते और लूटते रहे तथा चौराहे की बत्ती के हरा होने का इन्तजार करते रहे। दूर-दूर तक कोई पुलिसवाला नजर नहीं आ रहा था। आखिरकार जब एक सिपाही नजर आया तो कृष्णा ने उससे कहा कि वह टैक्सी को आवारा बच्चों से बचाए। उसने पथराई आँखों से कृष्णा को देखा और फिर उसके पास बहुत ही बेमन से आया और बोला, "मैडम, हर ओर यही लूटमार चल रही है। मैं क्या कर सकता हूँ।" उसकी आवाज एकदम मरियल-सी थी। बत्ती के हरा होने तक कृष्णा और वह एक-दूसरे को देखते रहे।

कृष्णा यह देखती जा रही थी कि लुटियन्स की बसाई दिल्ली सिर्फ नई और पुरानी बिल्डिंग, या राष्ट्रपति भवन, नार्थ और साउथ ब्लाक, ईस्टर्न और वेस्ट के कोर्ट, कनाट प्लेस और राष्ट्रीय संग्रहालय तथा अभिलेखागार तक ही सीमित नहीं थी। उसके पिता, उसके भाइयों और देवरों-बहनोइयों का यह सरकारी शहर शून्य से पैदा नहीं हुआ था। इसकी बनावट कई-कई परतों वाली थी। यहाँ सत्ता के कई केन्द्र थे और प्रत्येक का निर्माण पुराने के ध्वंसावशेष पर हुआ था। हर बार नया रूप लेने से पहले शहर खून की होली खेलता रहा है। यहाँ जितना नीचे खोदेंगे खून में सनी मिट्टी की उतनी ही परतें दिखाई देंगी और लोग पाएँगे कि किसने कैसे नई सत्ता बनाई।

और किसे यहाँ से मार-काट कर भगाया गया और कैसे... ?

8

कृष्णा की मेज पर पड़े कार्ड पर लिखा था, ''पंडित राधारमण त्रिपाठी, भविष्यज्ञाता, रत्नशास्त्री और वास्तुशास्त्र विशेषज्ञ, स्तंभकार और राजनीतिक सलाहकार।''

पर जब यह व्यक्ति कमरे में दाखिल हुआ तो इस भारी-भरकम परिचय के बावजूद बहुत ठिगना, दुबला-पतला और काफी नर्वस दिखा। उसकी आँखें अधमुँदी-सी थीं, पर उनसे शायद ही कुछ बचता हो। ललाट पर लाल बिन्दी थी और माथा तेल से चिपचिपा रहा था। उसकी घड़ी काफी महँगी लगती थी और ऊपरी पॉकेट में तो सोने की कलमों की पूरी पाँत लगी थी। उसके दाँत छोटे, नुकीले और तेज थे और वह तकरीबन रोमहीन नज़र आता था जो किसी भी मर्द के लिए बहुत अजीब बात थी।

''नमस्कार,'' उसने कृष्णा से कहा और खुद-ब-खुद सामने की कुर्सी पर बैठ गया। ''मैंने सुना है कि आप हमारे पेशे के बहुत लोगों से नहीं मिलतीं इसलिए मैंने खुद आपसे मिलकर आपको तन्त्र-मन्त्र के बारे में बताना तय किया।''

कृष्णा चुप रही।

''इसलिए सबसे पहले तो मैं आपको इसके वैज्ञानिक आधार के बारे में बताऊँगा,'' उसने कहा। इसके बाद उसने बताया कि किस तरह विभिन्न नक्षत्र-समूहों से निकलने वाली किरणों को अलग-अलग रत्न ग्रहण करते हैं और सही और गलत प्रभाव डालते हैं। सही आकार के सही रत्न को पहनकर कोई आदमी सारे अच्छे प्रभावों को ग्रहण कर सकता है और बुरे प्रभावों से बच सकता है।

उसने बताया कि 'वास्तु' शब्द वास्तु पुरुष से निकला है जो समस्त वस्तु-जगत के स्वामी हैं और अगर भवन के मालिक और उसमें रहनेवालों की कुशल चाहिए तो मकान बनाने से पहले उन्हें अनुकूल करना चाहिए। उसने कृष्णा को बताया कि अगर उसकी मेज को दीवार से सटाकर उसकी कुर्सी का मुँह पूरब की ओर कर दिया जाए और गमलों में लगे पौधों का मुँह पश्चिम की तरफ कर दिया जाए तो दफ्तर में तनाव कम हो जाएगा और उसके लिखने-पढ़ने की रफ्तार बढ़ जाएगी। उसने कहा कि पश्चिमी तौर-तरीके सीखना ठीक है लेकिन अब आध्यात्मिक दिशा-निर्देश के लिए पश्चिम भी पूरब का मुँह देखने लगा है। उसने अपना गन्दा-सा ब्रीफकेस खोला और फिर प्लास्टिक का एक बड़ा-सा लिफाफा निकाला जिसमें दुनिया के विभिन्न हिस्सों के अनेक महत्त्वपूर्ण लोगों के साथ उसकी तस्वीरें थीं।

कृष्णा ने उन पर नजर डाली, उन्हें फिर से लिफाफे में डाला और वापस कर दिया।

दरवाजे तक जाकर यह भविष्यज्ञाता बहुत ही मारक मुस्कान के साथ मुड़ा और बोला, "मैंने ठीक-ठीक भविष्यवाणी कर दी थी कि मैडम की हत्या उनके बाडीगार्ड ही कर देंगे। मैंने आपकी पत्रिका की कुंडली बनाई है और मैं भविष्यवाणी करता हूँ कि यह दशक बीतने के पहले ही पत्रिका बन्द हो जाएगी।"

बच्चियों की नानी इन दिनों पहाड़ों से उनके पास आई थी।

"लगता है कि तुम्हारे दोस्त राजन को यह बीमारी पहले से ही थी," पार्वती ने कृष्णा से कहा, "वह जो चमर-चमर तेल लगाकर बीच से माँग काढ़ता है और उसका अजीब सा नाम है जेजोला या कचोलिया, वही पिछले तीन दिनों से लगातार समाचार पढ़ रहा है। ऐसा अजीबोगरीब नाम वाला आदमी पता नहीं मीडिया में किस तरह चल जाता है ? तुम्हारा दोस्त ही हरदम रात नौ बजे वाला दूरदर्शन का बुलेटिन करता था—भले ही उसकी बीमारी के लक्षण रोज बढ़ते जा रहे थे। लेकिन इधर तीन दिनों से मैंने उसे नहीं देखा है। लगातार तीन दिन। लगता है कि कैंसर के महारोग ने उसे जोर से जकड़ लिया है। हे राम, कितना भला आदमी था बेचारा।"

कृष्णा ने कहा, "माँ, हो सकता है कि केमोथेरेपी के बाद वह आराम कर रहा हो। स्तम्भकारों का कहना है कि उसकी बीमारी अब निश्चित रूप से उतार पर है। उसने काफी पैसे बनाए हैं और हो सकता है कि अब वह मजे से जीना चाहता हो। अभी वह जवान है और उसकी बीवी इतनी खूबसूरत है...।"

"लेकिन कैंसर से लड़ सकने की ताकत नहीं है," पार्वती ने कहा।

"यह भी हो सकता है कि ठीक होने के बाद वह दफ्तर की किसी सुन्दरी के चक्कर में हो और उसे लेकर सेशेल्स या सेंट किट्स या कहीं और चला गया हो।"

"यह सब करने की न तो उसकी उम्र है, न स्वास्थ्य," पार्वती ने कहा, "समाचार बुलेटिन की पंक्तियों के बीच वह जिस तरह साँस खींचता था उसे देखकर कोई भी यह कह सकता था। नहीं, मुझे लगता है अब उसकी कोई मदद नहीं की जा सकती।"

एक डॉक्टर की बेटी होने और कैंसर के चलते काफी समय तक बीमार रहने के बाद मरे अपने पति को करीब से देखने के बाद से कृष्णा की माँ इस विषय में खुद को विशेषज्ञ मानने लगी है। अक्सर वह कह देती थी कि ग्लैमरयुक्त बड़े-बड़े लोगों में से उसकी राय में अब कौन कैंसर का शिकार बनने जा रहा है। पीला और दुंबला चेहरा, अचानक घटा वजन या किसी व्यक्ति के चलने में अचानक आया थोड़ा बदलाव उसके लिए यह भविष्यवाणी करने का बहाना बन जाता था कि अब अमुक के अन्त की शुरुआत हो गई है।

"गेहूँ के पौधों का रस, अब तुम्हारे दोस्त को इसका सेवन करना चाहिए था," उसने

कुछ रुककर कहा, ''तुम चाहो तो अभी भी उसकी पत्नी को फोन करके यह...''

''अरे यार, फोन उठाकर उससे घरेलू उपचार की बात मैं कर ही नहीं पाऊँगी।''

''बेवकूफी मत करो। पुराने दोस्त इसी के लिए होते हैं। और फिर मैं तुम्हारी यार नहीं हूँ। तुम्हारे मुँह से यह शब्द सुनना मुझे अच्छा नहीं लगता। अगर तुम्हारे बाबू सुनते कि इतनी शिक्षा के बाद उनके बच्चे ऐसी भाषा बोलते हैं तो वे सिर पर छत उठा लेते।''

कृष्णा की माँ को टेलीविजन समाचारों का अभ्यस्त बनने में काफी समय लगा। उनका मानना था कि खबरें तो अखबार देते हैं—टीवी तो सिर्फ धारावाहिक और प्रश्नोत्तरी जैसे कार्यक्रम देखने के लिए होता है।

राजन ही यह बदलाव उनकी आदत में लाया था। पार्वती ने अचानक यह नोटिस करना शुरू किया कि जब एक खास वक्त वह टीवी खोलती है तो एक नौजवान, जिसका नाम राजन है, हिन्दी में समाचार पढ़ रहा होता है। बुलेटिन के शुरू और आखिर में वह मुस्कुराता था जो काफी अच्छा लगता था। पार्वती उसे रोज आशीष देती थी—फलो-फूलो। देश में इतना कुछ गड़बड़ हो रहा है लेकिन अच्छी भाषा का यह रूप निखरे।

पार्वती को नहीं मालूम था कि कृष्णा राजन को जानती है। उसे सिर्फ इतना पता था कि इस नौजवान की मुस्कुराहट बहुत अच्छी है और काफी समय बाद छोटे पर्दे पर ऐसी हिन्दी बोलनेवाला कोई आदमी आया है जैसा कि हिन्दी को होना चाहिए।

''क्या तुम जानती हो कि वह दक्षिण भारतीय है और हिन्दी उसकी मातृभाषा नहीं है,'' कृष्णा ने पार्वती से तब यह सवाल किया जब उसने माँ के मुँह से उसकी तारीफ सबसे पहली बार सुनी थी।

''यही तो असली चीज है,'' पार्वती ने कहा, ''दक्षिण भारतीय लोग धुन के बड़े पक्के होते हैं। अगर वे कोई दूसरी भाषा भी सीखते हैं तो उसमें अच्छा-खासा योगदान करते हैं। हम उत्तर भारतीयों के वश की यह चीज नहीं है। उनके दाँत भी हमसे बेहतर होते हैं। उसकी मुस्कान को देखो। इससे मेरा दिल खिल उठता है।''

कृष्णा अक्सर यह बात भूल जाती थी कि उसकी माँ कोई साधारण महिला नहीं है जो यूँ ही भाषा के बारे में टिप्पणी करती हो। वह पार्वती है, पर्वत की स्वघोषित पुत्री। सदियों पहले उनकी नाम राशि की महिला ने अपने पिता दक्ष के हाथों हुए अपने पति के अपमान पर आत्मदाह कर लिया था। जब उसने फिर जन्म लिया तो उसे अपने को दो भागों में विभक्त करना पड़ा—काली और गौरा। इसके बाद उसके दोनों रूप बारी-बारी से प्रकट होते रहे।

हिन्दी की घनघोर प्रशंसक होने के बावजूद पार्वती ने कृष्णा, उसकी बहन और उसके भाई को सही समय पर अच्छे अंग्रेजी स्कूल में दाखिला दिलाने का फैसला किया

था। लेकिन कृष्णा के मामले में वह असफल रही। एक दिन उसने बच्चों के पास बैठकर बताया कि उसके पिताजी की तबादले वाली नौकरी को ध्यान में रखते हुए पहले उसने यह सोचा था कि इस कस्बे से उस कस्बा जाने के चलते पहले कुछ वर्ष हिन्दी स्कूलों में ही बच्चों को पढ़ाया जाए। पर अब उसने गलती दूर करने का निश्चय किया था और पारिवारिक जीवन स्थिर होते ही सबको अच्छे कांवेंट स्कूल में दाखिला दिलाने का फैसला ले लिया था।

अब पार्वती ने बच्चों को घर में अंग्रेजी पढ़ाना शुरू किया। बच्चों को इस पर हैरानी तो होती थी, बाद में उन्हें यह काम बेमतलब-सा भी लगने लगा। छोटे शहरों में हाथ में हिन्दी की किताब लेकर चलना आसान होता है और वहाँ के सारे बच्चे और शिक्षक भी हिन्दी में ही बात करते हैं। इन बच्चों को अपनी माँ का शुरुआती फैसला ही ठीक लगता था। पर दिन-भर खराब हिन्दी सुनते-सुनते पार्वती इतनी चिढ़ जाती थी कि वह कविताएँ और कहानियाँ पढ़कर बच्चों को सुनाती थी—उन हिन्दी प्रेम वाले दिनों में कृष्णा और वह, दोनों मिलकर उन विषयों में आगे की बातें सोचते-लिखते-बदलते थे। उन्होंने घर के पिछवाड़े लकड़ी का मंच सा बना रखा था और अपने संगी-सहेलियों के साथ यहाँ वे कविता पाठ और कहानी पाठ की प्रतियोगिता भी आयोजित किया करती थी। कृष्णा ने फटाफट हिन्दी की वे सभी किताबें पढ़ डालीं जिन्हें बच्चों को पढ़ने दिया जाता था। उसके पिता ने कहा कि अब उसकी अंग्रेजी को झाड़-पोंछकर चमकाने की जरूरत है। यही ज्ञान है जो बाद में जाकर फायदा करेगा।

लेकिन जब तक वह अंग्रेजी के महत्त्व को समझ पाती, पार्वती ने एक नया नियम बना डाला। रविवार के दिन घर का कोई भी आदमी हिन्दी पत्रिका नहीं पढ़ेगा। वह पूरा दिन अंग्रेजी को समर्पित था भले ही आप व्याकरण में कितने भी कमजोर हों, आपका उच्चारण कैसा भी हो। अगर आप माँ-बाप से या आपस में भी बात करना चाहते हैं तो सिर्फ अंग्रेजी में ही बोलना होगा।

कृष्णा ने माँ से कहा, ''माँ, तुम्हें याद है जब तुम अचानक इस तरह से अंग्रेजी बोलने का कानून-सा बनाने लगी थीं ? तब तुम मुझे इतवार को हिन्दी किताबें नहीं पढ़ने देती थीं, लेकिन मैं तो शौचालय में छिपाकर उन्हें पढ़ती थी।''

''मुझे मालूम था,'' पार्वती ने कहा, ''लेकिन तब भी तुम्हारी हिन्दी-अंग्रेजी काफी अच्छी थीं। इसलिए तुम्हारे बाबू की तरह मैं बेकार की चिन्ता नहीं करती थी।''

''तुम मेरी लाइब्रेरी से लेकर किताबें क्यों नहीं पढ़तीं ? तुम्हें पता है, कई किताबें अभी भी कितनी अच्छी हैं। उनमें से कुछ तो जरूर अच्छी हैं,'' कृष्णा ने कहा, ''मैं देखती हूँ कि तुम दिन-भर सड़ियल टीवी प्रोग्राम देखती हो। तुम्हें पहले पढ़ने का कितना शौक था।''

''अभी भी है,'' उसकी माँ ने कहा, ''मैं अभी भी वृन्दावनलाल वर्मा, अमृतलाल नागर, यशपाल वगैरह के उपन्यास पढ़ती हूँ। जब मैं अकेली होती हूँ तो हर दिन पढ़ती ही तो रहती हूँ। जब मैं तुमसे मिलती हूँ तो सिर्फ सुस्ताना चाहती हूँ।''

"फिर चलो एक हिन्दी सिनेमा देख आएँ। मैं शर्त लगा सकती हूँ कि तुमने 'अर्द्धसत्य' नहीं देखी होगी।"

"मैं तुम्हारी सत्य-वत्य नहीं देखना चाहती। मुझे लगता है इसमें मारामारी, खून-खराबा, गिरोहों की लड़ाई होगी।"

"लेकिन माँ, यही तो हमारी जिन्दगी में रह गया है।"

"फिर अपने ही जीवन की चीजें देखने के लिए अपना पैसा क्यों खराब किया जाए।"

"कैसे अन्याय शुरू होता है, गैरकानूनी काम शुरू होता है, कैसे सच्चाई पिटती है यह देखने से हमारी संवेदनशीलता बढ़ती है, माँ। क्या तुम यह देखना नहीं चाहती कि मुम्बई का माफिया किस तरह काम करता है ?"

"मैं क्यों जानूँ ?"

पार्वती ने मटर छीलना जारी रखा और मटर के दाने जब स्टील के बड़े भगौने में गिरते थे तो थोड़ा उछल-कूद करते थे, थोड़ी आवाज होती थी।

"जब भी समय मिले अपने दोस्त राजन के बारे में पता करना," पार्वती ने फिर कहा, "सुन रही हो ना ! उस दक्षिण भारतीय लड़के ने अकेले ही हिन्दी के लिए इतना किया है, जो उसकी मातृभाषा भी नहीं है। ये सारे विदेशी चैनल हमारी टीवी स्क्रीन में जब घुसे चले आ रहे हैं तब हिन्दी को उस जैसे लोगों की मदद ही बचाएगी और हिन्दी बचेगी ही, भले वे लोग कितना भी जोर लगा लें।

"मैं इस बारे में कुछ नहीं कह सकती," कृष्णा ने पूरी गम्भीरता से कहा। वह अभी-अभी एक पुस्तक के लोकार्पण समारोह से लौटी थी जो निहायत भौंडे किस्म का था। यह किताब एक कैबिनेट मन्त्री की अकाल परिपक्व पुत्री की कविताओं का संग्रह था। चूँकि पिता का सभी कला अकादमियों पर नियन्त्रण था, सारा अनुदान वही बाँटते थे इसलिए उनकी बेटी की 'रचनात्मकता' को निखारने, चमकाने और सामने लाने में इन संस्थाओं के चाटुकार लोग कोई कसर नहीं छोड़ सकते थे।

कृष्णा को कुछ समय पहले ही पता चला था कि एक बुजुर्ग सहायक सचिव, जिन्होंने यह आयोजन करने के लिए सारी भागदौड़ की थी और जब प्रधानमन्त्री किताब के ऊपर चढ़ा आवरण उतार रहे थे तो दुल्हन के दादा की तरह जो अति प्रसन्नता के भाव से दहक रहे थे, अब सेवानिवृत्ति के करीब पहुँच चुके हैं। उन्हें सेवा-विस्तार की जरूरत थी। इस पुस्तक विमोचन के बारे में तैयार प्रेस विज्ञप्ति कृष्णा को सौंपते हुए उन्होंने कहा, "मैडम, मेरी बातें याद रखिएगा। यह लड़की हमारे साहित्य की 21वीं सदी का वर्तमान और भविष्य है।"

कृष्णा 'प्रेस' के लिए आरक्षित गैलरी में बैठी थी। वह जहाँ बैठी थी वहाँ से उसे उन टीवी कैमरा वालों के मोटे कूल्हों का विस्तार ही दिखाई दे रहा था जो पुस्तक विमोचन कर रहे प्रधानमन्त्री की और अच्छी तस्वीर के लिए कमजोर-सी बालकनी पर झुके जा रहे थे। डर लग रहा था कि कहीं बालकनी जवाब न दे जाए।

"लेखिका परम सुन्दरी और अपार सम्भावनाओं से भरी है," प्रेस विज्ञप्ति की इस पंक्ति पर कृष्णा की नजर टिक गई।

कृष्णा को बीस पार की अपनी माँ की तस्वीर की याद आई; सुनहरे भूरे रंग के बाल, शहद के रंग जैसी आँखें और अंडाकार चेहरा जिसमें मुस्कान आते ही डिम्पल पड़ जाते थे। बाद में कृष्णा के पिता की बीमारी के साथ ही सारी सुन्दरता जाती रही। उसके बाल पक गए, रात-रात भर जागने के चलते आँखों में ललाई स्थायी होकर उभर आई, चेहरे पर झुर्रियाँ छा गईं। पिताजी की जब मौत हुई थी तब उनका वजन पाँच साल के बच्चे जितना रह गया था और उनके शरीर से भयंकर बास आने लगी थी। कई बार रात में आप सोते-सोते इस गन्ध से परेशान होकर जाग जाते थे। पार्वती वहीं कोने में एक खाट पर सोती थी और जरा सी आवाज आते ही उठ जाती थी। वह बार-बार मिलने-जुलनेवालों और डॉक्टर से कहा करती थी, "मैं यह सब रोग से लड़ने में उनकी मदद के लिए करती हूँ और काश मैं और अधिक कुछ कर सकती।"

9

कृष्णा रात में अपने कमरे में अकेले पढ़ाई कर रही थी। टीवी बन्द हो चुका था। माँ सुबह जल्दी उठनेवालों में थी।

कृष्णा को अचानक अमोल याद आया।

उसने कब से उसे नहीं देखा है ?

उसने 'वूमेन एंड होम' पत्रिका कब से नहीं पढ़ी है ?

कृष्णा की माँ कब से यह पत्रिका पढ़ने को खरीदती रही थी। पर जब स्टर्लिंग-रुपए का विनिमय दर बहुत ही मुश्किल हो गया तो उसने भी चुप्पी लगा ली। कृष्णा को वह वक्त भी याद आया जब वह कॉलेज से घर आकर एक कप कॉफी पीने के बाद पुराने अंक पढ़ा करती थी। वह और उसकी बहन पुरानी पत्रिकाओं और पॉकेट बुक्स के ढेर अपने बिस्तर के पास रखा करती थीं और कभी ऊब तोड़ने के लिए तो कभी तनाव को सँभालने के लिए भी पत्रिकाएँ पलटने लगती थीं। प्रसिद्ध लोगों के घर की सजावट से लेकर फूलदान में फूल लगाने के तरीके जैसी सारी चीजें वे लोग पढ़ा करती थीं। ब्राउनी, केडिग्री और वेडिंग केक बनाने की विधियाँ भी विस्तार से पढ़ती थीं। इन पत्रिकाओं में रोमांटिक धारावाहिक, महलों के किस्से, खूबसूरत हीरो और हीरोइनें छाए रहते थे जिनका व्यवहार दिन-ब-दिन ज्यादा उत्तेजक और कामुक होता जाता था। फिर भी वे सभी सुन्दरी हीरोइनें अपना कौमार्य तो सुरक्षित रखती ही थीं, शादी, परिवार और बच्चों में भी पूरा यकीन रखती थीं और अपने लिए एक खयाल रखनेवाला पुरुष तलाशने में जुटी रहती थीं।

इन धारावाहिक उपन्यासों के नायक बाद में कृष्णा के सपनों में भी आने लगे। वे उसके आगे सिर झुकाते थे, उसका चेहरा छूते थे और फिर बड़े प्यार से अपनी तरफ मोड़ लेते थे। वे उसका चेहरा निहारते रहते थे, शायद कोई इशारा पाना चाहते थे लेकिन उसे यह सब अटपटा-सा लगता था। सपने में वे सभी सूट और कार्डिगन पहने होते थे और उनके बाल घुँघराले और लम्बे होते थे। लेकिन सपनों में भी कृष्णा सहमी रहती थी मानो अभी उसके माँ-बाप में से कोई कमरे में आ जाएगा।

ऐसे में अक्सर कृष्णा की नींद अचानक खुल जाती थी और फिर वह लाख कोशिश करे, जल्दी नींद नहीं आती थी।

क्रिसमस के आसपास वे स्थानीय क्रिसमस बाजार जाते थे; वहाँ के कामचलाऊ

मेजों पर यूरोप और अमेरिका में कपड़े निर्यात करने वाली पोशाक कम्पनियों के सेकेण्ड्स के माल का ढेर लगा होता था। कई बार कृष्णा को लगता था कि वूमेन एंड होम की हीरोइनों में से एक ने जो ड्रेस पहना हुआ था, वह भी इन ढेरों में पड़ा है या फिर उसके प्रेमियों में किसी ने जो फुटबाल स्वीट शर्ट पहना हुआ था वह भी यहाँ बिक रहा है। क्या यह स्वीट शर्ट अमोल को ठीक आएगा ? वह सोचती थी।

अमोल के एक चाचा साठ के दशक में ही अमेरिका बस गए थे। अमोल बताता है कि वे हिप्पी बन गए थे, ग्रीनविच विलेज के आसपास भटकनेवाले हिप्पियों जैसे ही। बीट जेनरेशन के कई कवियों से उनकी यारी-दोस्ती थी और यह बात जब अमोल ने बताई तो उसकी आवाज एकदम बदली हुई थी। लेकिन अमोल का परिवार अभी भी इस चाचा को मुन्ना ही कहता है, यह नाम कृष्णा को बहुत गुदगुदाने वाला लगता।

अमोल के अनेक रिश्तेदार बहुत दिलचस्प किस्म के जीव थे पर जो कृष्णा को सबसे रोचक लगते थे, वह थे अमोल के दादा। वे हिन्दी के प्रसिद्ध कवि थे और जवानी के दिनों में एक मुस्लिम लड़की से शादी करने के चलते परिवार ने उन्हें बहिष्कृत कर दिया था। अपना परिवार लेकर वे काफी समय तक भाड़े के एक छोटे से घर में रहे और ऐसी शानदार कविताएँ लिखते रहे जिन्होंने हिन्दी में कविता लिखने का ढर्रा ही बदल दिया। फिर उन्हें कवि सम्मेलनों में बुलाया जाने लगा और प्रतिष्ठित पत्रिकाओं में उनकी कविताएँ आज भी विस्तार से उद्धृत की जाती थीं। कृष्णा की माँ को उनकी अनेक कविताएँ कंठस्थ थीं। फिर उन्हें दनादन पुरस्कार मिलते गए और एक प्रादेशिक विश्वविद्यालय ने उन्हें एक सम्माननीय पीठ अनुकम्पा के तहत दे दी। अब तो उसकी दादी को यह अवसर मिल गया कि वे अपने बेटों को अच्छे अंग्रेजी स्कूल में दाखिला दिलवा सकें। बाद में बच्चों ने अंग्रेजी साहित्य में ही पढ़ाई की और अनेक स्वर्णपदक जीते। लेकिन जैसे-जैसे बच्चे बड़े होते गए वे अपने पिता और उनके कविता लेखन से दूर होते गए। माँ ने ही किसी तरह परिवार को एक रखा। उसकी मौत के बाद बड़ा बेटा बीसवीं सदी के अंग्रेजी गद्य पर शोध के लिए शोधवृत्ति मिलने पर अमेरिका चला गया और फिर कभी वापस नहीं आया। अमोल के पिता अंग्रेजी किताबों के अत्यधिक सफल मार्केटिंग एजेंट साबित हुए।

"तुम उस बूढ़े बेताल से क्यों मिलना चाहती हो ?" अमोल ने उनका पता लिखते हुए पूछा।

"क्योंकि वे वहाँ हैं," कृष्णा ने कहा।

लेकिन अमोल को इस जवाब पर हँसी नहीं आई। "लोग कहते हैं कि वह जगह एकदम सीलन और बदबू भरी है और यह बुढ़ऊ एकदम सठिया गया है। तुम देखना, वहाँ जाना वक्त बर्बाद करना ही साबित होगा," उसने पता लिखा कागज कृष्णा के हाथ में पकड़ाते हुए कहा।

अमोल के दादा जिस जगह पर रहते थे वह गलियों और कूचों की भूलभुलैया ही थी। रिक्शावाला यहाँ-वहाँ से होते हुए, चार जगह पता पूछते, धक्के देते-खाते हुए

अचानक एक जगह आकर तेजी से मुड़ा और फिर रुक गया। अमोल ने पहले ही चेता दिया था कि घर को ढूँढ़ने में बहुत मुश्किल होगी। अब इस शहर में कोई भी इस मनमौजी और सनकी बूढ़े कवि को नहीं जानता। उनके अधिकांश समकालीन और दोस्त मर चुके हैं और नए लेखकों में कोई उसके पास जाता नहीं।

इस जगह पर आकर रिक्शावाले ने कहा, "अब रिक्शा आगे नहीं जा सकता। अब आपको ही गली के लोगों से पूछकर घर का पता करना होगा।" यह कहकर उसने अपना रिक्शा मोड़ा और चल पड़ा।

घर गया भाड़ में। कृष्णा को लगा कि वह रो पड़ेगी।

लेकिन कृष्णा को इस गुमशुदा दादा को ढूँढ़ना ही था, जिसे अब कोई नहीं जानता, देखता और जिस गुत्थी को कोई नहीं सुलझाता।

आखिरकार उसने मस्जिद के पीछे स्थित वह पुराना और अँधियारा मकान ढूँढ़ ही लिया। गली के दोनों तरफ खुली गलियाँ थीं। जहाँ भी मुड़िए और देखिए, मुर्गियों और बकरियों के अलावा बकरी की लेड़ियाँ-ही-लेड़ियाँ दिखाई देती थीं। लगभग गन्दे कपड़ों वाली एक महिला एक पाइप के सहारे बुरादेवाली सिगड़ी जलाने का प्रयास कर रही थी। वह सिर लटकाए कृष्णा को उस द्वार तक ले गई। बीच में वह एक छोटे बच्चे पर चीखी, "बेवकूफ, अगर तुमने बाबा की गाभिन बकरी से छेड़छाड़ की तो मैं तेरी टाँगें तोड़ दूँगी।" फिर एक सीढ़ी के पास आकर उसने जोर से आवाज दी, "बाबा, कोई आपसे मिलने आई हैं।" यह कहने के बाद उसने कृष्णा से कहा, "ऊपर चली जाइए। बाबा जरा ऊँचा सुनते हैं।"

कृष्णा अठारह साल की थी और उसने अभी-अभी साड़ी पहननी शुरू की थी। अमोल के दादा नब्बे वर्ष के थे और लगता था कि उनकी कान की मशीन भी ठीक से काम नहीं करती है। लेकिन इस मशीन के चलते उनके दुबले-पतले और बौद्धिकों वाले चेहरे पर एक अजीबोगरीब रहस्यमयता जरूर आ गई थी। "हाँ ?" उन्होंने पूछा।

जिस कमरे में बाबा बैठे थे वह कौवे के घोंसले की तरह गोलाकार और उनकी जरूरत की कई चीजों से भरा था; कपड़े, स्टोव, कप, किताबें, दाढ़ी बनाने के सामान, टीन, दवाई की शीशियाँ। एक मुड़ी-तुड़ी कमीज दरवाजे के हैंडल से लटकी थी जो इस नजारे को पूरा कर देती थी।

"क्या चाय भिजवा दूँ ?" जिस औरत ने कृष्णा को वहाँ तक पहुँचाया था, उसने ही नीचे से आवाज लगाई। बाबा मुड़े और बहुत ठंडे भाव से जवाब दिया, "नहीं, और हमें अभी कुछ समय अकेला छोड़ दो।"

"हाँ ?" उन्होंने फिर पूछा।

"मैं अमोल की दोस्त हूँ। हम दोनों कॉलेज में साथ-साथ थे।" कृष्णा ने थोड़ा सहमकर कहा। बाबा ने कुछ कहा नहीं पर कन्धे उचकाए और दूर कहीं देखते रहे।

तभी थोड़ी हलचल हुई। वही गाभिन बकरी कमरे में दाखिल हुई, एक कोने की तरफ गई और वहाँ रखे बर्तन से थोड़ा पानी पिया। फिर उसने घूरकर आगंतुक को

देखा मानो वह तय करना चाहती हो कि आगंतुक दोस्त है या दुश्मन। फिर वह धीरे से मिमियाई और वापस चली गई। और ऐसा लगा जैसे बात शुरू करने के पहले बुजुर्गवार इस स्वीकृति का इन्तजार कर रहे थे।

"क्या तुमने मेरी कविताएँ पढ़ी हैं ?" बाबा ने पूछा। उनकी आवाज बहुत स्नेह भरी थी। कृष्णा ने स्वीकृति में सिर हिलाया। "सुनाओ", उन्होंने आदेश दिया। कृष्णा ने उनकी कविताओं की चंद पंक्तियाँ पढ़ दीं। वे खामोश बैठे रहे। उनकी बन्द आँखों को देखकर कृष्णा भी खामोश ही रही। कृष्णा को लगा कि शायद कुछ शब्दों का गलत उच्चारण करके उसने उन्हें दुखी कर दिया था, या फिर शायद वे यह सब सुन ही नहीं सकते हैं या उन्हें नींद आ गई है। लेकिन अचानक उन्होंने आँखें खोलीं। चेहरे पर खुशी के साथ एक अर्द्ध तरलता का भाव भी था। "और सुनाओ", उन्होंने कहा। कृष्णा ने कुछ और पंक्तियाँ सुनाईं। फिर उसने माफी माँगने वाले अंदाज में कहा, "मुझे अभी इतना ही याद है। मैंने कई वर्ष पहले इन्हें पढ़ा था। शायद मैंने कुछ पंक्तियों को इधर-उधर कर दिया या उनका ठीक से उच्चारण नहीं कर पाई।"

अचानक उसे शर्मिंदगी महसूस हुई कि जिस व्यक्ति ने कई-कई दिन लगाकर एक-एक शब्द का चयन किया हो, एक-एक ध्वनि और मात्रा का खयाल रखा हो उसके सामने उसने निपट सपाट अंदाज में कविताएँ पढ़ दी हैं। यह तो वह आदमी है जिसने अपनी कविता और प्रेम, दोनों के लिए एक अलग भाषा चुनी और दोनों की भारी कीमत चुकाई है। इन्हीं के चलते उन्हें गरीबी और बकरी की गन्ध के साथ जीवन जीने के लिए यहाँ फेंक दिया गया है।

क्या कभी सचमुच इनकी असली दुनिया में कदम भी रख पाना उसके लिए सम्भव होगा ?

बुजुर्ग ने कुछ कहा नहीं, सिर्फ बैठे-बैठे उसे देखते रहे। पहले कृष्णा को लगा कि वे बहुत ही निरपेक्ष भाव से उसे देख रहे हैं। पर जल्दी ही उसे लगा कि वे नजरें बहुत चौकस भी हैं। फिर उन्होंने धीरे-धीरे उसे अपनी वह लम्बी कविता सुनाई जिसमें उस विक्षिप्त व्यक्ति का जिक्र था जो पत्थर चबाता था और जिसने पत्थर की देवी को उगल दिया। कमरे का वातावरण चाहे जैसा हो, यहाँ पहुँचने में चाहे जितनी थकान हुई हो, धीरे-धीरे उसे लगा कि उसे बड़े स्नेह से सहलाया जा रहा है और वह अन्दर ही अन्दर गर्माहट से भरी जा रही है। उसे यह अच्छा लगा और असहज भी। कविता में उस तरह के प्रेम के बारे में एक शब्द भी नहीं आया जिसे लेकर उसकी पीढ़ी मगन रहा करती थी। ये शब्द बड़े कठोर, मन को छूनेवाले, सुन्दर और डरावने दोनों थे, रेशमी कपड़ों से सजे ताबूत की तरह।

बाद में गली से बाहर आते हुए अपनी साड़ी की सलवटों को मूत के छीटों और बकरी की लेड़ियों के स्पर्श से बचाने की कोशिश करते हुए कृष्णा ने पाया कि बुजुर्ग कवि को अभी न तो छड़ी लेकर चलने की जरूरत है, ना ही किसी का सहारा लेने की। वे अपनी पुरानी हवाई चप्पल घसीटते हुए बड़े मजे से एकदम तनकर चल रहे

थे। जब वे दोनों गन्दगी बचाते हुए गलियों से होकर गुजर रहे थे तब साथ गुजारे कुछ अच्छे वक्त की याद ने कृष्णा के अन्दर हिम्मत भी भर दी। उसने साहित्य पढ़ने-पढ़ाने को कैरियर बनाने के बारे में बाबा की राय पूछी। और जब कुछ देर इन्तजार के बाद उसे लगा कि बाबा ने उसकी बात ही नहीं सुनी है तब उसने पाया कि बाबा अपनी लम्बी उँगलियों से अपनी गाल सहलाते हुए थोड़ा मुस्कुराए, "मैं तुम्हें क्या सलाह दे सकता हूँ। मैं सिर्फ इतना कहूँगा कि अपनी जुबान में लिखो।"

कृष्णा के रिक्शा पर सवार होने के पहले कहे गए ये आखिरी शब्द थे। उसे लगा कि अमोल को तो यह सलाह पसन्द ही नहीं आ सकती थी। उसे न तो अधिक हिन्दी आती है और ना ही उसने कभी इसकी परवाह की है। उसके साथ अंग्रेजी साहित्य पढ़नेवाले अधिकांश लड़के-लड़कियों की तरह अमोल को भी इंग्लिश-मीडियम स्कूल में भेजा गया था और वह सदा 'फटीचर देसी जुबानों' से नफरत करता था। उसके नफरत करने की खास वजह दादाजी का साहित्यकार होना भी था क्योंकि जब उसे उनके 'फटीचर बुढ़ऊ' साथियों से मिलवाया जाता था और जो उनकी लम्बी और उदास कविताएँ सुन-सुनकर वाह-वाह करते थे तो वह बोर हो जाता था। ऐसे लोगों से उसका मिलना अनिवार्य था।

"अब बहुत हो चुका," अमोल कह दिया करता था, "अगर इन लोगों ने अंग्रेजी हुकूमत का, देश के बँटवारे का या और ऐसी चीजों का सड़कों पर उतरकर विरोध किया तो इसमें ऐसा खास क्या हो गया !"

जब वे दोनों स्कूटर से लाइब्रेरी जा रहे थे तब कृष्णा ने अमोल को बताया कि वह उसके दादाजी से मिली थी। अमोल ने स्कूटर को आड़े-तिरछे मोड़कर और झटके देकर इस पर अपनी प्रतिक्रिया तत्काल दे दी। "मैं गिर पड़ूँगी," कृष्णा ने नाराजगी दिखाई, "तुम्हें मालूम है कि जब मैं तुम्हारे साथ स्कूटर से गई और तुम्हारा दिया वह गुलाब लेकर घर पहुँची तो माँ कितनी नाराज हुई।"

"अब हम एक्सिडेंट करने ही जा रहे हैं," उसने कहा।

"नहीं, अमोल, ऐसा नहीं करो। शान्ति से लाइब्रेरी तक चलो और फिर मुझे घर छोड़कर जाना।"

"एक्सिडेंट होगा ही, होना ही है," उसने जोर-जोर से हँसते हुए कहा। कृष्णा इस कथन के पीछे छुपी विक्षिप्तता को जानकर आतंकित हो उठी थी। उसे लगा कि कहीं अमोल ने गाँजा-चरस तो नहीं पी लिया है। उसने उसे बताया था कि उसके मुन्ना चाचा न्यूयार्क में नियमित रूप से चरस पीते थे।

कृष्णा ने बड़ी सावधानी से गुलाब को हवा के रास्ते से हटाकर आड़ में लिया पर स्कूटर पर आती तेज हवा से उसकी पंखुड़ियाँ एक-एक करके झड़ती गईं और इसके साथ-साथ उसकी उदासी भी गहराती गई।

पार्वती बेंत की उसी कुर्सी पर बैठी थी जिस पर कृष्णा के पिता बीमार होकर एकदम अशक्त हो जाने के पहले तक बैठा करते थे। "मुझे मालूम है कि तुम्हें पड़ोसियों और रिश्तेदारों की परवाह नहीं है," उन्होंने कृष्णा से कहा, "लेकिन मुझे इनकी परवाह है। अमोल के स्कूटर पर पीछे तू कैसे बैठती है। क्या तेरे लाइब्रेरी जाने के लिए शहर में रिक्शे ही नहीं हैं।"

"रिक्शे हैं, लेकिन क्लास के दोस्त का स्कूटर मुझे निगल नहीं जाएगा।"

"नहीं, मेरे कहने का यह मतलब नहीं है।"

"ठीक है, और ताने कसा करो," कृष्णा ने गुस्से से कहा। माँ चुप थी लेकिन वह उसकी भावनाओं को उतनी ही सफाई से पढ़ सकती थी जैसे कोई कार्टून-स्ट्रिप हो।

"ऐसी मुँहजोरी से तुम्हारा कुछ नहीं बनेगा," उसने थोड़ा रुककर कहा, "मैं नहीं कहती कि अमोल अच्छा लड़का नहीं है, पर हमें उचित-अनुचित का भी खयाल रखना पड़ता है। तुम अभी जवान हो और देखना थोड़े ही दिनों में यह जवानी ढल जाती है। लेकिन जीवन बहुत बड़ा है..."

"वह भी गुजर जाती है और क्या तुम यह जानती हो कि हम लोग मेरे जीवन के बारे में बातें कर रहे हैं।"

कृष्णा को अपनी आवाज की चीख-चिल्लाहट सुनना अच्छा नहीं लगा।

पार्वती ने उसे घूरा। फिर वह उठ खड़ी हुई और कमरे में चली गई।

अगले वर्ष अमोल के भाई, जो तेजी से उभरता कवि था, की मृत्यु हो गई। एक दिन पार्वती ने उसके चेहरे को गौर से देखा था और जब वह वहाँ से गया तब कहा था, "इस लड़के की तबियत ठीक नहीं लगती।"

"बन्द भी करो माँ। तुम हर आदमी की बीमारी की बात ही क्यों करती रहती हो..."

"नहीं, मैं ठीक कह रही हूँ," पार्वती ने कहा, "उसकी हालत एकदम ठीक नहीं है। तुमने देखा नहीं उसका माथा कितना काला पड़ गया है ?"

"मैंने नहीं देखा है।"

"ठीक है।"

अमोल को मुम्बई के अस्पताल में हुई अपने भाई की मौत के दो हफ्ते बाद ही फाइनल परीक्षा के लिए वापस आना पड़ा। उस दिन अमोल जब अचानक कृष्णा की माँ की रसोई में प्रकट हुआ तो वह एकदम अलग तरह का दिख रहा था। ऐसा लग रहा था कि उसने अपनी मौत को देख लिया है। उसने कृष्णा को देखा, कुछ बोलने के लिए मुँह भी खोला और फिर बिना कुछ बोले मुड़ा तथा दरवाजे से बाहर निकल गया। वह फोन पर बात नहीं करता था, कॉलेज में भी उससे कुछ नहीं बोलता था। जब कभी वे आमने-सामने आ जाते थे तो वह मुँह मोड़कर चल देता था।

कृष्णा जानती थी कि अगर वह उससे अभी भी प्रेम करे तो उसे सँभाल सकती

थी, उसके जीवन में खुशियाँ ला सकती थी, लेकिन वह ऐसा करना नहीं चाहती थी। या उसने ऐसा किया भी लेकिन उसका प्रेम ऐसा नहीं था कि दूसरों को बचाए। यह प्रेम ऐसा था जो दूसरों को आजाद कर दे और फिर खुद को पुरानी दुनिया में सिमटा ले।

जैसे ही परीक्षा समाप्त हुई, अमोल ने एक विदेशी विश्वविद्यालय में दाखिला ले लिया, एक अमेरिकी लड़की से शादी कर ली, फिर तलाक ले लिया, एक स्वीडिश लड़की से शादी की और उससे भी तलाक ले लिया और आखिर में एक जर्मन महिला के साथ आस्ट्रेलिया में रहने लगा। उसकी लगभग सारी कमाई तलाकशुदा पत्नियों को गुजारा भत्ता देने में ही चली जाती थी। कृष्णा ने सुना था कि वह खुश नहीं है। लेकिन वह पहले भी कौन-सा खुश रहा करता था !

कृष्णा सोचती थी कि क्या अमोल के मन में अभी भी अपने दादाजी और हिन्दी के लिए गुस्से का वही भाव बरकरार है। इसी गुस्से के चलते उसकी जवानी की खुशी राख हो गई थी और इसी के चलते वह अपने जीवन में ऊटपटांग फैसले करता गया।

कृष्णा को अब एहसास हुआ कि प्रेम का निर्वाह करना जितना मुश्किल है, गुस्से को सँभालना उससे कम मुश्किल नहीं है।

10

कृष्णा को याद आया कि काफी पहले कभी वह, उसकी माँ, बहन और भाई सर्दियों की लम्बी छुट्टियाँ मैदानी इलाके में गुजारने के बाद पहाड़ों में अपने घर लौट रहे थे। अचानक गाड़ी ने इतनी जोर से झटके खाए और हिचकोले लेने लगी मानो अभी उसके पुर्जे-पुर्जे बिखर जाएँगे। अधिकांश लोग हलद्वानी पर उतर गए जो अनाज की बड़ी मंडी थी और उनके डिब्बे में और कोई नहीं रह गया। पार्वती खिड़की के पास बैठी थी। उसकी शहद के रंगवाली आँखों और सुनहरे भूरे बालों पर सूरज की रोशनी दमक रही थी। फरवरी महीने के सूरज की रोशनी में नहाती पार्वती बहुत भव्य नजर आ रही थी, बचपन में लगातार नजर आनेवाले पहाड़ों की तरह जो बड़े, शान्त आकर्षक धूल-गन्दगी और हर तरह की मलीनता से मुक्त हुआ करते थे। लेकिन उम्र बढ़ने के साथ पार्वती चिड़चिड़ी हो गई थी, यह बात रिश्तेदार अक्सर कहा करते थे। यूँ वह अभी भी चट्टान की तरह दृढ़ थी, अव्यावहारिक, क्रूर लगने तक की सच्चाई कह देने वाली बेलौस, गुस्सैल लेकिन इनके साथ ही पूरी तरह दृढ़। उसके व्यक्तित्व से यह चीज कोई भी नहीं छीन सकता था।

पार्वती ने अपने बिन पिता के बच्चों को दो बातें सिखाई थीं—अपने को सताने वालों के सामने यह न जाहिर होने दो कि तुम भी हमला कर सकते हो और किसी भी आदमी को एक दन्तकथा मत बनाओ। वह कहा करती थी, ''भले ही दन्तकथा के पात्र वास्तविकता से बड़े लगें और कुछ समय के लिए उनकी जरूरत भी लगे, पर कुल मिलाकर उनका वजूद दुखद होता है।''

''अपना नुकसान बचाओ और फिर उसकी परवाह न करते हुए आगे बढ़ जाओ। आत्मदया में ही न पड़े रहो वर्ना तुम खुद एक और दन्तकथा बन जाओगे।''

जेपी की तरह कृष्णा भी निराशावादी ही थी। लेकिन मीडिया में उसके छोटे जीवन में ही अनेक ऐसी घटनाएँ रही हैं जिनके आधार पर भारी-भरकम दन्तकथा का ढाँचा खड़ा किया जा सकता है।

वर्षों तक जेपी और कृष्णा की जान-पहचान दुआ-सलाम भर की थी, उससे ज्यादा नहीं। कृष्णा को यह बताया गया था कि उसके ऊँचे सामाजिक रिश्तों-सम्बन्धों और इससे उपजे रसूख़ को लेकर जेपी टीका-टिप्पणियाँ करता रहता है। वह मर्दों जैसी सफलता के सपने देखने के लिए भी कृष्णा के बारे में चुटकुले भी बनाता था जैसे

आमतौर पर मर्द बना देते हैं। लेकिन उसे कभी पक्की तौर पर यह मालूम नहीं हुआ कि ये बातें वह सचमुच समझते हैं या नहीं। या उसके कहने का आशय वही है जो लोग समझते थे। अक्सर भारतीय पुरुष ऐसी बातें तब भी करते हैं जब वे किसी महिला के प्रति आकर्षण से बचना चाहते हैं।

इन दोनों के भविष्य के बारे में तब ज्यादा फर्क नहीं था—हाँ, इनके पहले के जीवन में जरूर बहुत फर्क रहा था।

शुरू में कृष्णा ने जेपी को ठीक उसी रूप में माना जैसा कि वह खुद को दिखाना चाहता था—मजाकिया, बातूनी और बड़बोला बिहारी। लेकिन जब उसने पार्टियों में पीकर बहकने और पछतावा करने के मूड में जेपी को बड़बड़ाते देखा तब उसे लगा कि जेपी एक हिन्दी पत्रकार और भाषाई लेखक के रूप में भी अपनी पहचान कायम करना चाहता था। वह किसी भी अंग्रेजी दैनिक के बड़े से बड़े राजनीतिक विश्लेषणकर्त्ता को पीछे छोड़ना चाहता था और फिर वह कला फिल्मों की पटकथा लिखना चाहता था, शहर की सबसे सुन्दर औरतों के साथ डांस करना चाहता था।

यह सूची बहुत लम्बी और महत्त्वाकांक्षी थी। और इसे गुप्त रखने के लिए उसने मजाकिया रूप धरा था, बोली में जान-बूझकर बिहारी टोन भरा था। लेकिन सचमुच में उसे अपने चुटकुलों और राजनीतिक जुमलेबाज़ी की भी परवाह नहीं थी। इन सबकी जरूरत सिर्फ अपनी असली महत्त्वाकांक्षा को ढके रखने के लिए थी। जेपी की हस्तलिपि आश्चर्यजनक रूप से छोटी और साफ थी और उसके हस्ताक्षर का प्रवाह उनकी महत्त्वाकांक्षा और शक्ति को साफ खोल देता था।

निस्सन्देह दफ्तर में जब कोई आपसी प्रतिद्वन्द्विता नहीं थी तब जेपी और कृष्णा में उस हद तक ठीक-ठाक निभ जाती थी जहाँ तक निभनी चाहिए। प्रबन्धक मंडल जेपी को क्लास-मोनिटर जैसा मानता था—सारे लड़के-लड़कियों में ही एक, पर जरूरत पड़ने पर पूरी जमात पर अपनी सत्ता चला सकनेवाला। कृष्णा को यह चीज पसन्द नहीं थी। उसे लगता था कि इस तरह से जेपी मालिकों के तरकश का एक अनिवार्य तीर बन जाएगा। और समय ने कृष्णा के अनुमान को सही साबित किया।

कृष्णा अभी तक यह चीज ढंग से नहीं समझ सकी है कि जेपी की मौत ने उसके सपनों का मजाक उड़ाया है या एक ऐसे युवक की समझ और काम पर पानी फेरा है जो बहुत छोटी जगह से आकर शब्दों के अथाह सागर में काफी ऊँचा पहुँचना चाहता था।

सन्त-कवि कबीर ने कहा भी है कि 'आप मुए तो पीछे बूड़ि गई दुनिया'।

1984 में जेपी एकदम युवा, मित्रवत और बच्चों जैसे भोले चेहरेवाला युवक था। और उसे अच्छी संगति, अच्छे लोगों से मिलना-जुलना, मौज-मजा अच्छा लगता था। कृष्णा ने उसे भारी जोड़-तोड़ करनेवाले ऑपरेटर और नर्वस मीडिया सेलिब्रिटी के रूप में

बदलते देखा। बिहार के अनेक युवकों की तरह जेपी में भी समाज के पिछड़े समूहों के लिए एक गहरी संवेदना थी। उसने कृष्णा को बताया था कि प्रशिक्षु होने के दौरान वह किस तरह ढपोलशंखी और चापलूसी-भरी हिन्दी पत्रकारिता से तंग आ गया था और एक सम्पादक बनने तथा सारे भ्रष्ट सम्पादकों को ठीक करने का सपना देखता था। वह कहता था, इन्हीं लोगों ने पहले विश्वविद्यालयों के हिन्दी विभागों को नष्ट-भ्रष्ट किया, फिर साहित्यिक गिरोह बनाए और फिर मीडिया में सामन्ती दरबार लगाए हैं। इन लोगों ने अपने काम में लगभग अमरत्व प्राप्त कर लिया है और इसके लिए उन्हें अखबारों के मालिकों और हिन्दी इलाके के ताकतवर नेताओं के आगे साष्टांग दंडवत करने में भी हिचक नहीं होती। इनमें अधिकांश न कुछ लिखते हैं, न कहीं जाते हैं, दिन-भर पचर-पचर भाषण देते रहते हैं। जेपी ने कहा कि अब समय आ गया है कि इन्हें लात मारकर बाहर किया जाए।

जेपी ने इसके लिए पहले मालिकों और मैनेजरों की राय बदलने का प्रयास शुरू किया। उसने उन्हें बताया कि हिन्दी प्रकाशनों को नए सम्पादकों की जरूरत है और इन्हें भी अपमार्केट-प्रोडक्ट की तरह पेश किया जाना चाहिए। राजनीतिक विमर्श की मुख्य भाषा होने के चलते हिन्दी को अनुदान या रियायतों पर चलने की जरूरत नहीं है। इसे सिर्फ बाजारोन्मुख युवा रूप देने की जरूरत है।

पर उसकी पूरी बातचीत में मालिकों ने यही महसूस किया कि एक तेज-तर्रार और महत्त्वाकांक्षी युवक, जिसके राजनेताओं से बड़े अच्छे रिश्ते हैं, कुछ करने को बेचैन है।

उन्होंने उसकी बातों पर हामी भरी।

अपने बाप-दादा से प्रकाशन का व्यवसाय पानेवाले युवा मालिकों की पीढ़ी ने तब तक एम.बी.ए. डिग्रीधारी मैनेजरों को लाना शुरू कर दिया था। फिर उन लोगों ने पुराने सम्पादकों की जगह जेपी, कृष्णा और इन जैसे नए लोगों को सम्पादक बनाने की वकालत करनी शुरू कर दी थी। वे यह भी अंदाजा लगाने लगे थे कि भाषाई पत्र-पत्रिकाओं के माध्यम से किस तरह ज्यादा से ज्यादा राजनीतिक पहुँच हासिल की जा सकती थी। अभी तक भाषाई पत्र-पत्रिकाओं को धन डुबोनेवाली चीज ही मानकर उनसे किसी तरह की उम्मीद छोड़ दी गई थी। इन नए मैनेजरों का मानना था कि राजनीतिक हैसियत बनते ही पैसेवाली समस्या नहीं रह जाएगी।

" 'द टाइम्स' (समय) आर चेंजिंग"—जैसा कि खूब पीने और नशे में आ जाने के बाद सहकर्मी कृष्णन् अक्सर कहा करता था।

श्रीमती गांधी की हत्या के पाँच साल बाद उनकी पार्टी को सत्ता से हटा दिया गया। उस खाली जगह को भरने के लिए जल्दी में जैसे-तैसे एक राजनीतिक गठबन्धन बना था। उनकी मौत के बाद से कांग्रेस में गिरावट के लक्षण दिखने लगे थे और ऐसा लगता था कि नए शासकों को उस एक खानदान, जिसे मीडिया ने राजवंश का नाम दे दिया

था, की जड़ें काटने के अलावा कोई काम न था।

लेकिन आखिरकार जब वे सत्ता में आ ही गए तो सबसे पहले मन्त्रियोंवाले बड़े-बड़े बँगलों के लिए छीना-झपटी शुरू हुई। सत्ता से निकली पार्टी के सारे अगड़े और ऊँची पारिवारिक पृष्ठभूमि वाले नेताओं को कठोर से कठोर भाषा वाले नोटिस भेजकर बँगले खाली करने को कहा गया। फिर क्षेत्रीय दलों के नेता, जिन्होंने आपस में मिलकर शासक गठबन्धन बनाया था, अपने परिवारों, स्टॉफ और गाय-भैसों के साथ इन बँगलों में दाखिल हुए। इनमें अधिकांश नेता देसी जुबानों वाले ही थे। लेकिन, जैसा कि पार्वती का कहना था शायद इन बँगलों का वास्तु ही ऐसा था कि इन देसी जुबान और जमीन से जुड़े नेताओं को भी देश और समाज को लूटने की पुरानी सोच को अपनाने में ज्यादा वक्त नहीं लगा।

इसी बदलाव के दौर में कृष्णा की कम्पनी के मालिकों को लगा कि अगर कुछ अच्छे और महत्त्वाकांक्षी हिन्दी पत्रकार विभिन्न दलों के अनधिकृत सलाहकारों और बिचौलियों की भूमिका में आ जाएँ तो प्रकाशन समूह भी बहुत जल्दी ही उनकी तरह सीधे सत्ता से जुड़ जाएँगे। और तब वे सरकारी आशीर्वाद से मिलने वाले राजस्व का स्रोत भी बन सकते हैं। पुरानी मान्यता है कि लुटेरे भी लूट का कुछ हिस्सा रख लेते हैं और इसी दर्शन से उन्होंने कुछ पत्रकारों की महत्त्वाकांक्षा को खूब हवा दी। वेतन तो अभी भी कम ही दिया जाता रहा अलबत्ता हिन्दीवालों को सम्पादक और विशेष संवाददाता का दर्जा दे-देकर मालिकों ने उनकी जेब अन्य तरह से भरने के रास्ते जरूर खोल दिए।

जब मालिकों और अपनी मिली-जुली लूट के मामले में भाषाई पत्रकारों ने अंग्रेजी वालों को पीछे छोड़ा तब कृष्णन सबसे पहले कम्पनी से बाहर हुआ और अब उसने एक अर्द्ध सरकारी निगम के पैसों से कुछ अबूझ किस्म की फिल्में बनाने और सरकारी टीवी चैनल के लिए प्रायोजित टीवी धारावाहिक बनाने का काम शुरू किया। वह अपने चमचों से कहा भी करता था—पहले आओ, पहले पाओ। और मीडिया में ऊँचे कनेक्शनों के चलते उनके पास दनादन कामों का ढेर लग गया। कृष्णन के बाहर हो जाने के बाद जेपी अब उसकी खाली जगह भरने के जुगाड़ में लग गया। राजनीति और मीडिया, दोनों जगहों के उसके रिश्ते अखबार मालिकों और राजनेताओं, दोनों को अनुकूल लगने लगे।

जल्दी ही जेपी इस अखबार समूह के हिन्दी दैनिक में काम करने के लिए दिल्ली आ गया और यहाँ आते ही उसने नई और पुरानी, दोनों बिल्डिंगों में अपने प्राकृतिक दुश्मनों की पहचान बहुत तेजी से कर ली। उसने कृष्णा से भी कहा कि अगर उसे यहाँ टिकना है और पूरे माहौल को नया रंग देना है तो अब उन दोनों के लिए सही तेवर हिन्दी पत्रकारिता की उलटी दिशा पर होगा। वह हिन्दी पत्रकारिता के नए जीवन, इसके साहित्यिक भूत के उतरने, बाहर पड़े अछूते विशाल पाठक समूह और विशाल बाजार की बातें बड़े उत्साह से करता था। इससे पहले मुम्बई रहते हुए जेपी को लड़ाकू,

गुस्सैल, अंशकालिक फिल्म पटकथा लेखक और सहकर्मियों का स्वाभाविक नेता माना जाता था। उसके इस आखिरी गुण से पुराने हिन्दी सम्पादक सबसे ज्यादा डरा करते थे। और उन्होंने आखिरकार मुख्य सम्पादक से, जो एक निहायत शान्त और किसी से बहुत बात न करने वाले व्यक्ति थे, कहकर उसका तबादला वापस मुम्बई करवा दिया, इससे जेपी दिल्ली के साथियों से एकदम उखड़ गया और उसने उनसे कोई सम्बन्ध न रखने का फैसला कर लिया। मुम्बई लौटते ही उसने कृष्णन के इस अभियान का भरपूर समर्थन किया कि चूँकि दिल्ली से निकलनेवाली अधिकांश हिन्दी पत्रिकाएँ आर्थिक रूप से फायदा नहीं दे रही हैं, इसलिए उन्हें बन्द कर दिया जाए। फिर उसने कृष्णन के साथ मिलकर सम्पादकीय विभाग के कुछेक लोगों को अचानक नौकरी से निकलवा दिया जिससे पुरानी बिल्डिंग में काम करनेवाले सारे पत्रकार निरन्तर आतंकित होकर काम करने लगे।

उनकी साथ मिलकर योजनाएँ बनाने और एक-दूसरे की खिलाफत करने की अनगिनत कहानियाँ दिल्ली पहुँचती रहीं। लेकिन जहाँ कृष्णन अपने साथियों की कोई परवाह नहीं करता था वहीं जेपी अपने पुराने साथियों की भी, चाहे वे जहाँ हों, हर सम्भव मदद करता था, उनसे स्नेहपूर्ण रिश्ता रखता था, भले ही वे कई बार इनके सहारे ही यह खबर भी उड़वा देते थे कि उन्हें कैसे अद्भुत काम का ऑफर आया है और क्या-क्या बदलाव होनेवाले हैं।

कृष्णन और जेपी, दोनों को ही सत्ता से प्रेम था, दोनों ही बदले की भावना से काम करते थे लेकिन जेपी अपने भाव को प्रकट नहीं होने देता था। उसके व्यवहार में ओछापन भी कभी नहीं आता था। उसके बारे में यह प्रसिद्ध था कि वह कभी किसी ईमानदार पत्रकार को नुकसान नहीं पहुँचाता और ना ही सही होने पर अपने किसी जूनियर का साथ छोड़ता है। उनके विपरीत कृष्णन उन सभी लोगों को मटियामेट कर देना चाहता था जिनसे उसे अपनी सत्ता को खतरा लगता था। आगे चलकर वह पत्रकारों और पत्र-पत्रिकाओं का 'सीरियल किलर' साबित हुआ। बाद में जब जेपी ने एक दूसरे समूह की हिन्दी पत्रिका ज्वाइन कर ली तब कृष्णन ने उसके मालिकों से कहकर उस पत्रिका को भी बन्द करवा दिया। इस तालाबन्दी ने रातोंरात दो सौ से ज्यादा पत्रकारों-कर्मचारियों को सड़कों पर ला दिया और कहा जाता है कि जेपी को इसका भारी पछतावा था। उसने ऐसे कुछ लोगों को अपने नए दफ्तर में काम दिया भी पर अधिकांश लोग ऐसे हो गए थे कि उन्हें फिर से खपाया नहीं जा सकता था। जेपी ने कृष्णा जैसे अपने पुराने परिचितों तक पहुँचने की भी कोशिश की लेकिन तब तक नए काम में खुद उसकी स्थिति जटिल होती जा रही थी। साथ ही राजनीतिक स्थितियाँ भी बदल रही थीं और पुराने मित्रों ने भी जेपी से मुँह मोड़ लिया था।

कृष्णन की एक पार्टी में ही जेपी को अपनी आखिरी और निर्णायक चुनौती मिली। मेहर एक खूबसूरत पारसी लड़की थी—तेज-तर्रार और ऊँचे दिमागवाली। वह हिन्दी में एक भी शब्द नहीं बोल सकती थी लेकिन उसे मालूम था कि मर्दों को कैसे रिझाया

जाता है। उसने कहा कि वह इतिहासकार से मौज-मजे के लिए ही पत्रकार बनी है। और कम्पनी के सारे मर्द उसके पीछे-पीछे पिल्लों की तरह खिंचे चलते भी थे। जेपी और कृष्णन, दोनों ने इस सुन्दर महिला के प्रति जगी अपनी आदिम भावनाओं को कुछ समय के लिए तो दबाए रखा लेकिन जल्दी ही उसे लेकर वे दोनों एक-दूसरे की जान के दुश्मन बन गए। कृष्णा ने इस प्रसंग में अनेक किस्से सुने थे लेकिन सबसे विश्वसनीय किस्सा यह था कि मेहर श्वेत और हरित क्रान्ति, सूखे और दिल्ली, मुम्बई और कोलकाता की राजनीतिक गुत्थियों की रिपोर्टिंग करके ऊब चुकी थी। वह अब अपने वास्तविक जीवन में कुछ असली हलचल चाहती थी।

सिनेमा की चटपटी खबरों के अभ्यस्त मुम्बई शहर के लिए तो यह आदर्श मसाला था। यहाँ बिहार से आया एक हिन्दीवाला युवक शक्तिशाली, अंग्रेजी बोलनेवाले और मीडिया डान जैसे दिखनेवाले सम्पादक से टक्कर ले रहा था। फिर लाख मुश्किलें भी थीं। इस क्रुद्ध अंग्रेजी एडिटर विलेन के कहने पर हिन्दी पत्रिकाओं में रंगीन पन्ने घटते जा रहे थे, विज्ञापन राजस्व कम होता जा रहा था और उधर हिन्दीवाला हीरो असली बदला लेते हुए हीरोइन को लेकर सिसिल्स जा पहुँचा था। इसके बाद आई इस धारावाहिक की आखिरी कड़ी जिसमें जेपी को नौकरी से तो निकाल दिया गया, पर उसने इस हीरोइन से सिविल मैरिज कर ली। षड्यन्त्रकारी विलेन का मुँह तो लटका ही, वह बूढ़ा, पराजित और बुद्धू भी बना दिखने लगा।

कृष्णन के एक दोस्त ने इस पूरे प्रकरण पर एक फिल्म भी बनाई, लेकिन जाने क्या सोचकर उसने इसमें कला फिल्मों जैसे कलाकार ले लिए और फिल्म बॉक्स ऑफिस पर बुरी तरह पिट गई। इन कलाकारों में किसी का चेहरा खुरदरा था, तो किसी के दाँत ऊबड़-खाबड़ थे और हीरोइन में कोई सेक्स अपील ही न थी। यह चर्चा थी कि इस निर्माता ने पहले कृष्णन से ही हीरो की भूमिका निभाने को कहा था और उसने मना कर दिया।

किसी को भी नहीं मालूम कि ये किस्से किस तरह मीडिया जगत की अफवाह मंडी में पहुँचते रहे। जेपी अपने चेले-चपाड़ियों से यह काम करा सकता था। उसका उद्देश्य खुद को कमजोर होकर विजेता दिखाना और फिर एक दूसरे प्रकाशन गृह के सम्पादक के रूप में सामने आने की जीत को प्रचारित करना हो सकता था।

बहरहाल जेपी ने ठीक वह सब कुछ पा लिया था जिसे उसने चाहा था, और ठीक सही समय में पा भी लिया था।

इसमें कृष्णन से बदला लेना भी शामिल था।

11

कृष्णा ने बेटियों के लिए कार का दरवाजा खुला रखा था। वे पीठू (पीठ वाले बैग) में ही अपना सामान लेकर चलती हैं; उन्हें सूटकेस लेकर चलना नापसन्द है। उन्हें बहुत सामान या कीमती सामान भी पसन्द नहीं है। कृष्णा के इष्ट-मित्र कहा करते थे कि यह भी उम्र का एक दौर है और सभी के बच्चे इससे गुजरते हैं।

अब उसकी बच्चियों के किशोर चेहरों पर वह हल्का-सा और करीब-करीब औपचारिक भाव आने लगा था जो कद-काठी में माँ-बाप के करीब पहुँच रहे वयःसन्धि वाले बच्चों के चेहरे पर होता है। उनके पिता उन्हें स्टेशन छोड़ आने के लिए ड्राइवर वाली सीट पर बैठे थे। वह उनके साथ नहीं जा रहे थे। उनका कहना था कि उनके दफ्तर में काम की भरमार है। किसी ने उनसे साथ चलने के लिए खास आग्रह भी नहीं किया। वे जानती थीं कि नानी के घर में कोई भी मर्द नहीं है और वे दिन-भर खाने और फोटो खींचने के अलावा बोर होते रहेंगे।

रेलगाड़ी में जब बच्चियाँ बैठ गईं तब उन्होंने कहा, ''अपना खयाल रखना।'' उन्होंने हाथ बढ़ाकर उनका माथा सहलाया, कृष्णा को बाँहों में भरकर विदा किया। फिर वे वापस पलटे और ट्रेन चल दी। कृष्णा ने खिड़की से उन्हें कहा, ''हमारी चिन्ता मत करना।''

'मैं फोन करूँगा,' उन्होंने इशारे से कहा।

फिर डिब्बे में शान्ति हो गई। लड़कियों ने अपने-अपने अधूरे पड़े उपन्यास खोल लिये। कृष्णा चुपचाप सोचती रही।

कृष्णा अपने बर्थ पर बैठी सोच रही थी कि क्या उसका चिड़चिड़ा सहायक सम्पादक उसकी अनुपस्थिति में सारी चीजों को होशियारी से सँभाल लेगा। हर बार जब वह दौरे या छुट्टी से लौटती है, पूरा स्टॉफ उसे अपनी-अपनी शिकायत सुनाने उमड़ पड़ता है।

उसने अपनी दोनों बेटियों की तरफ देखा जो अपनी-अपनी किताबों में खोई थीं। पार्वती ने उससे कभी कहा था कि पारिवारिक सम्बन्ध तभी टिकाऊ रहते हैं जब उनमें कम से कम दो चीजें बची हों—आज्ञाकारिता और निष्ठा।

तब कृष्णा इस बात पर हँस पड़ी थी।

उसकी माँ अस्सी के दशक की किशोर बेटियों के बारे में क्या जानती थी ? अपनी

बेटियों से उसके रिश्ते कभी भी अन्य किसी माँ-बेटी की तरह नहीं रहे। वे एक-दूसरे से स्नेह करती थीं, उनके बीच खूब वैचारिक बहस चला करती थी। लेकिन सहेली भाव से एक-दूसरे के मन की बातें करना ?

यह क्या बेवकूफी है ? कोशिश करने पर उसकी बेटियाँ यही कहतीं।

कृष्णा को अच्छा लगता अगर वह अपनी बेटियों से साहित्य पर या देश-दुनिया में घट रही घटनाओं पर चर्चा करती। पर ऐसी कोशिशों में नतीजा यही होने का अन्देशा ज्यादा रहता था कि सभी एक-दूसरे से मुँह फुलाकर बैठ जाएँ। बेटियाँ कह देंगी, आप तो तब की बातें शुरू कर देती हैं जब हम पैदा भी नहीं हुए थे। या उनकी शिकायत हो सकती थी कि आप बीच में क्यों टोक देती हैं या हमारे अधूरे वाक्य को पूरा करने के चक्कर में रहती हैं ? फिर ऐसे विवाद के बाद वे चुप्पी साध लेती थीं और अपनी-अपनी किताबों में खो जाती थीं। और मजे की बात है कि उनके बीच तब भी एक तरह की बातचीत निरन्तर चलती रहती—मुँह खोले बिना भी।

अक्सर कृष्णा उस वक्त दफ्तर से घर फोन कर लिया करती थी जब बेटियों के स्कूल से लौटने का समय होता था।

एक दिन लड़कियों ने इस पर नाराजगी जताई। उनका कहना था कि दफ्तर से घर फोन मत किया करो। अब यह मत कहना कि सिर्फ तुम्हें ही यह चिन्ता रहती है कि सड़कें कितनी असुरक्षित हैं। बाद में यह बात काफी घूम-फिरकर मालूम हुई कि उनकी सहेलियों ने इससे पिछली रात राष्ट्रीय टीवी पर आए कृष्णा के कार्यक्रम को देखा था और उसमें जाहिर उसके तीखे विचारों पर उन सभी ने आपस में चर्चा की थी। जब तक उनकी सहेलियाँ आपस में इस बारे में बातें कर रही थीं तब तक दोनों बेटियों की आँखें डबडबा गई थीं।

कृष्णा ने अपने पति से कहा कि वह लड़कियों के लिए ही दो हफ्ते की छुट्टी ले रही है। वे सभी पहाड़ों में दो हफ्ता शान्ति से गुजारेंगे। स्कूली बच्चों की गपशप-आलोचनाओं, टीवी और अखबारों से दूर। उसने जैसे ही ये बातें कीं, उसे लगा कि यह बात तो भगोड़ेपन वाली हो गई। खुद उसे ये तर्क नहीं जमा।

शायद वह माँ के पास जा रही है क्योंकि माँ पहाड़ों की तरह है—शान्त, शीतल, दृढ़, छायादार और भरोसेमन्द। अपनी अल्पभाषी बेटियों की अव्यक्त पीड़ा के मद्देनजर वह खुद को बहुत ही उलझन में फँसा और असहज मानती रही। परस्पर दोषारोपण के शब्द अगर कहे भी न जाएँ तो इससे ज्यादा मन को किसी और चीज से कष्ट नहीं होता।

मामला भावनात्मक न होता यदि यह जुड़ाव न रहता। सम्भव है तब वे आराम से पसरी हुई मूँगफली खा रही होतीं या चुटकुले सुन-सुना रही होतीं। उन्हें बोलते-बोलते बीच में अटकने, वाक्यों को अधूरा छोड़ने की जरूरत ही नहीं पड़ती।

क्या ये बच्चियाँ उससे यह वादा कर सकती हैं कि वे अपनी माँ की सार्वजनिक छवि को लेकर चाहे जितना चिढ़ें या परेशान हों, वे आपस के व्यवहार में सामान्य बनी

रहेंगी ?

नहीं, यह सम्भव नहीं था। कृष्णा ने बेटियों की तरफ सैंडविच और कॉफी का फ्लास्क बढ़ाया और फिर टिकट चेकर को टिकट दिखाए।

"मैं आपको टीवी पर देखता हूँ," टिकट चेकर ने मुस्कुराते हुए कहा, "क्या तुम लोग भाग्यशाली लड़कियाँ नहीं हो जो ऐसी माँ मिली है ?"

कृष्णा को लगा कि अब धरती फटे और वह उसमें समा जाए।

उसने लड़कियों की तरफ नजर उठाने की हिम्मत नहीं की।

"और कॉफी ?" उसने पूछा।

"नहीं," उन्होंने एक साथ कहा।

जब वे लोग काठगोदाम पहुँचे तो अभी धुँधलका ही था। वे यहाँ के लम्बे और ठंडे प्लेटफार्म से गुजरे। रास्ते में दो कुली आपस में गुँथे पड़े थे।

"मुझे दे दो, इसे अभी मेरे हवाले कर दो," उनमें से एक कह रहा था।

"तू तो बिल्ली का गू है, स्साला," दूसरे ने कहा। उनके सामने से अनेक लोग गुजर रहे थे और फुसफुसाते हुए अपनी पत्नियों से कुछ कह रहे थे। इस बातचीत में उनके चेहरे की परेशानी साफ झलकती थी। कैशमिलॉन के पुलोवर और ऊनी टोपी में वे सभी मोटे-तोंदियल और गुस्सैल से लग रहे थे। वे सभी इस बात को लेकर परेशान थे कि लड़कों द्वारा आयोजित बन्द क्या आज भी शहर का जीवन अस्त-व्यस्त कर देगा। स्थानीय लोग अलग राज्य के लिए आन्दोलन कर रहे थे और अब यह मामला गरमाता जा रहा था।

उनके टैक्सी ड्राइवर ने मुस्कुराते हुए कहा कि पिछले हफ्ते बसों को तोड़ने-फोड़ने की जो घटनाएँ हुईं उनका सम्बन्ध राजनीतिक विचारधारा से कम, खाने-दारू पीने से ज्यादा था। उसने हँसते हुए बताया, "कुछ लोग पीकर बस में चढ़ गए और मुफ्त सीट की माँग करने लगे, तब मामला बिगड़ गया।"

आन्दोलन के असली कारणों के बारे में कोई और अंदाजा नहीं था। कृष्णा ने टैक्सी ड्राइवर को और ज्यादा कुरेदना उचित नहीं समझा। उसे लगा कि कहीं लड़कियाँ इस बात का बुरा न मान जाएँ कि उसे दूसरों के मामले में इतना दखल देने की क्या पड़ी है। रात का अँधियारा पूरी तरह नहीं छँटने से शहर में अभी चमक नहीं आई थी और सिर्फ पहाड़ों की चोटियाँ ही स्वर्णिम दिख रही थीं।

रास्ते-भर उन्हें आम की दूकानों पर लोगों की मंडलियाँ दिखीं जो सम्भवतः आन्दोलन की आगे की रणनीति पर चर्चा कर रहे थे। टैक्सी ड्राइवर ने बताया कि कुछ लोग कहते हैं कि अगर आने वाले विधानसभा सत्र में नेता लोगों ने उनकी माँगों से मुँह फेर लिया तो सड़कों पर खून की नदिया बह जाएँगी। उनका कहना है कि अगर आठ पहाड़ी जिलों को उत्तर प्रदेश से अलग नहीं किया गया तो वे डूब जाएँगे। उनके बच्चों का भविष्य चौपट हो जाएगा।

"बहन जी, हम तो यहाँ गुलाम जैसा जीवन जी रहे हैं," टैक्सी ड्राइवर ने कृष्णा

से भाड़ा लेते हुए कहा, "टीवी पर उनसे कहिए कि अगर हमें इज्जत की रोटी खाने को नहीं मिलेगी तो खून बहेगा।"

कृष्णा तो जैसे क्षण-भर के लिए पत्थर हो गई, "मुझे उम्मीद है ऐसा नहीं होगा। भगवान ऐसा नहीं होने देगा", उसने कहा।

कृष्णा अब एक और चुनाव की रिपोर्टिंग करने निकल रही थी। जब उसने घर के लोगों को बताया कि अगले कुछ हफ्तों तक वह दौरा करेगी, तो सबने चुप्पी साध ली, "तुम ये बातें हमें बताने का कष्ट भी क्यों करती हो," सबसे छोटी बेटी ने बहुत ही सपाट ढंग से शिकायत की।

"जाओ," उसके पति ने उसका चेहरा सहलाते हुए कहा, "इनकी बातों पर गौर न करो, ये अपनी परीक्षा को लेकर टेंशन में हैं, जाओ।"

कृष्णा चली गई थी।

जब उसकी बस फटेहाल सड़कों से होकर गुजरी तो भीड़ ने खुश होकर शोर मचाया, नारे लगाए, चीखी-चिल्लाई। ऐसा लगा कि वे किसी तीर्थयात्रा पर निकले हों और बस उनकी सम्मिलित प्रार्थना और ऊर्जा के बल पर चल रही हो। इसमें अभी तक शासन करनेवाली ऊँची जातियों के खिलाफ उभरी नफरत की ताकत भी अपना योगदान कर रही थी। वे लोग मैदान से थोड़ी दूर पहले ही बस से उतर गए और सभी तरफ से आ रहे जुलूसों में से एक में शामिल हो गए।

कृष्णा को भी यहाँ रमने में ज्यादा वक्त नहीं लगा। उसे जल्दी ही उनकी खुशी, उनके उत्साह में मजा आने लगा। भले ही वह इस भीड़ के बीच अकेली और अलग-थलग बनी थी।

नए तरह की इन राजनीतिक रैलियों से ही नए गठबन्धन की व्यवस्था के सूत्र स्पष्ट होने लगे।

कृष्णा जब से इस पेशे में आई है, चुनावी रैलियों में जाना आम था लेकिन पिछड़ों और दलित समूहों की यह अकेली ऐसी रैली है जिसका आयोजन इस दूरदराज के शहर में किया गया है। हरेक आदमी की भविष्यवाणी थी कि यह अलग तरह की रैली होगी और अब तक चलनेवाली राजनीति को सदा के लिए बदल देगी।

ऐसा ही हुआ भी।

जिस होटल में उन लोगों को ठहराया गया था उसका भाड़ा सौ रुपए रात था। बुजुर्ग पत्रकारों की राय थी कि यह पुरानी व्यवस्था से एकदम अलग हिसाब है—और अधिकांश बुजुर्ग वहाँ मौजूद थे। बरामदे की दीवारों से प्लास्टर झड़ रहा था, ब्रिटिश राज के दौरान बनी छत भी खस्ताहाल थी। रात बेतरह गर्म और उमस भरी थी। अँधेरे भरे कमरों में वे सभी बहुत कड़े और अजीबोगरीब बिस्तरों पर पड़े थे और पेण्ट उतरे शीशों वाली खिड़की से दिख रहे चाँद को निहार रहे थे। कृष्णा को नींद नहीं आई।

गले, बाँहों, पेट, पीठ, हर कहीं से निकलता पसीना बिस्तर की चादर पर जगह-जगह धब्बे बना रहा था और सोना मुश्किल हो गया था।

अगली सुबह कृष्णा ने पाया कि होटल के, जो ब्रिटिश राज के जमाने में एक जमींदार का मकान था, बाहर ठसाठस भरी बसें खड़ी हैं और लोग उतरकर रैली में जाने की तैयारी कर रहे हैं। जब वह भी उनकी बस पर सवार हुई तो उन्होंने जोर से शोर मचाते हुए खुशी का इजहार किया।

आयोजक ने इस बारे में किसी को भी भ्रम में नहीं रहने दिया कि यह आयोजन जाति से जुड़ा है। कई दिन पहले से भोंपू लगी जीपों से आसपास के शहरों में इस आयोजन के लिए प्रचार हो रहा था। ''खेत-खलिहानों में काम करने वाले हमारे सारे पिछड़े भाई-बहनों,'' को सभा में आने का आह्वान करने के साथ ही, ''दफ्तरों और घरों में रहने वाले भाई-बहनों,'' से भी तीसरे मोर्चे के नेताओं के साथ अपनी एकता प्रदर्शित करने के लिए सभा में आने की अपील की जा रही थी। तीसरे मोर्चे के इन नेताओं को अछूतों और पिछड़ों का मसीहा कहा जा रहा था। यह भी कहा जा रहा था कि हम साथ मिलकर अगड़ों की सत्ता को जड़-मूल से उखाड़ फेंकेंगे।

कृष्णा पहले भी इनमें से अनेक नेताओं से मिल चुकी थी। पर आज इन सबका कायाकल्प हो गया लगता था। पार्टी मुख्यालय में पिछली कतार में बैठने वालों, दरी-जाजिम लाने-बिछानेवालों, अगड़ी जाति के नेताओं के लिए भोंपू लगवाने, परचे बँटवानेवालों की जगह वे सभी आत्मविश्वास से भरे, सजे-धजे और नई व्यवस्था के संचालकों की भूमिका लेने को तत्पर नेता नजर आ रहे थे। धूल भरे मैदान में काफी ऊँचाई पर बने मंच पर मालाओं और रंग-बिरंगी झंडियों की भरमार थी। भले ही मंच पर ले जानेवाली सीढ़ियाँ बहुत अच्छी हालत में न थीं पर नेता लोग बड़े भरोसे से दनादन उछलते हुए ऊपर पहुँच रहे थे और बहुत अदा से कुर्सियों पर विराजमान हो रहे थे। इन्हीं के बीच जेपी भी मौजूद था। इसी जमात के ताश के पत्तों में एक होने और नए जजमानों में पुरोहित बनने के दावों के साथ। उसके पीछे धपधप नई वर्दी में बन्दूकधारी सुरक्षाकर्मियों की पाँत थी। बूढ़ी औरतों को बैठने में सहारा देती, नई माँ बनी लापरवाह युवती को उसका बच्चा पकड़ाते और युवाओं को उत्साह के साथ नारे लगाने देती हुई कृष्णा को लगा कि पुरानी सामन्ती और उच्च जाति के शासनवाली व्यवस्था अब काल के गाल में समाती जा रही है। ऐसा लगा कि देश अब स्वाभाविक और बिना ज्यादा हंगामे के एक व्यापक आधारवाले लोकतन्त्र की तरफ बढ़ रहा है जो सम्भवतः उसकी स्वाभाविक नियति भी है।

पिछले कुछ समय से कृष्णा को हर तरफ बदलाव के संकेत दिखने लगे थे।

हाट-बाजार, होटल के पास, बस स्टैंड पर हर कहीं उसे लगता था कि गरीब, थोड़े गन्दे दिखते लोग कुछ ज्यादा सँभलकर डग भर रहे हैं, कुछ ज्यादा तनकर चल रहे हैं। चक्र और हाथी के निशान वाले उनके हरे और नीले झंडे पेड़ों पर, खम्भों पर ज्यादा शान से लहरा रहे हैं।

लेकिन अभी भी सत्ता या शक्ति पार्टी के नेताओं के पास थी और वही फैसला करते थे कि कब और क्यों अपने अधिकारों की माँग उठानी है। जब भीड़ जुटती थी तो नेता लोग उन्हें कोई नया राजनीतिक दर्शन समझाने-पढ़ाने की जगह उनके अन्दर और बेचैनी भरनेवाली बातें किया करते थे। ऐसा लगता था कि नेताओं को सिर्फ उनके शरीर से, शारीरिक बल से मतलब है, उनके दिलो-दिमाग को लुभाने में नेताओं की दिलचस्पी नहीं लगती थी।

जब नेताओं के भाषण शुरू हुए तब यह चीज और स्पष्ट होती गई। कृष्णा को लगा कि अभी तक वह बदलाव की जो चीजें देख-समझ रही थी, वे सभी नकली निकलनेवाली हैं और उसकी आस्था भी काफूर होती गई। अधिकांश नेताओं ने अपनी जुबान में तेजाब घोल लिया था और उन्होंने दिखावटी आक्रामकता भी सीख ली थी। और वे जिस चीज को अपने समूह का उद्देश्य बता रहे थे वह घालमेल वाली तो थी ही अलोकतान्त्रिक और मात्र भावनात्मक ही लग रही थी। लेकिन साफ लग रहा था कि उनको सुनने जमा हुए लोगों को इन बातों से कोई खास मतलब न था। वे अपनी नाराजगी और अपनी जाति के सम्मान के प्रतीक के रूप में इन नेताओं को आगे करने भर में दिलचस्पी रखते दिखाई देते थे।

लेकिन भीड़ में जो लोग आए थे उनके अन्दर गुस्से की भावना सदा से थी, भले ही उसे अभी तक दबाए रखा गया हो। और जब नेता लोग अगड़ों को जूते मारने या शरीर के गन्दे बालों की तरह उखाड़ फेंकने के जुमले उछालते थे तब भीड़ खुश होकर शोर मचाती थी।

ये भाषण बहुत अनगढ़ और क्रूर से भले ही लगें लेकिन कृष्णा को लगा कि इनमें ऐसा कुछ भी नहीं है जिस पर शर्म की जाए—यह लगातार दबाई गई जनभावनाओं की अनगढ़ अभिव्यक्ति थी। नेताओं ने बहुत ही चालाकी से अपने श्रोताओं के मन में बैठे दुखों, अपमानों और अभावों को राजनीतिक मुद्‌दे का रूप दे दिया था। भीड़ में शामिल स्त्री-पुरुषों की तरफ से समय-समय पर जो हुंकार और हर्ष-ध्वनि का रेला उमड़ता था वह भूमिहीनता के संस्थागत रूप में सदियों से पीड़ित रहे लोगों के दुखों का इजहार भी था। उन्हें लगता था कि उनके ये नेता अब उन्हें इन सारे दुखों, अभावों, अपमानों से मुक्ति दिला देंगे—उन्हें इस धूल, गर्मी, उमस भरे मैदान में भी वह नई दुनिया नजर आती थी जो उनके नेता लाने की बात करते थे।

भाषण देते हुए नेताओं की नजरें अक्सर श्रोताओं की नजरों से टकराती थीं। दोनों को अभी सफलता के घमंड से डरना सीखना बाकी था। उनकी नजरों में अभी भी एक तरह की स्वच्छता थी, बदलाव के प्रति एक सच्चा भरोसा था। आँखों से लगता था कि

उनमें जीत का विश्वास था। रैली से बाहर जाते समय इन लोगों का सीना ऊँचा था, सिर उठा हुआ था।

सभा होने के काफी समय बाद तक नेताओं द्वारा व्यक्त भावनाओं और भाषणों की चर्चा चाय की दूकानों, घर-दरवाजों और चौराहों-बाजारों पर होती रही। कृष्णा ने सुना कि इस रैली में दिए गए नेताओं के भाषणों के उद्धरण और नारे उसी जाति के लोग परचों में छापकर प्रसाद या चढ़ावे की तरह एक-दूसरे को बाँट रहे हैं। बस स्टाल पर, सिनेमाघरों में, उनके होटल के बरामदों में खड़े लोग भी उस दिन की घटनाओं और भाषणों की चर्चा में मगन थे।

इसके बाद कृष्णा ने अनेक दूसरी चुनावी सभाओं में हिस्सा लिया लेकिन उसने पाया कि भले ही सभा उसी पुराने गांधी मैदान या बेगम हजरत महल पार्क में हो, राजनीतिक रैलियों का स्वरूप पूरी तरह और सदा के लिए बदल गया था। नए नेता न सिर्फ जुबान के कड़वे थे बल्कि कद-काठी में भी मजबूत थे और उनमें अनेक तो पहले पहलवानी कर चुके थे। उनके जुमले बहुत ही कठोर होते थे। वे पुराने नेताओं को पटखनी देने के साथ ही राष्ट्रीय राजनीति को सदा के लिए बदल देने को तत्पर लगते थे। कृष्णा ने पाया कि उनके भाषणों में पिछले चार दशकों की राजनीति के तौर-तरीकों को पूरी तरह नकारा जा रहा है, उसे भुला दिया जा रहा है। ऐसा लगता था कि नई बगावती जमात पुरानी हर चीज को उलट-पुलट तो रही है लेकिन खुद बिना किसी लक्ष्य, किसी तय रास्ते के यूँ ही दौड़ती जा रही है। नए नेता कोई चीज लाने का वादा कर रहे थे और इतिहास के सहारे सबको नकार रहे थे। वे यह बात ही नहीं कर रहे थे कि किस तरह कानून का शासन कायम होगा, सड़कें- नालियाँ-सार्वजनिक स्थलों की दुरावस्था दूर होगी, कैसे उनका राज्य खुशहाल होगा। इसकी जगह वे सड़कों, पार्कों, मुहल्लों और जिलों के नए नामकरण की चर्चा करते थे, अपनी जाति के पुराने नेताओं के नाम पर इनका नाम बदलने की बात करते थे, कमजोर वर्ग के भाई-बहनों को मुख्यमन्त्री कोष के धन से मुफ्त डीजल, बिजली और राशन देने की बात करते थे।

ऐसे वक्त पर कृष्णा को भी अपने ऊपर राजनीतिक बुखार चढ़ता लगा—भले ही उसके मन में अनेक शंकाएँ थीं। कुछ समय के लिए उसे भी लगने लगा कि भविष्य ऐसा ही है जैसा कि ये गरीब लोग अभी मान रहे हैं। कृष्णा इसके लिए इन लोगों की शुक्रगुजार भी थी। सभा खत्म होने पर लोग जिस तरह जै-जैकार करते थे और टीवी कैमरों के सामने अपनी घिसी-रगड़ी उँगलियों से 'वी' का निशान बनाते थे उससे कृष्णा को भी लगता था कि इसी ताकत के बल पर हम अन्तर्राष्ट्रीय बाजार और कथित उदारवादी आर्थिक नीतियों को छोड़कर वास्तविक कल्याणकारी राज्य व्यवस्था कायम करने में सफल होंगे। और उसके बाद हम सभी एक-दूसरे से सच्चा प्रेम करेंगे, हमारे रिश्ते बराबरी और स्नेह के होंगे। नए पिछड़े और दलित नेताओं का राज सारी गड़बड़ियाँ दूर करेगा और हमारे जीवन में नया उत्साह भरेगा। इतिहास

हमें माफ कर देगा और सूखे तथा बाढ़ की आफत कम होगी और वे फिर कभी न आएँगे।

फिर सभा समाप्त होती थी और ट्रैफिक जाम शुरू हो जाता था। इसके साथ ही एक तरह की आशंका धुएँ की तरह भीतर आ जाती थी।

12

जिस दिन नई सरकार के लिए शपथ ग्रहण हुआ उस दिन पार्टी समर्थकों, नए सांसदों और नारे लगाते उनके समर्थकों का जो व्यवहार कृष्णा ने देखा तो उसे लग गया कि बदलाव का जो सपना वह देखती थी वह सदा के लिए दफन हो गया है। शासक जमात द्वारा बार-बार लूटे गए आम लोगों की नाराजगी, कौरव-पांडव लड़ाई की बची-खुची कड़वाहट, नादिरशाह के लुटेरों का लालच और मुगल राजाओं से पराजित जाट-गूजरों द्वारा बदले की कार्रवाई करने जैसे सारे ताव उनके व्यवहार में मौजूद थे।

इतिहास में दिल्ली बार-बार मटियामेट होकर फिर से खड़ी होती रही है और सम्भवतः यह आखिरी बदलाव भी उसी शाप की एक कड़ी था।

जब चुनाव के नतीजे आने लगे तब यह साफ होता गया कि एक के बाद एक राज्य में पिछड़ी जातियों का नेतृत्व जबर्दस्त जीत हासिल करता जा रहा है।

लेकिन दिल्ली पहुँचकर बड़े-बड़े सरकारी बँगलों पर, जिनमें लोक निर्माण विभाग द्वारा पहुँचाए गए चमचमाते नए फर्नीचर और गद्दे-पर्दे लगे थे, काबिज इन नए नेताओं ने अपने परिवारों और आसपास के लोगों को बड़ी तेजी से महानगरों के एलीटों की तरह पश्चिमी रंग-ढंग में ढालना शुरू किया। उन्होंने स्कूल जानेवाले अपने बच्चों को महँगे अंग्रेजी मीडियम बोर्डिंग स्कूलों में डाल दिया जिनके यहाँ धुर पश्चिमी ड्रेस, टाई और जूते पहनना अनिवार्य था। इस बीच सरकारी सहायता से चलनेवाले स्कूलों को कम-से-कम धन मिलने लगा और उनके स्टाफ की ड्यूटी चुनावी रैलियों में और चुनाव प्रचार में लगने लगी।

इस बीच यह अफवाह भी उड़ी कि सभी नामों और विचारोंवाली पार्टियों ने अपनी समर्थक जाति के लड़कों और शिक्षकों की सेवाएँ अपने राजनीतिक लाभ के लिए लेनी शुरू कीं और उन्हें जाली मतदान करने, मतपेटियाँ लूटने और दूसरे खेमे के समर्थकों को भगाने के लिए पैसे बाँटने लगीं। लेकिन आप ज्यादा दिनों तक जाति के नाम पर तंगहाल शिक्षकों और गाँव से उखड़ कर आए लड़कों की सेवाएँ लेकर 'चमत्कार' नहीं करते रह सकते और ना ही मौके-बेमौके दिए गए थोड़े से पैसों के बल पर नई व्यवस्था में उनका भरोसा ही बनाए रख सकते हैं। वे आपके कहने पर कुछ दिनों काम कर देंगे, कुछ नारे लगा देंगे, रैलियों में बाँटा जानेवाला भोजन लेकर काम करेंगे पर बाद में वे महानगर की भूल-भुलैया में गुम होंगे ही और वहाँ गुम होकर वे बेकारों और हंगामा

करनेवालों की भीड़ बढ़ाएँगे।

इसलिए ज्यादा वक्त नहीं लगा कि इनमें से काफी सारे शिक्षकों और लड़कों ने हड़तालें शुरू कीं क्योंकि अब पढ़ने-पढ़ाने में उनका मन नहीं लगता था और डिग्रियों की कोई उपयोगिता उन्हें समझ नहीं आती थी। उनका निशाना संसद बनी। जब भीड़ उग्र रूप लेने लगी और नेताओं को गालियाँ देने लगी तो पुलिस दस्ते भी सक्रिय हो गए। फिर पानी की तेज धार उन पर मारी गई—कुछ लोग भागे, फिसले, गिरे और पुलिस उन्हें उठा-उठाकर वैन में डालती गई और बाद में उन्हें चेतावनी देकर छोड़ दिया जाता था। और आखिरकार जब हड़ताल समाप्त हुई तब कोई भी नहीं जानता था कि अब क्या करना है। क्लास लगनी शुरू होते ही प्रदर्शनों और रैलियों में दिखी ऊर्जा जाने कहाँ बिला गई।

एक और वर्ष बीता। जेपी और कृष्णा थोड़े और उम्रदराज हुए।

वर्षों से जीवन ने जेपी और कृष्णा के साथ समान व्यवहार किया था। कृष्णा का व्यक्तिगत जीवन तो कमोबेश ठीक गुजरा था लेकिन काम के लिहाज से उसे भारी मुश्किलों और उतार-चढ़ाव का सामना करना पड़ा था। जेपी के लिए जो दुनिया तब ज्यादा जटिलताओं और अन्याय से भरी लगती थी जब उसने काम शुरू किया था, अब धीरे-धीरे सीप की तरह एक सुखद कवच बन गई थी। मीडिया पर बाजार का कब्जा हो चुका था और नई राजनीति ने पिछड़े वर्गों के लिए संसद-विधानसभाओं की सीटें आरक्षित करके एकदम नए सामाजिक समूहों की नई ऊर्जा सामने ला दी थी। नए नेता अपने छोटे-छोटे समूह बना रहे थे, नए जाति आधारित गठबन्धन करके पुराने जमे-जमाए लोगों को दरकिनार कर रहे थे।

और जेपी अब अपनी मनचाही स्थिति में आ गया था। वह सदा से ऐसी स्थिति की कल्पना करता रहा था। लेकिन इसका मतलब यह भी था कि वह इस स्थिति के चलते कुछ मामलों में भाग्यशाली बन गया था तो कुछ में अभागा भी, क्योंकि मनुष्य सदा जो कुछ बनना चाहता है, वह उसके बनने की आदर्श स्थिति नहीं होती।

जेपी को भागमभाग वाली पत्रकारिता पसन्द थी। खूब घूमने, सड़क के किनारे बने ढाबों में बना खूब घी-तेल वाला आमलेट और मसालों से भरे मटन जालफरसी जैसी चीजें खाने में मजा आता था। कर्फ्यू लगे शहरों और सूखा प्रभावित गाँवों में घूमना अच्छा लगता था। छोटे शहरों, जहाँ से हिन्दी के अधिकांश पत्रकार आते थे, की मन्द रोशनी में जाना, मुम्बई और दिल्ली की भीड़ भरी बसों में पसीने की गन्ध महसूस करना, चालों और रेडलाइट एरिया में जाना, नाइट-क्लबों में चक्कर लगाना और पुराने गवैयों या शास्त्रीय संगीतकारों के छोटे आयोजनों में पहुँचने में भी जेपी को बहुत मजा आता था।

ये चीजें उसने कृष्णन को बताई थीं और कृष्णन ने इसे कृष्णा और दूसरों को

बताया था, लेकिन इनकी सच्चाई पर शक नहीं था। जेपी को मीडिया का हिस्सा बने रहना पसन्द था।

जैसे ही राजनीतिक दलों में सत्ता का स्वरूप बदला और सत्ता की केन्द्रीय सुई प्रदेशों और देसी भाषाओं की तरफ मुड़ी, जेपी की पूछ बहुत बढ़ गई और वह बदलाव का प्रतीक बनता गया। एक दन्तकथा का नायक।

फिर एक दिन अचानक फरीदाबाद के 18 वर्षीय छात्र छतरपाल सिंह ने जाति आधारित आरक्षण व्यवस्था के खिलाफ आत्मदाह कर लिया। उसने मरने से पहले बयान दिया, "मैंने बेकार होने की भावना का अनुभव करने के लिए खुद को जला लिया।"

रातोंरात सारे विस्थापित, जड़ों से कटे, उलटी-सीधी समझदारी वाले युवक नए गठबन्धन की ओर बढ़ने लगे जो उनके कष्टों का निवारण कर सकता है।

लेकिन जेपी ने अगली जाति के लड़कों के आत्मदाह और हिंसक प्रदर्शनों को यह कहते हुए खारिज कर दिया कि यह दिग्भ्रमित लोगों का काम है। उसने लिखा कि उन्हें एक हद तक इन अज्ञानी युवकों की भावनाओं पर तरस आता है लेकिन सामाजिक न्याय की बात चलनी ही चाहिए। इसके लिए सरकार को सबसे पहले स्कूलों और कॉलेजों में जाति आधारित आरक्षण लागू करना चाहिए व सरकारी नौकरियों में पिछड़ों के लिए आरक्षण तो होना ही चाहिए।

कृष्णा को यह उचित नहीं लगा कि वह इस नए जेपी को उसके बचपन की याद दिलाए जब वह झोला उठाए मीलों दूर स्थित उस सरकारी स्कूल में पढ़ने जाया करता था जहाँ जाति की जगह श्रेणी के आधार पर ही दाखिला मिला करता था। जेपी के अन्दर सही-गलत का विवेक और अच्छाई के प्रति निष्ठा अभी भी थी। लेकिन जैसे ही आप उन्हें गौर से देखते आप समझ सकते थे कि यह वही जेपी नहीं है जो पत्रकारों को राजनीतिक संरक्षण देने और मुफ्त सुविधाएँ देने के सवाल पर सबसे उग्र ढंग से लड़ा करता था। उसकी कद-काठी में बदलाव तो हुआ ही था, वह अपने तर्कों को ज्यादा आक्रामक ढंग से रखने लगा था और इसमें भी स्पष्ट दिखता था कि वह जो बातें कह रहा है उन पर खुद उसे ही पूरा भरोसा नहीं है। शायद उसे तब तक यह एहसास हो गया था कि पिछड़ों और दलितों के लिए जो स्वर्ग लाने की बात कही जा रही थी, वह इससे भिन्न नहीं होने जा रहा है। लेकिन बातचीत में जेपी कहा करता था कि अगर ठोस वैचारिक आधार के बिना जल्दबाजी में जाति आधारित समूहों का गठबन्धन खड़ा किया गया तो सत्ता मिलते ही इनमें बिखराव शुरू हो जाएगा। और जब यह होगा तब इन जमातों के पूर्व समर्थकों और प्रतिद्वन्द्वी खेमों के चालाक कार्यकर्त्ता आम लोगों को उस तरफ मोड़ ले जाएँगे जहाँ धार्मिक मुक्ति देने का दावा किया जा रहा होगा और इसे ही लोकतान्त्रिक व्यवस्था की सारी खामियों का असली इलाज बताया जाएगा।

अपने दोस्तों की तरह जेपी के पास भी अब बारीक व वैचारिक बहसों के लिए वक्त नहीं था। वे सभी अपनी-अपनी कुर्सियाँ बचाने की रणनीति में दिन-रात जुटे थे।

उन्हें लगता था कि अभी दीर्घकालिक रणनीति पर काम करने का वक्त नहीं है। खुद जेपी भी पढ़ाई-लिखाई का शायद ही कोई काम कर रहा था। उसका अधिकांश वक्त एक-दूसरे की टाँग खींचने में जुटे नेताओं को शान्त कराने या उनके साथ बन्द कमरों में रणनीतियाँ बनाने में जाता था। जिस क्रान्ति ने उसके पुराने भरोसे को तोड़ा था वही अब उसे शारीरिक रूप से भी एकदम पस्त करती लग रही थी। कहा जाता था कि अब वह बहुत शान्त हो गया है और अपने पास सलाह और दिशा-निर्देश के लिए आने वाले नए लड़के-लड़कियों से कम बतियाता था, चिड़चिड़ा हो गया था।

किसी को भी पक्के तौर पर नहीं मालूम था कि क्या होनेवाला है। हर तरफ रैलियाँ हो रही थीं। विरोधी की रैली के जवाब में रैलियाँ, अपनी ताकत दिखाने के लिए रैलियाँ। संसद के सत्र के दौरान यातायात रोकने के लिए रैलियाँ। लोगों से अपने नेताओं द्वारा उपलब्ध कराई गई बसों और ट्रैक्टर-ट्रालियों में रैलियों में आने को कहा जाता था और वे वैसा ही करते भी थे। उनका कहना था कि उनके नेता लोग उनहें बेवजह नहीं बुलाते होंगे। तुम यह सवाल क्यों पूछती हो ? वे अक्सर नाराज होकर कृष्णा से ही सवाल कर देते थे। भाषण सुनो, सारी बातें साफ-साफ बता दी जाएँगी। हम एक नया सवेरा देखेंगे। फिर वे लोग अपने नेताओं का भाषण सुनने के लिए जमे रहते थे।

जेपी के वे खास मित्र, जिन्होंने पिछड़ों के लिए क्रान्ति की शुरुआत की थी, अब कम दिखने लगे। उनकी बातें भी कम ही सुनाई देती थीं। कहा गया कि उन्हें किडनी का रोग हो गया है। और फिर उन्हें कोई नेता नहीं बनने देगा। पहले वे पुराने शासन दल में ही पूरी निष्ठा के साथ काम कर रहे थे लेकिन जब भ्रष्टाचार की 'दुर्गंध' उनकी कोमल अन्तरात्मा को प्रभावित करने लगी तो उन्होंने बगावत कर दी। फिर उन्होंने प्रमुख राजनीतिक दलों में बड़ी जाति के नेताओं के दबदबे को चुनौती देने और अपना बदला लेने के लिए पिछड़ी जातियों का मजबूत मोर्चा खड़ा किया। और अगर उनके व्यक्तित्व में करिश्माई तत्त्वों की कमी थी तो इसकी भरपाई उन्होंने फटेहाल जीपों, साइकिलों से प्रचार करने की नाटकीयता से पूरी की।

उन्होंने गरीबों और पिछड़ों की एक बड़ी सभा में बहुत शान से कहा, हम गरीब लोग हैं और अपनी गरीबी और ईमानदारी पर हमें गर्व है। लोगों ने जोरदार आवाज में उनके कथन का समर्थन किया। और जब चुनाव घोषित हुए तब उन्होंने बड़ी आसानी से इसी राजनीति के बल पर शानदार जीत हासिल की। लेकिन अपनी मूल पार्टी छोड़ने का गम और क्षेत्रीय माँदों से निकाल-निकालकर पिछड़े नेताओं को राष्ट्रीय मंच तक पहुँचाने के श्रम ने उनके ऊपर अपना असर दिखाया। अब उनके स्वास्थ्य में तेजी से गिरावट आती जा रही थी और आँख की रोशनी भी कम होती जा रही थी। इन सबके चलते वे घर के अन्दर ही रहने को मजबूर थे। लेकिन उनकी बीमारी वाले कमरे के अन्दर ही ज्यादातर बड़े राजनीतिक फैसले लिये गए और ज्यादातर झगड़े सुलझाए गए। इन नए नेताओं को एकजुट रखने और दिखने के लिए मनाने, फुसलाने, भरमाने और धमकाने के काम में जेपी इस

बीमारी वाले कमरे की राजनीति का अभिन्न अंग बना रहा। निजी तौर पर सभी जानते थे कि यह बनावटी और दिखावटी एकता ज्यादा दिनों तंक नहीं चलनेवाली है। नेता की बीमारी अब पार्टी को भी लग चुकी थी।

13

कृष्णा चाहे जितनी भी कोशिश करती थी अति यथार्थवादी वर्ष 1992 न तो उसके दिमाग से उतरता था, ना ही उसके दुःस्वप्नों से बाहर जाता था।

यह ऐसा वर्ष था, जब उसे कोई विकल्प नहीं सूझता था।

यह ऐसा वर्ष था जब हकीकत और अफसाने में अन्तर करना मुश्किल हो गया। इसकी शुरुआत केन्द्रीय वित्तमन्त्री द्वारा देश को मुक्त बाजार अर्थव्यवस्था की तरफ मोड़ने से हुई और एक प्रसिद्ध न्यायविद् ने मुम्बई क्रिकेट क्लब मैदान की भारी सभा में इस बजट को अच्छा और दूरगामी लाभ का बताया।

और वर्ष का अन्त पाँच सौ वर्ष पुरानी मस्जिद को विश्व हिन्दू परिषद के जुनूनी लोगों द्वारा गिराए जाने से हुआ।

बीच में शेयर बाजार के खिलाड़ियों ने भ्रष्ट तरीके और लोगों का जमावड़ा करके बाजार में बेतरह तेजी ला दी और विदेशी संस्थागत निवेशक भी शेयरों को उठाने के पीछे पड़ गए।

कृष्णा ने जब न्यूज रूम में दफ्तर के साथियों के साथ बजट भाषण सुना तो हैरानी से उसका मुँह खुला रह गया। जब मस्जिद गिराई गई वह रो पड़ी और उसने सार्वजनिक रूप से इसे राष्ट्रीय शर्म की बात कहा। इसके लिए उसका नाम सरकारी टीवी चैनल ने दो वर्ष तक अपनी ब्लैक लिस्ट में रखा।

फिर 1993 के शुरू में तो मुम्बई में हुए एक पर एक बम विस्फोटों ने आफत मचा दी। सैकड़ों लोग मारे गए और कई सौ जख्मी हुए।

कृष्णा के सहकर्मी उसको लेकर परेशानी महसूस करते थे, उसके दुख को वे गलत मानते थे। इन घटनाओं के उसके विश्लेषण को पढ़कर बहुसंख्यक समुदाय के उसके अनेक पाठक दुखी होते हैं, यह बात अनेक सहकर्मी संकेतों में बता चुके थे। उसके लिखे प्रत्येक सम्पादकीय पर उन्हें पाठकों की नाराजगी झेलनी पड़ी थी और जब वह नहीं लिखती थी तो वे खुश होते थे। जब सीनियर मैनेजर और राजनेता उसे कॉफी के लिए और बतियाने के लिए बुलाते थे तो उससे बड़े प्रेम से बातें करते थे लेकिन उनकी आँखें कहती थीं—हमने आपको सभी चीजें उपलब्ध कराई हैं, अब हर चीज पर सवाल न उठाएँ। आप तो सिर्फ हमारे इस अद्भुत लोकतन्त्र पर भरोसा बनाए रखिए। उनमें से अनेक और उन जैसे दूसरे भी, 1942 में अंग्रेजों से संघीय लोकतन्त्र के लिए संघर्ष

कर चुके थे।

कृष्णा उनसे पूछना चाहती थी कि आप हमें 1947 में विभाजन के बाद मची मारकाट के बारे में क्यों नहीं बताते ? तब आपने क्या किया था ? क्या आपने लोगों को घसीटकर सड़कों पर ले जाते और काट डालते देखा था ? क्या आपने खुद भी किसी की हत्या की थी ?

जीवन में पहली बार कृष्णा खुद को फैसला लेने में अक्षम पा रही थी। जेपी और उसके अन्य राजनीतिक मित्रों द्वारा प्रस्तुत राजनीतिक व्याख्याओं समेत सारी व्याख्याएँ उसे नकामी और बनावटी लगती थीं। उसे लगता था कि लोग आज चाहे जिन कारणों से हिंसा, खून-खराबा, ऐतिहासिक भूल-सुधार और अपने-अपने समुदायों के उग्र अधिकारों की बातें करें पर उनकी बुनियादी जरूरतें एकदम सीधी और साफ हैं।

यहाँ तो सिर्फ तरह-तरह की सूचनाएँ और जानकारियाँ उपलब्ध कराई जा रही थीं और सच्चा प्रेम कहीं नहीं बचा था।

कृष्णा को लगा कि उसे मन की शुद्धि, यहाँ की परेशानियों से बचने के लिए पहाड़ों में बसे तीर्थों की यात्रा करनी चाहिए, उन्हीं पहाड़ों की जहाँ से वह आती है।

या फिर वह अपनी पहली बच्ची के साथ अकेले कुछ समय बिताना चाहती थी जिससे उसका मिलना-बतियाना बहुत कम हो गया।

यह कोई यात्रा करने का समय है, हर किसी ने यही सवाल दागा। लगा कि एक बार फिर चुनाव आने वाले हैं। दिल्ली और उत्तर प्रदेश, दोनों जगह छात्रों का आन्दोलन जोरों पर था और इनमें से किसी भी जगह से सुरक्षित निकलना या प्रवेश करने की कोई गारंटी नहीं रह गई थी।

कृष्णा ने अपनी बेटी के साथ कार में बैठते हुए कहा, "यह तो बहुत अजीब स्थिति है।" डॉक्टरी की पढ़ाई कर रही इस अल्पभाषी लड़की ने माँ की बात पर सिर्फ अपनी भृकुटी भर हिलाई। वह जब उसकी उम्र में थी तब वह भी माँ के व्यवहार और सोच के बारे में इसी तरह की थकी ऊब दिखाने लगी थी।

मेरठ के बाद हवा तेज होने लगी और बादल छँटने से चमकदार और रंग-बिरंगा आसमान नजर आने लगा। सड़क के किनारे के ढाबों से आती खुशबू और मल-मूत्र की बदबू भी इसी में अलग रंग भर रहे थे।

फिर पहाड़ दिखाई देने लगे।

हरिद्वार में वे लोग चाय पीने के लिए सड़क के किनारे स्थित एक होटल पर रुके। हरिद्वार बहुत सपाट शहर है। अगर इसका कोई आकर्षण है तो यही सीधा-सपाटपना। परम्परा और विरासत के रूप में इसे पारम्परिक हिन्दू गृहस्थ वाला चरित्र और स्वभाव मिला है। मन्दिर और गेस्ट हाउसों को खूब रँगा-पोता गया है। हवा में फिल्मी संगीत भी गूँजता है और भुनी मूँगफली की खुशबू भी। यहाँ आप जितना समय गुजारना चाहें,

गुजारें। जब चाहे चले जाएँ। ना तो कोई आपकी अगवानी करता है, न विदाई।

मोटरसाइकिल सवार एक साधु आया और उसने चाय का आर्डर दिया। फिर उसने अपने झोले से एक पॉकेट ट्रांजिस्टर निकाला। इसकी बैटरी कमजोर पड़ गई लगती थी। उसने समाचार को अच्छे ढंग से सुनने के लिए ट्रांजिस्टर को ठोका-पीटा। उसके चश्मे पर जब सूरज की रोशनी पड़ी तो किरणें तेजी से चमकीं।

''देशभर में बच्चे कॉलेजों के साथ खुद को भी जला रहे हैं,'' साधु ने चाय वाले से कहा, ''मैं ही दो जले स्कूटरों और एक जली बस को देखकर आ रहा हूँ।'' चाय वाले ने मुँह बना लिया। क्या यह बच्चों की जानें जाने का दुख था ? लेकिन फिर वह पीछे झुका, काउंटर बजाकर चाय की हाँक लगाई और किसी भजन की पंक्तियाँ गुनगुनाने लगा। हो सकता है कि चेहरे की विकृति अनपच से उठी डकार के चलते हो।

अचानक वहाँ चुप्पी छा गई। चायवाला बोल पड़ा, ''बाबाजी, देशभर में हिन्दू कष्ट उठा रहे हैं। आपको मालूम है क्यों ? क्योंकि हर आदमी शान्त स्वभाव वाले हिन्दू से जलता है। अब हिन्दुओं में जागृति आ रही है।'' बाबाजी ने स्वीकृति में सिर हिलाया, चाय की कीमत चुकाई और अपने ट्रांजिस्टर के साथ विदा हुए।

उन्होंने देवप्रयाग में रात गुजारने का फैसला किया। टूरिस्ट बँगले के कमरों से पुरानेपन की बास आ रही थी और उसके नल टपकते थे। उनका पानी फर्श के मैट तक आकर उसको गीला बनाता था और उस पर स्थायी धब्बे पड़ गए थे, सिंक के पास लगे आईने पर अनेक बिन्दियाँ चिपटी पड़ी थीं। लेकिन ढलान पर नीचे बसे शहर में कोई दीप नजर नहीं आता था, अँधेरा घिरने पर टूरिस्ट बँगले की बत्तियाँ तो धुँधली ही दिखीं पर नीचे शहर से भजनों और कीर्तनों के टेप बजने की आवाज जोर-जोर से आने लगी।

तब कमरे की बत्तियाँ जलीं तो चौकीदार ने हाथ जोड़कर उन्हें प्रणाम किया, ''जय श्रीराम।''

एक अदना-सा आदमी कुछ समय पहले ही अपनी पत्नी के साथ केदारनाथ की यात्रा करके लौटा है। अम्बेसेडर से आते-जाते हुए उसकी बीवी को बोरियों की तरह ठूँस कर ले जाया गया था और वह बता रहा है कि आगे बिना मर्द के जाना कितना मुश्किल काम है। सड़कें टूटी पड़ी हैं और खच्चरों के आने-जाने से दलदली और फिसलन भरी भी हो गई हैं। उनकी आवाज बेलौस थी भले ही चाँदनी में उसका पूरा रंग-रूप नजर नहीं आ रहा था। वह एक गरीब पति, पिता और धर्मभीरु व्यक्ति प्रतीत हो रहा था। हर घड़ी प्रार्थना करना और भगवान को याद करना उसकी आदत में शुमार था। अपने कीर्तन के आखिर में वह बेंत की एक कुर्सी पर बैठा और विष्णुसहस्र नाम का जाप शुरू किया।

वह दुबला-पतला और पेट के रोग का मरीज लगता था और कई चीजों के लिए परेशान था। उसे यह चिन्ता थी कि मुनीम जी ने दिल्ली को तार किया या नहीं, क्या

सही सन्देश जयपुर भेजा गया या नहीं, क्या वहाँ की रसोई में उसे बिना प्याज-लहसुन के खाना मिल जाएगा, क्या गाड़ी में ऋषिकेश तक पहुँचने लायक पेट्रोल है या नहीं। जब उसने यह जान लिया कि वे लोग किस जाति के हैं तब उसने मुस्कुराते हुए कहा, "अंग्रेजी बोलो या न बोलो, ब्राह्मण जाति का पता चल ही जाता है।" और यह जानने के बाद उसकी पत्नी के चेहरे पर पहली बार मुस्कान आई।

जब मुश्किल घड़ी पास आ गई लगे तो आप खुद को बचाने के लिए किताबों या संगीत के ज्ञान को याद नहीं करते। जब प्रेम से लेकर सादे कामों की बर्बादी की बात शान्ति, प्रेम और सौहार्द पर भारी पड़ती लगे तो अपने दिमाग से ज्यादा बड़े सहारे की जरूरत होती है। ऐसे में कृष्णा आदतन दुर्गा की स्तुति शुरू कर देती है। सबसे पहले देवी के शैलपुत्री, फिर ब्रह्मचारिणी, फिर चन्द्रघंटा फिर कूष्माण्डा, फिर स्कन्द माता, फिर महागौरी और आखिर में सिद्धिरात्री के रूप में।

सूर्योदय हुआ—स्वर्णिम और नारंगी रंगों की पूरी छटा के साथ। वे लोग तड़के निकल पड़े। घाटी से अँधेरा छँटता एकदम साफ दिखा। रात में चली हवा ने भरे आसमान को साफ कर दिया था और बादलों को मैदानी इलाके में ठेल दिया था।

गौरीकुंड के लम्बे, तकलीफदेह और तेज हवाओं वाले रास्ते पर बहुत कम गाड़ियाँ ही दिखीं। एक वृद्धाकार कोट पहने और बहुत बड़े साइज का हरा कुम्हड़ा लिये एक बच्चा हर गाड़ी को हाथ दिखा रहा था और इस कुम्हड़े को खरीद लेने को कह रहा था। कई दूकानें भी नजर आईं और उनके आगे भी कुम्हड़े और अन्य सब्जियों के ढेर थे जिन्हें नीचे जाने वाले ट्रक आकर ले जाते।

एक चाय की दूकान के पास दीवार पर लगे पोस्टर में बैंगनी रंग के बड़े-बड़े अक्षरों में लिखा था कि हिन्दुओं को राममन्दिर का निर्माण करना और खोया आत्मगौरव हासिल करना चाहिए। तीखी चढ़ाई वाले दर्रे और घाटी के बीच से भागीरथी नदी और पहाड़ दिखाई दे रहे थे। जहाँ-तहाँ सड़क पर इधर से उधर करते मेढ़क भी मिले पर कुछ भी बहुत अलग नहीं लगा। धान के घने हरे खेतों में खड़े स्त्री-पुरुष छोटे-छोटे धब्बों की तरह लग रहे थे। डीजल, लकड़ी और उपले जलने की गन्ध हवा में घुल-मिल गई थी। कुछ जल रहा था। कुछ-कुछ था जो मौत से लड़ रहा था, यहाँ अपार ऊर्जा और स्पेस तो था लेकिन इसके साथ अनेक डरावनी सम्भावनाएँ भी नजर आ रही थीं और ऐसा लगता था कि जमीन के अन्दर दबे पड़े तेजाबी कन्दों से उसके फल-फूल निकलकर सामने आएँगे।

आखिर कॉलेज जाने वाला कोई लड़का अपने ही हाथों से खुद को इस दर्दनाक ढंग से क्यों खत्म करना चाहेगा ? सम्भव है कि शुरू में यह चीज मन के पिछवाड़े किसी धब्बे की तरह उभरी हो। थोड़ा सिरदर्द, फिर नाक-गला जाम; लेकिन तब तक आपकी स्कूल बस निकल जाती है और आप प्रार्थना में देर से पहुँचते हैं, शिक्षक आपके अधूरे होमवर्क को देखकर कॉपी फेंक मारता है या आपकी गुस्सैल माँ आप पर चीखती है या फिर दिखावों में रहने के अभ्यस्त पिता की आदतों से अपना धैर्य चुक जाता है

और आप उन चीजों को झुठलाने या भुलाने के चक्कर में मंडल-आरक्षण या मन्दिर-मस्जिद जैसे मसलों पर मन दौड़ाने लगते हैं, जोर-जोर से बहस करते हैं।

आप बहुत बोल लेते हैं, या बहुत सुन लेते हैं, और आखिर में खुद को एकदम अशक्त पाते हैं, हताश होते हैं तो यही सोचने लगते हैं कि या तो आप मर जाएँ या फिर दूसरे। लेकिन शुरू में मामला बहुत छोटा-सा ही रहता है, गले में हल्की खराश की तरह।

फाटा तक आते-आते ठंडी हवाओं ने अपना रंग दिखाना शुरू कर दिया था। उन लोगों ने अपने-अपने जैकेट निकाल लिये। जिस जगह सड़क नजरों से ओझल हो जाती है वहाँ गाड़ियों का काफिला सीढ़ियों की लड़ी-सा दिखाई दिया और लोग मक्खियों की तरह भिनभिनाते यहाँ से वहाँ करते लगे। वहाँ पहाड़ धँसा था और मिट्टी-पत्थर खिसक आने से सड़क बन्द हो गई थी। मतलब था यात्रा को यहीं समाप्त करना। कृष्णा को जल्दी ही स्थिति की पूरी जटिलता समझ आ गई। सड़क पर न सिर्फ पहले से खिसका मलबा भरा था बल्कि अभी भी ऊपर से पत्थर गिर रहे थे। दोनों तरफ से गाड़ियाँ रुकी पड़ी थीं।

यहाँ एक बार फिर एक ऐसी अनिश्चितता से पाला पड़ा था जो हर बनी-बनाई योजना पर पानी फेर देता है। यहाँ मन में सिर्फ सवाल उठते हैं और खुद उनसे बच निकलने का विकल्प कहीं नहीं दिखता। सच्चाई एकदम सामने थी, आँकड़ों और तर्क से परे, अपने दैत्याकार दाँत दिखाते हुए।

वे लोग पतली पुलिया के पास रुके और आगे क्या किया जाए, इस पर विचार करते रहे। एक टैक्सी ड्राइवर और उसका टहलू चाइना सिल्क पजामा पहने वहीं मँडराते रहे। निश्चित रूप से वे इस संकट को भी कमाने का एक नया अवसर मान रहे थे भले ही उनकी गाड़ी खस्ताहाल और खतरनाक लग रही थी, मुश्किल यह थी कि गौरीकुंड जाने वाली आखिरी बस काफी पहले ही निकल चुकी थी। एक विकल्प यह था कि सड़क के किनारे ही रात गुजारी जाए। वैसे तो हर आदमी कुछ न कुछ बोल ही रहा था पर कोई भी पक्के तौर पर नहीं बता सकता था कि सड़क कब खुल जाएगी। कृष्णा ने मन-ही-मन अपने पर्स में पड़े पैसों का हिसाब लगाया और बेटी की तरफ देखा। जल्दी ही उन लोगों ने जोखिम लेकर भी यात्रा करने का फैसला किया और ड्राइवर जो भी मनमाना भाड़ा माँग रहा था, वह देना स्वीकार कर लिया। कुछ घंटे बाद वे लोग जब गौरीकुंड के एक टूरिस्ट लाज के कमरे में बैठे चाय की चुस्कियों से ठंड भगाने का प्रयास कर रहे थे, तभी ड्राइवर आया और उसने बताया कि जो बावले हैं या जो जोखिम लेकर जाना चाहते हैं उनके लिए भोर से पहले ही रास्ता खुल जाएगा। यह सुनाते हुए वह हँस रहा था और खबर देने के बाद वह बस अड्डे की तरफ गया जहाँ रिस्क लेकर जाने को तत्पर लोग ताश खेलते, कीड़े वाले सेब खाते और खूब कड़क चाय पीते हुए इन्तजार कर रहे थे।

बाजार ओस के मारे चिपचिपा पड़ा था। लोग ठंड से कुड़कुड़ाते हुए ऐसे भागते

नजर आ रहे थे जैसे कार्टून में दीखने वाले नकाबपोश। दस्ताने, मोजे और छड़ियाँ लेकर वे आए नहीं थे और यहाँ उनकी जरूरत बेतरह महसूस हो रही थी, पत्थर फिसलन भरे थे और सड़क तीखे ढलान वाली, सो हर कदम सँभल-सँभलकर बढ़ाना होता था। कृष्णा को लगा कि ऐसे में किसी महँगे होटल के गर्म कमरे में बैठकर बढ़िया मग में गर्म कोको पीने को मिलता तो क्या मजा आता ! लेकिन यह कल्पना भर की बात थी। उसकी बेटी ने बहुत ही सपाट अंदाज में कहा कि अगर आसपास ऐसा होटल होता तब भी वे लोग उसमें नहीं घुस सकते थे। इस सूचना पर दोनों हँस पड़े और फिर दोनों ने सोने की कोशिश की। सर्दी से सिकुड़ते रहने पर भी नींद आ गई और कृष्णा ने सपना देखा कि अमोल के दादाजी उसको दिलासा देने के लिए वहाँ आए हुए हैं। वे थोड़ी दूरी पर चुपचाप खड़े हैं। उनकी विनम्र भूरी आँखों में अपार धैर्य दिख रहा था। उनमें सहानुभूति तो बहुत थी लेकिन मदद या राहत का कोई भरोसा नहीं।

पूरी रात वे लोग बहुत ही सख्त तख्त पर ठंड से कुड़कुड़ाते पड़े रहे और बस कभी-कभार ही झपकी आई। भोर होने से पहले ही वे लोग केदारनाथ रवाना हो गए थे। इस समय निकलना दूसरे अर्थ में भी लाभकर रहा कि तीन बजे होने वाली बरसात से वे लोग बच गए।

आरामचट्टी के नजर आने तक वे एक-एक कदम सावधानी के साथ बढ़ा रहे थे क्योंकि चढ़ाई एकदम तीखी थी। यहाँ पहुँचकर दम लेना था। कुछ और लोग ऊपर चढ़ने का प्रयास कर रहे थे लेकिन अधिकांश ने पहाड़ पर चढ़ने के ज्यादा मुश्किल तरीके—खच्चर की सवारी—का सहारा लिया था। ऊपर चढ़ते हुए खच्चर अक्सर पीछे की तरफ खिसक जाते थे, सो रह-रहकर उन पर सवार लोगों की चीखें सुनाई देती थीं। सड़क पर घोड़े और खच्चरों की ताजा लीद भरी हुई थी। चट्टियों में थके-माँदे लोग एकदम मीठी और पपड़ी पड़ी हुई चाय पी रहे थे। चाय इतने छोटे ग्लासों में थी कि यह समझना मुश्किल था कि उससे तुष्टि का भाव या चढ़ाई की थकान कैसे उतरती होगी। केदारनाथ ठीक सामने थे, बंद था लेकिन अभी तीन चट्टियों की दूरी पर था।

कृष्णा ने चाय की दूकानों पर बैठी औरतों पर गौर किया। वह और उसकी बेटी ही ऐसी औरतें थीं जो मर्दों के साथ नहीं थीं। चायवाली अधिकांश औरतें अधेड़ या बूढ़ी थीं। अधिकांश बूढ़ी औरतें आसपास के गाँवों की थीं और अपने घरवालों से उनका व्यवहार काफी हद तक खुला हुआ था। उनके कपड़े भले ही फटे पिटे हों, पर सलीके से पहने हुए और पर्याप्त गर्म लग रहे थे। अधेड़ उम्र की ज्यादातर स्त्रियाँ शहरी थीं। उनका ढंग-ढर्रा बता रहा था कि वे ज्यादा जल्दी थक जातीं होगी, ज्यादा जल्दी उनके चेहरों पर झुर्रियाँ पड़ जाती होंगी।

वहाँ मौजूद लोगों में एक सज्जन सेना के अधिकारी भी थे। उनके इर्द-गिर्द चक्कर लगा रहे पाँच-छह खच्चर और जवान उनके पद और प्रतिष्ठा में चार-चाँद लगाने में जुटे थे। जरूरत से ज्यादा कपड़े पहने उनके बिगड़ैल बच्चे किसी भी दूसरे 'बड़े' आदमी के बच्चों जैसे ही थे। उनके मुँह लगातार चल रहे थे—अंकल चिप्स, चिकलेट्स, चॉकलेट

और तरह-तरह की चीजें वे खाए जा रहे थे और इनके डिब्बे, प्लास्टिक के कवर और कागज बिखेरते जा रहे थे। वे एक-दूसरे से खेलते हुए भी उजड्ड और बदमाश लग रहे थे। जब उनकी माँ ने नजर कड़ी की तो वे उसके कान में फुसफसा आए, ''टीवी वाली।'' वह लहीम-शहीम, चहमुद्दीन और गोरी-चिट्टी औरत थी और कृष्णा को पूरा भरोसा था कि वह गुस्सैल बदजुबान और नकचढ़ी भी होगी। वह बार-बार कह रही थी कि मुझे तो बस बद्रीनाथ तक ही आना चाहिए था क्योंकि वहाँ तक गाड़ी आ सकती है। केदारनाथ आना तो इतना मुश्किल और बेकार है।

जब मन्दिर जाने वालों का हुजूम उत्तर की तरफ बढ़ा तो खच्चर पर सवार लोग पीछे छूट गए क्योंकि सोतों का पानी देखकर खच्चर उधर मुड़ लिये। चढ़ाई और तीखी होने से उनका फिसलना और लड़खड़ाना भी बढ़ गया।

शिव की भूमि, केदारखंड पैदल आनेवाले भक्त पाँत में धीरे-धीरे आगे बढ़ रहे थे और उनके चेहरे से थकान और कष्ट के भाव खत्म होते जा रहे थे। उनके हाँफने—दम लेने और थककर सहारा लेने का भाव भी अब बदल गया था। इनमें से काफी लोग तो यहाँ पहुँचकर दम तोड़ने पर भी यह सोचकर निहाल ही हो जाते कि इससे उन्हें मोक्ष मिल जाएगा। सम्भव है कि जो गुण किसी को शिव की प्रिय पर्वतमाला में पहुँचते ही बेहद विनम्र, बेहद उत्तेजनापूर्ण, बेहद असहाय और बेहद नाटकीय बना देते है वही कुछ को पशुत्व की ओर मुड़ने से रोकते हुए देवत्व का असम्भव सपना पाने की ओर प्रेरित करते हैं।

बुंदेलखंड इलाके के करीब दर्जन भर ग्रामीण भी उन लोगों के साथ पाँत में चल रहे थे। उनका अगुवा एक दुबला-पतला लम्बा आदमी था जिसकी आँखों में उदासी का सागर दिखाई देता था। उसने बड़ी विनम्रता से उनकी जाति और शादी के बारे में पूछा और फिर कहा कि अभी तक कृष्णा ने अपनी बेटी की शादी क्यों नहीं की है। यह बताने पर कि यह अमेरिका में डॉक्टरी पढ़ रही है, उसने स्वीकृति में सिर हिलाया, ''फिर तो इसे पहले अपनी पढ़ाई पूरी कर लेनी चाहिए। यह बहुत अच्छा पेशा है। यह दर्द हरता है। ब्राह्मण का काम है सारे कपट त्यागना—हर तरह के कष्ट, सुन रही हो न ?'' उसने कृष्णा को टोका, ''आगे बहुत बुरा वक्त आनेवाला है, शिव, शिव,'' वह बुदबुदाया और आगे बढ़ गया। उसकी लम्बी-लम्बी टाँगें पहाड़ को पकड़े बड़े गिरगिट की टाँगों की तरह लग रही थीं।

इस मंडली की औरतें नंगे पाँव गाना गाती हुई आगे बढ़ रही थीं और कृष्णा को देखकर मुस्कुराते निकल जाती थीं। उनके गाने का भाव था कि हे शिव और भवानी, हम भाँग और जहरवाले धतूरे समेत जो कुछ ला पाए हैं उसे ग्रहण करके प्रसन्न हो जाओ। तुम्हारे दरवाजे तो सदा सबके लिए खुले ही हैं। तुम तो विकट भाववाले देव हो, तुम्हें मन्दिर भी नहीं चाहिए, तुम तो श्मशान में भी रह सकते हो।

फिर वे लोग बद्रीनाथ पहुँचे जो भगवान विष्णु की भूमि है। वहाँ इस भारी-भरकम देवता का मन्दिर है। इसके राजसी द्वार समय पर ही खुलते-बन्द होते हैं। यह मन्दिर

उनका दरबार है। वहाँ भक्त लोग सड़क के रास्ते लम्बी यात्रा करके पहुँचते हैं और थककर चूर हो जाते हैं। मन्दिर से लगे पुल की दीवार पर सारे हिन्दू एक हैं और विष्णु के परम अवतार। राम का मन्दिर बनाने के निश्चय की घोषणावाला दीवार लेखन मौजूद था। अनेक छोटी-छोटी दूकानों और खोमचों पर केसरिया रंग की पुस्तिकाएँ और अयोध्या में राम के प्रस्तावित मन्दिर के मॉडल की तस्वीरें बिक रही थीं।

कुछ अपंग भिखमंगों ने भी धनुर्धारी राम और अयोध्या के प्रस्तावित मन्दिर के मॉडल की तस्वीर फ्रेमों में जड़वाकर अपने सामने रखी थी और वे अल्यूमिनियम की कटोरी उठाकर 'जय श्रीराम' की आवाज लगाते हुए भीख माँग रहे थे। कटोरी में गिरकर खनकते सिक्कों की आवाज की तरह ही उनकी आवाज से भी एक तरह की महत्त्वाकांक्षा, दबी हुई उत्कंठा, कड़वाहट और इच्छा की झनक सुनाई पड़ती थी।

वे दोनों सुबह की आरती के समय मन्दिर गईं। उन्होंने अपने चप्पल-जूतियाँ निकाल लीं और अन्दर से बुलावे का इन्तजार करती रहीं। पहले उनका पंडा भीड़ में उनके लिए जगह बनाने के लिए गया। कृष्णा का सिर जोर से संगमरमर के लिंटल से टकराया। "सावधानी से," पुरोहित ने डपटते हुए कहा, "भगवान के दरबार में सिर नवाना ही पड़ता है।"

मन्दिर का गर्भगृह, जहाँ भगवान की मूर्ति स्थापित थी, कीर्तन-भजन और 'जै, जै' के शोर से गुंजायमान था। पंडा बोले जा रहा था, "बड़े-बड़े व्यापारी बड़ी-बड़ी इम्पोर्टेड कारों में यहाँ आते हैं। बड़े मन्त्री और अधिकारी भी बाल-बच्चों के साथ आते हैं," उसका स्वर कहीं न कहीं से उसकी नाराजगी को दिखा रहा था।

आखिर दो स्त्रियों से परिवार थोड़े ही बनता है।

हजारों लोगों की भीड़, इतने तरह के रंग, इतनी गन्ध, इतनी आवाजों और इतनी चहल-पहल के बीच कृष्णा पूजा पर ध्यान केन्द्रित नहीं कर सकती थी। उसे उन लोगों से थोड़ी ईर्ष्या हो रही थी जो इसी सबके बीच भगवान के दरबार में माथा टेककर अपनी क्षुद्रता स्वीकार कर रहे थे और जाने-अनजाने की गई गलतियों या पापों के लिए माफी माँग रहे थे।

बाहर, शहर की चर्चा और सोच से अयोध्या मन्दिर बाहर जानेवाला नहीं था। स्थानीय लोग धर्म और ईश्वरविहीन समाज और मैदानी इलाके की राजनीति के चलते आनेवाली गिरावट की बातें चटखारे लेकर कर रहे थे। मैदानी इलाके की चर्चा यहाँ इस अंदाज से की जा रही थी जैसे वहाँ निरन्तर दंगे होते हैं, हड़ताल होती रहती है, गर्मागर्म माहौल रहता है। उनके बीच यह चर्चा आम थी कि ऐसा ईश्वर की सत्ता न मानने और पश्चिम जैसा भौतिकवादी नजरिया अपनाने से हुआ है। देश की राजनीति पर हर कहीं, हर समय चर्चा सुनाई दी और कृष्णा तथा उसकी बेटी जहाँ कहीं भी गए, टीवी पर परिचित उसके चेहरे के चलते होटलवाले, पंडित, पुरोहित, दूकानदार जैसे सारे लोग उनसे यही पूछते थे कि नीचे मैदानी इलाके में उनके बच्चों को काम मिल जाएगा क्या ! जगह-जगह तो कृष्णा को लोगों ने अपने बच्चों के बायोडाटा भी यह कहते हुए

पकड़ा दिए कि, ''यहाँ उनका कोई भविष्य नहीं है।''

इस पवित्र शहर के मन के अन्दर गहरी निराशा का भाव बैठा था। हर चाय की दूकान, हर सार्वजनिक जगह पर होने वाली बातचीत अन्त में गहरी आध्यात्मिक या वैचारिक चर्चा में बदल जाती थी और राजनीति और दुनियादारी की बातों को भी रूहानी और दार्शनिक रूप दे दिया जाता था। बद्रीनाथ में हिंसा और बर्बादी की चर्चा तो नहीं थी लेकिन इसमें मन्दिर निर्माण के सपने की छाप थी और साथ ही यह अविश्वास भी झलकता था कि ऐसा हो पाएगा।

आखिरकार वे लोग वापस रवाना हुए। एक बच्चा उनके सामने की कार के आगे डंडा लिये आ गया तो वह खतरनाक ढंग से कँपकँपाने-मुड़ने के बाद हठात् रुक गई। गाड़ी का ड्राइवर बाहर आया और उसने इस शरारती बच्चे को पकड़कर एक झापड़ रसीद किया; ''देखो तो जरा इस रंडी के लौंडे को, अभी कमर बराबर हुआ नहीं कि गुंडा बनने लगा है,'' उसने दूसरी गाड़ी के ड्राइवर से कहा। लोग चुपचाप आगे बढ़ गए। इस पर क्या कहना था !

या क्या लिखना था ?

14

एक और वर्ष बीता। कृष्णा ने महसूस किया कि उसकी उम्र पचास के करीब आ गई और फिर उसे अचानक लगा कि दफ्तर में तो अब काफी सारे बच्चे-बच्चियों ने ही असली काम उठा लिया है।

कृष्णा और उसके पति ने काम के बारे में वर्षों से जो एक खास तरह का नजरिया विकसित किया था उसे अब नए लोगों में बहुत कम ही माननेवाले थे। वे न तो पार्टियों में घूमते थे और ना ही सत्ता के गलियारों में देर रात तक चलनेवाली गतिविधियों को सूँघते फिरते या उनमें भागीदारी करते थे। दफ्तर के बाद उनकी गतिविधियाँ प्रायः उनके आपसी मेल-जोल तक ही सीमित रह रही हैं। उनका घर शान्त और कोलाहल से मुक्त था। और जब वे दोस्त न होने, पैसे न होने या अलग-थलग होने की बातें करते भी थे तो अन्दर से कृष्णा खुद को बहुत सुरक्षित महसूस करती थी कि उसके पास पति का साथ है, और कोई ऐसी कीमती चीजें भी नहीं हैं जिनकी हिफाजत की चिन्ता करनी पड़ती।

बच्चियों के भरोसे घर छोड़कर निकल जाना बहुत कम समय में ही घट गया। पहले बड़ी बेटी गई, फिर दूसरी भी। और रातोंरात छोटा घर भी भाँय-भाँय करता लगने लगा, कभी खामोशी का साम्राज्य दिखता तो कभी हर आवाज गूँजती लगती। कृष्णा इस शान्ति में डूबती-उतराती रही। वे रात में अकेले या दुकेले पड़े रहते थे और बीते पच्चीस वर्षों की यादों की उधेड़बुन में लगे रहते थे—आपसी प्रेम, बच्चियों के प्रति निबाहे गए कर्त्तव्यों, बैंक बैलेंस अब इनमें से हर चीज को नए सिरे से व्यवस्थित करने की जरूरत लगती थी।

फिर उन्हें लगा कि परिवार इससे छोटा और कम साधनोंवाला नहीं हो सकता और अब अगर इसमें आगे कोई कमी होती है तो यह एक-दूसरे से बिछुड़ने के रूप में ही होगी।

जब बार-बार के कलह के बाद शासक गठबन्धन की सरकार गिर गई तब किसी को भी हैरानी नहीं हुई। एक और मध्यावधि चुनाव घोषित हुआ। स्थितियाँ बहुत अच्छी नहीं लग रही थीं। जेपी के दोस्तों और उसके आसपास की मंडली ने बड़ी जातियों

के टूटते राजनीतिक साम्राज्य को बचाने के लिए कोई वैकल्पिक गठबन्धन बनवाने के लिए काफी भागदौड़ की। इस बीच उनके नेता के स्वास्थ्य को लेकर तरह-तरह की चर्चाएँ चलीं। कृष्णा उनकी जो तस्वीरें अलग-अलग अखबारों में देखती थी, उसमें उनके चेहरे का रंग खराब ही लगता था। अखबार अनाम मेडिकल सूत्रों के हवाले से उनके स्वास्थ्य के बारे में अजीब-अजीब खबरें देने में लगे थे। जब इस दुबले-पतले नेता ने अपनी मूल पार्टी के काम-काज से नाता तोड़ा और उसकी सरकार के खिलाफ आवाज उठाई तो उसे चुनौती भी दी कि वह उसे जेल में डालकर देख ले। तब लगता था कि उसे अपनी जान की परवाह नहीं है। फिर जब उसने अपनी पार्टी बनाई और मूल पार्टी को करारी चुनावी शिकस्त देकर अपने अपमान का बदला लिया तब तक उसका शरीर जवाब देने लगा था। दिन-रात के काम और भागदौड़ ने उसे पस्त कर दिया था। कृष्णा को लगा कि सरकार की और अपने साथ सत्ता में आए खुद के चुने लोगों की असफलताओं और गलतियों को छुपाने के लिए यह बीमारी अच्छा बहाना साबित हुई।

उनकी पार्टी नशेड़ियों जैसी हो चुकी थी और वह खुद पार्टी का एक अत्याज्य नशा। ऊपर से नीचे तक के भ्रष्टाचार, जाति के आधार पर फैसले लेने और देश की अन्तरात्मा को दोफाड़ करने जैसी सारी गलतियाँ विचारधारा के नाम पर की गईं। और अब जब विचारधारा ने भी हाथ खड़े कर दिए थे तो जोड़-तोड़ करनेवाले कुछ इससे भी अलग का हिसाब बैठाने में जुट गए।

जेपी के सम्पादक पद से हटने के पहले इस नेता ने जेपी को जो इंटरव्यू दिया था, उसमें उसका मन खुलकर सामने आया था। साफ लग रहा था कि यह गहरी निराशा के गर्त में है और उसे आगे होने वाली तबाही का अंदाजा है।

इसी अवसर पर उसने यह घोषणा भी कर दी कि वह न तो मध्यावधि चुनाव लड़ेगा और न किसी के लिए प्रचार करने जाएगा। जेपी जिस प्रकाशन संस्थान के लिए काम करता था उसके अगड़े मालिकों ने तब तक दक्षिणपन्थी राजनीतिक समूहों के साथ गुपचुप ढंग से गठजोड़ कर लिया था क्योंकि ये ही बड़ी जातियों का खयाल रखते थे, और सत्र बदलते ही जेपी को नोटिस मिलने और बर्खास्तगी का फरमान मिलने में देर न लगी।

जेपी गहरे मानसिक दबाव में था। उसके पुराने पत्रकार मित्र पहले ही छिटक गए थे। और मेहर निचली और पिछड़ी जातियों के गँवार लगने वाले नेताओं की भीड़ को घर में घुसने नहीं देती थी। उसने बड़ी कठोरता के साथ कहा कि तुम्हें इन सबसे एकदम अलग होना होगा। कहा जाता था कि इसके बाद जेपी अपना ज्यादातर समय कमरे में बैठे-बैठे टीवी समाचार देखने या यूँ ही शून्य में ताकते हुए गुजारने लगा था। यह अफवाह भी उड़ी कि उसे कैंसर हो गया है। पर किसी को भी इसकी पुष्टि या खंडन करने की हिम्मत नहीं हुई।

फिर एक दिन जेपी के एक नेता दोस्त उनके घर आए। बड़ी मुश्किल से वे उसके

फ्लैट तक की सीढ़ियाँ चढ़ पाए और उनके कमरे में गए। लोगों ने बताया कि तब जेपी कमरे के बीचोबीच पालथी मारे बैठा था। कालीन पर पार्टी के पुराने चुनाव घोषणा-पत्र और कैंसर सम्बन्धी साहित्य बिखरा पड़ा था। "मेरे खून की श्वेत कोशिकाओं की संख्या गिरकर खतरनाक स्तर तक तक आ गई है और मुझे हाइपरटेंशन है। डॉक्टरों का कहना है कि अब मैं ज्यादा दिन नहीं चल पाऊँगा," उसने अपने राजनीतिक उस्ताद को कहा जो उस दिन उनके साथ काफी समय तक बैठे रहे। उन्होंने जेपी से कहा, भाईजान ये सब छोटी-छोटी परेशानियाँ हैं। इनके लिए अब आप बड़े उद्देश्य को कैसे छोड़ देंगे ? और वह भी इस बिन्दु पर आकर ?

मेहर देख सकती थी कि जब ये नेता गए तो जेपी का रंग-ढंग बदला हुआ था, वह बेहतर महसूस कर रहा था। जैसा कि इस नेता ने भविष्यवाणी की थी, पार्टियों के बड़ी जाति के नेता लोग अब इसके पदाधिकारियों के पदों पर बने रहने में कठिनाई महसूस करने लगे। साल खत्म होते-होते तक तनाव कम होने लगा और पार्टी पदाधिकारियों के चुनाव और पिछड़ी जातियों के लिए कोटा तय करने की बातचीत अब ज्यादा सुगमता से होने लगी थी। आखिरकार अगड़ी जाति के सारे चालाक नेताओं ने स्वीकार कर लिया कि अब इस विचार पर अमल करने का वक्त आ गया है। जब यह राय बन गई तो धूर्त राजनेताओं ने तय कर लिया कि उनके अपने बीच चाहे जो 'भ्रान्तियाँ' हों वे बड़े पदों पर जाने को अपनी मूँछ का सवाल नहीं बनाएँगे और महत्त्वपूर्ण पद इन नई उभरी जातियों के नेताओं को ही दिए जाएँ।

धीरे-धीरे जेपी फिर से अपनी रंगत में लौटने लगा। उसने सबसे पहले अपने बालों का स्टाइल और ड्रेस बदली। फिर उसने एक प्रतिष्ठित समूह के भाषायी प्रकाशनों के सलाहकार का पद अपने लिए तलाश लिया।

लेकिन जेपी और कृष्णा, दोनों ने महसूस कर लिया था कि बीता वक्त अब गया। वह एकदम ही अलग तरह के लोगों का दौर था। लेकिन वर्तमान भी बीते दौर के अपमानों, फब्तियों की चोटों, पीठ पीछे से हुए वारों और नौकरी छूटने-छुड़ाने के कष्ट के निशानों को नहीं मिटा सकता। इन मुश्किल वर्षों ने उनके मनों को भी कठोर बना दिया था और अब पहलेवाली बेफिक्री और भोलापन लौटाया नहीं जा सकता था।

जेपी ने इस बीच जो शक्ति और ख्याति खो दी थी, वह धीरे-धीरे वापस आने लगी। अब वह फिर से हर कहीं नजर आने लगा। वह साम्प्रदायिकता और जातिवाद के खिलाफ होने वाले सार्वजनिक प्रदर्शनों में भागीदारी करने लगा। संगीत के कार्यक्रमों और प्रदर्शनियों में दिखने लगा। वह फिल्म समारोहों में भी शिरकत करने लगा और दलितों तथा औरतों के शोषण को चित्रित करनेवाली फिल्मों को सरकारी पैसों की मदद दिलवाने की भागदौड़ भी करते दिखा। फिल्में बॉक्स ऑफिस पर नहीं चलीं, पर इससे खास फर्क नहीं पड़ता। इन्हें दिए गए कर्ज माफ कर दिए गए।

जेपी के दोस्तों ने अपने नेता के दिशा-निर्देश पर एक और गठबन्धन खड़ा किया।

ऊँची जाति का प्रतिद्वन्द्वी खेमा संसद के अन्दर इस गठबन्धन की शक्ति को चुनौती नहीं दे पाया। फिर जब सदन में शक्ति परीक्षण हुआ तो अविश्वास प्रस्ताव पर सरकार को पराजित करके नए गठबन्धन ने केन्द्र में सत्ता सँभाली।

लेकिन अभी जो राष्ट्र दलितों और पिछड़ों के हाथ आया वह जाति युद्ध से पस्तहाल और शासकों के असीमित लोभ और लूट से खस्ताहाल हो चुका था। पुरानी सोच उनके रास्ते में बाधा ही थी; सदियों से चली आ रही जातीय जड़ता, गरीबों में व्याप्त निरक्षरता, शहरी मध्यवर्ग की अनन्त उपभोग की लालसा और धार्मिक कट्टरता, अमीर वर्ग का स्वार्थ समाज के दुखों से आँखें फेरे रखा। शासकों की जाति चाहे जो हो, ऐसी मानसिकता के चलते उनका कोई भी काम आसान न था।

पहले तो इन नए नेताओं ने तेजी से काम आगे बढ़ाना चाहा। पर जल्दी ही उन्हें लग गया कि वे जरूरत से ज्यादा हाथ-पैर चला रहे हैं। अपनी बिरादरी के लोगों को, जो नई सरकार से कुछ पाने को बेताब थे, जरा भी कुछ देते ही उन्हें अपना बाकी वोट बैंक खिसकता नजर आने लगा। इसका उल्टा असर भी होने लगा। विभिन्न जातियाँ गाँवों में अपनी-अपनी 'सेनाएँ' खड़ी करने लगीं। देश-भर में ऐसी जातीय सेनाओं द्वारा दूसरी जाति के लोगों को मारने-पीटने, लूटने की वारदातें होने लगीं। इसका प्रभाव संसद पर आया और वहाँ विधायी काम हो पाना असम्भव हो गया। नेतृत्व पर ज्यादा बोलने और कुछ न करने के साथ ही पक्षपात करने के आरोप लगने लगे। नेतृत्व भी अपना वक्त नीतियाँ बनाने, सही फैसले लेने की जगह विपक्ष से दो-दो हाथ करने में लगाने लगा। जेपी एक बार फिर अपना ज्यादातर वक्त इन लोगों को 'सलाह' देने, इनके बेढंगेपन पर नाराज होने, इनके दूरद्रष्टा न होने की शिकायत करने में लगाने लगे। साथ ही साथ वे देश को भी यह बताने में लगे थे कि किनका नेतृत्व किस तरह सच्चाई के लिए नहीं लड़ना चाहता।

लेकिन जेपी अब इन सबसे मुक्ति के लिए भी छटपटाने लगा था। नए मीडिया की नजर में अब वह भी आ गया था। क्या वह राष्ट्रीय टीवी पर प्राइम टाइम में आने वाले समाचार बुलेटिन का एंकर बनना पसन्द करेगा ?

क्या तुमको काफी समय से इसका इन्तजार नहीं था, मेहर ने कहा।

मुझे नहीं मालूम, जेपी का जवाब था।

यह तो तुम पर हमला करनेवालों को चुप कराने या उन्हें अपनी तरफ लाने का अवसर है, मेहर ने कहा।

मुझे सोचने दो, जेपी ने कहा।

किसी को भी ठीक-ठीक नहीं मालूम है कि जेपी ने इस प्रस्ताव के लिए कब हाँ कहा। लेकिन उसने ऐसा किया और आगे जो घटा वह तो इतिहास ही बन गया। प्रेस क्लब के उसके दोस्त किस्से सुनाया करते थे। राजनीतिक दलों में बैठे उनके दुश्मन इसमें नमक-मिर्च लगाकर आगे फैला देते थे। राजनीतिक गपशप वाले स्तम्भों के करोड़ों पाठकों ने किस्से पढ़े और किसी को भी पूरी सच्चाई नहीं मालूम। लेकिन जैसा कि

पार्वती कहा करती थी, आप एक बार दन्तकथा के नायक बन जाइए, तब आप चर्चाओं को रोक नहीं सकते।

जेपी को समाचार पढ़ते देखकर एक दिन पार्वती ने कृष्णा से कहा था, "बेचारा, कितना कमजोर और त्रस्त लगता है।"

"चुप भी करो," कृष्णा ने कहा लेकिन उसे भी जेपी की चिन्ता थी।

15

सुरक्षाकर्मी कृष्णा को लेकर जिस कार में आए वह तरह-तरह के हथियारों और सुरक्षा उपकरणों से भरी थी। कार कृष्णा को प्रधानमन्त्री निवास के गेट से लेकर अन्दर तक छोड़ने जा रही थी। वे लोग उसे उसके घर के दरवाजे तक छोड़कर वापस लौट गए। कृष्णा वहाँ बैठे-बैठे प्रधानमन्त्री से पूछे जानेवाले सवालों की उधेड़बुन में लगी रही। वह उन अनेक क्रान्तिकारी बताए गए ग्रामीण एवं महिला विकास कार्यक्रमों के नतीजों या प्रकृति के बारे में जानना चाहती थी जो कुछ समय पहले घोषित हुए थे और इसी क्रम में वह अमेरिकी मुहावरे 'अफर्मेटिक एक्शन' के समानार्थ हिन्दी शब्द ढूँढ़ने में उलझी थी, आखिरकार हारकर उसने इस पर सोचना छोड़ दिया। यह प्रधानमन्त्री दक्षिण के एक प्रदेश से थे और उन्होंने सार्वजनिक रूप से चुनावी सभाओं में घोषणा की थी कि वे उत्तर-भारत की बड़ी जातियों की भाषा हिन्दी न तो बोलते हैं, न कभी बोलेंगे। वे एक बंजारा जाति के थे और कहा जाता था कि औरतों की संगति में बैठना न तो उन्हें अच्छा लगता था, ना ही वे पत्रकारों के साथ बैठना पसन्द करते थे। इसके अलावा उनके वोकल कार्ड अर्थात गले की नली में भी कुछ गड़बड़ थी और अपनी टूटी-फूटी अंग्रेजी में वे क्या बोल रहे हैं, यह समझना बहुत मुश्किल होता था। कुल मिलाकर उनकी मातृभाषा न जानने वालों से उनके संवाद की सम्भावना कृष्णा को काफी कठिन ही दिख रही थी।

कृष्णा को भी लगा कि उसका नाम उसकी अगड़ी जाति को डंके की चोट पर घोषित करता है। उसकी साड़ी में भी खाने का धब्बा पड़ा था और नई चप्पल हर कदम के साथ उसके चलने और आने का ऐलान बड़े अजीबोगरीब अंदाज में करती जा रही थी।

कुछ रात पहले जब जेपी ने उसे फोन किया था तब उसे अचरज हुआ, "आप नए प्रधानमन्त्री का इंटरव्यू क्यों नहीं करतीं?" उसने पूछा था, "वे वैसे काफी होशियार आदमी हैं और काफी कुछ कह सकते हैं। मैंने उनसे कहा कि आपको भाषाई मीडिया से भी बात करनी चाहिए। और मैंने कहा कि अपने अखबार के लिए आप उनका अच्छा इंटरव्यू कर सकती हैं। मैंने उनसे कहा है कि हिन्दी के पाठकों का काफी महत्त्व है और आप विश्वसनीय व्यक्ति हैं।"

कृष्णा को तभी उन महानुभाव पर छपी एक दिलचस्प और शरारतपूर्ण रिपोर्ट की

याद आई पर उसने यह प्रकरण नहीं छेड़ा। जेपी की आवाज काफी थकी-थकी लग रही थी और अब जेपी से उसकी मुलाकात या बातचीत शायद ही कभी होती थी पर जो प्रधानमन्त्री जल्दी से किसी के सामने नहीं आता उसका इंटरव्यू कर लाना अपने पेशे के हिसाब से एक उपलब्धि और चुनौती भी थी ही, सो उसने रजामन्दी दे दी।

अगले दिन ही कृष्णा प्रधानमन्त्री निवास के बाहर भारी चौकसी वाले गेट पर हाजिर थी जो प्रधानमन्त्री के आवास को बाकी दुनिया से अलग करता है। यह एक दुर्लभ इंटरव्यू था लेकिन वह एक बात को नहीं भुला सकती थी कि यह इंटरव्यू जेपी ने उसे कह कर दिलवाया था। यहाँ वह खुद एक तरह से सिफारिशी वार्ताकार होकर ही आई थी।

जब दरवाजा खुला तो कृष्णा का दिल बैठता-सा लगा। प्रधानमन्त्री सोफे पर तन कर और रूखे अंदाज में बैठे थे। वे खादी का कुर्ता और धोती पहने हुए थे और रह-रहकर नाक पोंछ रहे थे। उनका रंग काला तो था ही चेहरा-मोहरा भी बहुत प्रभावशाली न था—आँखें छोटी और लाल थीं, नाक मोटी और चपटी थी, मुँह और होंठ भी बदमिजाजी का आभास दे रहे थे। कृष्णा ने पूरे हाल पर नजर डाली और फिर उस कुर्सी में जा धँसी जिसकी तरफ बैठने का इशारा किया गया था। नेता की आँखें उसे देखते हुए भी सशंकित लग रही थीं।

अब वह इंटरव्यू कहाँ से शुरू करे ? उसे लगा कि जो नेता उसे ऐसे सन्देहपूर्ण ढंग से घूर रहा है, वह तो न खुलकर सामने आएगा, न खुलकर बोलेगा। वे अपने कुर्ते को सीधा करते रहे, अपना हाथ कुर्ते पर रगड़ते रहे लेकिन साथ ही घूरना भी जारी रखा। कृष्णा ने गला खँखार कर पहले उनसे उनकी सरकार की उपलब्धियों के बारे में पूछा।

उन्होंने बहुत धीरे-धीरे जवाब देना शुरू किया। उनके स्वर में भारतीय पुरुष का वह कड़ियल अहंकारी भाव भी था जो अक्सर औरत से बातचीत में उभरकर आ जाता है। उन्होंने कहा कि महिलाओं और पिछड़ी जातियों के सशक्तीकरण की दिशा में प्रगति हुई है और ग्रामीण इलाकों से गरीबी उन्मूलन की कई नई योजनाएँ बनाई जा रही हैं। लेकिन उन्होंने किसी योजना के बारे में विस्तार से कुछ नहीं कहा। कृष्णा को लगा कि वे कुछ नाराज और उखड़े-उखड़े हैं या सम्भव है उनकी मुख-मुद्रा उनके श्रोताओं को सदा यही भाव देती हो।

कृष्णा ने तब केन्द्रीय बजट को लेकर सवाल उठाए जो अभी-अभी पास हो गया था और जिसमें ग्रामीण इलाके की गरीब महिलाओं को कम कीमत पर साड़ी और चावल देने की पुरानी योजना समाप्त कर दी गई थी। उन्होंने कहा कि वह तो एक बेकार योजना थी, बिल्कुल अव्यावहारिक। "इससे तो राज्य का खजाना ही खाली हो जाता जो वैसे भी कंगाली के कगार पर है। हमारे आर्थिक सलाहकार सब्सिडी बढ़ाने के एकदम खिलाफ थे, इसलिए यह योजना खत्म कर दी गई," उन्होंने दो टूक अंदाज में कहा।

कृष्णा बेचैनी से सवाल और बैठने की मुद्रा, दोनों ही बदलती जा रही थी। उसके पेट में चूहे कूद रहे थे क्योंकि हड़बड़ी के मारे उसने नाश्ता भी नहीं किया था।

उसने पूछा कि क्या घुमन्तू गड़रियों और चरवाहों के बच्चों के लिए विशेष मोबाइल स्कूल खोलने, बच्चों की पढ़ाई बीच में छूटने से रोकने की, खासकर उत्तर भारत में...

दन से जवाब आया, यह तो सिर्फ विचार भर है, इनके लिए पैसे कहाँ हैं ? और फिर शिक्षा केन्द्र का विषय भी नहीं है, यह तो राज्य का विषय है। हम इसमें कैसे दखल दे सकते हैं !

कृष्णा इस दो टूक ईमानदारी पर थोड़ा खुश भी हुई लेकिन तभी उसे उन दर्जनों रैलियों में किए गए वायदे भी याद आ गए। उसने पूछा, "क्या प्रमुख नदियों को जोड़कर एक राष्ट्रीय वाटर ग्रिड बनाने की योजना नहीं है जिससे नदियों का पानी बर्बाद होने से रोकने के साथ ही सूखे के अन्देशे वाले इलाकों में नहर से पानी पहुँचाया जा सके ?"

प्रधानमन्त्री ने कन्धे बिचका दिए, "सबसे पहले तो हमें नदियों के पानी में हिस्सेदारी के लिए राज्यों के बीच मौजूद आधा दर्जन विवादों को सुलझाना है। इन सबमें भी समय लगता है।"

"बड़े और सँभालने में न आने वाले राज्यों को तोड़कर छोटे और नए राज्य बनाने के वायदे पर क्या किया जा रहा है ?" उसने पूछा।

"यह नहीं हो सकता," उन्होंने कहा। हम एक जगह ऐसा करेंगे तो हर कहीं से ऐसा करने की माँग उठने लगेगी। बड़े राज्यों के हमारे घटक दल इसके खिलाफ हैं।

इस बीच प्रधानमन्त्री सोफे पर और ज्यादा पसर गए थे और उनकी तोंद उनके कुल व्यक्तित्व को और भद्दा और अमूर्त कार्टून बना रही थी। उनकी आँखों से एक ठंडापन साफ दिखता था और हाथ, जो लगातार नथुनों के भीतर गन्द तलाश रहे थे, गन्दगी को सामने ला रहे थे। कृष्णा को लगा कि पता नहीं, उन्होंने उसके सवालों को ठीक से समझा भी है या नहीं।

उसके ब्लाउज की कोई एक हुक अचानक उखड़ गई और वह साड़ी के पहलू से उसे ढकने का जतन करने लगी। अब उसे यह भी लगने लगा कि उसके इंटरव्यू के लिए तय समय जाने बचा भी है या नहीं। इस पूरे समय प्रधानमन्त्री की नजर उस पर से नहीं हटी। अब तक उसके सवाल, उनके जवाब, दोनों के अलग-अलग उच्चारण सब मिलकर ऐसे गड्ड-मड्ड हो गए थे कि बात कहीं बढ़ती नजर नहीं आती थी। वे तभी आगे बढ़ते थे जब वह नया सवाल ले कर आगे आती थी और बात खत्म होते-होते तक दोनों वापस अपनी-अपनी जिल्द में लौट आते थे, अपने-अपने हथियारों को नापते-तौलते हुए।

कृष्णा ने प्रधानमन्त्री के गृह प्रदेश के मुख्यमन्त्री द्वारा दिए गए हाल के बयान की याद दिलाई जिसमें उन्होंने गठबंधन सरकारों में अन्तर्निहित कमजोरियों की बात कही थी।

''उन्हें नहीं मालूम कि वे क्या सोच रहे हैं, उन्हें सिर्फ झूठी बातें ही बताई जा रही हैं'', उन्होंने दन से जवाब दिया।

''लेकिन वे तो आप के ही मन्त्री हैं और आपके ही गृह राज्य के बारे में बोल रहे हैं।''

''उसकी कुछ और वजहें हैं।''

''मन्त्रिमंडल में फेरबदल होगा क्या ?''

''अफवाह है, सब अफवाह है, मीडिया द्वारा फैलाई अफवाह है।''

''उस घोटाले की जाँच की क्या प्रगति है जिसमें आपकी भी सरकार के कम-से-कम दस कैबिनेट मन्त्रियों के नाम हैं ?''

''जाँच हो रही है, पर पुख्ता सबूत नहीं हैं।''

कृष्णा चुप हो गई, उसे लगा पत्थर से सिर टकराने से क्या फायदा। यह आदमी तो एकदम चुकी हुई शै है। लगता ही नहीं कि इसे किसी भी चीज का अता-पता है। यह भला कितने दिन तक शासक गठबन्धन को सँभाल सकेगा !

अचानक प्रधानमन्त्री थोड़ा आगे झुके। उसी रूखी और उदास आवाज में उन्होंने कहा, ''दरअसल हमारे सामने एक ही भारी समस्या है पैसा, हमें एकदम खाली खजाना मिला है। विदेशी संस्थाओं की बहुत ज्यादा देनदारियाँ और कर्ज हम पर हैं। हमारे पास मुश्किल से वेतन दे पाने भर पैसा है, उधर सरकारी कर्मचारी और ज्यादा पैसों के लिए हड़ताल कर रहे हैं। ऐसे में मैं क्या कर सकता हूँ।''

कृष्णा हैरान होकर इस आदमी को देखने लगी। अब उसे लगा कि उस आदमी को इतनी देर से वह अपने से रुष्ट और क्रुद्ध मान रही थी पर उसके अनमनेपन का कारण तो कुछ और ही था। कैबिनेट के अपने साथियों का पक्ष लेने की जगह वह उनसे काफी नाराज निकला। ''ऐसे गठबन्धन में नीतियों की दिशा क्या होगी कौन बता सकता है—मुझे तो पता ही नहीं है। जहाँ तक मैं देख सकता हूँ। सारा कुछ बड़े उद्योगों से जुड़ा माफिया चला रहा है।''

''और यह बात 'ऑफ द रिकार्ड' है,'' उन्होंने कहा। और अभी तक उनकी जो मुद्रा बहुत ही जड़वत और रहस्यमय लग रही थी, वह अब अचानक और जीवन्त लगने लगी। कृष्णा ने सोचा कि यह आदमी अगर ऐसे झंझट में नहीं फँसा होता तब कैसा लगता। फिर उसने यह विचार हटा दिया। अब क्या ?

प्रधानमन्त्री कृष्णा को दरवाजे तक छोड़ने आए; शायद इसलिए कि उन्हें सिल्क के सोफे पर पड़े रहना पसन्द न था। वे इसे अपनी ऊर्जा की बर्बादी मानते थे। उन्होंने हाथ उठाकर कृष्णा को अलविदा कहा तो उसे अचानक लगा कि विरोधाभासों और अनुगूँजों से खस्ताहाल मकान को सँभालने वाला बूढ़ा केयरटेकर एक युवा और आजाद नागरिक को उदासी से विदा कह रहा था।

जब इंटरव्यू छपा तब कोई भी कृष्णा के विश्लेषण से सहमत नहीं हुआ। प्रधानमन्त्री कार्यालय के भी किसी व्यक्ति ने इस पर खास ध्यान दिया हो, ऐसा नहीं

लगा, सिर्फ जेपी ने फोन करके कहा कि उसे यह विश्लेषण पसन्द आया। लेकिन उसने यह भी कहा कि उसे बुढ़ऊ पर थोड़ा अधिक उदार ढंग से लिखने की जरूरत थी। आखिरकार अब उनकी भी विदाई हो रही है। यह कहते हुए जेपी धीरे से हँस दिया था। "कृष्णा अब देश का भी यही होनेवाला है और हिन्दी मीडिया का भी। सिर्फ हमारे जैसे मूर्ख लोग ही अच्छे दिनों की उम्मीद लगाए बैठे हैं।"

कुछ वर्ष बाद जब जेपी की मौत हो गई तो कृष्णा को उसके कहे ये शब्द बार-बार याद आते थे। लेकिन वह मन ही मन जानती थी कि जो पुराना जेपी उसे प्रिय था, उसकी तो शायद काफी पहले ही मौत हो गई थी।

कृष्णा ने बाद में टीवी चैनल के मालिक को यह शेखी बघारते सुना कि जेपी के आखिरी दिनों के टीवी प्रोग्राम, जिनमें उसका अपना दर्द भी उभरकर सामने आ गया था, भारत के टीवी चैनलों में सबसे ज्यादा दर्शकों को आकर्षित करनेवाला सबसे ऊँची रेटिंग्स खींचने वाला साबित हुआ।

कृष्णा को लगा यह एक नई मीडिया दुनिया थी, जो अब नए सिरे से बनाई जा रही थी—बाइट दर बाइट।

16

भारत की आजादी के पचास साल पूरे हुए।

कृष्णा एक दैनिक की कार्यकारी-सम्पादक थी।

लोग अब सेमिनारों में, रेडियो पर, टीवी स्टूडियो में भारतीय मीडिया के बारे में विचार-विमर्श करने लगे थे। हमारी मीडिया कितनी स्वतन्त्र है और दुनिया के सबसे बड़े लोकतन्त्र में इसकी भूमिका कितनी महत्त्वपूर्ण है, यह गुणगान करते लोग अघाते नहीं थे। उनका कहना था कि अब उपग्रह चैनलों और केबल टीवी ने एकदम नए क्षितिज उद्घाटित किए हैं, इसलिए अब सच्चाई छुपाई नहीं जा सकती, वह सामने आएगी ही।

लेकिन कृष्णा का विश्वास अब इन बातों पर नहीं था।

नए राजनेताओं ने पेशेवर पत्रकारों को फाँसने और उनसे मनचाही चीजें लिखवा-बुलवा लेने का कौशल हासिल कर लिया था। राजनेताओं, मीडिया मालिकों और नौकरशाहों के बीच बहुत ही पुख्ता गठजोड़ बन चुका था। निचले स्तर तक पहुँच कर सही खबरें लाने वाले पत्राकार हों या पार्टी के प्रति पूरी निष्ठा रखते हुए काम करने वाले कार्यकर्त्ता, उनकी अब कोई पूछ नहीं थी।

अब तो सिर्फ बन्द दरवाजों के पीछे हुआ मेलजोल और फैसले ही असली थे।

और इस सबमें अंग्रेजी का महत्त्व अब भी उतना ही ज्यादा था जितना सदा से रहा आया था। व्यवस्था में बैठे लोग पूरा इन्तजाम रखते थे कि सामान्य सामाजिक और राजनीतिक विभाजन रेखाएँ बनी रहें और भारतीय पाठक वर्ग बँटा रहे। अंग्रेजी माध्यम के वे स्कूल अभी भी बच्चों को मातृभाषा में बोलने पर दंडित करते थे। इन स्कूलों और इनके कर्णधारों ने अंग्रेजी की सत्ता के बारे में नए मिथक गढ़ लिए और देसी जुबान में बात करने वालों के खिलाफ बने पुराने पूर्वग्रहों को जिन्दा रखा था। फिर भी पैसे वाले लोग अपने बच्चों को दाखिला दिलाने के लिए अंग्रेजी स्कूलों के दरवाजे पर लाइन लगाए खड़े रहते। मजेदार बात यह कि इसमें पिछड़ी और अछूत जातियों के वे राजनेता भी शामिल हो गए थे जिन्होंने सरकारी स्कूलों से अंग्रेजी को सदा के लिए विदा करने के फैसले लिए थे। अंग्रेजी को कुलीनों की भाषा करार देने के साथ ही ऐसे लोगों ने चरवाहा विद्यालय जैसे प्रयोग भी किए थे पर अपने बच्चों को वे पब्लिक स्कूल में ही पढ़ाने भेजते रहे।

मामला सिर्फ राजनेताओं का ही नहीं था, बड़ी कम्पनियों के कर्त्ताधर्त्ता, नौकरशाह और मीडियाकर्मी, सभी सत्ता के संचालन का सूत्रधार बनी भाषा से मिलनेवाले अलोकतान्त्रिक फायदे लेने के साथ ही इस मसले पर विचार करने को कतई तैयार नहीं थे। जैसे ही वे दिल्ली में आते, गाँव से उनका रिश्ता टूट जाता। फिर वे शायद ही कभी गाँव की तरफ मुँह करते हों। मीडिया का कोई भी आदमी ग्रामीण क्षेत्रों की रिपोर्टिंग करने को अब तैयार न था। जब चुनाव आते और महत्त्वपूर्ण राजनेता चुनाव प्रचार में निकलते तब वे अपने साथ पसन्दीदा पत्रकारों की टोली को भी विमान पर घुमाते फिरते। उनसे थोड़ा नीचे दर्जे के नेता अपने वातानुकूलित वाहनों, जिसे अक्सर किसी न किसी रथ का नाम दिया जाता था, में पत्रकारों को ले जाते जिससे वे धूल-धक्के, पसीने और मच्छरों की मार से बचे रहें। पर जब वे किसी ग्रामीण इलाके में पहुँच जाते तो शाम को किसी आसपास के कस्बाई साफ-सुथरे होटल में बैठकर एकजुट हो के सब भारतीयों और भारतीय राजनीति को कोसते।

यूँ कृष्णा को अब तक यह एहसास हो चुका था कि इन बातों की शिकायत करने का कोई लाभ नहीं है। इतने भारी सामाजिक भेदभाव वाला जीवन वर्षों तक जीने के बाद लोगों को मजदूर और लेखक के रूप में अपनी दोहरी भूमिका को लेकर कुछ ज्यादा ही तल्ख बना दिया गया था। किरानी, दफ्तरों के बाबू या कम तनख्वाह पर काम करने वाले हिन्दी पत्रकारों के रूप में काम करने वाली कृष्णा हो या उसके सहकर्मी, व्यवस्था की नजरों में इन सबका कोई खास मोल नहीं था। वे पढ़ें या न पढ़ें, कहीं जाएँ या न जाएँ, उनकी कुर्सी को तब तक कोई खतरा नहीं हो सकता था जब तक कि वे दिल्ली में किसी न किसी राजनीतिक गाडफादर को पकड़े रहें। अपने दोहरे जीवन से लोगों का ध्यान हटाने के लिए वे लोग अपने और बॉस लोगों के वेतन-भत्तों के भारी अन्तर का रोना अलबत्ता रोते रहते थे। राजनेताओं, प्रेस और सरकारी दफ्तरों के बारे में उनके पास एक से एक अजीबोगरीब किस्से होते थे और वे बार-बार दोहराए जाते थे। फिर भी अधिकांश मामलों में उनका जीवन और काम ठीक-ठाक और भला था। इसलिए यथास्थिति बनाए रखने से उन्हें कोई सच्चा परहेज़ न था।

संजय रानाडे उर्फ हैमलेट वल्द शेक्सपियर, राजनीति की नई पौध का खाँटी प्रतिनिधि था। गोरा चिट्टा, सफाचट दाढ़ी-मूँछ, भूरी आँखें और गहरे काले बालों वाला रानाडे जब भी भारत में कहीं जातिगत दंगे हों या राष्ट्रीय आपदाएँ हों या बड़ी दुर्घटनाएँ हों तब टीवी पर प्रकट हो ही जाता था। और ऐसे मौकों पर वह अपने चेहरे पर चिन्ता और दुख, दोनों के भाव जाहिर कर पाने में सफल रहता था। वह बड़े मधुर लेकिन पोढ़े स्वर में देश की पुनर्रचना की जरूरत बताता, लिंग आधारित भेदभाव मिटाने और सामुदायिक कल्याण की बातें करता। लेकिन वह करोड़ पहुँच रहे भारतीय मध्य वर्ग को हाथ लगे यह भी सुना देता था कि पूरी की पूरी तीसरी दुनिया की अर्थव्यवस्था असल

में गाय-घोड़े की लीद से बढ़कर कुछ नहीं है और इस दायरे में आने वाले सभी देशों की अर्थव्यवस्थाओं से भूखी गायों या भिनभिनाती मक्खियों के अलावा किसी का पेट नहीं पल सकता। पर ये बातें भी वह मीठी जुबान में ही कहता था, उसका उच्चारण, हाव-भाव, सबकुछ एकदम सधा था और इससे देसीपन का लेशमात्र भी दिखाई नहीं देता था। वह एकदम आपकी नजरों से नजर मिलाकर बात करता था और अपनी बात बड़े सलीके से रखता था। और जब उसकी बात समाप्त होती थी तब आपको लगता था कि काश तीसरी दुनिया का इतना खरा और शर्मनाक यह नक्शा खुद-ब-खुद ध्वस्त हो जाता।

लेकिन यह विचार तब आता जब आप नफासत भरी उसकी अंग्रेजी को समझ गए हों।

अंग्रेजी की इस अघोषित और सौम्य किस्म की तानाशाही के अलावा मीडिया की हर चीज में तेजी से बदलाव आता जा रहा था।

साहित्यिक पत्रिकाओं और पुस्तक समीक्षा वाले जर्नलों के साथ ही टीवी पर ग्रामीण दर्शकों के लिए आनेवाले प्रायोगिक शैक्षिक कार्यक्रम भी अब तक बेमानी साबित हो चुके थे। इन धन्धों में लगे लोग अब या तो टीवी के लिए मिर्च-मचाले युक्त धारावाहिक बनाने लगे थे या प्रशान्त महासागर में स्थित पर्यटक द्वीपों पर सौन्दर्य प्रतियोगिताएँ आयोजित कराने में जुटे थे। सबसे ज्यादा बिकनेवाला अखबार हो या सबसे लोकप्रिय टीवी कार्यक्रम या फिर विभिन्न क्षेत्रों की सबसे प्रमुख पत्रिकाएँ, सभी देसी भाषाओं की ही थीं। अब इन सबमें फिल्म, सैक्स, अपराध, शेयर बाजार की खबरें होती थीं और इन सभी के केन्द्र में भाषायी मीडिया के मालिक थे। लेकिन अभी भी मीडिया संस्थानों का सारा काम-काज, सारा एजेंडा अंग्रेजी तय करती थी और इन अखबारों और टीवी कम्पनियों के कर्त्ताधर्त्ता स्वयं न तो भाषाई अखबारों को पढ़ते थे, न भाषाई टीवी कार्यक्रम देखते थे।

कहा-सुना चाहे जो जाए पर सच यही था कि हैमलेट रानाडे की तरह अंग्रेजी भी लुटियंस की दिल्ली के बजबजाते तहखानों से देर रात के अँधेरे में आँखों के नीचे स्याह घेरों वाले खूबसूरत पिशाच की तरह बाहर निकलकर सब पर छा जाती थी। 'आपका फैसला' और 'इंडिया सेज' जैसे भारी-भरकम नामों वाले टीवी कार्यक्रमों के जरिए, जो जो उपग्रहों के जरिए लन्दन या हाँगकाँग से यहाँ पहुँचते थे, अंग्रेजी देश के कर्त्ता-धर्त्ता लोगों के मन तक पहुँचती। ये कर्त्ता-धर्त्ता लोग बारी-बारी से इन कार्यक्रमों में सम्मानित 'गेस्ट' बनकर पहुँचते थे और रात-बिरात या घड़ी की परवाह किए बिना बस भाषण झाड़ते ही जाते। कृष्णा देख सकती थी कि दूसरे पिशाच कुछ अन्तर्राष्ट्रीय जुगाड़ में जुटे हैं। अपने डिजाइनर पोशाकों में पधारे ये महाशय बोलने और अभिनय में इतने उस्ताद थे कि आप इनके आँसू-टपकाऊ भाषण सुनकर सचमुच रो सकते थे।

कृष्णा की पुरानी सहेलियाँ और परिवार के भाईबन्धु अभी भी रात में जल्दी सो जाते थे और गहरी नींद निकालते थे। लिहाज़ा वे देर रात तक चलने वाले इन 'टाक-शो' को जरूर नहीं देख पाते थे। अगर वे टीवी देखते भी या पत्रिकाएँ खरीदते भी तो सिर्फ व्यंजनों की विधियाँ जानने, चुटकले देखने, शिकवे-सलाह वाले स्तम्भ पढ़ने और गेम-शो या बूगी-बूगी देखने के लिए। सर्दी के छोटे दिनों में धूप में बैठकर स्वेटर बुनना या पुराने उपन्यास पढ़ना और शाम को टीवी धारावाहिक देखना अपने-आप में इन सबके लिए बहुत सुखद अनुभव था। कृष्णा की परिचिताएँ अब भारी-भरकम और वजनदार महिलाएँ बन चुकी थीं जो अपने बच्चों को बड़े से मकान में उछल-कूद मचाने की आजादी के साथ ही दिन-रात उन्हें पसन्दीदा खाना-पीना उपलब्ध कराने की चिन्ता से काम करती थी। उनकी दुनिया चूँकि पहले से ही 'एक्सक्यूज मी' और 'थैंक यू' तक सीमित थी, टीवी की तेजतर्रार और पुलिस जैसी भूमिकाओं वाली हीरोइनों को देखकर वे हैरान ही होती थीं। वे धूप में बैठे-बैठे पुरानी अंग्रेजी पत्रिकाएँ पलटती थीं और तथाकथित आधुनिक महिलाओं के लिए निकलनेवाली महँगी अंग्रेजी पत्रिकाएँ-आपस में मिल-बाँटकर पढ़ती थीं। जब आपस की बातचीत या बूगी-बूगी जैसे कार्यक्रमों से उनका मन भर जाता था तो वे टीवी कार्यक्रमों की प्रस्तुतकर्त्ता महिलाओं की साड़ियों की चर्चा करती थीं।

मुम्बई और लास ऐंजिलिस में बनकर दोपहर प्रसारित होने वाले टीवी चैट शो और धारावाहिकों ने औरतों के जीवन को 'गम्भीरता' से प्रभावित कर दिया था। उनकी वैवाहिक समस्याएँ, प्रसव और गर्भपात सम्बन्धी जानकारियाँ, विवाहेतर सम्बन्ध और पराए मर्द से सन्तान जनने जैसे सारे विषय इनमें हाजिर होते थे। कृष्णा की सहेलियाँ इनकी हर कड़ी को गौर से देखती थीं और अगर किसी भी जरूरी कारण से कोई कड़ी नहीं देख सकीं तो फोन से दूसरी सहेलियों से यह पूछ लेती थीं कि उस दिन क्या-क्या हुआ। इन अधिकांश कार्यक्रमों और राजनीतिक धारावाहिकों में जो कथाएँ होती थीं उन्हें पत्र-पत्रिकाओं और विज्ञापनों में 'महिला केन्द्रित विषय' कहा जाता था। इनमें बलात्कार का शिकार हुई महिला बड़ी दबंग तौर से बलात्कारी को ललकारती थी, हत्या या बड़े बाँधों या बाल विवाह या वेश्यावृत्ति के खिलाफ भी बोलतीं। सैक्स की आजादी, समलैंगिक अधिकारों की वकालत भी करतीं। अक्सर नाजुक और सुन्दर सी दिखने वाली महिला पुलिस अधिकारी पूरी सरकार और भ्रष्ट पुलिस तन्त्र से टकराती दिखाई जाती थी।

लगभग दूसरी दुनिया की लगने वाली ये महिलाएँ अगर विश्वसनीय नहीं भी लगतीं तो भी शाम पाँच बजे के बाद के कार्यक्रमों में आने वाली महिलाएँ तो 'महत्त्वपूर्ण हस्ताक्षर' और 'जमाने को बदलने वाली' तो मानी ही जाने लगी थीं। इनसे साक्षात्कार लेने और इन्हें अपने कार्यक्रमों में शामिल करने के लिए पत्रिकाओं और टीवी चैट शो के लोग इनके पीछे-पीछे भागते-फिरते थे। पर शायद ही कोई यह सवाल उठाता था कि ये तमाम स्वयंसिद्धा महिलाएँ अभी भी क्यों अकेली ही हैं और उनके इतने भारी

विरोध का जोखिम उठाते हुए निर्वाचित सरकारें औरतों के खिलाफ़ नीतियाँ जारी रखे हुए हैं।

कृष्णा हैरान होती थी कि क्या पहले ऐसा नहीं होता था कि समाज भी किसी सही मुद्दे पर संघर्ष करने वाले का साथ देता था ! अब ऐसा लगता है कि उसकी सहेलियों और रिश्तेदारों की तरह लोग जुझारू तर्ज के टीवी कार्यक्रम देखना ही अपना सारा सद्कर्म मान लेते हैं पर वास्तविक जीवन के किसी अच्छे मुद्दे पर हो रहे संघर्ष में सीधी भागीदारी नहीं करना चाहते।

मुक्त बातचीत वाले कार्यक्रमों से लगता था कि ऐसे संघर्ष छेड़ने वाले ज्यादातर स्त्री-पुरुष पढ़ाई-लिखाई बीच में छोड़ने वाले और सताए गए बेहद उदास और तल्ख लोग हैं। उनकी आँखें और आवाज जरूर उनके पक्के निश्चय को व्यक्त करती थीं। कृष्णा को लगता था कि अगर ये लोग हँसें, ठहाके लगाएँ, अपनी स्थितियों की विडम्बनाओं को सामने लाएँ तो क्या कार्यक्रम असफल होगा और इन लोगों के चेहरे पर छाई खुशी क्या राजनीतिक रूप से गलत मानी जाएगी ?

शायद कश्मीर से कन्याकुमारी तक के आम लोग यह नहीं चाहते थे, जो टीवी कार्यक्रमों की रेटिंग चढ़ाते थे। उनके लिए सुपरवूमेन, चिर सुपर, चिर बागी, चिर बहादुर, बच्चे पालने, खाना बनाने, घर सँभालने वाली छवि से दूर और इन सबसे बढ़कर सदा मुस्कुराती रहने वाली होनी चाहिए। जिस तरह पवित्र नदी में लगाई एक डुबकी सारे पाप धो देती है उसी तरह उनको शायद औरत का एकपक्षीय चित्रण बहुपक्षीय त्रासदियों से मुक्ति का भाव दिलाने लगा था...

17

इन्हीं दिनों कृष्णा को आदिवासी क्षेत्र के एक छोटे शहर में नवरात्रि के दौरान 'मीडिया और महिला' विषय पर प्रतिष्ठित वार्षिक व्याख्यान देने का न्यौता मिला। एक स्थानीय लोकहितैषी और प्रतिष्ठित सज्जन इस वार्षिक भाषणमाला का आयोजन किया करते थे और अब उनके बहुत वृद्ध हो जाने के चलते उनके पुत्र ने उस ट्रस्ट का काम सँभाल लिया था। यह बात उसी ने बताई थी। उसने नवरात्रि व्याख्यानमाला में कृष्णा को बुलाने के लिए लम्बे-लम्बे पत्रों की बौछार-सी कर दी। और अनेक वरिष्ठ पत्रकारों से भी कृष्णा के ऊपर दबाव डलवाया। ये लोग पहले इस व्याख्यानमाला में भाषण दे चुके थे। उन सबने कृष्णा को आश्वस्त किया कि उस शहर जाकर तुम इसकी खूबसूरती, श्रोताओं की संख्या और सत्कार से प्रभावित होओगी।

कृष्णा को इस शहर के सबसे नजदीक के स्टेशन पर आयोजन का एक आदमी लेने आया था जो यह देखकर हैरान था कि वह कोई भारी-भरकम सूटकेस लाने की जगह एक छोटा पीठू बैग ही लेकर आई है।

वह इस बैग को इस हाथ से उस हाथ लेते हुए यही कहता रहा, "बस इतना ही सामान ?" वह बूढ़ा और दुबला-पतला था तथा बोलते हुए उसकी आवाज घरघराती थी। कृष्णा को लगा कि अगर उसने अपनी अगवानी में आए इस आदमी को अपना सामान पकड़ाने की जगह खुद सामान ले चलने की जिद की तो स्टेशन पर ही अच्छा-खासा नाटक हो जाएगा। सो उसने सामान सौंप दिया।

बाहर पुरानी एम्बेसडर कार उसे ले जाने के लिए थी जो भीतर से काफी जर्जर थी। उसमें बैठे मोटे ड्राइवर ने बहुत अनमनेपन से बैग सीट पर पटका और पूछा, 'बस यही एक ?' उसका चेहरा तो भोला था लेकिन उस पर मक्कारी के भाव साफ दिखते थे और साफ लग रहा था कि उसे बहुत जल्दबाजी है। उसने बहुत परेशानी दिखाते हुए उसे बताया कि सड़क बहुत खराब है और शहर पहुँचने में पाँच घंटे तो लग ही जाएँगे।

अब कृष्णा को लगने लगा कि वह भी कैसी मूर्ख है कि दूसरों के दबाव में आकर एक धार्मिक मेले में वह 'मीडिया और महिला' विषय पर भाषण देने पहुँच गई ! वह मेला घूमने आए और सती माई के मन्दिर से लगी जगह में ठूँस-ठूँसकर भरे आदिवासी स्त्री-पुरुषों की अनजान भीड़ के सामने किस तरह इस भारी-भरकम विषय पर भाषण

देगी ? वह उन्हें किस विषय में बताएगी ? मीडिया में औरत के चित्रण के बारे में ? दिल्ली, कोलकाता, मुम्बई और चेन्नई का मीडिया औरतों की जिन्दगी की जिस बदहाली को देख-दिखाकर हैरान होता है, वह तो इनका रोज का जीवन है।

वैसे तो कृष्णा छोटे कस्बों और शहरों में ही पली-बढ़ी थी पर वह इनकी संस्कृति और जीवन को लेकर महानगरों के लोगों की रूमानी व्याख्याओं से कभी आकर्षित नहीं होती थी। देश के दूरदराज के हिस्सों में स्थित रंग-बिरंगे और अजीबो-गरीब रस्मो-रिवाजों के लिए वाहवाही करना भी उसे नहीं सुहाता था। अगर पाठकों के हिसाब से देखें तो ये चीजें रंगारंग और दिलचस्प सामग्री बनती हैं और काफी सारे पाठक इन्हें पसन्द भी करते हैं। पर कृष्णा की दिलचस्पी कंजरों, साधुओं और ऊँट की सवारी करने वाले रंगीन पगड़ीधारी राजपूतों से इतर सच्चाई को देखने, बदलाव का हिसाब लगाने में ज्यादा थी।

"मुझे किस विषय पर बोलना चाहिए ?" कृष्णा ने अपने मेजबान से पूछा, जो सारी उम्मीदों से ज्यादा कुरूप निकला था। उसके चेहरे पर चेचक के गढ़े थे और आँखें निहायत खूँखार दिखती थीं। शहर में उसकी खाने-पीने की एक बड़ी दूकान थी। उसने अपने परिचय के साथ ही जब कहा था, "दूध से बनी मिठाइयाँ हमारी स्पेशियलिटी हैं," तब कृष्णा को उसके अपने मुँह में लार भरी हुई लगी थी।

"मुझे नहीं मालूम," उसने यह कहने के साथ ही कृष्णा को ऐसे देखा जैसे किसी गाय को देख-पसन्द कर रहा हो।

"आप तो नियमित रूप से औरतों पर और सोसाइटी टाइप चीजें लिखती ही रहती हैं। उसी में से किसी पर बोल डालिए," उसने कहा था।

तो क्या यही असली भारत का दिल है ? कृष्णा को हैरानी हुई।

उसे सिंचाई विभाग के स्थानीय गेस्ट हाउस का एक कमरा दिया गया था। यह दो मंजिला इमारत अंग्रेजी राज के उन्हीं दिनों की बनी थी जब अंग्रेजों ने नई जगह जाने पर अपने ठहरने के लिए सर्किट हाउसों और बाँध-कोठियों का निर्माण कराया था। और जब से सरकारी भवनों की रँगाई-पुताई और रख-रखाव के बजट में भारी कमी की गई है, औपनिवेशिक शासन की इन अधिकांश निशानियों की हालत ज्यादा तेजी से खस्ता होती गई थी। गर्मियों में उनकी छतें और दीवारें इस तरह तड़कती थीं जैसे बूढ़ों के घुटने और कूल्हे की हड्डियाँ। लेकिन पुरानी ईंटें और सुर्खी-चूने का जोड़ अभी भी बना हुआ था। और भले ही अब इनके खिड़की दरवाजे सलामत न हों, या एक बार खुल जाने के बाद आसानी से बन्द न होते हों पर समय-समय पर सरकार द्वारा दिए जाने वाले कामचलाऊ अनुदानों से वे किसी भी तरह खुद को खड़ा रखे हुए थीं।

"कुछ सूझा ?" कृष्णा ने अपने मेजबान के साथ आई उनकी दो बहुओं से भी पूछा। लम्बा घूँघट काढ़े ये बहुएँ ससुर के साथ उसका स्वागत करने के लिए सिंचाई

विभाग की इस कोठी पर आई थीं। और मुरझाए गुलाबों का गुलदस्ता पकड़ाकर चुपचाप दो लज्जास्तूप बन कर उसके सामने खड़ी हो गई थीं।

दोनों ने साथ-साथ इनकार की मुद्रा में सिर हिलाया। उनसे यहाँ आने को कहा गया था और वे पुतलियों की तरह आ गई थीं। नवरात्रि के उस दिन की पूजा और रस्म समाप्त हो गए थे। शायद उनसे कहा गया था कि अब अच्छी बातों पर विचार करने और चरित्र निर्माण के लिए प्रयास करने का समय था।

उन दोनों की आँखों में इस बात की हैरानी थी कि कृष्णा ने उनसे सवाल पूछे थे।

"हम तो आपकी बातें सुनने, कुछ सीखने आई हैं," उन्होंने जवाब दिया।

आयोजक ने जब व्याख्यान वाले मंच पर लगी माइक को खींचकर कुछ ऊपर किया तो जोर से चूँ-चूँ की आवाज हुई। फिर खामोशी छा गई। आयोजक ने गला साफ किया। "देवियो और सज्जनो," उसने बनावटी हिन्दी में शुरुआत की, "आज हम अपने बीच आई देश की एक सबसे प्रमुख महिला, कृष्णा बेहणजी का, जो एक पत्रकार भी हैं, स्वागत करते हुए खुद को सम्मानित करते हैं," उन्होंने हल्का विराम लिया। तालियों की गड़गड़ाहट हुई। "उन्होंने वर्षों तक हमारी माताओं और बेटियों के दिलों में ज्ञान की रोशनी जगाई है। और आज, देवी-दुर्गा के इस शहर में वे मीडिया और उसमें औरतों के चित्रण विषय पर व्याख्यान देंगी। और मुझे आप लोगों और उनके बीच नहीं रहना चाहिए—मैडम," उन्होंने कृष्णा को बुलाया और व्याख्यान देने को आमन्त्रित किया।

कृष्णा को मामला काफी गम्भीर लगा। पाँच हजार औरत, मर्द और बच्चे कृष्णा का व्याख्यान सुनने आए थे। हर किसी की नजर उसी पर गड़ी थी और सारे लोग उसे देखने के बाद खामोश हो गए थे।

कृष्णा को लगा कि दर्शकों का मनोभाव उसके ऊपर भी छाता जा रहा था। उसने बोलना शुरू किया, "दोस्तो," श्रोताओं ने थोड़ी राहत की साँस ली। इस भाषण को समझाने वाले की जरूरत नहीं थी। वे मुस्कुराते रहे और सामने बैठे अपने बच्चे-बच्चियों का सिर सहलाते रहे। कोई भी उसके कहे पर ध्यान नहीं दे रहा था। उन्हें लगता था कि कृष्णा के कहने का क्या मतलब है, ये वे पहले से जानते हैं। इसलिए वे चुपचाप इस अंदाज में बैठे रहे, मानो फुर्सती भाव से सुबह-सुबह मन्दिर में आकर बैठे हों। कृष्णा को अपनी कही सारी बातें ऊपर-ऊपर गुजरती लगीं।

कृष्णा के मेजबान की पत्नी ने बाद में अपनी बहुओं से सभा का विवरण सुना। वह चल-फिर नहीं सकती थी और सार्वजनिक भीड़-भाड़ में नहीं जाती थी, लेकिन उसने कृष्णा को रात के खाने पर घर में बुलाया था। जो आदमी कृष्णा को घर के जनाना हिस्से में ले आए थे वे उसी तरह सिर झुकाए बाहर चले गए। वे औरतों को जनानखाने में बात करने देना चाहते थे।

परिवार का सबसे छोटा पोता दादी के पास पालने में पड़ा था।

"इसका क्या नाम है ?" कृष्णा ने पूछा।

"आप ही कोई नाम बताओ", सास ने कहा, "आप इतनी पढ़ी-लिखी हो ?" फिर उसने अपना मुँह छोटी बहू की तरफ मोड़ते हुए कहा, "इस बार यह बेटी चाहती थी। और यह उसका नाम आप ही के नाम पर रखना चाहती थी। लेकिन ईश्वर की जो इच्छा..." यह कहते हुए उसके चेहरे पर मुस्कान आ गई। उसने कृष्णा से पूछा कि उसके कितने बच्चे हैं। और जब कृष्णा ने कहा कि दो बेटियाँ हैं, तो उसके माथे पर चिन्ता की रेखाएँ उभर आईं। "ईश्वर की इच्छा..." यह कहकर वह फिर हँसी, "पर अब भी समय है। जाने से पहले देवी को नारियल भेंट करना। वे तुमको अच्छे दामाद देंगी। देखो, मेरी तो दोनों बहुओं को दो-दो बेटे हैं।"

खाने की मेज पर ससुर एक तरफ बैठे और उनके दोनों ओर दोनों बेटे बैठे। कृष्णा बड़े बेटे के बगल में बैठी। औरतें साथ नहीं आईं। वे खाना परोसने में लगी रहीं। उन्होंने कहा कि हम बाद में खाएँगी।

मेजबान ने आग्रह किया, "खाना शुरू कीजिए।" खाना अच्छा था लेकिन कृष्णा के हिसाब से बहुत ही ज्यादा घी-तेल वाला। बाप-बेटों ने खूब खाया। खाते जाने के साथ ही वे कृष्णा के व्याख्यान पर भी चर्चा करते जा रहे थे। जोर-जोर से खाना चबाते हुए बड़े लड़के ने कहा, "आपने ठीक कहा, मैडम कि अनपढ़ लोग अपनी बेटियों और औरतों के साथ बड़ा क्रूर व्यवहार करते हैं। हम अपने परिवार में तो उनका स्वागत करते हैं, उनको बढ़ावा देते हैं। हमारी बीवियाँ और बहुएँ पढ़ी-लिखी हैं।"

"सिर्फ पढ़ी-लिखी माँएँ ही बेटों की अच्छी परवरिश कर सकती हैं," छोटे भाई ने जोड़ा।

बाद में तीसरे पहर बहुएँ फिर से कृष्णा से मिलने के लिए सिंचाई विभाग वाली कोठी पर आईं। अब उनकी झिझक काफी कम हो गई थी और धीरे-धीरे वे खुलकर बात करने लगीं। उन्होंने कहा कि हमें तो पहले लगा था कि आप फिल्म स्टारों की तरह एकदम अलग होंगी। फिर उन्होंने इस छोटे शहर में अपने अकेलेपन की चर्चा की। कभी उन्होंने अच्छे स्कूलों में पढ़ाई की थी। उन्होंने भी लेख लिखे थे, अपनी किताबों में शहर से बाहर की दुनिया के बारे में पढ़ा था और स्कूल के वाद-विवाद में बदलाव के पक्ष में भाषण भी दिए थे। दो बार वे स्कूल की सहेलियों के साथ पहाड़ी जगहों की सैर के लिए भी गई थीं।

उन्होंने कृष्णा से पूछा कि क्या आपको पहले इस शहर के बारे में कुछ मालूम था।

कृष्णा को कुछ मालूम नहीं था।

उन्होंने कृष्णा को तस्वीरें दिखाईं। फिर यहाँ हुई किसी भी तरह की तकलीफ के लिए माफी माँगी। उन्होंने कहा कि मर्द तो जहाँ चाहें वहाँ जा सकते हैं, पर अकेली औरत का इतनी दूर आना बहुत त्याग की बात है। उन्होंने वादा किया कि वे कृष्णा की तरफ से देवी को नारियल चढ़ा देंगी।

अगली सुबह कृष्णा को रेलवे स्टेशन तक छोड़ने के लिए कार आ गई। उसके मेजबान और उसके बेटे उसे विदा करने आए—पर साथ में औरतें न थीं। वे अपने साथ दूध की बनी मिठाइयों का बड़ा-सा डिब्बा भी ले आए थे।

"आपको ऐसी मिठाइयाँ पूरे राज्य में नहीं मिलेंगी," उन्होंने कहा।

बड़े बेटे ने कृष्णा को नारियल के कुछ टुकड़े और सिन्दूर की पुड़िया दी, "जनानियों ने आपके लिए भेजा है," उसने मुस्कुराते हुए कहा। जब वह उसी खटारा गाड़ी में चढ़ने लगी तो वे तीनों अपनी जगह पर खड़े होकर देखते रहे लेकिन आगे हिले नहीं। कृष्णा ने नमस्ते के लिए हाथ जोड़े और मुस्कुराने की चेष्टा की। वे तब भी नहीं हिले।

कृष्णा फिर वापस उसी खस्ता हाल सड़क पर प्रति घंटे पन्द्रह कि.मी. की रफ्तार से चल पड़ी थी। रास्ते में जब दिन फूटा तो अचानक चमकते सूरज की किरणें उसकी आँखों में आने लगीं।

कृष्णा अक्सर इस बात पर हैरान होती थी कि वह तो अपनी नौकरी से बस कैसे भी अपना काम चला लेती है लेकिन उसके आसपास के सारे नए पत्रकारों की समृद्धि बड़ी तेजी से बढ़ती जा रही है। पत्रकारिता में आने के कुछ वर्षों के अन्दर ही वे जायदादें खरीदनी शुरू कर देते थे। पहले तो कीमती घड़ियों, महँगे पेन और अच्छे कपड़े-लत्तों से शुरुआत होती है, फिर शेयर, गाड़ियों, सेलफोनों, मकान, फ्लैट और प्लाट का चक्का शुरू हो जाता।

कृष्णा ने यह भी अनुभव किया कि इनमें से कुछ पत्रकार तो शायद ही कभी अपने पैसों से खाते-पीते या मौज-मजे करते हों। हाई सोसाइटी की पार्टियों या आयोजनों में उन्हें नियमित बुलावा मिलता था और इनमें से प्रत्येक इसी चक्कर में रहता था कि सिर्फ उसे तो भाषायी दुनिया का एकमात्र प्रतिनिधि मानकर सारे लोग उससे ग्रामीण इलाकों, खासकर हिन्दी पट्टी के बारे में जानकारियाँ लें और यह भी पूछें कि इस इलाके के लोग मौजूदा सरकार के बारे में क्या सोचते हैं। यहाँ तो ये लोग इस होड़ में रहते और बाद में दफ्तर में या प्रेस क्लब में चेहरे पर पूरी गम्भीरता ओढ़ते हुए वे यह व्याख्या प्रस्तुत करते कि हाई सोसाइटी के अंग्रेजी वाले अपने जीवन में आई बोरियत को दूर करने के लिए ये पार्टियाँ करते हैं और 'मनोरंजन' या मन बदलने के लिए हिन्दी पत्रकारों को बुलाते हैं।

उनके लिए अब पत्रकारिता खबर लिखने-लिखाने वाली चीज भर नहीं रह गई थी। यह हाई सोसाइटी में फैशन ट्रेंड बदलने की चीज, कला-जगत में नई चर्चाएँ शुरू करने की चीज बन गई थी। अनेक चतुर सुजान पत्रकारों ने अचानक रातोंरात राजनेताओं के कवि हृदय और उनमें छुपी हुई कला प्रतिभा को पहचान लिया और वे बड़े जोर-जोर से इन आशु और अनगढ़ प्रतिभाओं की बिखरी 'रचनाओं' का संग्रह करने लगे। फिर

उन्होंने इन पर धुन बनाने, इन्हें गाने, इन पर चित्र बनाने के लिए नामी और चर्चित कलाकारों-संगीतकारों की सेवाएँ भी ले लीं। फिर इन कैसेटों, चित्रों और संग्रहों का धूम-धड़ाके के साथ विमोचन होने लगा था जिसमें उपरोक्त नेता और पत्रकार मंच पर एक-दूसरे को गले लगाते और साथ फोटो के लिए पोज देते। इस बीच वहाँ जुटे एक से एक 'बड़े' लोग खड़े होकर तालियाँ बजाकर दोनों का अभिनन्दन करते।

इसी ढर्रे पर चलते हुए एक अखबार के ब्यूरो चीफ ने एक दिन माननीय रक्षामन्त्री के कूड़ेदान से उनकी लिखी कुछ कविताएँ निकालीं, जिन्हें पढ़कर वे इतने द्रवित हो गए कि उनकी आँखों से आँसू निकल आए। ऐसा उन्होंने स्वयं बताया। उन्होंने माननीय रक्षामन्त्री से अनुरोध किया कि वे एक वर्ष तक अपने कूड़ेदान में फेंकी जानेवाली सामग्री को उन्हें देखने देने की इजाजत दें।

नहीं, कभी नहीं, कहकर मन्त्री जी ने उन्हें सीधे मना तो कर दिया। वे एक संवेदनशील व्यक्ति थे और इस बात से अन्दर ही अन्दर बहुत प्रभावित हुए थे कि यूँ ही लिखी उनकी पंक्तियों को पढ़कर किसी की आँखों से आँसू निकलने लगें।

इधर ब्यूरो चीफ भी हारनेवाले नहीं थे—उन्होंने कहा कि मैं लेखक हूँ और कई प्रकाशकों को जानता हूँ और आपके विचारों को सँभालने और जतन करने का काम कर सकता हूँ।

"प्लीज, सर", उन्होंने दोबारा विनती की।

आखिरकार रक्षामन्त्री ने अपनी दराज खोली और वहाँ पड़े कागजों के पुलिन्दों में से उनको मनचाही रचनाएँ चुनने की इजाजत दे दी। अब तो मानो सिमसिम का खजाना खुल गया था।

छह महीने के अन्दर ही रक्षामन्त्री की कविताओं का वह संग्रह पूरा बिक गया और जल्दी ही वह बेस्टसेलर साबित हुआ। विभिन्न अकादमियों और विदेश मंत्रालय के बाह्य प्रचार विभाग ने दुनिया-भर की लाइब्रेरियों में यह किताब पहुँचाने के लिए इसकी हजारों प्रतियाँ खरीद लीं।

इस घटना के काफी समय बाद जब कृष्णा अफ्रीका के दौरे पर गई तब उसे मालूम हुआ कि बड़े लोगों की जमात में साहित्यकार बनने का बुखार दूर-दूर तक पहुँच गया है और विदेशों में तैनात राजकीय भी 'देवी सरस्वती के चरणों में' अपनी भेंट चढ़ाने लगे हैं।

दौरा करने आए वी.आई.पी. मन्त्रियों के साथ आई उनकी भारतीय मीडिया टोली के लोगों को ले जाने के लिए हवाई अड्डों पर काली कारों का काफिला जुटा हुआ था और इनके शीशों पर नम्बर पढ़ा जा सकता था। जब वी.आई.पी. मन्त्री के स्वागत का लम्बा, उबाऊ और थकाऊ कार्यक्रम हो गया और वी.आई.पी. लोगों को राजभवनों या जहाँ कहीं टिकाया जाता था, ले जाया जा चुका, तब मीडिया के लोगों को होटलों

तक ले जाया गया।

चन्द्रा इस काम का पुराना अनुभवी था। उसने कृष्णा को बताया कि उसने इंग्लैंड में पढ़ाई के दौरान गोरों द्वारा अफ्रीकी-एशियाई लोगों को गुलाम बनाने के औपनिवेशिक काल के इतिहास पर काम किया था। फिर उसने यह अध्ययन बीच में छोड़ दिया और अखबार में आ गया। लेकिन इस दूरदराज के अफ्रीकी देश में जब उसने भारतीय टोली का स्वागत करने आई मोटी-मोटी अफ्रीकी महिलाओं को, जिन्होंने अपने तानाशाह के तस्वीर वाली टी-शर्टें पहन रखी थीं, ऊँची आवाज में गाते और भारी-भरकम जिस्म समेत नाचते देखा तो उसे एकदम पुरानी बातें याद आने लगीं।

जब वे लोग हवाई अड्डे के ठीक बाहर सलामी और स्वागत वाला परेड देख रहे थे तभी चन्द्रा ने छात्र राजनीति के युग जैसी उत्तेजना भरी आवाज में कहा, "अफ्रीका जाग उठा है।"

जिस होटल में उन लोगों को टिकाया गया था उसका मालिक एक भारतीय ही था जिसके दादा कभी तटवर्ती गुजरात से यहाँ आए थे। वह रंग-बिरंगा बुश-शर्ट और सैंडल पहने हुए था। उसके पास मर्सिडीज टैक्सियों की एक पूरी जमात थी और जब भी विदेशों से कोई वी.आई.पी. आता था तो सरकार उसकी टैक्सियाँ किराए पर मँगाती थी।

भारतीय मीडिया टीम के अलावा बाकी सारे मेहमान सुबह जल्दी ही अपने सूती कपड़ों में बड़े-बड़े रंगीन चश्मे लगाए और कैमरे उठाए बाहर निकल जाते थे और शाम को जब वे वापस लौटते थे तब उनके पूरे शरीर पर लाल धूल की एक परत-सी पड़ी होती थी। वे थके, खीझे, गन्दे और हॉलीवुड की वियतनाम युद्ध वाली फिल्मों के पात्रों की तरह लगते थे। नहाने-धोने के बाद ही वे अपने असली रंग में लौटते थे।

मुल्क में पानी की तंगी थी, सो होटल का आग्रह था कि मेहमान कम-से-कम पानी खर्च करें। पर शाम को नहा-धोकर अच्छे कपड़े पहनने के बाद ही गोरे मेहमानों के चेहरे और व्यक्तित्व की रौनक लौटती थी। बाद में वे बैठकी लगाते थे, बतकही करते थे, और स्थानीय बियर की बोतलें खाली करते जाते थे। भारतीय मीडिया के कुछ लोगों ने अगर उनसे दोस्ती करनी भी चाही तो उन्हें खास सहायता नहीं मिली। इस असफलता पर उनकी प्रतिक्रिया होती थी, "गोरा, स्नाब, साला !" और फिर वे गोरी महिलाओं द्वारा काले पुरुषों को पसन्द करने के मनगढ़ंत किस्से सुनने-सुनाने में लग जाते थे।

सुबह जब उन लोगों की कारें वी.आई.पी. कारवाँ के साथ उस पार्क की तरफ चलीं, जहाँ मेहमानों का नागरिक अभिनन्दन होना था, तब काफी गर्मी थी। स्थानीय भारतीयों ने यह आयोजन किया था जिनके पुरखे काफी पहले यहाँ आए थे और उन सबमें बहुत उत्साह था। उन्होंने भगवान विष्णु का एक विशाल मन्दिर बनवाया था और भारतीयों के बच्चों को हिन्दी पढ़ाने के लिए वे एक स्कूल भी चलाते थे। जिस पुस्तिका में ये विवरण थे उसमें यह भी कहा गया था कि यहाँ का भारतीय समाज काफी समृद्ध हो चुका है। उनकी महिलाएँ सिंथेटिक सिल्क की साड़ियाँ पहने थीं, खूब सारा मेकअप

लगाया था और गहनों से लदी पड़ी थीं। उनके बच्चों ने मार्क ऐंड स्पेंसर की महँगी पोशाकें पहन रखी थीं और यहाँ-वहाँ ऊधम कर रहे थे।

''बुरी हालत है'', कृष्णा के पास बैठे भारतीय दूतावास के एक अधिकारी ने कहा, ''मैडम, ये अफ्रीकी लोग बहुत पास-पास रहते हैं और हिन्दुस्तानियों से नफरत करते हैं। मैं यहाँ दो वर्ष से हूँ और मेरी बीवी घर लौटने के दिन गिन रही है। यहाँ कोई सामाजिक मेलमिलाप नहीं। कोई आपसे मिलने नहीं आता। महिलाएँ भी घरों के अन्दर ही बन्द रहती हैं। शाम को काम खत्म करके वे सीधे शहर से बाहर स्थित अपनी गन्दी बस्तियों में चले जाते हैं। गोरों द्वारा खाली किए गए क्वार्टर उन्हें पसन्द नहीं आते। सचिवालय भवन को वे अपनी भाषा में 'झूठ महल' कहते हैं।''

फिर उसने अपने मोटे चश्मे से वेटर की तरफ देखा और अनानास का जूस लाने का इशारा किया। ''यहाँ सोना सस्ता है। आप स्वर्णमुद्राएँ खरीद सकती हैं'', उसने यह कहते हुए अपने बाल भरे हाथों से जूस उठाया, ''यहाँ रहना बहुत ही दुख, उदासी और अकेलेपन भरा होता है—खासकर बीवियों के लिए'', उसने यह बात दोहराई और कृष्णा को बताया कि यहाँ का तानाशाह मीडिया के प्रति कुछ ज्यादा ही कठोर है। अभी हफ्ते-भर पहले ही उसने उस अखबार के सम्पादक को जेल में डाल दिया जिसने उसके मालिक द्वारा अपने से आधी उम्र की महिला से शादी करने की खबर छापी थी। कुछ लोग कहते हैं कि वह पागल है और उसकी पुलिस फर्जी मुठभेड़ दिखाकर जेल में बन्द उस सम्पादक की हत्या भी करा सकती है।

फिर वे लोग होटल से लगी सड़क पर घूमने गए। काफी गर्म और उमस-भरी शाम थी और जर्मनों द्वारा मूल रूप से बनाया गया यह खूबसूरत शहर इस वक्त एकदम वीरान और भुतहा नजर आ रहा था। बाजार की दूकानें बन्द थीं और उनके दरवाजों पर बड़े-बड़े ताले लटके हुए थे। शहर के पास स्थित गन्धक वाले प्रसिद्ध झरने की तरफ जाते हुए वे लोग शहर के बाहर बसी बस्तियों से होकर गुजरे। स्थिति दिल्ली की झुग्गी-बस्तियों से भी बदतर थी और वहाँ उगे छोटे पेड़ और झाड़ियाँ धूल से अटी पड़ी थीं। बच्चों के पेट निकले थे और नाक सुड़कते वे जत्थे को ताके जा रहे थे। औरतों के जिस्म भी बेडौल थे जो अपने सिर पर बड़े-बड़े बर्तन सँभाले चल रही थीं। उनकी आँखें भी सूनी और उदास थीं। पटरी पर एक शराबी उलटा पड़ा कुछ-कुछ बड़बड़ाए जा रहा था।

अगले दिन जब वे लोग विदा होने लगे तो दूतावास के अधिकारी ने कृष्णा को भूरे रंग का एक लिफाफा पकड़ाया जिसमें दूतावास के फर्स्ट सेक्रेटरी की लिखी हिन्दी कविताएँ थीं। उसने बताया कि जब 'मूड' बन गया तो साहब ने इन्हें लिखा है और उसने साहब को बता दिया है कि मैडम सम्पादक हैं और अपने अखबार में इन कविताओं को जाकर छाप देंगी।

''क्या वे जानते हैं कि मैं किस अखबार की सम्पादक हूँ ?'' कृष्णा ने पूछा, ''क्या आप लोगों को मेरा अखबार यहाँ मिलता है ?''

उस आदमी ने नकार में सिर हिलाया। फिर उसने खींसें निपोरते हुए बताया कि उसने मेहमानों की सूची से कृष्णा का नाम-पता उतार लिया है और जब फर्स्ट सेक्रेटरी साहब की कविताएँ छप जाएँ तो वह उसकी कटिंग डिप्लोमैटिक मेल से भिजवा सकती हैं।

"आप जानती हैं, वे बहुत अच्छे कवि हैं", उसने कृष्णा को अलविदा कहते हुए दोबारा बताया, "और इस बार हो सकता है कि वे स्वतन्त्रता दिवस या हिन्दी दिवस पर यहाँ हिन्दी लेखकों और पत्रकारों का सम्मेलन आयोजित कर दें। हाँ !" माननीय रक्षामन्त्री ने लेखकों के प्रतिनिधिमंडल की इस सम्भावित गोष्ठी में अगुवाई करना स्वीकार कर लिया था।

जब विमान दिल्ली की तरफ उड़ा तो कृष्णा को अचानक उस ब्यूरो चीफ की याद आई जिसने रक्षामन्त्री की कविताएँ प्रकाशित कराई थीं। वह अब मन्त्रालय के सलाहकार बन गए थे और मन्त्रालय की सबसे महत्त्वपूर्ण खरीद कमेटी में भी आ चुके थे।

18

"कैसी हो ?"

कृष्णा मन ही मन अपनी बेटियों को भेजने के लिए पिक्चर पोस्टकार्ड का सन्देश गढ़ने में लगी थी—पर हर साल की तरह इन्हें भी नहीं ही भेजा जाने वाला था।

"तुम दोनों हर पल मेरे जितनी पास हो उतनी ही दूर भी। तुम्हारी याद हर पल आती है। तुम्हें बाँहों में भरने, तुम दोनों के माथे पर, हाथों पर चुम्बन लेने, तुम्हारे पैरों में बेबी ऑयल की मालिश करने का मन होता है। तुम्हें वे कहानियाँ फिर से सुनाने का मन होता है जो तुम्हें बचपन में बाल काढ़ते हुए, सर्दियों की धूप में बैठे हुए सुनाती थी। और मैं तुम्हें अब कैसी-कैसी हैरत-भरी कथाएँ सुना सकती हूँ। तुम दोनों तो इतनी दूर चली गई हो और कथाएँ हैं कि मेरे दिल के पास हैं, बोझ सी बनी हुई। तुम दोनों के जाने के बाद घर जैसे वह घर नहीं रह गया है। अब तो मुझे तुम्हारी खबर भी नहीं है। जब तुम दोनों पैदा हुईं और तुम्हें दूध पिलाने का अवसर आया तो बोतल की जरूरत नहीं हुई। दूध की तो धारा वैसे ही फूट पड़ी थी। दरअसल उन दिनों महीनों मुझे ब्रा के अन्दर रुई रखनी पड़ती थी वरना यूँ ही निकलने वाला दूध ब्लाउज और साड़ी के पल्लू, सबको भिगो देता। तुम लोगों ने जब बोतलों और कटोरी से दूध पीना शुरू किया तो डॉक्टरों ने मुझे दूध सुखाने की गोलियाँ दीं।

"वापस आ जाओ, यह कहने की मुझे बहुत हुड़क सी है। घर आ जाओ। अम्मा तुम्हें बहुत प्यार करेगी, हर तरह से हिफाजत करेगी।

"पर मुझे मालूम है ऐसा होगा नहीं।

"अपना ध्यान रखना।"

भारत बहुत दूर रह गया था, यूरोप के पार, मध्य पूर्व से पार, ईरान, अफगानिस्तान और पाकिस्तान के पार। लड़की ने कृष्णा के नाम की पट्टी पर नजर डाली। 'कृ-श-ना', उसने कहा, "इसे ऐसे ही बोला जाता है न ?"

"लगभग," कृष्णा ने मुस्कुराते हुए कहा। इतने जीवन्त और मजेदार चेहरे को देखकर चेहरे पर मुस्कान न आए, यह सम्भव नहीं है।

और भाषा। कृष्णा ने पाया कि वह जहाँ कहीं भी पत्रकार के रूप में जाती है,

भाषा जातिसूचक उपाधि की तरह ही उससे जुड़ी होती है। यह उसकी पहचान भी थी, परेशानी का सबब भी। ओस्लो में हुए महिला पुस्तक मेले में भी ऐसा हुआ जहाँ दुनिया-भर से आई महिलाओं के बीच किताबें दीवार बनीं और दोस्ती का माध्यम भी।

वहाँ एक गोरी लड़की किताब के कार्टन से निकालकर काफी सारी किताबें लिये आई। जून की रोशनी में उसका मैडोनानुमा चेहरा चमक रहा था।

"आप कहाँ से हैं ?"

"भारत।"

"वहाँ तो बर्फ नहीं पड़ती, पड़ती है क्या ?"

"प्रायः नहीं। पर उत्तर के कुछ इलाकों, खासकर हिमालय वाले क्षेत्र में बर्फ पड़ती है।"

"ओह, हि-मा-ल-य," उस लड़की ने हर अक्षर को ऐसे चूस-चूसकर बोला मानो आइसक्रीम चूस रही हो।

"और आप सभी अंग्रेजी बोलते-समझते हैं ?"

"नहीं भी, हाँ भी, हममें से कुछ अंग्रेजी जानते-समझते हैं लेकिन हमारे यहाँ अठारह जुबानें हैं। मेरी मातृभाषा हिन्दी है।"

"क्या आप इसी भाषा में उस स्टाल पर पाकिस्तानी लड़की से बात कर रही थीं ?"

"हाँ।"

"लेकिन इंडियन स्टाल पर तो आप सभी महिलाएँ अंग्रेजी में बतिया रही थीं और पाकिस्तानी लड़की से बात करने में आप हिन्दू जुबान में बात करने लगीं ? क्या आप दोनों दो राष्ट्र नहीं हैं ?

"हाँ, ऐसा है, पर हमारी विरासत साझी है। सिर्फ यही फर्क है कि तुम जिसे हिन्दू जुबान कह रही हो उसे वही पाकिस्तानी लड़की उर्दू कहेगी।"

"भगवान् भला करे ! मुझे उम्मीद है आप लोग जल्दी ही आपस में यह हिन्दी-उर्दू का लफड़ा सुलझा लेंगे।"

कृष्णा हिन्दू महिला क्या जवाब देती भी। या उर्दू महिला क्या कहती ? हम किस भाषा में दुनिया को बता सकते हैं कि हम विदेशी जमीन पर किस तरह माँ द्वारा बाँधी ताबीज की तरह अपने संग हिन्दी-उर्दू भी लिये जाते हैं। निजी क्षणों में यह ताबीज हमारे लिए शक्ति बन जाती है लेकिन सार्वजनिक रूप से हमारे लिए गले का घेघ। शायद यह लफड़ा कभी पूरी तरह सुलझेगा ही नहीं। कोई भी जुबान, कोई भी मुल्क, कोई भी परिवार तकसीम होने पर ही इसकी याद आती है।

पर इस बात को आप किसी विलायती को कैसे समझा सकते हैं ?

कृष्णा ने अपने साथी जावेद को जब यह किस्सा सुनाया तब उसके चेहरे पर कुछ अजीब किस्म की मुस्कान से इसका जवाब मिला। जिस दिन कृष्णा विदेश यात्रा से आई उसी दिन उसे जावेद का सन्देश मिला था कि वह बहुत जरूरी काम के लिए उसे ढूँढ़

रहा है।

"यह कहानी दिलचस्प है लेकिन ये हिन्दी-उर्दू वाले पत्रकार जिस तरह से अपना तंग नजरिया रोज-रोज जाहिर करते हैं उसे देखकर तो मेरा दिमाग खराब हो जाता है। तुम्हें क्या लगता है, उनके दिमाग में भूसा भरा है," जावेद ने यह पूरी कथा कृष्णा से सुनने के बाद कहा।

"ऐसा ही है," कृष्णा ने पलक झपकाए बिना जवाब दिया, "वरना उन्हें तुम्हारे और मेरे जैसे लोगों की जरूरत नहीं होती। अपनी मुक्ति की बात सोच लो भाईजान," जावेद ने सिर हिलाया, "ना कृष्णा, मेरा तो अब वक्त बीत गया और तुम्हारे बारे में मुझे नहीं मालूम।"

कृष्णा जब पहली बार जावेद से मिली थी तब वह पश्चिमी उत्तर प्रदेश से निकल कर आया लम्बा नौजवान था और उम्र से पहले पके उसके बाल उसके उभरे माथे पर बिखरे हुए थे। दस वर्षों तक वह चिर रुष्ट और अकड़ू वाली मुद्रा अपनाए घूमता रहा। इस बीच उसे न कपड़े-लत्तों की सूझ थी, न ढंग से रहने की। कमीज में बटन नहीं, कपड़ों पर आइरन नहीं, कमीज के कालर मुड़े-तुड़े और आवाज में सदा बागी तेवर।

कृष्णा को उसके अनेक परिचितों ने चेतावनी दी थी कि जावेद भले ही जहीन लड़का हो, पर झक्की भी है। दफ्तर में वह संकट भी खड़ा कर सकता है। उससे यह भी कहा गया था कि ऐसे लोगों से थोड़ा फासला रखकर ही चलना चाहिए। कृष्णा को अक्सर अपने आसपास के लोगों के बारे में ऐसी सलाहें मिला करती थीं। ऐसी ज्यादातर सलाहों के पीछे अच्छी मंशा होती लेकिन इस बुनियादी मान्यता के साथ ही कि वह इस क्षेत्र में एक अजूबा या अपवाद है—महिला होकर भी सम्पादक बनने के चलते—और उसे पुरुषों से बच्चों की तरह निरन्तर सलाह और चेतावनी पाने की जरूरत है।

भारी-भरकम व्यक्तित्व वाले माँ-बाप और अधिकारप्रिय सास-ससुर के साथ लम्बा जीवन बिताने से आए धीरज और व्यवहारकुशलता के चलते कृष्णा ये सारी सलाहें बहुत विनम्र भाव से सुन लेती थी और ऐसी सलाहों के लिए धन्यवाद देना भी नहीं भूलती थी। लेकिन करती वह वही थी जो उसे खुद ठीक लगता था।

दैनिक अखबार में आते ही कृष्णा को लगा कि अधिकांश हिन्दी दैनिकों का कामकाज का ढर्रा, खासकर रिपोर्टिंग में, अभी भी बहुत ही ढीले-ढाले ढंग से और मुख्य-धारा से मुँह चुराने वाला है। स्वतन्त्रता संग्राम में लाखों लोगों को आन्दोलन में उतरने की प्रेरणा देने और आन्दोलन का हिस्सा होने जैसी जो भूमिकाएँ इन अखबारों ने निभाई हों पर अब इन अखबारों में न तो कोई उत्साह बचा था, न जुनून, न सात्विक क्रोध और ना ही दिल लगाकर काम करने की भावना। इन चीजों के साथ ही मिथ्या-अभिमान के चलते रिपोर्टिंग में कभी विशुद्ध कचरा या गप्पबाजी दिखती थी तो कभी बहुत ही ऊँची-ऊँची बातें-भर। लगता था कि जिस तरह किसी वेश्यालय या शवघर में हम वितृष्णा या विराग से भर जाते हैं, वैसे ही हिन्दी के रिपोर्टर भी सच्चाई या

घटनाओं से एक साथ आकर्षित और विकर्षित, दोनों ही हो जाते हैं। चूँकि डेस्क और रिपोर्टिंग, दोनों में दिल लगाकर काम करनेवाला भाव नदारद होता था। इसलिए देश के दूरदराज से आने वाली खबरें या वहाँ जाकर खबरें भेजने वाली ऊर्जा भी नदारद रहती थी। तथ्यों की न तो छानबीन और पुष्टि की जाती थी, ना ही उन्हें सरल शब्दों में प्रस्तुत किया जाता और उनके साथ भाषा की ऐसी चाशनी परोस दी जाती थी कि तथ्य कहीं गुम से हो जाते थे। जब मामला शासक दल का हो, तो लिखने की भाषा अचानक नरम और चाटुकारिता भरी हो जाती थी और विपक्ष का मामला हो तो गर्म। कई बार ठीक उल्टा भी होता था। सम्पादकीय पेज, कृष्णा को बताया गया, अखबार का परोपकारी पेज होता है—उपदेशों से भरा, किसी के खिलाफ जुबान न खोलने वाला और सिर्फ अच्छी-अच्छी बातें करनेवाला। गांधी और विनोबा पर लेख, दादा धर्माधिकारी के नैतिक संघर्षों का ब्यौरा तथा उच्च आदर्शों और आध्यात्मिकता की जरूरत बताने वाले लेखों से ही यह पन्ना भरा रहता था। लेकिन इस पेज पर नैतिकता और आध्यात्मिकता के सारे भाषण सामने के पेज पर छपी घटिया और बेमन से लिखी ऊटपटांग रिपोर्टों के प्रभाव को कुछ हद तक और भी बेढब बना दिया करते थे।

जावेद जब कभी भी कृष्णा के पास कोई शिकायत या परेशानी लेकर आता तब-तब उसकी प्रतिभा के नए रूप दिखाई देते थे और कृष्णा को लगता था कि उसके जैसे स्टार नौजवान पत्रकार उसे कम ही मिले हैं। अगर वह सबकी बातें सुनने, सबकी रिपोर्टों में कुछ न कुछ जोड़ने, सबकी मदद करने वाला तथा बर्ताव में इतना पारदर्शी खुला न होता तो उसकी प्रतिभा और ज्ञान एक आतंक सा बन जाता। कृष्णा की तरह उसे भी भाषा और जाति से जुड़े सवालों में बहुत दिलचस्पी थी और वह हिन्दी-उर्दू तथा दलित-पिछड़ा विवाद जैसे मसलों पर ज्यादा से ज्यादा जानना-पढ़ना चाहता था। वह इस सवाल पर लोगों को छेड़ देता था और फिर उनकी बातें सुनता रहता था। अक्सर लोगों के अन्दर बैठी बातें जब उसके सामने आती थीं तो सुनकर वह कुछ हताश-निराश भी हो जाता था।

जावेद जैसा प्रतिभावन, क्षमतावान और तेज-तर्रार नौजवान रिपोर्टर हिन्दी अखबारों के ऐसे माहौल में कितना ऊबता-परेशान होता होगा, इस बात की सिर्फ कल्पना ही की जा सकती है और इसमें भी मैदान में जमे रहना उसके आन्तरिक बल को ही बताता था।

आज जावेद बहुत थका लग रहा था और उसकी आँखों के नीचे काले दायरे भी दिख रहे थे। कृष्णा ने सुना था कि उसने खूब पीना शुरू कर दिया है। उसकी तेज और आक्रामक आँखों को देखते हुए कृष्णा ने मन-ही-मन अनुमान लगाया कि उसके मन में क्या चल रहा है। जावेद से बातें करना हरदम बहुत ही नाजुक सन्तुलन की माँग करना होता था—जाने किस बात से वह उखड़ जाए। कृष्णा ने सोचा कि वह उसे जोर

की डाँट लगाएगी और एक मानसिक झटका देकर उसे इस खुद से ओढ़े गए आलस और आत्मनिर्वासन से वापस लौटाने का प्रयास करेगी, पर उसे यह भी मालूम था कि वह ऐसा नहीं कर सकती। अगर वह ऐसा करेगी तो जावेद कछुए की तरह अपने खोल के अन्दर और दुबक जाएगा और चुपचाप उसकी बातें सुन कर बाहर हो लेगा। इसलिए उसने दो चाय मँगवाईं।

"हमारी जब पिछली भेंट हुई थी तब तुम विश्वविद्यालयों में उर्दू शिक्षा और भारतीय मुसलमानों के बारे में एक लम्बा लेख लिख रहे थे। ठीक है न ?"

"आपकी याददाश्त बड़ी अच्छी है।"

"बैठ जाओ।"

जावेद जब कुर्सी पर बैठा तो उसके चेहरे पर मुस्कान का भाव था जिसे वह दबाना चाहता था। लगा कि कोई चुटकुला याद करके वह अन्दर ही अन्दर गुदगुदा रहा है।

"किस बात पर मुस्कुरा रहे हो ?"

"वे लोग काफी भारी-भरकम लेखकों को आपसे पहले इस कुर्सी पर बैठा चुके हैं। वे सभी थोड़े ही दिनों में नाराज, अपमानित होकर विदा हो चुके हैं। मैं सोच रहा था कि आप कितने दिन चलेंगी।"

जिस भरोसे से उसने यह बात कही, उससे कृष्णा उदास हो गई।

"क्या तुमने अपना पीएचडी थीसिस पूरा कर लिया था ?" कृष्णा ने पूछा।

"हाँ, लेकिन उससे मेरे कैरियर में खास फर्क नहीं पड़नेवाला है," फिर उसकी आँखें उसी अंदाज में चारों ओर घूमीं जैसे गिरगिट अपनी जीभ घुमाता है और उसने सारी चीजों पर एक उचटती-सी नजर डाली।

कृष्णा ने ऊपर देखा, "क्या तुमने उस लेख को छपवाया भी था ?"

जावेद ने गहरी साँस ली और सिर झटक दिया।

"क्यों नहीं ?"

जावेद के होंठ थोड़े तिरछे हो गए और उसने इस अंदाज में कन्धा बिचकाया जैसे उसे इस चर्चा में कोई दिलचस्पी न हो या फिर वह यह बताना चाहता था कि उसने तो छपवाने की कोशिश की लेकिन कोई छापने को तैयार ही न था।

अधिकांश भाषाई अखबारों की तरह हिन्दी में भी बहुत कम मुसलमानों और औरतों को काम मिलता है। कृष्णा को याद आया कि जावेद जब कभी पहले उसके दफ्तर आया था तब उन दोनों ने इस विषय पर चर्चा भी की थी। जब कृष्णा एक साप्ताहिक समाचार पत्रिका का सम्पादन कर रही थी तो उसने उर्दू के प्रति भारतीय मानस के व्यवहार पर जावेद की लिखी एक विस्तृत आवरण कथा छापी थी। हिन्दी और अंग्रेजी का अकादमिक जगत इस मसले को जिस तरह से भावनात्मक रूप देता है उसकी इस लेख में आलोचना की गई थी क्योंकि इन दोनों जगहों से इस भाषा को किसी तरह की मदद नहीं मिलती है, और इन दोनों जगहों से इस आलेख को लेकर मिली प्रतिक्रियाएँ भी कोई अच्छी नहीं थीं।

अचानक कृष्णा को गहरे दुख का अहसास हुआ। यह बीते दिनों में पत्रकारिता को लेकर सोची गई बड़ी-बड़ी बातों या तब की ऊर्जा के समाप्त होने से उपजा दुःख था या फिर समय से पूर्व बुजुर्ग बनते एक क्रुद्ध और खराब अनुभवों से गुजरने वाले नौजवान की सहानुभूति से अचानक उभर आया था जो हालात के आगे कतई लाचार और असुरक्षित लग रहा था। यहाँ सच्चाई लिखने-बोलने पर सब आपके दुश्मन हो जाते हैं और चापलूसी के अलावा और किसी चीज से लाभ नहीं मिलता, कृष्णा ने सोचा।

"मुझे लम्बी छुट्टी पर जाने की जरूरत है," जावेद ने कृष्णा से कहा, "आजकल मैं जब बहुत उत्तेजित हो जाता हूँ तो मुझे लम्बी छुट्टी की दरकार होती है। जब कारसेवकों ने बाबरी मस्जिद को गिरा दिया था तब मैं महीने-भर के लिए छुट्टी चला गया था। आपको याद होगा कि अपने ही न्यूज रूम के जो फासीवादी पहले अपनी पहचान छुपाए रहते थे, उस दिन इस विध्वंस के पक्ष में खुलकर आ गए। उन्होंने यहीं नारे लगाए और मिठाइयाँ बाँटीं। मुझे भी एक लड्डू दिया गया और मैं उन्हें इन्कार करने की हिम्मत नहीं कर सका।"

"उसके बाद से स्थितियाँ बदली हैं," कृष्णा ने थोड़ा रुककर कहा, "और अब वामपन्थी दलों के सहयोग से चलने वाली गठबन्धन सरकार है। अब शायद स्थितियों में सुधार हो।"

जावेद ने सीधे उसकी ओर देखा। उसकी बड़ी-बड़ी आँखों ने स्पष्ट कर दिया कि वह भी सोचता है कि काश ऐसा होता। फिर आठ वर्ष के बच्चे जैसी उदास आवाज में उसने कहा, "लेकिन कृष्णा ये सारी सरकारें बहुसंख्यकों के लिए हैं, हमारे लिए नहीं। उनके कान सिर्फ सुनते हैं—कोई बात समझते नहीं। उनकी आँखें खुली होती हैं पर वे कुछ देखती नहीं। नहीं, हमें इस स्थिति का भी सामना करना है कि हमारे जैसे लोगों को नुकसान हुआ है लेकिन हमें अब भी पसन्द नहीं किया जाता।"

जावेद जब अपनी कुर्सी से उठने लगा तो कृष्णा ने खड़े होकर उसके दोनों हाथ अपने हाथों में ले लिये।

बाद में बिना पढ़ी चिट्ठियों का बंडल अपनी ओर खींचते हुए कृष्णा ने सोचा कि समय बीतने के साथ सबकुछ सामान्य हो जाएगा। जावेद को मौजूदा दौर को कैसे भी पार करना होगा जो आज मीडिया में दिख रहा है। अभी भी यहाँ काफी सम्भावनाएँ हैं और एक अच्छी रिपोर्ट, एक स्पष्ट और तेज सम्पादकीय से काफी फर्क पड़ जाता है, भले ही इनके छपने का हंगामा आपको बाद में काफी समय तक भुगतना पड़ता है। पर ऐसा काम कर लेने के बाद आपको बहुत सन्तोष और खुशी का अनुभव होता है।

वह कहना चाहती थी कि जावेद तुम्हें और मुझे सिर्फ यह बात साबित करने के लिए भी डटे रहना चाहिए कि हमें दबाव या जबर्दस्ती मैदान से नहीं हटाया जा सकता। लेकिन उसे लगा कि अगर वह यह बात कहती है तब भी जावेद के अवसाद पर कोई फर्क नहीं पड़ेगा। उसने अपना मन विरक्त बना लिया है।

दफ्तर से बाहर गर्मियों की बरसात के बाद भीगी सड़क और वहाँ पटरियों पर लगी मूँगफली और फलों की दूकानों से उठती गन्ध का भभका था। भीगी जमीन की खुशबू को ऑटो के इंजन से निकला धुँआ नष्ट कर रहा था। कृष्णा की खिड़की के सामने पटरी पर बैठकर अखबार-पत्रिकाएँ बेचने वाले ने पहले बहुत धीरे-धीरे जूते पहने और फिर काले-फटे तिरपाल से भीगी पत्रिकाओं को ढकने लगा। तभी न्यूजप्रिंट से लदा एक ट्रक इमारत के अहाते में गाभिन हथिनी के अंदाज में दाखिल हुआ।

गेट पर पहरा देनेवाला चौकीदार अब तक नशे में धुत्त हो चुका था। बस स्टाप पर जावेद के पास खड़ी दो महिलाएँ अपने लंच बॉक्स और पर्स को सीने से लगाए एकदम तैयार खड़ी दिखती थीं। कब उनकी चार्टर्ड बस दिखे और वे लपककर सवार हो जाएँ।

इन्दिरा गांधी अन्तर्राष्ट्रीय हवाई अड्डा।

कृष्णा की बेटियाँ अपने माँ-बाप की शादी की रजत जयन्ती मनाने के लिए घर वापस आ रही हैं। महीनों पहले से उन्होंने इसकी तैयारी शुरू कर दी थी, पैसे बचाए थे और यह इन्तजाम किया था कि लन्दन से दिल्ली तक की यात्रा वे एक ही उड़ान से साथ-साथ करें। वे दो वर्ष से घर नहीं आई थीं और माँ को देखे भी साल भर से ऊपर हो गया था। उन्होंने कस्टम वाले घेरे के पास अपने माँ-बाप को इन्तजार करते देखा और भले ही उन्होंने उनको देखकर झिझकते हुए हल्के से हाथ हिलाया हो, उनके दिल में खुशी और प्रेम का गुबार उमड़ पड़ा था। तभी अचानक उनकी माँ नजरों से ओझल हो गई। अलबत्ता सदा की तरह उनके पिता परिचित स्थिरता से चुपचाप वहीं खड़े दोनों का इन्तजार करते दिख रहे थे। माँ तभी अचानक कहीं और खिसक गई थी। उसे अपना एक पुराना खोया हुआ दोस्त या सहकर्मी दिख गया था जो सम्भवतः उसकी लड़कियों वाली उड़ान से ही उतरा था और वह उसी से मिलने के लिए लपक कर चल दी। जिस आदमी के लिए वह उतनी उत्साह से बढ़ी थी वह थोड़ी झिझक और अपने झुर्रीदार चेहरे पर हल्की मुस्कान के साथ ही कुछ आगे बढ़ा। देखो, देखो तो जरा, इस बूढ़े से मिलने कौन आया है। कृष्णा बड़ी गर्मजोशी से उससे लिपटी और उसने अपने झुर्रीदार और गठिया वाले हाथों से कृष्णा की पीठ पर थपकी दी।

भरत मिलाप का यह दृश्य लड़कियों ने थोड़ी दूरी से देखा और उनके चेहरे पर विस्मय का भाव था। एक बार फिर वे माँ के जीवन से बाहर निकल गई थीं। उन्हें अपना पुराना प्रेम और गुस्सा वापस आता लगा।

कृष्णा आखिरकार जब वेटिंग एरिया में लौटी तो उसे उम्मीद थी कि उसके इस व्यवहार और मेलमिलाप पर उसकी बेटियाँ खिलखिला रही होंगी लेकिन चुप-चुप लड़कियाँ अपने पिता के आजू-बाजू खड़ी थीं और तीनों ही थके और नियन लाइट में कुछ पीले से लग रहे थे। कृष्णा के पति ने लड़कियों से चुटकी ली कि अब किस तरह

उसकी माँ को इंटरनेशनल एअरपोर्टों पर भी अपने प्रशंसक और फैन मिलने लगे हैं। लड़कियों ने फीकी हँसी हँस दी और फिर पूछा, अब चलें ?

तो क्या गर्भनाल का रिश्ता टूट गया है ? यह कब और कैसे टूटा ? जब दोनों तरफ से प्रेम की माँग करनेवाले अपनी-अपनी जिद में यूँ कैद हों तो कौन पहले पलक झपकाए ?

कार में बैठने के बाद कृष्णा को पहले कुछ मिनटों तक समझ नहीं आया कि वह मुँह लटकाए बैठी बेटियों से क्या बात शुरू करे। अपनी दोनों बच्चियों के बीच बैठी वह जो अनुभव कर रही थी वह इतना गहरा था कि उसके मुँह से बोल फूट पाएँगे यह भरोसा भी उसे नहीं हो रहा था। लड़कियाँ अपनी सीट पर हिल-डुलकर सहज स्थिति में आ जाना चाहती थीं पर नजरें मिलाने से बच भी रही थीं। हर आदमी हँसना, हल्की फुल्की बातें सुनना-सुनाना चाहता था, पर शुरुआत कैसे हो, किसी को भी अंदाजा नहीं था।

सदा की तरह बात लड़कियों के पिता ने ही शुरू की कि उनके जाने के बाद घर किस तरह बदल गया है। फिर कृष्णा ने लोगों के बदले मूड, मीडिया की हलचलों, उनकी आपसी मारकाट और केबल टीवी से प्रिंट मीडिया को मिल रही चुनौतियों की चर्चा की।

लेकिन लड़कियों का मन कहीं और था। उनके दिखाई देने और हाथ हिलाने के बाद उनकी माँ जिस तरह अचानक गायब हो गई थी, उस सदमे से वे अभी तक नहीं उबरी थीं। उन्हें बचपन से बहुत कायदे-तहजीब सिखाई गई थी, अनुशासन में रखा गया था। उन्होंने इस बेमानी बातचीत में भी समय-समय पर विनम्र समझदारी के साथ सिर हिलाया, जहाँ-तहाँ थोड़ी दखल भी दी और यह दिखाया कि उनको इन्तजार करते छोड़कर किसी परिचित से मिलने जाने का माँ का फैसला कोई ज्यादा अटपटा नहीं लगा। पर उन्होंने माँ के अपने पास रहने की उम्मीद की थी। इतने वर्ष साथ रहने और हर व्यवहार देखने-जानने के बाद भी उन्हें जाने कैसे यह उम्मीद थी कि माँ तो माँ ही होती है और उसके लिए बच्चों से बढ़कर कुछ नहीं होता। और जब उन्होंने ऐसा नहीं देखा तो वे उखड़ गईं। भारत में चुनाव का विश्लेषण करने वाली रिपोर्टों में उनकी माँ का नाम अक्सर आता था। वह दूरदराज के ग्रामीण इलाकों में होने वाली रैलियों में जाती थी, स्वयंसेवी संगठनों द्वारा आयोजित सेमिनारों-गोष्ठियों में जाती थी। औरतों के दलालों, नशे के व्यापारियों, अवैध हथियारों के कारोबारियों ने उस पर मुकदमे भी किए थे। ऐसे में जब उसे बुखार हो जाए तब वह दवा का डबल डोज ले लेती थी जिससे कि कोर्ट की पेशी में हाजिर रहे और अदालत की अवमानना की दोषी न घोषित हो। घर में दिन में रहना उसके लिए सम्भव ही न था। क्या उसे कोई नौकरी से निकाल रहा था ? या जेल में डाल रहा था ? या दोनों सजाएँ मिलने वाली थीं। दोपहर का भोजन अकेले ही करती हुई बेटियाँ यही सवाल खुद से पूछती रहती थीं। और जब गाड़ी के आने की आवाज आती थी ड्राइवर आकर अम्मा के आने की खबर

देता था। तभी उनके मन से ये डरावने सवाल हटते थे।

उन दिनों भी प्रेम के चलते उठे इन सहमे सवालों की जगह अक्सर गुस्सा ले लेता था। वह उनके साथ बार-बार ऐसा डराने वाला व्यवहार क्यों और कैसे कर सकती थी ?

लड़कियाँ महसूस कर रही थीं कि वे एक ऐसी माँ के आजू-बाजू में बैठी थीं जिसने इतने लम्बे अन्तराल के बाद मिलने पर भी न तो लपक कर उन्हें गले लगाया था, ना ही जिसकी आँखों से खुशी के आँसू निकले थे। और अब वह उन्हें सुना रही थी कि महिला पत्रकारों के लिए भी अलग प्रेस क्लब बन गया है जहाँ दारूबाजों का जमावड़ा नहीं लगनेवाला है या कि पिछड़ी जातियों के लोगों ने भी बिना डर-भय के वोट देना सीख लिया है और जब जरूरी लगता है वे पुलिस संरक्षण की माँग करते हैं। वह उन्हें यह सुना रही थी कि महिलाओं ने कड़े संघर्ष से पंचायतों में जो आरक्षण हासिल किया है उससे अब बिना पढ़ी-लिखी महिलाओं के लिए भी पंचायत प्रमुख बनना सम्भव हो गया है। महिलाएँ अब संसद और विधानसभाओं में ऐसी व्यवस्था कराने के लिए संघर्ष कर रही हैं, और ये चीजें बहुत ही खुशी वाली हैं और उम्मीदें जगाती हैं। वे रुआँसी हो आईं।

क्या यूँ ही आत्मनिर्वासन शुरू होता है ? कृष्णा और उसकी बेटियाँ अलग-अलग कमरों में अपने-अपने बिस्तरों पर जगी खामोश लेटीं, जाने क्या-क्या सोचती रहीं।

जब बत्तियाँ गुल हो गईं और उन लोगों को झपकी आने लगी तो कृष्णा ने तय किया कि अब इस सारे प्रकरण को भुला देना ही ठीक होगा। शायद वे दोनों लम्बी यात्रा के चलते थककर चूर हो गई हैं। वे लोग अपना व्यस्त कार्यक्रम छोड़कर उनकी शादी के जश्न के लिए इतनी दूर आई हैं, क्या यह उनके प्रेम का प्रमाण नहीं है ?

लड़कियों ने अपने चिर-परिचित बिस्तरों पर करवट बदली और पुराने तकियों को भींच लिया। उन्होंने एक हल्की मुस्कान के साथ सोचा कि कुछ चीजें कभी बदलने वाली नहीं हैं। और इनमें उनकी पगली अम्मा भी एक है।

19

उन्नीस सौ चौरानबे की गर्मी भीषण थी और इसका अन्त होता नजर नहीं आता था। पश्चिमी रेगिस्तान से बहकर आनेवाली गर्म हवाएँ दिल्ली को गरमाए हुए थीं। राजनीति भी अलग गरमाई हुई थी। लेकिन इन सबके बीच सौन्दर्य का धन्धा तेजी से फल-फूल रहा था।

एक भारतीय लड़की ने मनीला में आयोजित मिस यूनिवर्स खिताब किस तरह जीता, अखबारों ने इसका विवरण विस्तार से दिया था। सभी अखबारों ने इस लम्बी-छरहरी सुन्दरी की लगभग वही तस्वीरें छापी थीं, जिनमें उसकी आँखों में खुशी के आँसू भर आए थे। एक प्रमुख अखबार समूह ने, जो देश में सौन्दर्य प्रतियोगिताओं से काफी समय से जुड़ा रहा है, उस लड़की की शारीरिक बनावट से जुड़े सारे आँकड़े भी प्रकाशित किए थे, उसकी हाबियों का जिक्र किया था (जिसमें मदर टेरेसा के काम में मदद करने की एक असम्भव इच्छा भी शामिल थी) और भारत के प्रति उसके अनन्य प्रेम का भी हवाला दिया था। इसी अखबार समूह ने भारत लौटने पर उसका विजय जुलूस निकालने की तैयारियाँ भी की थीं। अगली सुबह एक खूबसूरत बग्गी पर हाथ में तिरंगा लिए और हवा में चुम्बन उछालती इस लड़की की तस्वीरें पहले पृष्ठ पर थीं। इनमें उसकी तस्वीर खींचने की होड़ में जुटे फोटोग्राफर भी दिखाई दे रहे थे। एक अखबार ने कैप्शन लिखा : ब्यूटी क्वीन के रूप में भारतमाता।

इस सुन्दर मिस यूनिवर्स ने बाद में 'प्रेस से मिलिए' कार्यक्रम के दौरान कहा कि औरत का मतलब पुरुष को प्रेम और स्नेह (केयर) का असली अर्थ बताना ही है।

इसके बाद वह राष्ट्रपति के चाय के न्योते पर गई।

निःसन्देह सौन्दर्य का कारोबार अपनी पूरी रंगत पर आ चुका था।

बाद में उसी वर्ष एक अन्य भारतीय लड़की ने दक्षिण अफ्रीका में हुई विश्व सुन्दरी प्रतियोगिता भी जीत ली। इस पर उत्साह से भरे एक अखबार ने लिखा कि सचमुच दक्षिण अफ्रीका में रंगभेद मर चुका है क्योंकि श्वेत हाथों ने ही एशिया की रंगीन चमड़ी वाली एक लड़की को ताज पहनाया है।

उसी साल, दिसम्बर में, कृष्णा के एक प्रिय मित्र, एक वरिष्ठ सम्पादक को दफ्तर की सीढ़ियाँ चढ़ते समय एक पर्ची पकड़ा दी गई जिसमें लिखा था कि आज से आपकी सेवाओं की जरूरत अखबार को नहीं है।

उनको नौकरी से निकाले जाने की कहानी यह बताई गई कि उन्होंने किसी पार्टी में अखबार के मालिक के बारे में यह टिप्पणी कर दी थी कि वह अखबार की चिन्ता करना छोड़कर मिस यूनिवर्स के कैरियर के बारे में कुछ ज्यादा ही दिलचस्पी लेने लगे हैं और दोनों के बीच मधुर सम्बन्ध भी हैं। उस मूर्ख ने नहीं समझा था कि यह भी कारोबार बढ़ाने का ही हिस्सा है—भविष्य के कारोबार का। द ट्वेंटी-फर्स्ट सेंचुरी डॉट काम। वह भूल गए कि कारोबार का मतलब ही है सम्बन्ध रखना-बनाना। बड़े-बड़े अखबार समूहों के मालिकान इसी के चलते सदा ही शासक दल से नजदीकी सम्बन्ध रखते हैं। यह चीज समझने लायक भी है। यह बात भी समझ में आनेवाली थी कि अखबार के नाम और उसकी कमाई के बल पर मालिकों में से कुछ समय-समय पर राज्यसभा में जाने और संसद में घुसने का जतन करेंगे। लेकिन जब कुछ नामी-गिरामी सम्पादक शासक दल से सम्बन्ध मधुर करने की राह में आ जाएँ (अनेकानेक कारणों से) तब मुश्किल होगी ही। जैसे-जैसे राजनीति का स्तर ज्यादा घटिया और जटिल होता जा रहा था सम्बन्धों की नजाकत बढ़ती जा रही थी, मालिकों और शासक दल से असहयोग करने वाले मुख्य सम्पादकों की विदाई के मामले भी बढ़ते जा रहे थे, लेकिन नौकरी से निकाले जाने के ऐसे किसी मामले को न तो अदालत में ले जाया जाता था, न मालिकान को सम्पादकों की कमी पड़ती थी।

पहले भी सम्पादकीय से जुड़े सारे कामों में नौकरी जाने का खतरा जुड़ा रहता था। लेकिन तब सम्पादक को हटाने का काम प्रबन्धन बड़ी तैयारी से करता था, गुपचुप ढंग से करता था और उसके खिलाफ कोई अपील नहीं होती थी। बाद में देर तक ये चर्चाएँ चलती रहती थीं कि सम्पादक को क्यों और कैसे हटाया गया। लेकिन ये अधिकांश बातें सच्चाई से दूर और पत्रकार मन की उड़ानें भर होती थीं। सिर्फ यही बात प्रामाणिक रहती थी कि फलाँ तारीख को सम्पादक के घर पर आकर प्रकाशन समूह का अधिकारी उसके साथ हुए करार को तोड़ने वाली चिट्ठी पकड़ा जाता था। अक्सर मध्य-रात्रि में ही यह पत्र पकड़ाए जाते थे।

लेकिन आजकल न तो सम्पादक प्रोमोशन से बनते थे, न उनकी सेवा नियमित होती थी। उन्हें एक निश्चित समय के कंट्रैक्ट (करार) पर रखा जाता था और करार की अवधि बीतने पर उनकी सेवा समाप्त हो जाती। एक अखबार समूह के मालिक के हार्वर्ड-पलट बेटों ने इस प्रणाली की शुरुआत की जो बहुत सारे झमेलों से मुक्त और आसान प्रमाणित हो गई थी।

खुद कृष्णा के कंट्रैक्ट के दो साल अभी बाकी थे और कुछ अजीब कारणों से मालिकान खुद उसका करार समाप्त नहीं करना चाहते थे, सो उन्होंने उसको ऐसा काम पकड़वा दिया जिससे वह खुद ऊब जाए। यह भी शायद सम्पादक को खुद ही मैदान

छोड़कर भगा देने का और कारगर तरीका था।

क्रिसमस के आसपास भारत में तैनात सबसे महत्त्वपूर्ण राजदूतों में से एक की बीवी एक नामी भारतीय फैशन डिजाइनर द्वारा तैयार दुल्हन के वेश में एक फैशन शो में सबके सामने आई। इस तस्वीर के साथ यह पूरा विवरण भी छापा गया कि राजदूत और उनकी बीवी का यह जोड़ा भारत से कितना प्रेम करता है और यहाँ चैरिटी वाले कामों में खूब दिलचस्पी लेता है। बाद में इस महिला ने फुटपाथ पर रहनेवाले बच्चों के लिए काम करने वाली एक संस्था को यह पोशाक भेंट कर दी। डिजाइनर ने भी इस पोशाक से मिली रकम को उसी संस्था को दान कर दिया। फिर दोनों की तस्वीर छपी जिसमें वे एक-दूसरे को गले लगाए हुई थीं और दोनों की आँखों में खुशी के आँसू थे।

अब दान-पुण्य की एक नई प्रवृत्ति दिखाई देने लगी थी। उदार और समृद्ध देवियाँ सार्वजनिक समारोहों में छोटे और जरूरतमन्द लोगों की चिन्ता करने लगी थीं। बड़े स्थानीय व्यापारी अन्तर्राष्ट्रीय सौन्दर्य प्रतियोगिताओं को प्रायोजित करने लगे थे। बड़ी अन्तर्राष्ट्रीय कम्पनियाँ 'राष्ट्र के लिए मैराथन दौड़' और 'राष्ट्रभक्ति' वाले संगीत आयोजनों का खर्च उठाने लगी थीं। इस बीच दलालों द्वारा सारी कमाई कर लेने या मन्त्री पुत्रों और दामादों द्वारा कमाऊ और लुभावने ठेके हथिया लेने की खबरें भी साथ-साथ आती रहीं।

शासक समूहों के विभिन्न स्तरों के बीच क्या रिश्ते हैं, इस बारे में मीडिया की जानकारियों का व्यावसायिक और व्यावहारिक उपयोग भी जारी रहा और इसी के बल पर लोकतन्त्र में जबरन जगह बनाकर बहुराष्ट्रीय निगमों को जमाया जाता रहा।

जमाना बदल रहा था। भारी दिखावों, ऊँचे दावों और चमक-दमक वाली जीवनशैली के लिए चर्चित कृष्णन जैसे सम्पादकों का युग बीत गया था जो बड़े आराम से आधुनिक कला पर बोल सकते थे, मुख्यमन्त्रियों के निजी जीवन के किस्से सामने ला सकते थे और भारी-भरकम पार्टियाँ आयोजित कर सकते थे। बड़े शहरों में अब सम्पादकों की यारी सिर्फ डिप्लोमैटों और बड़ी कम्पनियों के कर्त्ता-धर्त्ता लोगों से ही रहती थी। आमतौर पर ऐसी पार्टियों में मीडिया से गिने-चुने पाँच-छह लोग ही बुलाए जाते थे। अधिकांश सफल पत्रकार अब तक प्रेस कांफ्रेंसों में या पत्रकारों के लिए आयोजित चाय पार्टियों में जाना बन्द कर चुके थे। अब उन्हें महँगी वेश्याओं की तरह बड़े लोग अपने घरों पर चुपचाप, बुलाते थे—खाना-पीना-गप्प होता था। परदे में रात को होने वाले टीवी कार्यक्रमों में इन पत्रकारों के बोलने के अंदाज से किसी को भी यह भ्रम हो सकता था कि देश को राजनेता नहीं, वही लोग चला रहे हैं और उन्हें ही देश के भविष्य की सबसे ज्यादा चिन्ता है।

ऐसे पत्रकारों की बड़ी-बड़ी बातें, भद्दी आवाज और आत्मदया वाले एकालापों से कृष्णा की अपने पेशे से बढ़ती चिढ़ और भी बढ़ जाती थी, उसे लगातार अपने पेशे पर झेंप होने लगी थी और मन होने लगा था कि वह कब इससे निकलकर किसी और काम में जाएगी।

अब तक कृष्णा की जरूरतें एकदम सीमित हो गई थीं और अब उसके लिए पैसा कोई बड़ा मुद्दा न था। वह शायद ही कभी घूमने-फिरने जाती थी। जब किताबें बहुत महँगी लगें तो वह दिल्ली के खाली पड़े पुस्तकालयों में से किसी में चली जाती थी जहाँ के लाइब्रेरियन खुशी-खुशी किताबें ढूँढ़कर ला देते थे। अन्य पुराने सम्पादक भी अब अपने दिन ही गिन रहे थे। अब वे न तो राजनीतिक सिद्धान्तों को लेकर, ना ही वेतन-भत्तों के लिए लड़ते, बस चुपचाप सरकार और मालिकान, दोनों तरफ से होने वाले हमलों को झेल लेते थे। इस बीच उन्होंने अपने काम का क्षेत्र भी बदल लिया था और एकदम महत्त्वहीन या विवादरहित विषयों पर ही लिखने-पढ़ने लगे थे। कृष्णा के ही अखबार समूह में अंग्रेजी अखबार के सम्पादक अब रविवार वाले अपने साप्ताहिक स्तम्भ में अध्यात्म, बाबाओं-गुरुओं और योगियों पर लिखने लगे थे और बीच-बीच में अंग्रेजी कविताओं के लम्बे उद्धरण भरने लगे थे। कभी वे बहुत तेज आदमी थे और उन्होंने कृष्णा को बताया था कि जब अच्छे लोग राजनीति में जाना या वहाँ दखल देना ही नहीं चाहते तो उसकी चर्चा करना वे बेमानी मानते हैं।

शहर के काले पड़े फेफड़े धुँए तथा धूल भरी हवा से और काले पड़ते जा रहे थे। शाम को देर से दफ्तर से निकलने का मतलब धुँआ, धूल, शोर और गर्मी से भरे विशाल बक्से में घुसने जैसा था जहाँ चीखती-चिल्लाती बसें जान लेने को लपकती आती लगती थीं। इन्हीं भरी बसों के इन्तजार में लोग अपने झोले-झंडे-पर्स समेटे पसीने से तरबतर हुए खड़े दिखते थे। कम्पनी द्वारा दिए गए ड्राइवर द्वारा चलाई जाने वाली लम्बी-लम्बी कारें भी अनेक अहातों से निकलकर भीड़ में शामिल हो जाती थीं जिनकी पिछली सीटों पर बड़े हाकिम बैठे होते थे। अक्सर ये आर्थिक अखबार के लोग होते थे। अखबारों के चमक-दमक वाले सिटी पेजों में छपी पार्टियों और जमावड़ों की तस्वीरों में अक्सर ये भलेमानुस दिखाई दे जाते थे।

और अब सिटी पेजों में ऐसी पार्टियों में आने वालों के ही नाम पूरे बोल्ड अक्षरों से छपते थे। इनमें छपी तस्वीरों में बड़े-बड़े सम्पादक, डिप्लोमैट, कम्पनी एक्जीक्यूटिव और नेता बाँहों में बाँहें डाले कैमरे को दिखते हुए इस अंदाज में चीयर्स कहते जाम उठाए रहते थे मानो वे लन्दन, लास ऐंजेल्स या न्यूयार्क में हों–या वहाँ अपने पेशे के लोगों से होड़ कर रहे हों। बाढ़, सूखा प्रभावित गाँवों और प्राकृतिक आपदाएँ झेलने वालों के लिए राहत कार्य चलाने के लिए मीडिया इच्छुक न रहा था। उनके लिए धन जुटाने के कार्यक्रमों में फैशन डिजाइनर, बुढ़ाती मॉडलें और बड़े लोगों की सोशलाइट बीवियाँ भागीदारी करती थीं।

कृष्णा के एक आप्रवासी चाचा ने कहा कि वे ऐसे आयोजनों, इनके प्रचार या

फिर महँगे प्रावइेट मेडिकल कॉलेजों और अस्पतालों के चलन को जरा भी गलत नहीं मानते, "हमारे यहाँ दस लाख ऐसे खाते-पीते समृद्ध परिवार हैं जो अपने इलाज, अपनी शिक्षा का खर्च उठाने को तैयार हैं तो प्राइवेटाइजेशन में क्या समस्या है ?"

उन्होंने आवाज नीची की।

"भूल से भी सरकारी अस्पताल में टीका लगवाने या प्राइवेट ब्लड-डोनेशन कैम्प में खून देने मत जाना। तुम्हारे अन्दर परमार्थ की चाहे जितनी प्रबल इच्छा हो, एड्स का वाइरस इसे थोड़े ही चीन्हेगा। प्रकृति बहुत हिसाब-किताब से नहीं चलती," उन्होंने कहा और हँस दिए।

कृष्णा नाराज हुई पर उसे लगा कि चाचाजान ने ये चीजें विदेश में ही कहीं पढ़ी होंगी। इन चीजों पर उन्होंने कोई विचार किया हो, इतने समझदार तो वे नहीं थे।

चाचा और उनके बेटे विदेशों में बनने वाले मन्दिरों के लिए भारी-भरकम चन्दा दिया करते थे। उनकी पत्नियाँ वहाँ बस गए भारतीयों के बच्चों को हिन्दी सिखाती थीं।

उनका कहना था कि अमेरिका विभिन्न समुदायों की पहचान मिटाकर एक करने वाला बड़ा मेल्टिंग पाट है। लेकिन वे वहाँ अपनी हिन्दू पहचान बचाए रखने पर अडिग थे। उनका कहना था कि हिन्दू धर्म की असली चीज है वर्णाश्रम व्यवस्था। विशुद्ध ब्राह्मण रक्त दबा थोड़े ही रह सकता है।

उनका कहना था, "खुद को ही देखो। वहाँ हम तुम्हारे बारे में, हिन्दी में किए तुम्हारे महत्त्वपूर्ण कामों के बारे में सुनते रहते हैं।"

कृष्णा ने खुद से कहा, ये बातें तुम्हारे लिए नहीं हैं।

बाद में उन लोगों ने जब वहाँ लौटने के बाद माँ को चिट्ठी लिखी कि इस बेदिल और उठापटक वाले पेशे ने कृष्णा को कितना अभद्र और जड़ों से कटा हुआ बना दिया है तो माँ उनकी बातों को फोन पर सुनते हुए रोने लगी थी।

और उनको हैरानी थी कि ब्राह्मण घर में जन्म लेने पर भी कृष्णा के साथ ऐसा क्यों हुआ कि वह हिन्दी मीडिया से चिपकी रह गई !

20

कृष्णा भारत में तैनात पाक उच्चायुक्त द्वारा दिए गए भोज में गई थी।

पहले जब वह हिन्द भारती में काम करती थी तब हिन्दी पत्रकारों को सिर्फ कम्युनिस्ट देशों के दूतावासों से ही बुलावा मिलता था। बाकी दूतावास आमतौर पर भारतीय नौकरशाही का उदाहरण सामने रखते हुए सिर्फ अंग्रेजी पत्रकारों को ही बुलाते थे। यहाँ पहुँचने वाले पत्रकारों को तरह-तरह की नई सूचनाएँ उपलब्ध कराई जाती थीं—भले ही वे अक्सर देर से आते थे और जल्दी चले जाते थे। अक्सर राजदूत या दूतावास के बड़े अधिकारी उन्हें बाहर तक विदा करने जाते थे। हिन्दी वालों को आमतौर पर न्यौता सिर्फ काकटेल का होता था और सारे लोग ज्यादा से ज्यादा पी लेने और मुट्ठी भर-भरकर भुने काजू पेट में ढकेलते जाने के चक्कर में रहते थे। अगर कोई प्रेस विज्ञप्ति आई तो उसे वे उन से झटक कर जेब के हवाले करते थे और फिर अपने पीने के धन्धे में जुट जाते थे। यह प्रयास भी होता था कि उस वातानुकूलित वातावरण में ज्यादा से ज्यादा वक्त गुजार दिया जाए। इसके उलट मेजबान हर घड़ी तनाव में लगता था और जब पार्टियाँ निपट जाती थीं तब वह चैन की साँस लेता था।

कभी-कभार कुछ दूतावास किसी पत्रकार से अपने देश के लोकप्रिय कवि की कविताओं को हिन्दी में अनूदित करने को कहते थे। इस अनुवाद के लिए ज्यादा पैसे नहीं मिलते थे लेकिन जानकार लोग बताते थे कि अगर अनुवादक ने अच्छा काम किया तो उसे उस देश जाने का न्यौता मिलता था। और जब यह पत्रकार-अनुवादक विदेश भ्रमण से लौटता था तो आते ही अपनी यात्रा का संस्मरण लिख डालता था जिसमें वहाँ की कम्युनिस्ट तानाशाही का गुणगान भरा होता था। उसके लिए इस अनुवादक को ढूँढ़ने वाले राजनयिक को अपने देश के विदेश मन्त्रालय से वाहवाही मिलती थी और अनुवादक को फिर से उस देश जाने का अवसर। यह क्रम फिर दोहराया जाता और एक और विदेश यात्रा का जुगाड़ हो जाता था।

इन पार्टियों के बाद अपना पुराना स्कूटर स्टार्ट करने के पहले कृष्णा के साथ गए मर्द पत्रकार जरूर दूतावास के आसपास ही कहीं मूतने चल देते थे। उसे हरदम यह हैरानी होती थी कि अगर उन्हें इतनी जोर की लघुशंका हो तो वे दूतावास के अन्दर का टायलेट ही क्यों नहीं इस्तेमाल करते। शायद उन्हें भारी-भरकम और पहरे में रहने वाले दूतावास की दीवारों, पेड़ों या झुरमुट पर पेशाब करने में अतिरिक्त आनन्द आता

था या फिर यह होता हो कि कुत्तों की तरह अपने पहुँचने का निशान छोड़ने की आदत भाषाई पत्रकारों में भी हो।

कृष्णा ने अनुभव किया था कि अब इधर स्थितियाँ धीरे-धीरे बदलने लगी हैं।

दूतावासों के लाग-बुक या उपस्थिति दर्ज करने वाले सारे ब्यौरों में अब लोकप्रिय समाचार माध्यमों के हर अंग का प्रतिनिधित्व ठीक-ठाक होने लगा था। शायद अब भाषाई पत्रकार उन सभी ग्रामीण और देसी समूहों की आवाज बन गए थे जिनके नेता अब अधिकांश प्रमुख राजनीतिक दलों पर हावी हो चुके थे। कारण चाहे जो हो पर अब दूतावासों की पार्टियों में भाषायी पत्रकारों को भी अच्छी-खासी संख्या में बुलाया जाने लगा था।

लेकिन जब ये पत्रकार इन पार्टियों में आ जाते थे तब उनका क्या किया जाए, इसका पता किसी को भी नहीं लगता था। उपस्थिति रजिस्टर पर दस्तखत करके और अपने नाम का बिल्ला लगाकर जब वे अन्दर जाते थे तब उन्हें मेजबान से मिलने के लिए ले जाया जाता और वह बतियाना शुरू करने के पहले कई बार मुँह चलाता था। फिर वह सामान्य से कुछ ऊँची आवाज में बोलना शुरू करता था—ओह, येस ! आह, येस ! हिन्दी प्रेस ! ओह, येस ! गुड ! प्लीज हैव ए सीट (या ड्रिंक) और यह आखिरी आग्रह इस मेहमान से छुट्टी पाने का तरीका ही होता था। इसके बाद मेहमान हाल में तरह-तरह के पेय लेकर घूम रहे वेयरा को तलाशने लगता।

कृष्णा उस पार्टी में यूँ ही भटकती रही।

अधिकांश लोग छोटे-छोटे समूह बनाकर खड़े थे और अपने-अपने ड्रिंक के साथ बहुत ही बनावटी अंदाज में कुछ-कुछ बतियाए जा रहे थे। अपनी बातचीत न रोकते हुए भी वे कृष्णा के लिए रास्ता छोड़ देते थे। जो पत्रकार नहीं थे वे उसे किसी अधिकारी मेहमान की बीवी मान रहे थे। परिचित लोग अपने धन्धों में लगे थे और उससे नजर मिलाने से बच रहे थे या अगर वह कहीं पल-भर के लिए रुकी तो उनकी परेशानी पढ़ सकती थी।

कृष्णा आगे बढ़कर एक कुर्सी पर बैठ गई। उसने वहाँ पास में पड़े पुराने कलात्मक बुकशेल्फ पर रखी किताबों पर नजर डालनी शुरू की। सारी किताबें अंग्रेजी में थीं और ज्यादातर अमेरिकी या ब्रिटिश लेखकों की लिखी थीं।

"आपको इन किताबों के नाम से क्या एहसास होता है ?" एक नफासत-भरी आवाज ने पूछा।

हैरान होकर कृष्णा ने जब आँखें उठाईं तो बढ़िया पोशाक वाला पुरुष दिखा जिसके बाल चँदिया पर जरा कम हो चले थे। ओह, तो यह है मुम्बई के विज्ञापन जगत के बेताज बादशाह सुनील 'शेक्सपियर' रानाडे का बेटा संजय 'हैमलेट' रानाडे, जिसने ही कई नई और सफल चीजों के लिए मॉडलिंग की थी। अब वह उस विदेशी चैनल के लिए काम करता है जिसके बारे में दावा किया जाता है कि उसकी पहुँच सातों समुद्रों

और चौदह नदियों के पार तक है।

"आप इन किताबों में क्या देख रही हैं ?" उसने फिर से पूछा।

कृष्णा ने अपनी झिझक मिटाने के लिए फिर से पुस्तकों के शीर्षकों पर नजर डाली।

"हमारे उपमहाद्वीप पर सवार होता विलायतीपन का भूत ?"

कृष्णा को यह बात कहते ही अपने ऊपर अफसोस हुआ। उसने सोचा कि, लो, मैंने एक और दुश्मन बना लिया।

लेकिन हैमलेट ने कुछ और सोचते हुए स्वीकृति में ही सिर हिलाया, "बहुत सही कह रही हैं आप। अगर आप इस्लामाबाद जाएँ और वहाँ तैनात भारतीय उच्चायुक्त की किताबों का सेल्फ देखें तो आपको तीन-चौथाई यही किताबें वहाँ भी नजर आएँगी।"

कृष्णा को इस आदमी की स्पष्टवादिता, अपने वर्ग से जुड़ी एक कड़वी सच्चाई कबूल करना पसन्द आया। अंग्रेजी के मीडिया वालों से वह इस तरह की बातें अक्सर नहीं सुनती थी जो दूतावासों से किताबें उठा लेने में भी नहीं चूकते थे।

हैमलेट रानाडे का चितपावन ब्राह्मणों वाला व्यक्तित्व, बढ़िया कमीज और उससे मैच करती टाई के चलते और निखर गया था। दिल्ली में ऐसे कपड़े सिर्फ बहुत अमीर लोग ही पहनते हैं। कृष्णा ने खुद ही सोचा, 'यह दाढ़ी क्यों नहीं बढ़ा लेता ! उससे कम-से-कम ये दोहरी ठोड़ियाँ तो नहीं दिखेंगी।' घड़ी देखने के लिए उसने जब कमीज के बाजू सरकाए तो किसी महँगे मर्दाना आफ्टर शेव लोशन की गन्ध आई।

"क्या आप दिल्ली में काफी समय से हैं ?"

"दो दशक से ज्यादा समय से। मैं...समूह के लिए एक अखबार का सम्पादन करती हूँ।" कृष्णा ने उस समूह का नाम लिया जिसके लिए वह काम करती थी।

"किस अखबार का ?" उसने भारी उत्सुकता से पूछा।

कृष्णा ने अखबार का नाम लिया और जब उसने इस नाम पर कोई साफ प्रतिक्रिया नहीं जताई तो कृष्णा ने बताया कि यह हिन्दी का अखबार है।

"बहुत अच्छा। आप मुझे मेरी अज्ञानता के लिए माफ कीजिएगा," यह कहते हुए उसने अपने चमकदार और खूबसूरत दाँत निपोर दिए। "मैं भाषायी अखबार नहीं पढ़ता पर निश्चित रूप से इससे मैं ही घाटे में रहता हूँ।" उसकी आवाज बता रही थी कि इस बात पर उसे खास अफसोस नहीं है, "आप किन चीजों पर ज्यादा लिखती हैं ?"

कृष्णा को अपने काम की बुनियादी बातें समझाने के लिए भी लगातार फुटनोट जोड़ते रहने वाली इस बातचीत को जारी रखना भारी पड़ रहा था। और फिर जिस तरह से इस आदमी ने बिना किसी पूर्व परिचय के यह बात छेड़ दी थी उससे भी उसे गुस्सा आ रहा था। क्या ईस्वी का बहुत ही कुशल ऐंकर होने के चलते अब वही सारे सवालों की शुरुआत करेगा ?

"माफ कीजिएगा," कृष्णा ने कहा और थोड़े नाराज भाव से उठ खड़ी हुई।

पर उसने संकेत समझने की कोशिश नहीं की।

"बैठ जाइए, आपने अभी-अभी जो बातें कहीं वे बहुत दिलचस्प हैं। पर क्या भाषाई अखबार के सम्पादक पद पर किसी महिला का पहुँच जाना कुछ असामान्य चीज नहीं है ?"

कृष्णा ने उसे बताया कि वह कार्यकारी सम्पादक है और आज की तारीख में किसी भी हिन्दी अखबार में पूर्णकालिक सम्पादक नहीं है। पेशेवर पत्रकारों को ज्यादा से ज्यादा कार्यकारी सम्पादक बनाया जा रहा है और छोटे अखबारों में मालिक ही मुख्य सम्पादक की भूमिका ले लेते हैं।

सारी बातें साफ-साफ सुनाने के बाद कृष्णा एक बार फिर विदा लेने को तत्पर हुई।

"यह तो बड़ी दिलचस्प बातें हैं। क्या आप पक्की तौर पर यह सब जानती हैं ?" हैमलेट अभी भी हिलने को तैयार न था। कृष्णा भारी मन से बैठ गई।

"आप मुख्य सूचना अधिकारी से पूछ सकते हैं," यह कहते हुए उसने उच्चायुक्त से बतियाते थोड़े मजबूत कद-काठी वाले अधिकारी की तरफ इशारा किया। उसे हैरानी हुई कि क्या हैमलेट ने उसके गुस्से का अंदाज लगा लिया है। तभी कृष्णा ने जिस अधिकारी की तरफ इशारा किया था वह पीछे मुड़ा और कृष्णा की तरफ हाथ हिलाया। "तो यह धाकड़ फेमिनिस्ट यहाँ क्या कर रही है ?" उसने मजाक और छेड़ने के स्वर में कृष्णा से कहा जैसा कि दिल्ली के बड़े अधिकारी महत्त्वपूर्ण पदों पर काम करने वाली न ज्यादा बदसूरत, न ज्यादा उम्रदराज महिलाओं के लिए प्रयोग करते ही हैं।

हैमलेट अब कुछ-कुछ प्रभावित होता लगा। हैमलेट ने लपककर पूछा, "मजेदार बात है। हिन्दी सम्पादक और उस पर फेमिनिस्ट। मुझे लगता है तुमने इस सज्जन का लिखा पढ़ा ही होगा।" यह कहने के साथ उसने एक हिन्दी लेखक की आत्मकथा के अंग्रेजी अनुवाद का जिक्र किया। एक अंग्रेज़ द्वारा मूल हिन्दी से अंग्रेजी में हुए इस अनुवाद की काफी चर्चा हुई थी और इसकी काफी सारी समीक्षाएँ छपी थीं।

कृष्णा कुछ-कुछ बुदबुदाई, लेकिन हैमलेट अभी भी रास्ता रोके खड़ा था।

"असल में अनुवाद ने चार खंडों को संक्षिप्त करके एक में ला दिया है," उसने कहा, "शायद कवि को लगा कि इस अनुवाद को पढ़ने वाले कभी भी उनकी कविता पढ़ने में सक्षम नहीं होंगे इसलिए यह भी अच्छा तरीका है कि जीवन की कुछ बातें ही उनके सामने रखी जाएँ।"

"क्या आप अनुवादक को जानती हैं ?"

"मैं एक बार उससे मिली हूँ।"

"सचमुच ? क्या अद्‌भुत बात है कि एक अंग्रेज ने एक पूर्वी जुबान पर ऐसी जबर्दस्त पकड़ बना ली है।"

"पर हिन्दी कवि खुद भी दोनों भाषाएँ जानते हैं। उन्होंने तो साठ के दशक के शुरू में ही शेक्सपियर के आधा दर्जन नाटकों का हिन्दी अनुवाद किया था।"

"वाह ! काश मैं उनको पढ़ पाता, पर मुझे कोई भी देसी जुबान पढ़नी या बोलनी नहीं आती।"

कृष्णा मुस्कुराई पर इन मूर्खता-भरी बातों में उसे मजा आने लगा है, यह सोचकर उसे अपने आप पर गुस्सा आया।

"क्या आपने खुद भी कविताएँ या कहानियाँ लिखी हैं ?" उसने कृष्णा से पूछा।

"थोड़ा-बहुत।"

"तब भी आपने पूर्णकालिक पत्रकार बनने का फैसला किया। क्या रचनात्मक लेखन से ज्यादा पैसे नहीं मिलते ?"

निश्चित रूप से यह शालीनता की सीमा लाँघने वाला सवाल था। पर शायद जब सवाल किसी देसी भाषा वाले से किया जाए तब शालीन-अशालीन का सवाल आड़े नहीं जाता।

"नहीं," कृष्णा ने भी उतनी ही अशालीनता से जवाब दिया, लेकिन वह इससे भी प्रभावित ही लगा। फेमिनिस्ट, लेखक और इनके अजीबोगरीब व्यवहार की जो धारणा उसके मन में बैठी थी, उसमें सम्भवतः उसे यह जवाब अटपटा नहीं लगा। और यह बात कोई अल्पज्ञात देसी भाषा की लेखिका कह रही है, यह चीज शायद उसे मनोरंजक ही लगी।

"तब तो आप बहुत व्यस्त रहा करती होंगी।"

"हाँ, सब कुछ मजे से ही चल रहा है। और अब मुझे माफ कीजिए। मुझे जाना ही होगा।" उसने कहा।

"दफ्तर वापस जाना है ?"

"हाँ," उसने कहा लेकिन सचमुच में अब न तो दफ्तर में उसे कोई काम था, न वे उसके आने की उम्मीद कर रहे होंगे।

वह कृष्णा को हाल के दरवाजे तक छोड़ने आया।

"हमें किसी दिन साथ भोजन करना और बतियाना चाहिए।"

"जरूर।"

"मैं चाहूँगा कि मेरी जुड़वाँ बहन, जया भी आपसे मिले।"

"हाँ, हाँ, जरूर," कृष्णा ने विदा ली।

उसके जाने के बाद उसकी कमी किसी को नहीं खलेगी, इस बात का उसे पक्का भरोसा था।

उसके दोस्त फिलिप मेनन ने, जो मलयालम के एक प्रसिद्ध अखबार का कार्यकारी सम्पादक है, एक बार कहा था कि बीसवीं सदी के आखिरी दौर में खानदानी सम्पादक पैदा हुआ करते हैं, आप अपने काम से सम्पादक नहीं बन सकते। यह चीज आपके परिवार में ही होनी चाहिए। उसका अखबार जिस प्रकाशन समूह का था उसके मालिक

ने अपने साम्राज्य में हर प्रकाशन के सम्पादक पद पर अपने एक बेटे या परिवार के सदस्य को बैठा दिया था। और खुद को सारे प्रकाशनों का मुख्य सम्पादक बना रखा था। बेचारा फिलिप अखबार की प्रिंट लाइन में स्थानीय सम्पादक (समाचार) की हैसियत से ही अपना नाम छपवा सकता था।

यह पद बहुत ही अजीबोगरीब लगता था और वह जिस किसी को अपना पद बताता था वह जरूर दोबारा पूछ बैठता था कि ऐसा कोई पद अखबार में हो भी सकता है। दरअसल इस पद को स्वीकार करने का व्यावहारिक मतलब था अखबार में छपी हर खबर के लिए जिम्मेदारी लेना और इसके चलते फिलिप को लगातार अदालतों का चक्कर भी लगाना पड़ता था लेकिन इससे उसे यह लाभ हुआ था कि उसकी तनख्वाह काफी बढ़ गई थी।

कृष्णा दफ्तर जाते हुए रोज शहर की सबसे प्रदूषित सड़कों से होकर गुजरती थी। और ऐसा लगता था कि वह एक दुनिया से निकलकर दूसरे भारत में आ गई है जहाँ गन्दगी, बदबू, दरिद्रता, भूख, जानलेवा धुँआ और बीमारियों का साम्राज्य है। आज भी जब दफ्तर का झटकेदार लिफ्ट ऊपर उठने लगा तो उसे और अजीब लगा। हिन्दी अखबार का दफ्तर अंग्रेजी अखबार से एक मंजिल और प्रशासनिक दफ्तर से दो मंजिल नीचे था—उसकी मंजिल पर सम्पादकों के जो केबिन बने थे उनका आकार अंग्रेजी सम्पादकों के केबिन से एक चौथाई भर था। और उनकी तरह न तो यहाँ पीतल के गमलों में सजे पौधे थे, न डिजाइनर दरी या दीवारों पर मढ़े पेंटिंग। केबिन तो ये नाममात्र के थे और यहाँ फर्नीचर भी कामचलाऊ भर थे। जब एक नया समाचार सम्पादक नियुक्त हुआ तो उसे भी इसी तरह का एक छोटा केबिन बनाकर दे दिया गया।

भारत में विदेशी मीडिया के प्रवेश सम्बन्धी एक तीखी बहस के दौरान फिलिप ने कृष्णा से कहा था कि दुश्मन का दुश्मन आपका दोस्त होता है। तब कृष्णा ने उसे काफी खरी-खोटी सुनाई थी लेकिन अब उसे लग रहा था कि भाषाई अखबारों को बचाने और चलाने का अब शायद यही एक तरीका रह गया है कि स्वामित्व अंग्रेजों के हाथ चला जाए।

कृष्णा अपने दफ्तर तो आई पर उसे अपने दफ्तर से, अपने केबिन से, चिररुष्ट और अहंकारी अपने स्टॉफ से, अपनी कम तनख्वाह से, सबसे चिढ़ सी हो गई थी पर वह इतनी स्वाभिमानी थी कि किसी से वेतन बढ़ाने को नहीं कह सकती थी। जैसे ही वह लिफ्ट से निकलकर अपने दफ्तर आई किसी ने उसे बताया कि उसके लिए हैमलेट के दफ्तर से फोन था, फोन नीचे रखकर कृष्णा को लगा कि शायद अब जल्द ही उसके जीवन में सबकुछ बदलने वाला है। और हैमलेट, जो शेक्सपियर का बेटा है, ही इस बदलाव के पीछे असली कारण बनेगा।

कृष्णा ने जैसा सोचा था, क्लब का रंग-ढंग वैसा ही निकला—एकदम विलायती। उसने

हैमलेट की तरफ लगभग उसी अंदाज में देखा जैसे कोई मरने जा रहा मरीज खुद से मिलने आए युवा खिलाड़ी को देखता है। वह जानती थी कि अब उसकी तरह की पत्रकारिता बहुत तेजी से इतिहास के पन्नों में समाती जा रही है। और हैमलेट इस नए क्षेत्र का उभरता सूरज था। वह एक आरामदायक कुर्सी पर बैठ गई और कमरे की खूबसूरत सजावट को निहारती रही। यहाँ से देखने पर बाहर की दुनिया, बहुमंजिला इमारतें कितनी सुन्दर, स्मार्ट और दूसरी दुनिया की चीजें लगती थीं। कृष्णा ने पाया कि हैमलेट के बाल रँगे हुए है पर बहुत ही होशियारी से। निश्चित रूप से उसका हेयर ड्रेसर बहुत कुशल था। उसने उसके बचे बालों को ज्यादा से ज्यादा उभारने वाली कटिंग की थी और बाल लगभग भरे-भरे से लग रहे थे।

हैमलेट ने मेनू को एक तरफ रख दिया और कंटिनेंटल खाने का आर्डर दिया। खुद को थोड़ा असहज महसूस करती हुई कृष्णा ने भी यही आर्डर दिया। जब खाना आ गया और दोनों ने खाना शुरू किया तो कृष्णा ने देखा कि हैमलेट बड़े मजे से भोजन पर एकदम टूट पड़ा है। उसने खाते हुए खूब सारा बीयर भी पिया। उसने सोचा कि यह आदमी अपनी प्राकृतिक भूख को मारने या खाने में किसी किस्म का दिखावा करने में भरोसा नहीं करता।

खाते हुए उसने कृष्णा से फिर कहा, "आप जरूर मेरे घर आइए और मेरी बहन से मिलिए। वह प्रतिभाओं को परखने में उस्ताद है।"

उसने बोलना जारी रखा, "कुछ वर्ष पहले हम एक दोस्त के साथ उस होटल में खाने गए जो मुगलई खाने का सबसे बढ़िया ठिकाना माना जाता है। और आप विश्वास नहीं करेंगी, जया सीधे उनकी रसोई में चली गई और खानसामे से मिली। उसे दो गुना वेतन देने की पेशकश की और फिर हमारे घर लिये आ गई। सो, अब हम जामा मस्जिद के इस तरफ वाले इलाके में सबसे बढ़िया मुगलई खाने खा और खिला सकते हैं।"

कृष्णा इस किस्से से प्रभावित हुई। जो महिला इस चमक-दमक वाली जगहों को छोड़कर पुरानी दिल्ली की किसी अनजान गली में सिर्फ अच्छे स्वाद की तलाश में जाए और फिर अच्छा खाना पाकर उसके प्रतिभाशाली खानसामे से उसी शाम न सिर्फ मिल ले, उसे अपने साथ काम करने के लिए राजी भी कर ले, निश्चित रूप से वह दिलचस्प और प्रतिभाशाली होनी चाहिए। वह निश्चित रूप से इस प्रतिभा पहचानने वाली उस्ताद से मिलना चाहेगी जो हर मामले में शहर की हर सबसे अच्छी प्रतिभा को अपने साथ जोड़ना चाहती है।

हैमलेट ने कहा, "जया कहती है कि यह बात याद रखने की है कि अधिकांश पेशेवर लोग मूलतः रचनात्मक कलाकार होते हैं और तीसरी दुनिया में रचनात्मक कलाकारों को उनकी प्रतिभा की कीमत कभी नहीं मिलती।"

कृष्णा ने हामी भरी।

"उन्हें खुद नहीं मालूम होता कि उनमें क्या खास और दिलचस्प है। जब आप उन्हें अपने साथ लेते हैं और उनको अन्तर्राष्ट्रीय स्तर पर पेश करते हैं तभी उन्हें भी अपनी प्रतिभा का एहसास होता है। आपको याद होगा कि राजीव गांधी के दफ्तर में

काम करने वाले उस भलेमानस ने राजस्थान के कठपुतली कलाकारों और मदारियों के साथ क्या किया था। उन्हें विमान से पेरिस पहुँचाते ही उनका सारा हिसाब ही बदल गया। यूरोप के भारत उत्सव में पहुँचते ही वे एकदम बदल गये।"

कृष्णा ने अक्सर शनिवार-इतवार के टीवी बुलेटिनों के आखिरी हिस्से में इन पेरिस और वाशिंगटन पलट सपेरों और पारम्परिक कलाकारों को देखा था। जेपी अपने बुलेटिनों में बार-बार कहता था कि अधिकांश भारतीय इन अपमानजनक धन्धों को छोड़कर नए काम सीखना और पाना पसन्द करेंगे जिससे कि वे दिखाने की चीज न रहें। दूसरों पर निर्भर न रहें और अपने जीवन पर उनका अधिक नियन्त्रण रहे। लेकिन अब उसके तर्कों पर गौर करने वाले ही नहीं रहे। बाजार से मिलने वाली खबरों के अनुसार हरे-भरे खेतों या बालू के ठूठ वाली पृष्ठभूमि में खड़े गरीबों की फिल्टर लेंसवाली स्थानिक रपटें, तस्वीरें खूब बिक रही हैं।

"क्या आप सोच सकती हैं कि भारत ने महज पचास वर्षों में कितना कुछ कर लिया है ?" हैमलेट ने कॉफी की चुस्की लेते हुए पूछा।

नहीं, उसे नहीं मालूम, वह कहना तो यही चाहती थी, पर चुप रही।

"आप अपनी नौकरी क्यों नहीं छोड़ देतीं ?" हैमलेट उसी से पूछ रहा था और उसकी आँखों में शरारत का भाव भी न था।

"क्योंकि मुझे नौकरी की जरूरत है।"

कृष्णा को अपना पारा चढ़ता लगा, पर उसने मन रोककर कहा, "और फिर दूसरी कोई जगह नहीं दिखती।"

"अच्छा, मुझे ठीक-ठीक बताइएगा आप टीवी पर समाचार तो देखती हैं, आपको मेरे हिन्दी बुलेटिन कैसे लगते हैं ? एकदम बेलाग-लपेट के कहिए।"

"सरकारी चैनल से तो अच्छे ही हैं।"

वह मुस्कुराया, "यह काम करना कोई बहुत मुश्किल नहीं है। हमारे पास बेहतर उपकरण हैं।"

कृष्णा थोड़ा झिझकी। वह जिस अंदाज में बातें कर रहा था उससे कृष्णा को अपने तीखेपन पर थोड़ा गुस्सा आया, "आपके कुछ रिपोर्टर और एंकर भाषा और उच्चारण की थोड़ी भी ट्रेनिंग से ही अच्छा कर लेंगे। अभी उनका उच्चारण उखड़ा-उखड़ा लगता है और आवाज कँपकँपाती है," उसने थोड़ा रुककर कहा।

वह फिर मुस्कुराया। उसका मैनिक्योर हुआ हाथ एकदम साफ था और उँगलियाँ खूब कर्मठ लगती थीं।

"आप बुरा न मानें तो बताइए कि आपको क्या तनख्वाह मिलती है..."

कृष्णा ने जब अपनी कमाई बताई तो उसकी भौंहें तन गईं।

जब उसकी कार पार्क से विदा हुई तब भी हैमलेट के चेहरे पर विस्मय का वही भाव था। उसे जिमखाने और क्लबों की दुनिया से बाहर भाषाई अखबारों में काम करने वाले पत्रकारों के वेतन-भत्तों के बारे में कोई भी आइडिया नहीं था।

21

जया ने कृष्णा को खाने पर घर बुलाने का प्रस्ताव तो नहीं माना था, पर उसने गुड़गाँव स्थित अपने दफ्तर में उसे जरूर बुलाया। पिछले कुछ वर्षों में दिल्ली की सीमा से लगा हरियाणा का यह गुमनाम-सा शहर अचानक दिल्ली के सबसे महँगे और शानदार उपनगर के रूप में उभरकर सामने आया था। अनेक बहुराष्ट्रीय कम्पनियों ने भीड़-भाड़ और धुएँ से भरी दिल्ली से अपना दफ्तर मध्यवर्गी लोगों के लिए नए खर्च पर बन रहे इस शहर में शिफ्ट कर लिया था।

हैमलेट के व्यावसायिक साम्राज्य के दफ्तर जिस बहुमंजिला कांप्लेक्स में थे उसी की सबसे ऊपरी मंजिल पर जया का केबिन था। कृष्णा जब सीढ़ियों से ऊपर चढ़ने लगी तो पहली मंजिल पर हिन्दी डेस्क और दूसरी पर अंग्रेजी डेस्क दिखा। उनमें काम करने वाले लोग वहाँ बने हाल या बड़े से मेज पर बने खानों में लगे कम्प्यूटरों के सामने बैठे अपने काम में जुटे थे। मैनेजरों के लिए अपने अलग कमरे थे जो खूब सजे-धजे थे। इनमें सजावटी टेराकोटा के गमलों में पौधे लगे थे, महँगी और पुरानी शैली के फर्नीचर थे। इनके साथ दिल्ली के प्राचीन स्मारकों के श्वेत-श्याम स्केच थे जो काफी महँगे आते हैं।

जया छरहरी और सुन्दर महिला निकली। वह उन महिलाओं में से थी जिनके अन्दर बहने वाला विशुद्ध आर्य खून उत्तर भारत की पहाड़ियों में स्थित सिर्फ लड़कियों के लिए चलाए जाने वाले ईसाई प्रेसबिटेरियन पब्लिक स्कूलों में पढ़ने से अंग्रेजों के ही ढंग-ढर्रे में ढल गया था। ऐसी लड़कियों के वजूद में हर उम्र में स्कूल के खेल मैदान, क्रिश्चियन प्रार्थनाएँ और वहाँ के सारे तौर-तरीके नजर आते हैं। उसकी चमड़ी भी उसके दाँतों की तरह सफेद थी और उसकी चमक बताती थी कि वह न सिर्फ पौष्टिक खुराक का ध्यान रखती थी बल्कि उसका रहन-सहन भी बहुत अच्छा था। उसने जिस तरह से कृष्णा को देखा वह उससे कुछ नर्वस हो गई और फिर वह कुछ और करने की जगह एकटक देखती और अपनी चूड़ियों को ऊपर-नीचे करने में ही उलझी रही।

"आपने यहाँ बहुत अच्छा दफ्तर बना रखा है," आखिरकार उसके मुँह से बोल फूटे, "इसके रखरखाव का काफी ध्यान रखना पड़ता होगा।"

"हमारे पास काफी स्टाफ है," जया ने पूरी गम्भीरता से कहा और बाद में कुछ सोचकर थोड़ा मुस्कुराई, और अभी वह ढंग से मुस्कुराई भी नहीं थी कि फोन बजा।

सोने की चूड़ियों और कंगनों से भरा अपना हाथ बढ़ाकर उसने फोन उठाया और भौंहें तिरछी करती हुई बोली, "यस ?"

अचानक उसके चेहरे का रंग बदला और यौवन और खुशी का पूरा भाव गायब हो गया, "शिट !" उसने कहा, "सैट-फीड हम इस मामले में कैसे लेट-डाउन कर सकता है ? नहीं, मैं कोई बहाना सुनने को तैयार नहीं हूँ। उस गधे के साथ थोड़ी सख्ती से बात करनी ही होगी।"

फोन का रिसीवर रखते हुए उसने कृष्णा की तरफ देखकर फिर बनावटी हँसी हँस दी पर उसकी आँखें कहीं और खोई रहीं।

भला विदेश संचार सेवा निगम आई.टी. रिवोल्यूशन को क्यों नहीं बचा सकता ? या इस सुन्दर महिला के चेहरे की रौनक रहने क्यों नहीं दे सकता ? कृष्णा ने सोचा।

भारत में हिमालय की तराई में बने सुन्दर स्कूलों में पढ़ने, महानगरों की भागमभाग और मारामारी से मुक्त होकर आरामदायक कक्षाओं में बैठने और बढ़िया हॉस्टल में रहने वाले लोग एक बिल्कुल ही अलग तरह की दुनिया में रहने का अधिकार पा लेते हैं। उनके लिए बिजली चार्ज, माइक्रोवेव का सम्बन्ध टूटने जैसी चीजों का कोई मतलब नहीं है और इन्हें पलक झपकते ठीक होना चाहिए। जब भी नल खोलें पानी आना चाहिए और बाथरूमों से मोगरा और पाइन की सुगन्ध आती ही रहनी चाहिए। गमले में लगे पौधों की भी पत्तियाँ जरा भी कम हरी नहीं होनी चाहिए और दर्जन-भर लड़कों को दिन-रात लगकर फर्श और सीढ़ियों को चमकाए रखना चाहिए।

कृष्णा ने एक बार फिर जया को देखा।

उसे अपने गुस्से को पचाने और चेहरे तथा आँखों पर मुस्कान वापस लाने में थोड़ा वक्त लग रहा था। कृष्णा को अब एहसास हुआ कि जया के मुँह के पास पड़ी धारियाँ मुस्कान से नहीं खिचीं हैं। उसका अभी-अभी देखा रूप इस बात का बहुत अच्छा उदाहरण था कि क्रोध किस तरह सुन्दर शरीर के विभिन्न हिस्सों में पहुँचता, उतरता-चढ़ता है और यह किस तरह अन्दर ही अन्दर उन सबके सौन्दर्य को कुतरता जाता है।

"क्या तुम लोगों ने काफी पी ली ?" कृष्णा ने आँखें फाड़कर आवाज की तरफ नजर मोड़ी। हैमलेट दबे पाँव कमरे में आ चुका था।

"सारी," उसने जया से कहा, "तुमको एक बार और उस बिजली वाले से बात करनी पड़ेगी।"

कृष्णा अपनी बातचीत शुरू होने के पहले होने वाले इन बातचीत के हथकंडों से उखड़ी हुई थी। उसने बड़ी विनम्रता से हैमलेट की बात में जोड़ा, "लेकिन तभी जब आपको कोई जानता हो," यह कहने के साथ उसने जया को भी बातचीत में शामिल करने के लिए उसकी तरफ देखा।

जया ने तब अपनी रत्नजड़ित उँगली से घंटी बजाई। उसका चेहरा अभी भी सपाट

बना रहा पर उससे क्रोध का भाव नहीं दिख रहा था।

एक बेयरे ने दरवाजा खोला, "मैम ?"

"कॉफी, प्लीज।"

"हैमलेट विदेश संचार निगम या बिजली विभाग या कहीं के भी बाबूओं से बात नहीं कर सकता। वह कहता है कि उसे उनकी जुबान ही समझ में नहीं आती," जया ने एक अजीब से सन्तुलित अन्दाज में कृष्णा से यह कहा।

"पर वह इस तरह ज्यादा दिन काम नहीं चला सकता। हम लोग कम-से-कम हफ्ते भर के लिए पहाड़ों पर जा रही हैं। आप कभी उत्तराखंड गई हैं ?"

कृष्णा यह कहने ही जा रही थी कि वह जाने कितनी बार गई है और कभी तो उसका परिवार ही वहीं रहता था। लेकिन कहा नहीं।

कुछ देर चुप्पी रही।

फिर कॉफी आ गई और वे लोग कॉफी डालने और एक-दूसरे को कॉफी के कप पकड़ाने-पकड़ने में व्यस्त हो गए।

"आज तीसरे पहर भी माइक्रोवेव लाइन पन्द्रह मिनट तक गायब थी," जया ने अपने भाई पर नाराज होते हुए कहा जो पहले से ही आतंकित और बेचारा लग रहा था। वह एक आरामकुर्सी पर बैठा था और अब और पसर गया। "ओ गॉड ! हर किसी को खिलाने-पिलाने के बाद भी इस डैम कंट्री में कोई कुछ भी काम नहीं करता।"

"कृष्णा," हैमलेट ने थोड़ा रुककर कहा, "हम दोनों आपकी प्रतिभा की चर्चा करते रहे हैं और हमारे पास आपके लिए एक काम है। आप सीनियर एडिटर इंचार्ज होकर हमारे हिन्दी बुलेटिनों का काम सँभाल सकती हैं, अगर आप अभी भी प्रिंट मीडिया छोड़ना चाहें, तब।"

कृष्णा को बताया गया कि इस चैनल ने अभी तक हिन्दीभाषी राज्यों के दर्शकों के मन में जगह बना ली थी। लोग अंग्रेजी बुलेटिनों को पसन्द कर रहे थे, उन पर भरोसा कर रहे थे इसलिए अब वक्त आ गया था कि उन्हें उनकी भाषा में ही समाचार देकर उनके स्नेह का प्रतिदान दिया जाए। उन्होंने बार-बार यह कहा कि आपकी हिन्दी कुछ ज्यादा ही शुद्ध है कि इसमें कुछ अंग्रेजी मिलानी पड़ेगी। वरना लोग इसे बहुत शुद्ध मानकर नहीं देखेंगे। लेकिन कुल मिलाकर दर्शक आपको देखकर खुश होंगे। सन्तुष्ट होंगे।

यह स्पष्ट था कि जया और हैमलेट को उससे विशुद्ध हिन्दी लेने में कोई आपत्ति नहीं थी लेकिन वे दर्शकों के सामने हिन्दी परोसते समय उसमें कुछ मिलावट करना चाहते थे। कृष्णा सोचने लगी, भला इनकी बातें सुनकर किसकी याद आती है ? वे दोनों जब हल्की आवाज में आपस में बातें कर रहे थे तब पूरे वक्त कृष्णा का दिमाग इसी सवाल पर अटका हुआ था।

विशुद्ध हिन्दी, थोड़ी सी कास्मोपालिटन अंग्रेजी की छौंक। लोग इसे पसन्द करेंगे। वे भले ही कभी-कभी इन शब्दों पर अटकें, आपको घूरें, पर वे आप पर से ध्यान नहीं

हटा सकते। हमें पूरा भरोसा है कि आप उन्हें टीबी की तरफ खीचेंगी। आप में वह बात है।

कृष्णा को सिरदर्द बाद में तब शुरू हुआ जब उसने अपने आप्रवासी चाचाओं तथा जाति और वर्ण के बारे में उनके बकवास तर्कों को याद किया। हैमलेट और उसकी बहन उनसे कितने अलग थे !

रात में कृष्णा ने अपने पति को इस ऑफर की बात बताई और इस मुलाकात का हर विवरण सुनाया।

"बहन की बातें तो जरा हवाई लगती है," उन्होंने कहा, "लेकिन अगर मैं तुम्हारी जगह होता तो मैं हैमलेट का भरोसा रखता।"

"हम उसके बारे में गलत क्यों नहीं हो सकते ?"

"निश्चित रूप से ऐसा भी हो सकता है। लेकिन अभी उसे बेनिफिट ऑफ डाउट देना चाहिए।"

"असल में मुझे भी जया कम पसन्द आई," कृष्णा ने कुछ समय बाद कहा।

"जो मन करे, करो। तुम नौकरी बदलो, इससे मुझे कोई परेशानी नहीं है। मेरा कंट्रैक्ट अभी कम-से-कम अगले तीन वर्षों का है।"

फिर वे सोने चले गए।

वह जया से फिर मिली और इस बार उसके साथ लम्बा-चौड़ा बरजोरिया नामक शख्स भी था जिसकी आँखें निकली हुई थीं और जो बहुत ही काइयाँ ढंग की मुस्कान वाला था। उन्हीं दोनों ने कृष्णा का कंट्रैक्ट तैयार किया। उसकी तनख्वाह दोगुनी कर दी गई और बरजोरिया ने कहा कि कराधान विभाग में इंस्पेक्टर रह चुकने के आधार पर वह सलाह दे रहा है कि कृष्णा किसी चार्टर्ड एकाउंटेंट की सलाह भी ले लें।

इसके बाद कृष्णा ने अपने दफ्तर में जनरल मैनेजर को नौकरी छोड़ने की सूचना दी।

"ठीक है, पर क्या सिर्फ पूर्णकालिक सम्पादक न बनाने का उनका फैसला ही इस्तीफे का कारण है," उसने एक जहरीली मुस्कान के साथ कहा, "मालिकान आपको पसन्द करते हैं पर कहते हैं कि आप राजनीतिक जीव नहीं हैं। इतना ही नहीं, अब इस इमारत में पुराने किस्म के मुख्य सम्पादक तो इतिहास की चीज ही बनते जा रहे हैं।"

कृष्णा उसके मुँह से यह बात कई बार सुन चुकी थी और इसके चलते वह अक्सर उससे नफरत करती थी। लेकिन इस संस्थान में इतने समय तक यह अपमानजनक नौकरी कर लेने के लिए वह खुद से भी तो नफरत करती थी।

उसके पति ने बाद में कहा कि यह सिर्फ इसी के चलते वहाँ बनी हुई थी कि अभी तक उसके पास कोई विकल्प नहीं था, कहीं और जाने की जगह न थी।

कृष्णा ने अपने स्टाफ को सूचना दी कि वह प्रिंट मीडिया से विदा ले रही है। फिर उसने अपने कई वर्ष के विश्वस्त चपरासी की मदद से अपनी कुछ चीजें कार्टन में भरीं, उसे गाड़ी में रखवाया और गाड़ी लेकर दरवाजे से बाहर निकली—इसी उम्मीद से कि अब इस दरवाजे के अन्दर फिर कभी न आना पड़े। न कृष्णा के मन में कोई अफसोस था, न उसकी कम्पनी वालों के मन में।

शुरू में उसे लगा था कि पुराने सहकर्मी और साथी पूछेंगे कि उसने किस कारण से यह फैसला लिया, असली कारण क्या था।

लेकिन किसी ने भी यह नहीं पूछा।

दरअसल, उनमें से कुछ ने जब फोन किया तो यही कहा कि जब आप नए काम में जम जाइए तो हमारे लिए भी वहीं काम ढूँढ़िए। यहाँ तो आप जानती ही हैं, वक्त खराब चल रहा है।

नए दफ्तर के पहले दिन कृष्णा की अगवानी श्यामला युवती बॉबी ने की जो 25 से 30 वर्ष के बीच की होगी।

"कृष्णा जी ?"

"हाँ, मैं ही हूँ," कृष्णा ने कहा।

"मैं बॉबी हूँ। मैं ही आपको यहाँ के काम-काज को लेकर बार-बार फोन कर रही थी।"

"अच्छा," कृष्णा ने कहा।

"यह है सर और मैडम की तरफ से आपके लिए वेलकम नोट।"

"शुक्रिया।"

आपको जब भी चाय या कॉफी की जरूरत हो, 119 नम्बर पर चपरासी को बुलाकर कह दें।"

"क्या ?" कृष्णा ने थोड़ा हैरान होते हुए कहा।

"चाय या कॉफी ? हल्के नाश्ते की चीजें तीसरे पहर देर से मिलती हैं।"

"अच्छा।"

बॉबी ने बताया कि हैमलेट और जया पहाड़ों की सैर पर गए हैं। वहाँ से लौटकर अपना सामान वापस जमाने में काफी समय लेंगे, इसलिए देर से आएँगे। फिर उसने कृष्णा को हिन्दी डेस्क पर उसकी जगह दिखाई और वहाँ पड़े एक कम्प्यूटर की तरफ इशारा किया।

अंग्रेजी का डेस्क एक मंजिल ऊपर था और वहाँ भी ठीक ऐसी ही व्यवस्था थी। यहाँ एडिटर और रिपोर्टरों के अलावा न्यूज के 'इनपुट' और 'आउटपुट' की प्रभारी दो नई लड़कियाँ बैठती थीं।

समाचारों के आने-जाने के रास्ते पर पहरेदार बनी इन दो थकी-हारी-सी लड़कियों के इर्द-गिर्द खूबसूरत और नौजवान लड़के-लड़कियों की जो टोली जमी थी उस पर

कृष्णा ने एक नजर डाली। पर कम उम्र में बड़ों वाले काम करने और बड़ों वाले सोच का अभिनय करते-करते, वे कुछ अजीब लग रहे थे। वे कुछ बड़ा कर रहे हैं, कुछ बनाने-बिगाड़ने की स्थिति में आ गए हैं, यह भाव तो उनमें दिखता था, पर साथ ही ऊब भी दिखती थी और लगता था कि इनमें से अधिकांश एकदम अलग-अलग भावनाओं में डूबते-उतराते चल रहे हैं। पर उनका सारा कुछ 'लाउड' था—उनकी आवाज, कपड़ों के रंग और डिजाइन और इत्र भी।

हैमलेट और जया लंच के आसपास आए और प्रसन्न लग रहे थे। देरी के लिए उन्होंने माफी माँगी और फिर कृष्णा को सबसे मिलवाने ले गए। हर आदमी पहले कृष्णा को तौलती-सी नजरों से देख रहा था। पर उनके साथ घूमने में लगा कि इस दफ्तर में औपचारिकता का बहुत जोर नहीं है—अनौपचारिकता ही यहाँ की पहचान थी। उन्होंने कृष्णा को बताया कि नए मीडिया के लिए नए लोगों को ही रखना और खुद विकसित होने देने की छूट देना लाभप्रद है।

"अच्छा," कृष्णा ने कहा।

कृष्णा को इससे पहले ठीक-ठीक यह नहीं मालूम था कि रोज के बुलेटिन आने से पहले इस नए मीडिया का काम कैसे होता था। वह यह भी नहीं मानती थी कि वह विजुअल मीडिया की सारी जटिलताएँ चुटकी बजाते सीख जाएगी या यह कि खबरों को जुटाने, चुनने और प्रसारित करने के बुनियादी गुर वह बहुत अच्छी तरह जानती थी, लेकिन जब स्क्रीन पर तस्वीरें आने लगें, उनमें खबर डालनी हो और साउंड बाइट घुसाने हों तो यह काम कैसे होगा, उसे अंदाजा नहीं था। चलती फिल्म में आवाज डालने का कुल प्रभाव क्या होगा यह अपनी नजरों के सामने होनेवाली शादी के भविष्य को लेकर करनेवाली भविष्यवाणी जितना मुश्किल काम है।

नए बॉस लोगों की नजर में हिन्दी डेस्क का मोल कम था या वे उधर कम ध्यान देते थे, यह चीज कृष्णा को नहीं मालूम थी। पर उसे लग गया कि हिन्दी डेस्क के बाशिन्दों के साथ एक संकोच और डर का भाव भी जुड़ा है।

जब हैमलेट और जया अंग्रेजी डेस्क का ले-आउट और इनपुट-आउटपुट सम्पादकों के काम का महत्त्व बता रहे थे तो उनके चेहरे का भाव एकदम अलग था। कृष्णा को लगा कि कहीं यह उसके अन्दर बैठा भ्रम तो नहीं है। लेकिन उसे यह स्पष्ट लगा कि ये दोनों इस टोली को प्रमुख मानते हैं। हैमलेट ने वहाँ खास खबरों की पड़ताल भी शुरू कर दी, "बिहार बन्द के बारे में क्या खबर है ? कोई बता रहा था कि बिहार के नरसंहार वाले विजुअल बहुत ही भयावह हैं।"

"हाँ, हैं तो," एक ने कहा जो अभी-अभी मुख्यमन्त्री के एक्सक्लूसिव इंटरव्यू को फैक्स मशीन से उतार लाई थी। उसने बताया कि मैंने गाली-गलौज वाली ऐसी भाषा पहले कभी नहीं सुनी थी। उसने यह सूचना भी दी कि विमान देर से आने के चलते उसे अभी-अभी फुटेज मिल आया है, "देखिएगा, इसे देखकर दिल्ली दहल जाएगी," उसने हँसते हुए घोषणा की।

गाली बकते नेता। गरीबी, भुखमरी, नरसंहार, विरोध प्रदर्शन। जया और हेमलेट बिहार से आनेवाली 'ब्रिलिएंट' स्टोरी और इंटरव्यू पर गर्व किया करते थे। उस राज्य की कथाओं को, जहाँ अभी अगड़ी और पिछड़ी जातियों के बीच जबर्दस्त खून-खराबा जारी था, वे इस तरह पेश करते थे जैसे वह किसी और ग्रह या दुनिया में हो—भारत का राज्य ही न हो और वहाँ किसी एक खास टीवी कम्पनी के कैमरे ही पहुँच पाते हैं।

अचानक, कृष्णा अन्दर से आतंकित हो गई।

22

कृष्णा को सहज भरोसा नहीं हुआ कि वह अपनी ही गुन-धुन में ऐसी उलझी रही कि वह अपनी माँ का जन्मदिन भी भूल गई।

दस वर्ष पूर्व हुई पिता की मौत के बाद कृष्णा और उसके भाई-बहन हर साल माँ को उसके जन्म-दिवस पर कार्ड भेजा करते थे। वे सभी बहुत व्यस्त थे, बहुत यात्राएँ करते थे, पर यह ध्यान रखते थे कि कार्ड ऐसे समय भेज दिया जाए कि वह पार्वती को विजयादशमी को, जो उनका जन्मदिन था, या उसके एकाध दिन आगे-पीछे जरूर मिल जाए।

कभी कृष्णा की बेटियाँ खुद ही नानी के लिए कार्ड बनाया करती थीं। इसमें वे तरह-तरह की चित्रकारी-रंगकारी तो करती ही थीं, सूखे फूल-पत्तियाँ, पंख और रंगीन मोती चिपकाकर सजावट करती थीं। फिर उनमें से एक अपने बच्चे वाली लिखावट में 'हैप्पी बर्थ डे नानी' लिखती थी और दूसरी लिफाफे पर नाम-पता। हर साल वे अदल-बदल कर यह काम करती थीं। कार्ड जब बनकर-सूखकर तैयार हो जाता था और भेजा जाने वाला होता था तब कृष्णा और उसके पति उसके नीचे अपना-अपना हस्ताक्षर कर देते थे। जब लड़कियाँ बाहर चली गईं तो कृष्णा राजस्थानी लघु चित्रों या ब्रिटिश राज वाले दौर के स्मारकों का वाटर कलर से बनी पेंटिंग वाला कार्ड भेजा करती थी। फिर कार्ड के अन्दर वह निश्चित रूप से कोई चुटकुला या मजेदार वाकया लिखकर रख देती थी जिससे माँ के चेहरे पर मुसकान आ गए। अभी भी पार्वती का हास्यबोध कमजोर नहीं पड़ा था।

इस बार कृष्णा जाने कैसे दिन ही बिसर गई।

नई नौकरी की बातचीत, पुरानी नौकरी छोड़ने और फिर नई नौकरी में जाने की भागमभाग में कृष्णा समय पर पार्वती के लिए कार्ड लेना भूल गई। और जब उसे याद आया और एक अपराधबोध सताने लगा, तब कूरियर से भी कार्ड भेजे जाने का समय नहीं रह गया था।

सो उसने जब जन्मदिन पर फोन किया तो बहुत ही इतराकर कहा, "अम्मा, हैप्पी बर्थ डे टू मी," यह परिवार का पुराना चुटकुला था। उनके पिता ने अपने भाई को जन्मदिन की बधाई देने में गलती से ऐसा ही कह दिया था और तब से यह लाइन मजाक के रूप में चल पड़ी थी। फिर जब कभी कोई दूसरे को जन्मदिन की बधाई देता, यही

लाइन दोहरा दी जाती। पिता तो वर्षों पहले स्वर्गवासी हो चुके थे, पर उनके बच्चे अभी भी इसे दोहराते हैं। उनके भाई भले ही थोड़ी पारिवारिक दूरी रखते हैं, पर उनके यहाँ भी यह मजाक चलता था।

"शुक्रिया, तुम कैसी हो ? मैं यह क्या सुन रही हूँ कि तुमने अखबार छोड़ दिया ? मुझे लगता था कि तुम्हें पत्रकारिता बहुत पसन्द है।"

फिर कृष्णा ने मन-ही-मन अपनी बहन को कोसा जिसने कृष्णा से पहले ही माँ को सारा किस्सा बता दिया था। उसने सोचा था कि सही वक्त देखकर वह खुद माँ को यह खबर देगी।

"हाँ तुमने सही सुना है। मुझे लगा इस खबर से तुम खुश होओगी।" उसकी माँ हैमलेट का चैनल बहुत पसन्द करती थी।

"हाँ, पर मुझे लगता है कि तुम उस माहौल में टिकने के हिसाब से ज्यादा सेंसिटिव हो।"

"मैं ? और नाजुक ? अम्मा, मैं चाहूँ तो अभी भी जमुना में आग लगा दूँ।"

"जमुना तुम्हारे बगैर भी जल जाएगी। मुझे उम्मीद है कि तुम स्क्रीन पर वैसी जैकेट और मोतियों की लड़ी नहीं पहनकर आओगी जो दूसरी महिला ऐंकर पहनकर आती हैं।"

"हाँ, हमने उस बारे में पहले ही बात कर ली है। मैं उस बुलेटिन का एथनिक फेस (देसी चेहरा) हूँ। पर मेरी चिन्ता वहाँ काम करने वालों और अपनी उम्र के फासले की है। वहाँ काम करने वाले ज्यादातर लड़के-लड़कियाँ मेरी बेटियों की उम्र के हैं।

"ठीक है, जो मन आए करो। मुझे लगता है कि वे लोग तुम्हें पैसे खूब दे रहे होंगे।"

"निश्चित रूप से," कृष्णा ने कहा, "वरना मैं प्रिंट मीडिया की अपनी पुरानी दूकान क्यों छोड़ती।"

"दफ्तर में तुम्हारा कमरा तो अच्छा है ?"

"वहाँ एक साझा डेस्क जैसा है, जहाँ सभी लोग काम करते हैं। मैं वहीं उनके साथ बैठूँगी—इसे कह सकते हैं—पीर-भिश्ती-बावर्ची-सब साथ होते हैं।"

"बकवास। तुम अपने लिए अलग कमरा जरूर माँग लो। तभी तुम कुछ सीरियस काम कर सकोगी। उनसे कमरे के लिए कहो। उनको भी यह मालूम होगा, भारत में दफ्तर से ही किसी की हैसियत आँकी जाती है। तुम जितने सम्मान की हकदार हो उससे कम पर राजी मत होना।"

"हाँ, पर मुझे तो लगता है कि इतना गम्भीर काम हो तब तो। अम्मा, मैं तो वहाँ सिर्फ मौज-मजे और नये अनुभव के लिए जा रही हूँ।" कृष्णा ने कुछ-कुछ अमेरिकी युवतियों के अंदाज में कहा।

माँ हँस दी। उसने कहा, "लेकिन सावधान रहना। तुम्हारी कुंडली के अनुसार तुम जहाँ भी जाना चाहो, जा सकती हो लेकिन आखिरकार तुम बिगाड़ होते ही हर कहीं

से कन्धा झटककर चल दोगी। खैर, लिखना बन्द मत करना। बाकी चीजें आती-जाती रहेंगी, पर प्रिंट मीडिया बना रहेगा।"

अचानक फोन कट गया। हो सकता है फोन खुद कट गया हो या यह भी हो सकता था कि माँ ने अचानक फोन रख दिया हो। जब कभी वह बातचीत ज्यादा बढ़ाने के मूड में न हो तो फोन काट देना उसकी आदत थी।

कृष्णा बैठे हुए खिड़की से अपने बाग को देख रही थी। पर्दे गन्दे लगने लगे थे। एक पर्दे का एक हुक निकल गया था और वह किनारा नीचे घिसटने लगा था। उसने सोचा कि नया काम शुरू करने के पहले पर्दों को ड्राईक्लिनिंग के लिए दे ही देना चाहिए। उसकी माँ के घर के पर्दे भले ही पुराने हों, पर हरदम एकदम साफ होते थे और ढंग से टँगे रहते थे। उसकी खिड़की के शीशे चमकते रहते थे। दरवाजे का हैंडल चमकता रहता था। बाहर सड़क पर से मकान को देखकर कोई नहीं कह सकता था कि यह बिना किसी खास आमदनी वाली एक विधवा का मकान है।

कृष्णा ने आँखें मलीं। आँखें नींद से भारी हो रही थीं। अक्सर वह रात को अचानक उठकर बैठ जाती थी और लगता था कि माँ आवाज दे रही है। फिर उसने पार्वती को फोन किया और उससे कबूलवा लिया कि इधर उसकी तबीयत खराब थी। कई बार वह सोचती थी कि क्या कोई ऐसा गुप्त जीन है जो माँ अपनी बेटियों के शरीर में डाल देती है। और जब कभी माँ को कुछ होता है बेटियों को सबसे पहले उसका पूर्वाभास हो जाता है।

या फिर ऐसा इसलिए हो रहा है कि वे दोनों ही घर में बच्चों के बगैर अकेले हो गई हैं। सैकड़ों मील दूर होकर भी वे दोनों एक-दूसरे के अकेलेपन को लेकर परेशान हैं, और अक्सर यह सोचा करती हैं कि इतनी चिन्ता किस काम की।

कृष्णा फोन के पास आई लेकिन फिर पीछे हो गई। अभी नहीं। सारी बातें अभी ही नहीं।

कृष्णा ने आँखें मलीं। गर्म हो गई आँखों के ऊपर उँगलियाँ ठंडी लगीं।

हर आदमी कहता था कि उसकी आँखें ठीक अपनी माँ जैसी हैं।

दीवार में लगे आईने से आँखों ने वापस उसे ही घूरा और आँखें फैलीं और आतंकित दिखीं।

अपने नए दफ्तर के पहले कुछ दिनों में ही कृष्णा ने कम्प्यूटर और अन्य चीजों के बारे में काफी चीजें सीख लीं—इनमें जाति और वर्ग के समीकरण को जानना भी एक था।

वह जान गई थी कि किस तरह से लोगों के उपनाम के आधार पर देश के शासक जमात की समझ बनाई जा सकती है ! बोस, घोष, मुखर्जी, शर्मा, अय्यर, आयंगर, झा, दत्त, देसाई। इसके समान्तर ही भारतीय भाषाओं का एक अन्य इतिहास चलता

है—क्षेत्रीय, प्रान्तीय, संरक्षण, सांस्कृतिक पहचानें और संकटों के साथ-साथ।

बाद में कृष्णा ने इस मुद्दे पर कई पुराने दोस्तों से बात करने का प्रयास किया लेकिन वह शायद ठीक से अपनी बात नहीं कह पाई क्योंकि प्रायः सभी ने असली मुद्दे पर गौर ही नहीं किया।

"अनेक लोग वर्ग वाले पहलू को देखते है," उन्होंने कहा। एक परिचित ने कृष्णा को बताया कि एक बार जब बजट पेश करने के समय प्रमुख अधिकारियों का एक पैनल बातचीत के लिए बुलाया गया तो उन्होंने पाया कि स्टूडियो में तो सिर्फ उन्हीं के बेटे-बेटी या यार-दोस्त भरे हैं। फिर न्यूज रूम के अन्दर पन्द्रह मिनट तो दुआ-सलाम, मेल-मिलाप और गले लगने-लगाने का कार्यक्रम ही चला। उनमें से एक ने यह भी कहा कि यह तो 'बिछुड़ों को मिलाने का आयोजन' हो गया है।

अपना काम शुरू करने के पहले दिन ही कृष्णा ने पाया कि हिन्दी डेस्क के गुमनाम अनुवादकों को छोड़कर दफ्तर का कोई भी बन्दा हिन्दी में गिनती नहीं गिन सकता था। वह जहाँ भी नजर डालती उसे हर कहीं रोमन अक्षर ही दिखाई देते। हिन्दी न्यूजमेकर सिस्टम हो या और कहीं, अंग्रेजी ही का राज था। और उसे लगता कि खटमलों की तरह रोमन अक्षर उसकी आँखों, कानों, नाक और बाँहों पर चढ़े आ रहे हैं। वह हिन्दी को ठीक-ठाक करने और पूरे बुलेटिन को अपनी जुबान में पेश करने के लिए तरसने लगी।

वह उठी और बाथरूम जाकर मुँह पर पानी के छींटे मारे। फिर वापस आकर कम्प्यूटर की-बोर्ड पर झुकी। उसने काम शुरू किया। उसके आसपास के लोगों ने आपस में फुसफुसाकर कुछ कहा, मुस्कुराए लेकिन उसने अभिनय किया जैसे कुछ भी नहीं सुना।

बिना सेक्रेटरी और चपरासी के काम करने के चलते कृष्णा ने अब अपनी डाक लाना और चिट्ठियों का जवाब खुद टाइप करना सीख लिया था। जब एक दिन कृष्णा का बीमा एजेंट उसकी पालिसी के प्रीमियम का चेक लेने आया तो डेस्क ड्यूटी पर बैठी लड़कियों ने उसे करीब-करीब खदेड़ ही दिया था। इसके बाद कृष्णा ने अपने लिए एक लॉकर की माँग की। यह घटना उसके लिए आँख खोलने वाली थी। उसने जब कारण जानना चाहा तो उसे बताया गया कि डेस्क पर न्यूज का कंट्रोल रखनेवालों के अलावा किसी और के विजिटर (मेहमान) को ऊपर आने की इजाजत नहीं है। अगर आप अपने मेहमान से दफ्तर में मिलना ही चाहते हैं तो आपको नीचे जाकर वहाँ एक कोने में पड़े सोफे पर ही उससे बैठकर बात करनी होगी। और यह सोफा आमतौर पर बीड़ी फूँकनेवाले गार्डों का ही बैठका था।

शुरुआत के कुछ महीनों तक कृष्णा बड़े आराम से दफ्तर के ही लोगों को साथ लेकर लंच के लिए बाहर चली जाती थी। वे खूब सारा सलाद और डाएट कोला (कैलोरी रहित पेय) मँगा लेते थे और अपनी चिन्ताओं और यारी-दोस्ती के किस्से सुनते-सुनाते थे।

जब वे किसी की शादी या प्रेम टूटने की किसी के वैवाहिक जीवन के झगड़ों की चर्चा करने लगते थे तो माहौल थोड़ा गमगीन होता था।

'अब इन बातों को छोड़ो भी।' कृष्णा ने यह बुजुर्गियत वाले अंदाज में एक या दो बार कहा, 'तुम लड़कियाँ शादी को ज्यादा गम्भीरता से ले लेती हो। इससे जुड़ी बेवकूफियों पर ठहाके लगाना भी सीखो।' पर एक बार जब विवाह या प्रेम में दगाबाजी की कहानी शुरू होती थी तो ठहरने का नाम ही नहीं लेती। क्या ऐसे झगड़े और टूटन इतने आम हैं ? उसे नहीं मालूम था।

"मैं मानती हूँ कि लगातार औरतें बदलते रहनेवाले पति के साथ दस साल गुजारना बहुत ज्यादा है," हाल में ही तलाक लेनेवाली एक लड़की ने कहा।

"यह तमाशा भाँपने के लिए एक साल का समय ही पर्याप्त है," उसकी सहेली ने कहा।

"मुझे लगता है कि हफ्ते भर में ही सब पता लग जाता है," तीसरी ने कहा, "ऐसे मर्द अपने हनीमून के समय भी जिस तरह से दूसरी औरतों को घूरते हैं उससे ही उनका पता चल जाता है।"

"अब बन्द भी करो, लड़कियो," कृष्णा ने फिर कहा।

जब उसकी पीढ़ी की महिलाएँ अपने पतियों के चरित्र पर शक करती हुई एक-दूसरे से बतियाती थीं तो यही सलाह दी जाती थी कि अपनी शादी बचाने के लिए लड़ो। अपने बच्चों की खातिर लड़ो। सम्बन्ध सुधारने पर सारा ध्यान दो। ज्यादा वक्त साथ गुजारने से भी सम्बन्ध सुधर जाते हैं।

अब लड़कियाँ एक-दूसरे से कहती हैं, मारो गोली और शादी तोड़ो। अपना ज्यादा नुकसान न कराओ और शादी से बाहर निकलो। बच्चे इसके अभ्यस्त हो जाएँगे। वे स्थितियों के अनुसार खुद को ढाल लेते हैं।

कौन कह सकता था कि इन दोनों पीढ़ियों में से कौन सही है !

अंग्रेजी डेस्क ही सारे कायदे-कानून की खान था, जिसमें विजिटरों के आने पर रोक लगाने और हिन्दीवालों से कभी भी सीधे मुँह बात न करने के नियम भी शामिल थे। हिन्दीवालों से मिलने-जुलने से वे ज्यादातर परहेज ही करते थे।

अंग्रेजी डेस्क पर काम करनेवाले ज्यादातर युवा, स्मार्ट और मेहनती लड़के-लड़कियों को जब आप उनके काम के लिए शाबाशी दें तब भी वे फीकी मुस्कान के साथ कहीं और नजर फेर लेते थे। यह स्पष्ट था कि हिन्दीवालों से यही उम्मीद की जाती थी कि पारम्परिक हिन्दू पत्नियों की तरह वे भी बिना थके और बिना किसी मंशा के निःशब्द

अपने काम में जुटे रहें। जब खास-खास अवसरों पर विशेष बुलेटिन के लिए अंग्रेजी डेस्क वाले देर रात तक काम में लगे रहते तो उनके चिन्तित माँ-बाप उन्हें ले आने के लिए गाड़ियाँ भेज देते थे। कृष्णा ने पाया कि इनमें से अनेक के घरों से आई कारें सरकारी होती थीं और कई बार तो उनके ऊपर लगे पुलिसवाले एरियल दिखाते थे कि वे कितने महत्त्वपूर्ण लोगों के बेटे-बेटियाँ थे। बाहर उनके ड्राइवर कार में लगे स्टीरियो पर गाना सुनते या कुछ पढ़ते हुए उनके आने की प्रतीक्षा करते रहते।

''कोई और इन चीजों का नोटिस क्यों नहीं लेता ?'' कृष्णा ने अपने पति से पूछा, ''अमेरिकियों के आने और व्यापार तथा मीडिया को अपने हाथ में ले लेने पर क्या तीसरी दुनिया के सभी देशों में यही होने जा रहा है।''

उन्होंने कहा, ''सम्भव है कि तुम हिन्दी वालों ने अभी तक अपना कोई स्टाइल ही विकसित नहीं किया है। तुम लोगों को भी अमेरिकियों की तरह स्पष्टवादी और दृढ़ता से अपनी बात मनवानेवाला होना चाहिए। क्या तुमको लगता है कि वे लोग तुम्हें अपवाद मानकर तुम्हें अलग क्यूबिकल भी नहीं देंगे जिससे कि तुम अपने मन का काम...''

''नहीं,'' कृष्णा ने कहा और पलंग पर पड़े-पड़े छत निहारती रही। फिर काफी देर बाद उठकर उसने बत्ती बुझाई।

नींद आने के पहले वह सोचती रही, काश मैं अपना भी एक अलग स्टाइल विकसित कर लेती और वजन डालकर बात मनवाने का तरीका मुझे भी आ जाता।

''मुझे यह समझ में नहीं आता कि तुमसे यह किसने कह दिया कि न्यूज चैनल में काम करना हो तो अपना एकदम अलग स्टाइल विकसित करो,'' उसकी माँ ने कभी कहा था, ''ढंग से काम करने की जगह मिले, इससे शो का क्या रिश्ता है ? अपनी अलग जगह हो, इसका कोई विकल्प नहीं है।''

कृष्णा को लग गया कि वह फँस गई है, और उसे पालतू बनाने का यह काम इतनी बारीकी और तरीके से हुआ है कि अब उसके विरोध का मतलब एकदम ही उल्टा लगाया जाएगा।

हैमलेट और जया एक और छुट्टियाँ मनाकर लौटे थे। कारिडोर में जब कृष्णा उनके सामने से गुजरी तो दुआ-सलाम हुई थी। उनके दमकते चेहरे उनके अच्छे स्वास्थ्य और निश्चिन्तता को दिखा रहे थे जैसा कि भारत के बहुत अमीर और बहुत ही हृदयहीन लोगों के चेहरे दिखाते हैं। वे अपने-अपने केबिन में गए और बैठते ही काम में लग, छुट्टियों के दौरान हुए कामों का लेखा-जोखा लेने लगे।

समाचार के इनपुट और आउटपुट एडिटरों के नाम ई-मेल आया। ''कुछ लोगों का मानना है कि हमारे यहाँ 'पुलिस ने फलाँ-फलाँ को चार्जशीट किया' जैसी चलताऊ भाषा का इस्तेमाल बढ़ता जा रहा है और इस पर ध्यान नहीं दिया जा रहा है। लेकिन हम आप सबसे कहना चाहते हैं कि ऐसा नहीं है। हम यहाँ भारतीय अंग्रेजी का प्रयोग

नहीं करते—हम बीबीसी में बोली जाने वाली अंग्रेजी का प्रयोग करते हैं। अगर कोई नेता कैमरे के आगे खराब अंग्रेजी बोलता है तो उस बाइट को लेने में हर्ज नहीं है लेकिन हमारे संवाददाता घटिया अंग्रेजी का प्रयोग करें, यह अक्षम्य है।"

कृष्णा ने सोचा कि पुराने न्यूज बुलेटिनों के कैसेट देखकर हैमलेट के होंठ किस तरह आड़े-तिरछे हुए होंगे। "किसी ने हाल में ही मुझसे पूछा कि क्या हम भी अन्य चैनलों की तरह तथाकथित हिंग्लिश का प्रयोग करने जा रहे हैं। मैंने कहा कि हम ऐसा नहीं करेंगे। लेकिन जब मैं बाहर था तो अपने कुछ बुलेटिनों को सुनकर मैं हैरान हुआ। लोगों ने तो खिचड़ी अंग्रेजी का भी प्रयोग किया।"

कृष्णा ने गुस्से में कम्प्यूटर बन्द किया और आक्रामक शब्दों की इस बमबारी को साइबरस्पेस में उड़ा दिया। फिर उसने अपनी घड़ी देखी और पेपर समेटने शुरू कर दिए। दफ्तर में खामोशी का साम्राज्य था, मानो उसे कोई भारी शाप लग गया हो। आगे जो आँसू बहने थे, वे बड़ी-बड़ी सुन्दर आँखों में जमा होने लगे थे।

बाद में कृष्णा ने जब बॉस लोगों के वापस आने, उसके बाद के दफ्तर के दृश्य और उनके द्वारा भेजे ई-मेल की सतरों पर गौर करना शुरू किया तो उसे लगा कि उस वक्त उसे जो शब्द बेमानी लगे थे उनमें सचमुच कुछ काम की बातें थीं।

"यात्रा अच्छी रही ?" उस दिन दफ्तर से बाहर आते हुए कृष्णा ने जया से पूछा।

"हाँ, हम हर साल गर्मियों में बाहर जाते हैं," जया ने कहा और फिर अचानक दूसरी तरफ इस अंदाज से देखने लगी जैसे उसने कृष्णा की जगह किसी और से ये शब्द कहे हों।

"काश, मैं भी ऐसा कर सकती," कृष्णा अभी भी विनम्रता से बात करने का प्रयास कर रही थी।

"उन लोगों ने पहाड़ी के पास तक केबल टीवी पहुँचा दिया है," जया ने कहा और वह कृष्णा से आगे होकर दनादन सीढ़ियाँ उतरने लगी।

कृष्णा को पहले लगा कि यह बात वह कुछ मजाक के अंदाज में कह रही है और फिर इसी हिसाब से वह मुस्कुराने जा रही थी कि उसने पाया कि जया ने पूरी गम्भीरता के साथ यह बात कही है।

"वहाँ हर आदमी हिन्दी के कार्यक्रम देखता है, कोई भी अंग्रेजी में न्यूज नहीं देखता," जया ने बिना उसकी तरफ देखे हुए कहा और उसकी आवाज में हैरानी का स्पष्ट भाव था।

"सर्दियों में उनके पास करने को कोई भी काम नहीं होता," कृष्णा ने अपने पैरों की गति बढ़ाते हुए कहा, "लेकिन सरकारी इंस्पेक्शन बँगले से बर्फ बहुत अच्छी तरह दिखती है।"

"हम शहर से बाहर एक प्राइवेट रिसोर्ट में रुके थे," जया ने संक्षेप में कहा और

आगे निकल गई।

कृष्णा को लगा कि इस बार की इनकी यात्रा परेशानी भरी रही होगी।

और सचमुच ऐसा ही हुआ था। कुछ बहुत ही अजीब संयोग हुआ कि उसी शाम कृष्णा की एक मौसेरी बहन घर पर आ गई। बातचीत के दौरान उसने बताया कि वह अभी-अभी एक नामी टीवी सेलेब्रिटी के साथ पहाड़ों की यात्रा करके आई है।

''ओह, मेरे बॉस के साथ !'' कृष्णा ने कहा।

उसकी बहन ने कृष्णा को घूरा, ''तुम उनके नाज-नखरे कैसे सहती हो ?''

''क्यों ! क्या हुआ था ?''

ऐसा हुआ कि जया और हैमलेट उस बहन के कोच में ही—जो उस गाड़ी का एकमात्र ए.सी. चेअर कार था—यात्रा करना चाहते थे और उनके पास कनफर्म टिकट नहीं थे। उनके रंग-ढंग से यही लग रहा था कि उन्होंने यह सोचा था कि जब तक वे स्टेशन पर पहुँचेंगे उनकी टिकट कनफर्म हो चुकी होगी—भले ही इसके लिए पहले से कनफर्म टिकटवाले दो यात्रियों को डिब्बे से नीचे उतारना पड़े लेकिन टी.टी.ई. पुराना आदमी था और वह अड़ा रहा। उसने बड़ी विनम्रता से कहा, ''टिकट तो पहले आने के हिसाब से ही कनफर्म होते हैं।''

''ठीक है, तब इमरजेंसी कोटा में जगह दे दीजिए।'' इन दोनों ने कहा।

''सॉरी, यह काम तो सिर्फ दिल्ली में, हेडक्वार्टर से ही हो सकता है,'' टी.टी.ई. ने कहा।

फिर बात बढ़ती गई। कृष्णा की बहन ने बताया कि ये दोनों अपना जितना ही रौब दिखाते बाकी यात्री उतनी ही मजबूती से टी.टी.ई. का पक्ष लेते और नियम भी उसके पक्ष में थे ही। जब विरोध काफी बढ़ गया तो यह नामी जोड़ी वहाँ से कुछ बुदबुदाते हुए विदा हुई जिसमें धमकियाँ भी थीं।

''टैक्सी लेकर ही दिल्ली चलें,'' कृष्णा की बहन ने हैमलेट को यह कहते सुना, जब उसने गुस्से से प्लेटफार्म पर पैर पटके थे।

''पर देख लेना कि टैक्सी एअरकंडीशन ही हो,'' जया ने शर्त जोड़ी।

इस चिक-चिक में गाड़ी दो घंटे लेट हो गई थी।

''खैर, इससे मेरा कोई मतलब नहीं है,'' कृष्णा ने कहा। लेकिन उसके मन में कहीं गहरा संशय उमड़ने लगा था।

23

कृष्णा जब रोज उस दिन की प्रमुख खबरों की सूची बनाने के लिए अंग्रेजी डेस्क पर जाती थी तो वहाँ की इंचार्ज लड़की बड़े गुरूर के साथ उसे ऊपर से नीचे तक देखती थी और कृष्णा जब भी खबरों के लिए दूसरी मंजिल तक चढ़ती थी तो उसे यह बात जरूर अखरती थी। ऐसा लगता था कि अंग्रेजी डेस्क के लिए कृष्णा और अन्य हिन्दी वाले चलते-फिरते भूत-प्रेत हों। आज मध्य भारत में कहीं भयावह जाति संघर्ष हुआ था, यह खबर उस लड़की ने कृष्णा को कुछ देर बाद बताई। और उसने यह चीज लगभग इस अंदाज में बताई जैसे एयर होस्टेस विमान यात्रियों को सेफ्टी बेल्ट बाँधने का तरीका बताती है। उसने अपने बैंगनी रंग के होंठों को गोल-गोल करके आगे बताया था कि लगभग दो दर्जन दलितों को मार डाला गया है। फिर वह अपनी कुछ साथियों के साथ उस क्षेत्र के संवाददाता को वहाँ पहुँचने का रूट बताने और ढूँढ़ने में व्यस्त हो गई।

कृष्णा के मुँह से यह निकलने ही वाला था कि मैं इस इलाके को अच्छी तरह जानती हूँ लेकिन तभी रेलवे और इंडियन एयरलाइन्स के टाइम-टेबलों को उलट-पुलट रहे युवक ने अपना चूइंगम एक तरफ करके कहा, "बीबीसी वालों की तरह अपना हेलिकॉप्टर रखना हमें इन सारे झंझटों से मुक्त करा देता है, है ना ?"

कृष्णा ने मुँह सिल लिया।

तभी डेस्क की एक लड़की ने एक संवाददाता से फोन पर बात शुरू की। उसके बोलने का अपना अलग ही स्टाइल था। बतियाते हुए उसके होंठ बहुत ही अजीब ढंग से इमरती की तरह गोल-गोल हो जाते थे। "नहीं-नहीं, हमें अफीमवाली स्टोरी नहीं चाहिए," उसने कहा, "तुम उस दलित एम.एल.ए. वाली स्टोरी करो जो शासक पार्टी में जानेवाला है। हाँ, हाँ, वही। अगर बाइट हिन्दी में ही हों तब भी उससे दलित नरसंहार के बारे में सवाल पूछना। और याद रखना कि अपनी सारी बात अंग्रेजी में ही रखना, हिन्दी में नहीं।"

किसी घटना के बारे में और जानने तथा उस पर स्टोरी करने का आदेश देने की कृष्णा की पुरानी आदत ने अन्दर ही अन्दर मरोड़-सी ली। लेकिन उसने कहा कुछ नहीं। उसने सोचा, जैसे काम चल रहा है वैसे ही चले।

उसे लगा कि चलकर बाहर एक चक्कर लगा लिया जाए। फिर इच्छा हुई कि चलकर इन लड़के-लड़कियों के लिए बाहर से खाने के लिए कुछ ताजा और अच्छा लाया

जाए जो बेचारे दिन-रात यहीं जुटे रहते हैं और अस्वास्थ्यकर तथा डिब्बाबन्द खाने-पीने की चीजें भकोसते रहते हैं।

तभी एक दुबला-पतला गँदला या दढ़ियल लड़का खाना लिये आया और बैंगनी होंठों वाली लड़की के पिछवाड़े एक धौल जमाई तथा उसका आधा खाया सेब उठा लिया। "बिहैव योरसेल्फ," उस लड़की ने बनावटी दोस्ती और अधिकार के मिले-जुले अंदाज में कहा। लड़के ने सेब में से एक बड़ा कौर लिया और हँसते हुए सेब को नीचे रख दिया।

कृष्णा ने कोई हरकत नहीं की। अगर वह कुछ बोलती तो ऐसा लगता कि वह सबका ध्यान खींचना चाहती है। ऐसा लग रहा था कि वह किसी और युग की जीव है और अपने से अनेक प्रकाश वर्ष दूर के जीवों से जो एकदम अनजान भाषा बोलते हैं, बराबरी करने, उनसे मेलमिलाप की कोशिश कर रही है।

"इस इलाके में सन् 69 में भूकम्प आया था ?" किसी ने अचानक कम्प्यूटर स्क्रीन देखते हुए कहा, "देखो पी.टी.आई. ने सारा किस्सा दिया है।"

"वाह ! 69 ? मैं तो तब पैदा भी नहीं हुई थी। और तुम ओपी ?"

"ना ! मेरे पहले की बात है ?"

फिर सबने कृष्णा की तरफ मुँह मोड़ा, मानो अचानक उसकी खोज हो गई हो।

"आप तो तब होंगी ही ?"

"मैं तो उस जगह उसी समय चार साल रही हूँ। वहाँ अभी तक न तो रेल गई है, न हवाई अड्डा है। वहाँ सिर्फ एक बस अड्डा है, जहाँ से लोग कहीं बाहर आते-जाते हैं।"

"लेकिन हमारे संवाददाता तो बस से चलते ही नहीं," कुछ दूसरी ही दुनिया में रहनेवाली लड़की ने अकड़े अंदाज में कहा।

ओपी, जो 69 में पैदा नहीं हुआ था, अपने नाखून चबा रहा था। चिर भूखा और झबरा 'बोको' पीजा कुतर रहा था और जिस संवाददाता को इस स्टोरी के लिए एयरकंडीशन्ड टैक्सी से जाना था वह कोक की टिन पकड़े हुए था।

अब हर किसी ने कृष्णा पर ध्यान दिया और उसे यह एहसास कराया कि वह बहुत बुजुर्ग हैं और उसने बहुत कुछ बता दिया है। वह उठ खड़ी हुई, उसे प्यास नहीं लगी थी, तब भी वह पानीवाले फाउंटेन की तरफ चल पड़ी। टॉयलेट में जाने पर उसे लगा कि कहीं उसे बुखार तो नहीं आ रहा। उसका गला खसखसा रहा था। और आँखों में जलन भी हो रही थी। यह स्पष्ट था कि उन लोगों को यह उम्मीद न थी कि वह उनकी बातचीत में दखल देगी। सदा की तरह यही हुआ था कि अंग्रेजी डेस्कवाले अपनी जिद पकड़े रहे कि वे ही सबकुछ जानते हैं और जो चीज वे नहीं जानते उसे आगे बननेवाले न्यूज बुलेटिन में जगह भी नहीं दी जाएगी। देश को बनानेवाले स्त्री-पुरुषों का मामला हो या पॉवर ग्रिड का, हर मामले में उनका ज्ञान तीन दशकों से कम का ही था और उससे पहला जन्मा हर व्यक्ति उनके लिए एक अलग ही तरह का जीव था।

बाद में कृष्णा ने यह किस्सा अपने पति को भी सुनाया। उन्होंने दाढ़ी खुजलाई और चाय की चुस्की ली।

"तुम क्या उनकी उम्र से ईर्ष्या करती हो ? या फिर उम्र के फासले को ढँकने और जान-बूझकर ज्यादा ज्ञानी और बुजुर्ग बनने की उनकी कोशिशों से परेशान हो ?"

"मुझे नहीं मालूम," कृष्णा ने नाराज होते हुए कहा, "मैं तो तुम्हें सिर्फ उस दिन का किस्सा भर बता रही थी।"

"फिर तुम्हारे यहाँ का संवाददाता वहाँ किस तरह जा रहा है ?" पति ने पूछा।

कृष्णा ने हाथ खड़े कर दिए।

उसके पति ने भी सिर हिलाया।

दोनों कुछ समय खामोश रहे। "तुम्हें क्या लगता है कि इन सबसे हमारा मीडिया कहाँ पहुँचेगा ?" कृष्णा ने पूछा, "क्या सारी खबरें एक क्षणिक उत्तेजना पैदा करने का बेमानी साधन बन जाएँगी ?"

"कुछ ऐसा ही लगता है," उन्होंने हल्के से कहा।

या कृष्णा को लगा कि उन्होंने ऐसा कहा है।

"नहीं, नहीं," कृष्णा के पति ने उसके बालों को छूते हुए कहा, "सिर्फ अपने मन से ऐसे निष्कर्ष न निकालने लगो। नए लोगों को अपनी गलतियों से सीखने दो। याद रखो कि कभी तुम भी इस क्षेत्र में नौसिखिया थीं। और ऐसा नहीं है कि तुमने कभी गलती ही नहीं की।"

अगले हफ्ते कृष्णा ने ऊपर एक चिट्ठी भेजी। उसने लिखा कि हिन्दी के थोड़े और जरूरत से ज्यादा काम करनेवाले स्टाफ को खबरों के काम में शामिल होने का कभी वास्तविक अवसर ही नहीं मिला है और अब वह और भी ज्यादा हाशिए पर डाले जा रहे हैं। उनके जिम्मे सिर्फ अंग्रेजी से अनुवाद का काम रह गया है। उनसे यह उम्मीद की जाती है कि उनसे जितना कहा जाएगा, उतना ही उन्हें करना है। उन्हें हफ्ते दर हफ्ते शिफ्ट में काफी काम करना पड़ता है। अधिकांश बीमार और नींद से भरे रहते हैं और तब भी उन्हें लगता है कि शिकायत करने से कोई लाभ नहीं है। हिन्दी डेस्क के दो भाषा जाननेवाले संवाददाताओं पर तो काम का और बोझ है। उन्हें अपना काम करने के साथ ही स्टोरियों के अनुवाद ही नहीं ग्राफिक्स और विभिन्न संख्याओं का हिन्दी अनुवाद भी करना पड़ता है। प्रोडक्शन कंट्रोल रूम ग्राफिक्स और चार्टों पर हिन्दी में लिखना, पढ़ना, बोलना या टाइप कराने को तैयार नहीं है लेकिन किसी को भी इसमें कोई गड़बड़ नहीं दिखती। और फिर ऐसे में हिन्दी बुलेटिनों के बारे में सारे फैसले अस्पष्ट ही छोड़ दिए जाते हैं।

"या तो हमें और स्टाफ दिए जाएँ या फिर हमें हर डेस्क पर मौजूदा लोगों को कसना चाहिए और उनसे दोनों भाषाओं में काम करने को कहना चाहिए। आखिरकार हम दोनों भाषाओं में एक बराबर बुलेटिन ही तैयार कर रहे हैं।" उसने लिखा।

इस चिट्ठी पर कोई जवाब नहीं आया और एकदम चुप्पी ही बनी रही।

उसने जब ऊपरवालों की प्रतिक्रिया के लिए जोर दिया तो कहा गया, "इन बुलेटिनों पर कितने लोग काम कर रहे हैं यह चीज ज्यादा महत्त्वपूर्ण नहीं है। महत्त्वपूर्ण यह है कि आप उनको कितना ज्यादा काम करने के लिए प्रेरित कर पाती हैं।"

"ईश्वर ही जानता है कि वे कितना परिश्रम कर रहे हैं, उनमें से कई तो लगातार छह-छह हफ्ते नाइट शिफ्ट कर रहे हैं और हिन्दी बुलेटिनों की रेटिंग भी अंग्रेजी बुलेटिनों से कहीं अच्छी है," कृष्णा ने जवाब दिया।

"हम इस मसले पर गौर करेंगे," जवाब मिला।

यह जवाब देश-भर के सभी दफ्तरों में इतनी बार, इतनी तरह से दिया जाता है कि कृष्णा को यह हमेशा बदनीयती भरा और टालू जवाब लगता था। इसका व्यावहारिक मतलब यही है कि आपने अपनी बात कह ली, अब चुप हो जाइए। कृष्णा ने भी इस मामले पर चुप्पी साध ली। पर जब-जब वह हिन्दी डेस्क पर काम करने वालों के सुस्त, थके और पीले चेहरे देखती थी, उन्हें हिन्दी अखबार पढ़ते या बहुत मेहनत करके अंग्रेजी क्रासवर्ड भरते देखती थी तो उसे जया का वह किस्सा याद आता था कि वह किस तरह पुरानी दिल्ली के एक साधारण से होटल में गई और वहाँ के खानसामे की प्रतिभा पहचानकर उसी शाम उसे दो गुना वेतन देकर अपने यहाँ ले आई। क्या इनका मामला हैमलेट और जया की नज़र में उस खानसामे से अलग होगा ?

कृष्णा की नजरों में जया का सबसे बड़ा गुण प्रतिभा पहचानना नहीं, बिना अपनी आवाज ऊँची किए, बिना कानून बताए दूसरे की आवाज को दबा देना था। इसके चलते उसके खिलाफ जाने की हिम्मत कोई नहीं करता था। यहाँ उसकी मर्जी से इतर कोई कायदा-कानून नहीं था। जया और हैमलेट ही यहाँ के लिए सारा कायदा-कानून थे। और उसे छोड़कर बाकी सारा स्टाफ इन्हीं दोनों की आरती उतारता था—कोई भी उनकी बातों पर सवाल नहीं उठा सकता था और कई बार तो उनकी आराधना लगभग हिस्टीरिया जैसा रूप ले लेती थी।

कृष्णा को लगा कि उसके अन्दर कुछ टूट गया है और अब वह किसी काम की नहीं रह जाएगी। उसके पुराने संगी-सांथी और मौज-मजे वाली सहेलियाँ भी कहीं छूट गई थीं। काम का अजीबोगरीब समय और उससे भी ज्यादा अजीबोगरीब काम की प्रकृति ने उन सबको दूर छिटका दिया था। अक्सर उसे लगता था कि वह उस स्थान पर है ही नहीं—उसकी जगह कोई प्रेतात्मा बैठी है जो यूँ ही भटकती फिर रही है। वह वहाँ अकेली ऐसी जान थी जो मानती थी कि वह सचमुच कुछ करने आई थी, सिर्फ निर्देशों, आदेशों और गाइडलाइन्स में उलझने नहीं।

खबरों के मामले में अभी तक काफी परिपक्व हो चुके उसके मन को ऐसी सारी खबरें, जिन्हें वह यहाँ कवर नहीं कर सकी थी या नहीं करा सकी थी, उद्वेलित किया करती थीं। अभी भी तथ्यों की खोज को लेकर उसका मन कचोटता था। इन तथ्यों को किसी विलुप्त जड़ी की तरह खोद-खोदकर सामने लाने का उसका पुराना अनुभव उसके अन्दर किसी फिल्म के निरन्तर चलते रहने की तरह उसे परेशान करता था।

पुराने परिचित और मित्र फोन करके पूछा करते थे कि लेखक और इतनी सीनियर पत्रकार होकर भी वह सुन्दरियों के जंगल में भटकने और दूसरों का लिखा पढ़ने का काम क्यों स्वीकार करती जा रही है। उन्हें यह हैरानी भी होती थी कि वह अभी भी वहाँ जमी हुई है। उनका स्वर यह भी कहता था कि यह सफाई देने का कोई मतलब नहीं है कि उसे तो पहले और अब के काम में कोई फर्क नहीं लगता।

"पहले 'कहानी' बन्द हुई, फिर 'दिनमान,' फिर 'सारिका,' 'पराग,' और 'वामा,' फिर 'नई कहानियाँ'–हिन्दी की अच्छी पत्रिकाओं को क्या हो गया है ?" कृष्णा की माँ ने एक हिन्दी दैनिक के चमक-दमक और अधनंगी तस्वीरों भरे परिशिष्ट को एक तरफ रखते हुए कहा, "और हिन्दी के नाम पर इस कचरे के फलने-फूलने की उम्मीद की जा रही है।"

कृष्णा को ध्यान आया कि कभी तो पार्वती समय के साथ बदलती किसी भी चीज में कोई खराबी नहीं देखती थी और इस बारे में या खुद अपनें जीवन के बारे में अपने मन का कुछ भी जाहिर नहीं होने देती थी। अब वह ठीक यही कर रही है। उसकी माँ अक्सर कहा करती थी कि अगर कृष्णा हिन्दी पत्रकारिता में जाए और अच्छे पद पर सेटल कर जाए तो वह दुनिया की सबसे खुश माँ होगी। कृष्णा को मालूम था कि जब उसके परिवार या उसकी तरह के परिवारों के लोग 'सेटल करना' कहते हैं तो उसका क्या मतलब होता है। ऐसा लगता था कि उसकी तरह के लोगों का जीवन मिट्टी भरे जल का प्रवाह है और उनके 'सेटल' होने से मिट्टी बैठ जाएगी और बाकी चीज साफ हो जाएगी।

कभी ऐसा ही वक्त था जब कृष्णा माँ की तरफ नजर उठाकर भी नहीं देख सकती थी जब तक माँ खुद ही नजर न मोड़ ले।

पर अब ऐसा नहीं था।

"बेटी," माँ ने चिरौरी वाले अंदाज में कहा, "मुझे मालूम है कि तुम अपनी बात साबित करना चाहती हो और भरोसा रखो, मेरे लिए तुमने यह बात साबित कर दी है। मैं तो हरदम तुम्हारे साथ हूँ ही। लेकिन तुम अगर सदा इतने ही गुस्से और तनाव में काम करोगी तो अपना स्वास्थ्य ही चौपट कर लोगी।"

उसकी आवाज थोड़ी कँपकँपाती लगी। वह खुद बहुत नाजुक और कमजोर लगती थी और टूटे खिलौने की तरह विशाल सोफे के एक तरफ दुबकी हुई बिना आवाज सुने टीवी देख रही थी जिससे कि किसी को परेशानी न हो।

अचानक कृष्णा को अपराधबोध हुआ, "माफ करना, माँ मुझे माफ कर देना। लेकिन मैंने क्या गलती की है ?"

खामोशी।

"चलो चाय पीते हैं," कृष्णा ने कहा। परिवार में जब बात बढ़ जाती थी तो गुस्सा कम करने का यह पुराना, आजमाया हुआ तरीका था।

फिर कहीं दूर से टीवी की आवाज आती लग रही थी।

उस रात कृष्णा बेचैनी-भरी नींद से अचानक उठ बैठी। उसने लगभग आतंकित होते हुए सोचा, मैंने तो अच्छे के लिए फैसला किया था लेकिन यह कहाँ आ फँसी। अब मैं कभी भी इससे मुक्त नहीं होने जा रही।

जब हैमलेट दफ्तर के लड़के-लड़कियों को राजनेताओं, नौकरशाहों और बड़े व्यापारियों के नजदीक होने पर भ्रष्ट होने के खतरों के बारे में बता रहा था तो उसके चेहरे पर एक बनावटी मुस्कान थी। वह अपने ऊपर हँस सकनेवाली ऐसी मुद्रा बनाए रहता था जिससे आप शुरू में यह विश्वास कर बैठते हैं कि वह आपसे अधिकांश बातों से सहमत है और खुद उसके प्रदर्शन में भी आप गलती बताएँ तो वह खुशी-खुशी उसे सुनने को तैयार है।

लेकिन असल में ऐसा था नहीं। जल्दी ही आपको लग जाता था कि वह अपनी राय को काटने वाली बात पर भरोसा नहीं करता था। न ही उसे प्रतिद्वन्द्वियों की परवाह थी।

उस शाम जब कृष्णा कैमरामैन समेत पूरी टोली को लिए दफ्तर से निकल रही थी तब उसने देखा कि हैमलेट अपनी सामान्य अदा में गुमसुम सीढ़ियाँ चढ़ रहा था। उसने कहा, "मैं इंटरव्यू करने जा रही हूँ..." फिर उसने जेपी के एक दोस्त का नाम लिया जो अब एकदम संन्यासी जैसा हो गया था।

हैमलेट के चेहरे पर सदा मौजूद रहनेवाली मुस्कान गायब हो गई। चेहरे पर एक किस्म का तनाव आ गया, "वह तो इंटरव्यू नहीं देता। उसने खुद मुझसे ऐसा कहा था।"

"मुझे भी ऐसा ही लगता था लेकिन मैंने कोशिश जारी रखी।"

"निश्चित रूप से आप जो चाहें कीजिए। आपको पूरी आजादी है।"

कृष्णा को लगा कि उसने यह बात व्यंग्य और थोड़े गुस्से के साथ कही थी। फिर वह अचानक सीढ़ियाँ चढ़ने लगा और कृष्णा के पास से निकलकर ऊपर चढ़ गया। कृष्णा कुछ हैरान हुई, कुछ डर सी गई।

शाम के बुलेटिन में कृष्णा ने देखा कि उस दस मिनट के महत्त्वपूर्ण इंटरव्यू को काटकर हिन्दी बुलेटिन में मात्र एक मिनट में निपटा दिया गया और हैमलेट के अंग्रेजी बुलेटिन में उसका इतना अंश भी नहीं आया। उसे बताया गया कि गलती से वीडियो नष्ट हो गया।

"सुनो," कृष्णा के पति ने उस रात कहा, "तुम्हारी माँ ठीक कहती थीं, तुम्हें निश्चिन्त होकर सोना चाहिए वरना इसी तरह सोच-सोचकर तुम बीमार पड़ जाओगी।"

पर वह बिस्तर पर पड़ी-पड़ी छत को निहारती रही।

कृष्णा ने सोचा, आखिरकार उसे इस काम से बाहर ही आना होगा। थोड़ी छुट्टी लेने या कहीं घूम-फिर आने से बात नहीं बनेगी, क्योंकि ये चीजें अस्थायी राहत ही देंगी।

24

नए बजट का समय आया।

वित्तमन्त्री स्टूडियो में आए और हैमलेट तथा उसके स्कूली दिनों का साथी और अर्थशास्त्री सैमी मिश्रा उनसे मीठी-मीठी बातें करते रहे। विषय केन्द्रीय बजट था। स्टूडियो का माहौल बहुत उत्साहवाला था और आप मेरी तारीफ करें, मैं आपकी करूँ वाला फार्मूला ही काम करता लग रहा था। काफी सोच-समझ के बाद कृष्णा को भी उस बातचीत में हिन्दी की छौंक लगाने बैठा लिया गया क्योंकि इससे राजनीतिक सन्देश ठीक जाता। बातचीत ठीक-ठीक चल रही थी। विपक्षी दलों की टाँग-खिंचाई के साथ जहाँ-तहाँ चुटकुले, कुछ आँकड़ों का झूठ, कुछ नारेबाजी वाली भाषा !

तभी उन तीनों को लगा कि मेज पर साथ बैठी कृष्णा को तो अभी तक कुछ भी बोलने का मौका ही नहीं दिया गया है। उन तीनों ने प्रोत्साहन देने वाले अंदाज में मीठी मुस्कान के साथ कृष्णा की तरफ देखा। तब तक कृष्णा का पारा सातवें आसमान तक पहुँच चुका था।

"क्या हम इस आँकड़ेबाजी और जुमलेबाजी से बाहर आकर विशुद्ध हिन्दी में देशवासियों को कुछ सरल वाक्यों में यह बता सकते हैं कि आम आदमी को क्यों इस बजट का स्वागत करना चाहिए ?"

वित्तमन्त्री ने अपने बड़े-बड़े शीशों वाले चश्मे से, जो उल्लू की आँख का एहसास दे रहे थे, कृष्णा की तरफ एक भव्य उदासी से देखा, "कृष्णा जी, यह काम तो आपके लिए है," उन्होंने कहा और यह कहते हुए मुस्कुरा दिए।

मन्त्री जी और अंग्रेजी को देश के बड़े-बड़े काम करने थे। आम आदमी और हिन्दी की चिन्ता तो कृष्णा जैसों के जिम्मे थी।

कृष्णा ने यह कोशिश की कि वह लेखन शुरू करके अपने तनाव और अनिद्रा की स्थिति में सुधार करे लेकिन ऐसा लगने लगा कि शब्द उसके हाथ से भागते जा रहे हैं। वह डर गई। उसने अपने प्रिय लेखकों को फिर से पढ़ना, महत्त्वपूर्ण पंक्तियों से छेड़छाड़ और उन्हें फिर से दोहराने-तिहराने की कोशिश की।

पर किसी से भी फायदा होता नहीं लगा।

एक दिन जया ने कृष्णा से पूछा कि क्या वह फलाँ हिन्दी लेखक को जानती है और क्या उन्हें अभी भी पहले की तरह अच्छा लेखक माना जाता है। हाल में उनकी लिखी पटकथा वाली फिल्म ने केन्स फिल्म समारोह में एक पुरस्कार जीता था।

"उन्होंने बाकी दिनों में तो कुछ भी अच्छा नहीं लिखा है। वे तो भारी पियक्कड़ हो गए हैं और सस्ती मुम्बइया फिल्मों के लिए सस्ती किस्म की पटकथा ही लिखते हैं।"

"हमें उनको अपने प्रोग्राम 'गुड डे फोक' के लिए स्टूडियो में बुलाना चाहिए, जूही उनसे बात करेगी। क्या आप उनसे पता कर सकती हैं ? आप उनसे कह दें, वे राजी हुए तो हम उनको विमान से यहाँ बुलवा लेंगे।"

कृष्णा ने पूरे कमरे पर नजर डाली और उसे 'गुड डे फोक' नामक लोकप्रिय कार्यक्रम करनेवाले नए लड़के-लड़कियों की मजेदार बातें और बतियाने का अल्हड़ ढंग याद आया। फिर उसने कल्पना की कि उसके लेखक मित्र, जो अब घनघोर पियक्कड़ हो चुके हैं, इनके बीच विराजमान हैं। फिर उसे लगा कि महाराज जी वहाँ बैठे किसी महिला की अतिरिक्त मदद के लिए उठने का जतन कर रहे हैं, तो कहीं आँख मार रहे हैं, कहीं इशारा कर रहे हैं।

"आप मुस्कुरा क्यों रही हैं ?" जया ने पूछा।

"मुझे एक दिलचस्प बात याद आ गई," कृष्णा ने कहा।

"यहाँ आने से उन्हें जो प्रचार मिलेगा उससे उन्हें फायदा होगा। हमारे उस कार्यक्रम की रेटिंग बहुत ऊँची है।"

"बेशक," कृष्णा ने धीरे से कहा।

वह न तो हल्का दिखना चाहती थी, ना ही शरारती। उसे यह मालूम हो गया था कि अब समय आ गया जब मन की बात बताई न जाए।

उसके पति ने जब यह नवीनतम किस्सा सुना तो मुँह बिचका दिया। वे क्या कह सकते थे ! वे अपनी पत्नी को अच्छी तरह, लेकिन उसके नए मालिकान को बहुत कम जानते थे। वे उसे क्या सलाह दे सकते थे ?

जब कृष्णा छोटी थी तो पूरे नेम-टेम रखने वाली उसकी नानी जमादार और उसकी बीवी को चाय देने के लिए अलग गिलास रखे हुई थी। जब उनको खाना लेना होता था तो वे अल्यूमिनियम का अपना कटोरा ले आते थे और घर का ब्राह्मण रसोइया थोड़े फासले से उसमें खाना उड़ेल देता था। भात का बड़ा सा ढेला उस बर्तन में गिरने पर जो एक अजीब सी आवाज करता था उसे कृष्णा कभी नहीं भूल सकती थी। और इसके चलते उसे जीवन-भर कभी भात में स्वाद नहीं आया।

लेकिन जमादार की बीवी ने कहा था, "बेटी, इसमें कोई हर्ज नहीं है। आदमी को अच्छे कुल में जन्म लेना चाहिए। इसलिए हमें मनाना होगा कि हम अगले जन्म में छोटी जाति में नहीं पैदा होवें। अलग कटोरा और गिलास रखना तो हमारे लिए अच्छा ही है। यह हमें बार-बार इस बात की याद दिलाता है कि हमें अच्छे कर्म करने चाहिए

जिससे अगले जन्म में यह न भोगना पड़े।"

"इसी जन्म में क्यों नहीं ?"

उसकी सोच इतनी उल्टी दिशा में चलती है और अधार्मिक है, इसके लिए पंडित रसोइया काफी नाराज हो गया था। और जब तक जमादार की बीवी वहाँ से उठकर चली नहीं गई, पंडित उसे गुस्से से घूरता रहा।

जाने क्यों कृष्णा को जया की नज़र याद आ गई। 'गुड डे फोक' प्रसंग में उसके हँस पड़ने पर उसे जया ने वैसे ही तो घूरा था।

जब तक चुनाव आया तब तक कृष्णा ने अपना रुटीन ऐसा बना लिया था कि वह दूसरों की राह में उनसे कम-से-कम टकराए। कभी-कभार ही वह दफ्तर के युवा लड़के-लड़कियों से घटिया कपों में इंस्टेंट काफी पीते हुए फैशन, फिल्म और व्यंजनों के बारे में बात करती थी। यहाँ चाय सिर्फ हैमलेट और जया तथा उनके विशिष्ट मेहमानों को ही मिलती थी और वह विशुद्ध दार्जिलिंग चाय ही होती थी। चाय खूबसूरत बोन चाइना के सेट में रखी, बढ़िया ट्रे में सजी और महँगे टीपाल से ढकी हुई लाई जाती। उन्हें महँगी क्राकरी में उस वक्त चाय पीते कोई शर्म नहीं आती थी जबकि बाकी लोग दरार पड़ी घटिया क्राकरी में कॉफी पीते होते। दरारों वाले मग की कॉफी मेज पर गोल-गोल निशान छोड़ देती थी। और चाय-कॉफी परोसने वाले भी धीरे-धीरे इतने कुशल और प्रशिक्षित हो गए थे कि वे मेहमानों में भी साहबों और दूसरों के मेहमान का भेद समझकर साथ बैठे मेहमानों को भी अलग-अलग बर्तनों में चाय या कॉफी पेश करते थे।

कृष्णा की बेटियों को जमादारों के लिए अलग गिलास रखने की बात समझकर भी अविश्वसनीय लगती रही थी।

फिर अचानक 'ई' से जुड़े शब्दों का जलवा शुरू हुआ।

पहले ई-मेल आया।

फिर इलेक्शन आए।

फिर एकस्ट्रा हैंड—अतिरिक्त लोग आए।

हर कहीं खाने-पीने और मौज का दृश्य दिखता था। दफ्तर में सेंके हुए चीज टोस्ट, टोमैटो सॉस और तली-भुनी चीजों की गन्ध भरी रहने लगी। जो नए लोग आए थे वे सारे युवा तो थे ही, एक 'बड़ा ब्रेक' मिलने से काफी उत्साहित भी थे। उनसे कह दिया गया था कि वे चुनाव बीतने के बाद स्थायी नौकरी की उम्मीद न रखें पर उन्हें लगता था कि तब तक कुछ न कुछ हो ही जाएगा। वे डेस्क या स्टूडियो के आसपास बड़ी मुस्तैदी से लगातार खड़े रहते थे, हँसते-मुस्कुराते और लगातार बातें करते रहते थे।

लड़कियों की बड़ी-बड़ी कजरारी आँखें और मखमल से गाल थे। दिन-रात का जो भी समय हो वे खुशी-खुशी बुढ़ाते राजनेताओं, विशेषज्ञों और नौकरशाहों को चुनाव सम्बन्धी बातचीत के लिए स्टूडियो तक ले आने के लिए चल देते थे और यह मानकर चलते थे कि दिल्ली की भीड़ या ट्रैफिक में भी उन्हें समय पर लौट आने से कोई नहीं रोक सकता। लड़के हर चीज की सूची अपने पास रखते थे और इस अंदाज में दौड़ते-भागते थे मानो सबकुछ उन्हें ही सँभालना है।

और जब गरमागरम राजनीतिक खबरों का दौर आया तो भले ही कृष्णा ने बहुत काम न किया हो पर हिन्दी कार्यक्रमों की रेटिंग बढ़ती गई। ग्रामीण और कस्बाई अंचलों से आई रिपोर्टों के कुछ छूट गए सवालों और पहलुओं पर गौर करते हुए कृष्णा का मन कचोटता था कि अपने मौजूदा काम के चलते वह इस बार चुनाव में नहीं घूम सकी और इस प्रकार समाज की असली सक्रियता को खुद अनुभव करने का अवसर चूक गई है। उस दिन कुल मिलाकर, चुनाव बीतने के बाद भी उसे लगा कि वह हिन्दी रिपोर्टिंग का स्तर सुधारने में कोई खास योगदान नहीं कर सकी। क्या यहाँ वह ऐसा कर भी सकती थी ?

अंग्रेजीवाले लोग अपनी-अपनी कुर्सियों पर बैठे आने वाली स्टोरी का टैक्स्ट कम्प्यूटर के पर्दे पर देख रहे थे जिसमें चुनाव में उभरे पिछड़े और ताकतवर सभी नेताओं के साउंड बाइट हिन्दी में ही थे।

हिन्दीवाली मंजिल का डेस्क फैक्स मशीन से निकलती कापी में आए दिलचस्प हिन्दी संवादों का मजा लेने में जुटा था।

अंग्रेजीवाली मंजिल से फोन पर यह विनम्र निर्देश गया, भाइयो-बहनो जरा जल्दी हाथ चलाओ। हम पैंतालीस मिनटों में ही बुलेटिन शुरू करने जा रहे हैं।

हिन्दी वालों ने उसी विनम्रता से कहा, 'नहीं' और अंग्रेजी से पहले आनेवाले हिन्दी बुलेटिन के लिए कापी तैयार करने में लगे रहे। उनका यह इन्कार तो देशद्रोह जैसा था।

'करो भी', अंग्रेजी डेस्क ने गुस्से से कहा, 'अनुवाद करो। तुरन्त।'

'नहीं', हिन्दी डेस्क ने कहा और लड़के उठकर पानी पीने चल दिए।

'करो भी', अंग्रेजी डेस्क ने शोर मचाया। अगर हमें अंग्रेजी आती तो हम इसी क्षण तुम सबको लात मारकर बाहर कर देते ? उनके सुर का भावार्थ था।

'हमें परेशान न करो', हिन्दीवालों के स्वर ने कहा। 'क्या तुम लोगों को नहीं मालूम है कि हिन्दी बुलेटिन पहले जाता है ? हम हर बार तुम्हारे अंग्रेजी बुलेटिन का काम उसके पहले क्यों करें ?'

कृष्णा जब मेकअप कराने के लिए उठी तो उसके जोड़-जोड़ में दर्द हो रहा था। जब भी दफ्तर में चिक-चिक शुरू होती उसे सिरदर्द हो जाता।

रात में कृष्णा अधजली लाश की तरह बिस्तर में बिना नींद के पड़ी थी और उसके पति नीचे टीवी देख रहे थे। चुनाव में उभरे समीकरण का देसी और अन्तर्राष्ट्रीय बाजार

पर क्या असर पड़ेगा, बड़ी-बड़ी कम्पनियों के अधिकारी, नौकरशाह, विदेशों में बसे भारतीय और ऑक्सफोर्ड जैसे विश्वविद्यालयों से निकले विशेषज्ञ अंग्रेजी में इसका धुँआधार विश्लेषण किए जा रहे थे। उन्हें बखूबी मालूम था कि जितने लोग टीवी देखते हैं उनमें से प्रति सौ सिर्फ छह ही उनकी बातें समझ सकते हैं, फिर भी उन्हें कोई परवाह नहीं थी। कृष्णा के कमरे तक उनकी जो आवाजें आ रही थीं और उनकी अकड़, उनका अज्ञान या अल्पज्ञान साफ सुनाई दे जाता था और चैनल चाहे जो हो, सब पर यही मुट्ठी-भर लोग मौजूद थे।

नेता हिन्दी में बोले तो बोले पर विशेषज्ञ अंग्रेजी से नीचे उतरने को तैयार न थे। इन दोनों समूहों में एक बात को छोड़कर कोई मेल न था कि दोनों ही विश्लेषण के स्तर पर एक-सी विशुद्ध गप्पबाजी कर रहे थे, झूठ बोल रहे थे।

चुनाव के कई महत्त्वपूर्ण दिनों में वे लोग करीब-करीब चौबीसों घंटे स्टूडियो में ही रहे। उन दिनों कृष्णा को अक्सर इधर-उधर, कहीं भी सो गए लोगों को लाँघकर जाना पड़ता था—युवा-लड़के-लड़कियों के अधसोए और थके चेहरे पर सोते समय बही लार के सूखने के निशान साफ दिख जाते थे। आखिरी तीन दिनों के बाद तो दफ्तर के बाथरूम भी हाथ खड़े करते लगे। लेकिन आखिरकार घनघोर मेहनत का यह दौर भी बीत गया और कृष्णा ने राहत की साँस ली।

अगले रोज़ कृष्णा जब काम पर वापस लौटी तो पाया कि पार्किंग से गुजरते समय हिन्दी डेस्क की एक लड़की भागी-भागी उसके पास आई। सूरज की रोशनी से उसका चेहरा गुलाबी हो गया था और वह परेशान लग रही थी। कृष्णा को अपने लिए रुकता देखकर वह मुस्कुराई।

"तो वापस आ गईं मैम ?"

"हाँ, लेकिन मैं देख रही हूँ कि तुम फिर आ गई हो। मुझे लगा कि तुमने तो इसी हफ्ते रात की ड्यूटी की है।"

"चैट्टी मुझे पसन्द नहीं करता। वह मुझे परेशान करना चाहता है। उसने मुझे फिर से रात की पाली में डाल दिया है।"

"लेकिन तुम शिकायत क्यों नहीं करतीं ? तुम तो उन तीन दिनों में पूरे समय हमारे साथ थीं। तुम्हें तो अभी आराम दिया जाना चाहिए था।"

लड़की ने कृष्णा को कातर आँखों से देखा था। ऐसा दूसरी लड़कियाँ भी करती थीं।

उन्हें आखिरकार सीताराम चतुर्वेदी उर्फ चैट्टी के पास ही जाना पड़ता था जो एक तरफ तो दफ्तर का दादा था लेकिन दूसरी ओर ऊपरवालों का दरबारी भी। लगभग तिलचट्टे जैसा अमरत्व पानेवाला चैट्टी अपने चकाचक टाटा सूमो में बैठा सेलफोन पर किसी से बतियाता जा रहा था और अपनी टोपी को ऊपर-नीचे करता जा रहा था।

वह एक ऐसा दुभाषिया ठग था जो हर बड़े मीडिया घराने में होते ही हैं और जिनका काम नए पत्रकारों को डराना, धमकाना और फुसलाना होता है। वह ऐसे लोगों से हिन्द भारती, ओल्ड बिल्डिंग और नई इमारत में काम करने के दौरान मिल चुकी थी। ये सारे लोग मोटे-तगड़े, सूअर जैसी थूथन वाले, मोटी चमड़ी के, आँखों के नीचे काले निशान वाले थे और इनकी आँखों से काइयाँपन झलकता रहता था। और उनकी सत्ता से भी ज्यादा उनकी बेवकूफियों के चलते असली प्रतिभावान लोग इन जगहों से भाग खड़े होते थे।

चैट्टी अपनी गाड़ी से उतरा। वह कुछ बड़बड़ा रहा था। फिर उसने तोंद से सरकी अपनी पैंट को ऊपर खींचा और इसी दौरान जमीन में बने एक छेद में पैर फँसने से थोड़ा लड़खड़ाया।

वे दोनों हँसने लगीं। तुरन्त कृष्णा ने कहा, "हमें उस तरफ नजर नहीं करनी चाहिए, वरना वह हम दोनों से और भी दुश्मनी रखने लगेगा।"

"भलीमानस, क्या तुम लेट नहीं आ रही हो ?" चैट्टी ने उस लड़की से पूछा जब वे दोनों उसके पास से गुजरीं। उसकी साँसों से अभी-अभी सिगरेट पीने की बदबू आ रही थी। उसकी कमीज पर आगे खाने के धब्बे पड़े थे। उसने पैर से ठेलकर दरवाजा खोला और अन्दर चला गया।

"ओह, वह पूरे हिन्दी डेस्क से कितना नफरत करता है—पट्टू चौधरी को छोड़कर।"

"ना, पट्टू से भी उसकी नहीं बनती।"

"हाँ, लेकिन वह पट्टू को खुलेआम अपमानित करता है और फिर कहीं जाकर अंग्रेजीवालों की तरह उसकी भी आठ हफ्तों में एक बार नाइट शिफ्ट लगाता है।"

मन ही मन कृष्णा ने उस लड़की की पीठ ठोंकी। वह युवा थी और जल्दी से दुखी या निराश नहीं होती थी। वहाँ से विदा होते समय कृष्णा ने राहत की साँस ली और पीछे देखनेवाले गाड़ी के शीशे से दफ्तर की बत्तियों को छोटी-से-छोटी होते जाते देखती रही। हर आदमी अपनी-अपनी समस्याओं से परेशान था। फिर भी वे सभी यही दिखाना चाहते थे कि कुछ भी गलत नहीं है। यह बात और थी कि इस झाँसे में कोई नहीं आता था।

मेकअप रूम में कृष्णा जब अपनी साड़ी बाँध रही थी तब उसे माँ की याद आई। बिना खिड़कीवाली जगह में वह कैसे साड़ी बदल लेती होगी, इस बात पर उसे गुस्सा आता था।

कृष्णा सुन सकती थी कि बाहर खड़े लड़के किस तरह ग्रीज लगे गत्ते के एक बक्से से खाना निकालकर जल्दी-जल्दी गले के नीचे करने का प्रयास कर रहे हैं जिससे कि पी.सी.आर. रूम जल्दी पहुँच सकें। इसी जल्दबाजी के चलते मेकअप रूम के बाहर बना

छोटा कमरा भी चहल-पहल से भरा था और वहाँ फोन का इन्तजार करने वालों के लिए खासी परेशानी का कारण बना हुआ था।

कृष्णा के बाद मेकअप करानेवाली लड़की के होंठों पर गहरा मैरून रंग चढ़ाया जा रहा था। उसकी बाँहों पर भी खूब पाउडर लगा दिया गया था क्योंकि, जैसा कि उसने बताया, उसे मौसम का हाल पढ़ते हुए उस नक्शे पर हाथ रखना है जहाँ अगले दिन सूर्य के चमकने या बारिश होने की भविष्यवाणी थी।

मेकअप करनेवाली लड़की अटक-अटककर अंग्रेजी में बोल रही थी। वह हरियाणा की थी और उसका सूखा चेहरा उसके अभावग्रस्त बचपन और जीवन को दिखाता था। वह जमुनापार रहती थी और उसकी छह बहनें थीं। वह हफ्ते में चार दिन रात की ड्यूटी करती थी लेकिन नौकरी छोड़ने का खयाल उसके मन में कभी नहीं आता था। उसे अच्छी तनख्वाह मिलती थी। उसने कृष्णा को बताया था कि वह दो साल में ही अपने दहेज के लिए पर्याप्त पैसे बचा लेगी।

उनके पैरों के पास ही कॉफी के गन्दे कप और जल्दबाजी में खाए गए भोजन के कागज और टिश्यू-पेपर बिखरे पड़े थे। और बाहर खड़े लड़के सुबह के शो में आने वाले बी-ग्रेड पॉप स्टारों से जुड़े घटिया सेक्सी किस्से सुना रहे थे। हर आदमी हँस रहा था। बादल घिरने लगे और स्टूडियो के बाहर और अँधेरा हो गया। तभी किसी ने सेटेलाइट लिंक में गड़बड़ की बात कही।

कृष्णा की कोहनी के पास रखा फोन बजा। वे लोग चाहते थे कि वह तत्काल फ्लोर पर आ जाए। वे बुलेटिन को अगले दस मिनटों में ही अपलिंक कर देना चाहते थे क्योंकि इसके बाद इंग्लिश मौसम के हाल की रिकार्डिंग होनी थी।

अंग्रेजी मौसम ? कृष्णा पल-भर के लिए चकराई। फिर उसने देखा कि उसके बाद मेकअप कराने वाली लड़की अपना मेकअप हो जाने के बाद आखिरी दफे एक बार फिर से आइना निहारती है—उसे ही अंग्रेजी बुलेटिन के लिए मौसम का हाल रिकार्ड कराना था।

मेकअप वाली लड़की ने जम्हाई ली और बोली, "हे राम !"

'प्लीज कम' फोन पर आग्रह हुआ। हिन्दी बुलेटिन जल्दबाजी में निपटे ताकि अंग्रेजी मौसम का हाल ढंग से रिकार्ड किया जा सके।

कृष्णा उठ खड़ी हुई और बाहर निकली। फ्लोर ब्वाय उससे आगे-आगे दौड़े, वे एक-दूसरे के पीठ-पीछे मुक्का मारने जैसे इशारे किए जा रहे थे।

25

जब फोन बजा तो नींद में मगन कृष्णा को लगा कि यह भी सपने में बज रहा है। लेकिन बार-बार की जोर की आवाज ने उसे जगा दिया। होश से फोन तलाशने और रिसीवर उठाने में एक मिनट लग गया होगा।

"कृष्णा ?" फोन उसकी बहन का था, "अभी-अभी भैया का फोन आया था। माँ के बारे में बता रहे थे कि माँ अस्पताल में है। डॉक्टरों को नहीं मालूम कि क्या हो रहा है, पर खून का निकलना नहीं रुक रहा है। खून की उल्टियाँ भी हो रही हैं।"

"क्या हुआ ? कल शाम को ही तो मैंने उससे बात की थी। वह तो एकदम ठीक लग रही थी।"

"मुझे ठीक-ठीक पता नहीं है। खूब भोर में ही यह हुआ और उसके साथ रहने वाली लड़की ने पड़ोसियों को बुलाया। उन्हीं लोगों ने भैया को फोन किया था। वे लोग उसे इमरजेंसी रूम में ले गए। अब वह इंटेंसिव केयर यूनिट में है।" उसकी बहन बताते-बताते रोने लगी।

"चुप हो जा," कृष्णा ने कहा, "और मुझे सोचने दे।" पर उसे खुद अपना सिर चकराता और खाली होता लगा। उसकी बहन ने कहा कि मैंने भैया से कहा था कि मैं सुबह पहली गाड़ी से चल दूँगी तो भैया ने कहा कि चिन्ता की बात नहीं है। वे वहाँ पहुँच गए हैं और उसे यहाँ दिल्ली लाने के लिए एम्बुलेंस का इन्तजाम कर रहे हैं, और उनके साथ उनकी कम्पनी का डॉक्टर भी है। जब वे दिल्ली पहुँच जाएँगे तो हमें फोन करेंगे और फिर हम बारी-बारी से माँ की देखभाल करेंगे।

उनका एकमात्र भाई एक बड़े व्यावसायिक समूह का कर्त्ता-धर्ता था और साधनों की कोई कमी नहीं थी। कमी थी सिर्फ समय और धैर्य की। और उसका धैर्य और समय चुकने में ज्यादा वक्त नहीं लगने वाला था। यह कृष्णा बखूबी जानती थी।

"माँ कब से अकेले और उपेक्षित होने की बात कहती थी। तुम भैया से जब भी बात करती थीं तो माँ हमसे यह चर्चा करती ही थी। तुम्हें क्या लगता है, भैया से भी करती होगी ?" बहन उससे जानना चाहती थी।

"उसमें मैं कुछ नहीं कह सकती," कृष्णा ने कहा, "क्या हमारे-तुम्हारे वश में कुछ है ?"

"नहीं, और मुझे नहीं लगता कि तुम भी कुछ कर सकती हो। आखिर वही तो

उनका एकमात्र बेटा है और तुम जानती हो वह उसे कितना चाहती है। और बोलने में तो वह कुछ भी कह जाती है। उसके कहने का मतलब यह नहीं है कि भैया के अलग रहने से, या परवाह न करने से वह उससे स्नेह नहीं करती।''

''नहीं,'' कृष्णा ने हामी भरी।

''मुझे लगता है कि हम अपनी सोच या गलतफहमियों को भुलाकर इस समय उन दोनों को साथ रहने-होने का अवसर दें जिससे कि समय रहते दोनों का मन फिर से मिल जाए।''

''हाँ, मुझे भी ऐसा ही लगता है।''

कृष्णा ने यह नहीं कहा कि पता नहीं हम कभी अपना मनमुटाव भुला पाएँगे या नहीं। अब, इतने साल बाद !

इसके बाद कृष्णा को नींद नहीं आई। वह बैठी ही रही–कभी अपने हाथों को देखती थी, कभी घड़ी की टिकटिक सुनती थी, कभी पंखे का चलना, कभी चिड़ियों की चहचहाहट। वर्षों से वह और माँ सैकड़ों मील के फासले पर रहते आए हैं। उम्र बढ़ने के बाद दोनों के बच्चे उनसे दूर हो गए थे और दोनों का ही काम उनकी चिन्ता करना भर रह गया था। अपने टेरेस पर बैठे-बैठे घड़ी देखते और चिड़ियों की चहचहाहट सुनते उन दोनों ने ठंडी चाय के न जाने कितने सौ प्याले गुटके होंगे। माँ ने घर में केबल सिर्फ इसलिए लगवाया था कि वह कृष्णा को टीवी पर देख सके। कभी-कभार वह फोन करके कृष्णा को बताती थी कि उसके ब्लाउज में इस्त्री नहीं हुई थी या वह थकी या मोटी दिख रही थी या फलाँ रंग तुझे नहीं जमता।

एक बार जब वे लोग पार्वती के पास गए थे तो माँ उसे और उसकी बहन को लेकर बाजार गई थी। उन तीनों ने एक-दूसरे के लिए अच्छी-अच्छी मलमल की साड़ियाँ लीं, पार्वती ने तब कहा था, ''तू अकेली रहती है, तब भी ढंग से रहो, ढंग से पहनो।''

कृष्णा को याद आया कि जब वे लोग बहुत छोटे थे और उनके पिता जीवित ही थे, तब कभी-कभी अम्मा और पिताजी बहुत तेजी से किसी एक बोली में बतियाते थे जिसे बच्चे नहीं जानते थे।

''आप लोग क्या बात कर रहे हैं ? आप हिन्दी में क्यों नहीं बोलते ?'' कृष्णा पूछा करती थी।

''हम अपनी मातृभाषा का अभ्यास कर रहे हैं जिससे कि हमें याद रहे कि हम कौन हैं,'' पार्वती का यही जवाब होता था।

''फिर हम यह बोली क्यों नहीं बोल सकते ?'' कृष्णा का अगला सवाल होता था।

''तुम चाहो तो सीख सकती हो। लेकिन फिर तुम्हें यह बोली पूरी तरह जान-सीख लेने तक सिर्फ उसी में बोलना होगा, हिन्दी या अंग्रेजी में नहीं।''

''लेकिन तब तो मेरे दोस्त मुँह मोड़ लेंगे।''

''यह तो होगा,'' पार्वती ने कहा और हँसने लगी।

कृष्णा इस उधेड़बुन में थी कि वह अब जो बातें कहने जा रही है वह सबसे नरम ढंग से किस भाषा में कही जा सकती हैं ?

अमेरिकन इंग्लिश : हाय हैमलेट, आई थिंक दिस एरेंजमेंट स्टिंक्स। आई वांट आऊट। गेट इट ?

हिंग्लिश : हैमलेट जी, हमको जाना माँगता है। ये पेन-फुल च्वायस है, बट नेसेसरी भी।

बुलेटिनों में जाने वाली बाबू इंग्लिश : मैडम चेअरपर्सन, आई हैव आलरेडी हैंडेड इन ए नोट दैट आई ऐम श्योर यू हैव मोस्ट काइंडली परश्यूड ऐंड पास्ड आन टू सर। आई हंबली बेग टू स्टेट आई नीड ए फ्यू डेज' लीव टू अटेंड अपान ऐन एलिंग पेरेंट। वी शैल डिस्कस द एबोव मेंशंड नोट ऐट लैंग्थ लेटर, इफ यू सो एग्री। योर्स मोस्ट ओबिडिएंटली एटसेट्रा-एटसेट्रा।

हैमलेट अभी आया नहीं था। जया अपने सजे-धजे डेस्क पर बैठी थी। वह अपने काम में लगी थी, पर बहुत व्यस्त नहीं लग रही थी। उसने कृष्णा को देखा और फिर अपने कम्प्यूटर की तरफ मुड़ गई। कोई गड़बड़ या खतरा है, यह भाँपने में उसने ज्यादा वक्त नहीं लगाया।

"अब कहिए," उसने इस अंदाज में कहा कि कृष्णा के पाँव थम गए। उसका शरीर तनाव में आ गया।

"मैं सिर्फ यह कहने आई थी कि मुझे कुछ दिनों की छुट्टी चाहिए।"

कृष्णा ने अपनी आवाज सामान्य रखने की कोशिश की। उसे लगा कि जया बातचीत को आगे नहीं खींचेगी।

"फिर आपने पहले यह नोट मुझे क्यों भेजा था ?" जया ने अपने हाथ में वह नोट किसी खाने-पीने की चीज पकड़ने के अंदाज में पकड़ रखा था जिसे कृष्णा ने पहले भेजा था। उसकी आवाज का सुर धमकी भरा था। "अगर आप बात नहीं करना चाहतीं, तब भी मुझे लगता है कि हमें इन मसलों पर अब दो टूक बात करनी ही चाहिए। मैं जानना चाहती हूँ कि आपके मन में यहाँ की व्यवस्था को लेकर इतनी नाराजगी क्यों है ? क्या आपने अपनी जगह कोई और एंकर देखा है ? आप जानती हैं कि हमारे यहाँ कितने कम लोग हैं। काफी सारे नए लड़के-लड़कियाँ छुट्टी पर गए हैं। आप पहले ऐसा नोट भेजें और फिर इस तरह हाथ झाड़कर चल दें, यह नहीं चलेगा।"

जया की आवाज से उसका गुस्सा या प्रबन्धन की यह राय साफ झलकती थी कि छुट्टी पर जाने के पहले कृष्णा ने आफिशियल नोट भेजकर ठीक नहीं किया है।

"आप कितने दिनों के लिए जाएँगी ?"

"कुछेक दिनों के लिए।"

"दो दिन ?"

"मुझे लगता है कुछेक दिन।"

"कुछेक दिन का मतलब दो होता या ज्यादा से ज्यादा तीन—या फिर आपके कहने का कुछ और मतलब है ? क्या आप और स्पष्ट ढंग से कहेंगी ?"

इस अचानक हुए प्रत्याक्रमण से कृष्णा इतनी तमतमा उठी कि उसे भरोसा नहीं था कि वह जवाब दे पाएगी भी या नहीं। उसने मुँह सिल ही लिया और यह सोच सा लिया कि जब वह मुड़कर चलेगी तब जया उस पर कोई न कोई चीज जरूर फेंकेगी।

उसे जुबान लड़ाने या गाली-गलौज करने से नफरत थी लेकिन कोई कहाँ तक बच-बच कर चल सकता है ? वह बहुत नाराज थी और जया इतनी उत्तेजित थी कि अपने हिन्दी सम्पादक से कोई बात सुनने को तैयार न थी।

कृष्णा को मालूम था कि हैमलेट के आने तक जया बिना आगे-पीछे देखे गुस्से से उबलती हुई निरन्तर काम करती जाएगी।

कृष्णा अब मन-ही-मन एक और पत्र का खाका दिमाग में बनाने लगी थी—"माई डियर हिन्दी डेस्क...।

"मैंने बिना कुछ कहे-बतियाए आप लोगों के साथ काम शुरू किया था। मैं जानती हूँ कि आप सभी अभी साल-भर से ही काम कर रहे हैं और सीखने के दौर में ही हैं। मैं नहीं सोचती कि जब वे लोग आप सभी को मुझसे दूर ले जाएँगे तब मैं आपके ऊपर ज्यादा दावा कर पाऊँगी। वे आपके लिए एक नया लीडर ले आएँगे जो दिन-रात काम करने के साथ ही समय-समय पर उनको वह छूट भी देगा कि वे आपको परेशान करते रहें। वे आपको पिन चुभोकर आपके रक्त और मज्जा को जाँचते रहेंगे और उसे खींचकर इंग्लिश बुलेटिनों में चढ़ाते जाएँगे। उन्होंने आपको अभी ही काफी आतंकित कर रखा है। मैंने आप लोगों को बचाने का वादा किया था। मुझे अफसोस है कि मैं ऐसा नहीं कर सकी।"

"इस बात का इतना बुरा मत मानिए," कृष्णा को बाँहों में जकड़ती हुई एक लड़की ने कहा। पार्किंग वाली जगह पर अँधेरा था और हिन्दी तथा अंग्रेजी, दोनों डेस्क से कुछ लड़के-लड़कियाँ हिम्मत करके कृष्णा को अलविदा कहने आए थे।

कृष्णा ने अपने साथियों की तरफ देखा, इतनी कम उम्र वाले और इतनी मुश्किल स्थिति में काम करने वाले। "हम आपका दुख कम करने के लिए क्या कर सकते हैं ?"

कुछ पलों के लिए इन लड़के-लड़कियों के लिए स्नेह से कृष्णा का दिल भर आया।

फिर कृष्णा ने विदा कहा और चल दी।

पूरे दिन वह फोन के पास ही बैठी रही।

भैया ने आखिरकार देर शाम फोन करके बताया कि वह माँ को सुरक्षित ले आए हैं। उनकी आवाज थकी और परेशान लग रही थी। उन्होंने बताया कि पार्वती को एक प्राइवेट अस्पताल में भर्ती करा दिया गया है और अगले चौबीस घंटों तक उससे कोई

भी नहीं मिल सकता है। परिवार के लोग उसे देख भर सकते हैं।

कृष्णा इन्तजार करती रही और कहा कुछ नहीं। वह सिर्फ अपने हाथ निहारती रही। इन हाथों को नरम करने वाले लोशन की जरूरत थी। "तुम कितनी लापरवाह हो," माँ इन्हें देखती तो कहती। उसे लगा कि काश अभी वह माँ के पास पहुँचकर उसके चेहरे को सहला सकती, जो दर्द से जर्द पड़ गया था।

"लीवर की गड़बड़ है," आखिरकार भैया ने कहा, "डॉक्टरों को लगता है कि हैपेटाइटिस के चलते लीवर सिरोसिस हो गया है। अन्दर काफी नुकसान हुआ है।"

"मैंने दफ्तर से छुट्टी ले रखी है। कल से मैं तुम्हारी जगह वहाँ रहूँगी," कृष्णा ने कहा।

भैया ने राहत की साँस ली। उन्होंने कहा कि अगर तुम सचमुच कुछ दिन माँ के पास रह सको तो मुझे बड़ी राहत हो जाएगी क्योंकि मुझे यूरोप से बिजनेस का कुछ बहुत जरूरी काम तुरन्त निपटाना है। उसने कहा कि वह लगातार सम्पर्क में रहेगा। अगर डॉक्टर लोग माँ का ऑपरेशन करना चाहेंगे तो उसके लिए भी तारीख तय करके मुझे खबर दे देना। अभी तो माँ बहुत कमजोर है और उसका काफी सारा खून निकल चुका है, इसलिए डॉक्टर सर्जरी न करने की बात ही कर रहे हैं। जहाँ तक खर्चे का सवाल...

"चिन्ता मत करो, जाओ," कृष्णा ने कहा।

काश, घर और अस्पताल के बीच की जगह किसी जादुई कालीन की तरह ऊपर उड़ सकती और पार्वती तक पहुँचना आसान हो जाता। काश ऐसा होता कि सभी फिर से बचपन की तरह माँ को घेरकर खड़े होते और एक साथ शिकायत करते कि बाहर क्या-क्या बदसलूकी उनके साथ हुई है, फिर पार्वती बाहर निकलती और शिकायतों पर किसी से लड़ती, किसी को समझाती।

लेकिन अब खुद पार्वती उनसे दूर पड़ी थी। उसका बेदम हुआ दिल क्या फुसफुसा रहा है, यह सिर्फ मशीनें ही सुन सकती थीं।

जब आपके पैरों के नीचे की जमीन खिसकनी शुरू होती है और उसकी जगह एकदम अनजानी जगह नजर आने लगती है तब आप क्या करते हैं ? जब आपका मस्तिष्क, आपकी जुबान को बनाने-गढ़ने वाली चीज खुद ही चरमराकर गिरने लगे और खुद अनजान ढलान पर लुढ़कने लगे तब आप किस चीज को थामकर खड़े हो पाएँगे ?

हम खुद को, अपने अन्दर की भावनाओं को प्रियजन की मौत के लिए तैयार क्यों नहीं करते ?

अस्पताल के कैफेटेरिया में कुर्सियाँ प्रायः नहीं थीं और खड़े होकर खानेवाली मेजें ही थीं, जो साफ-सुथरी थीं। उसकी बहन ने कहा कि यह व्यवस्था लोगों की बैठकबाजी बन्द करने और भीड़-भाड़ कम करने के लिए उपयोगी रहती है। वह देह-हाथ से भरी-पूरी, प्रसन्न थी और उसके सुन्दर और प्यारे बच्चे अभी बड़े नहीं हुए थे। उसे लगता था कि कृष्णा बेमतलब बहुत चिन्ता करती है। उसका कहना था कि मुस्कुराहट

के साथ सभी चीजों पर जीत हासिल की जा सकती है।

वे तीनों साथ बैठे। भैया अन्दर से एकदम डरा और पीला दिखा। ‘‘जब सारी जाँच हो जाएगी तभी डॉक्टर बताएँगे कि अन्दर हुआ नुकसान कितना गम्भीर है,’’ उसने कहा, ‘‘अभी वे लोग रक्तस्राव करनेवाली धमनियों को बन्द करने में लगे हैं और माँ को बेहोश रखा गया है।’’

‘‘क्या उसे काफी तकलीफ़ हो रही है ?’’ बहन ने डरी हुई आवाज में पूछा।

भैया ने कोई जवाब नहीं दिया।

सोमवार। बॉबी मुँह लटकाए उसके पास आई।

कृष्णा अपनी मेज पर बैठी काम कर रही थी। जब बॉबी ने यह घोषणा की कि उसे ऊपर बुलाया जा रहा है तब कृष्णा ने ऊपर नहीं देखा। कृष्णा जानती थी कि जब वे दोनों आपस में बातचीत करके सबकुछ तय कर लेंगे तब उसे बुलाया जाएगा।

‘‘बैठ जाइए। चाय या कॉफी ?’’ यह बोलने के साथ हैमलेट बेचैनी-भरे अंदाज में गला साफ करता रहा।

‘‘नहीं, कुछ भी नहीं। शुक्रिया।’’

उसने अपनी गोद में पड़े कागजों को अपने सजे-धजे हाथों में पकड़ लिया और उन्हें लहराया।

‘‘कृष्णा, मैं यह बात सबसे पहले कहता हूँ कि हम आपकी निष्ठा का, आपकी पत्रकार वाली समझदारी का और हर तरह के काम के अनुभव का बहुत आदर करते हैं, लेकिन हमें यह भी कहना है कि हमें आपके काम के प्रति नजरिए से भारी निराशा हुई है।’’

अब तक उसकी जुबान में एक ठंडे इस्पाती गुस्से का भाव आ गया था। ‘‘हमें लगता है कि यह दफ्तर जैसे चलता है उसकी किसी भी चीज पर, हाँ किसी भी चीज पर सार्वजनिक बहस नहीं की जा सकती। और मैं यह चीज भी सदा के लिए स्पष्ट कर देना चाहता हूँ कि यहाँ काम इसी तरह होगा, चीजें इसी तरह रहेंगी।’’

‘‘फिर मेरे लिए क्या विकल्प बचता है ?’’ कृष्णा ने उससे नजरें मिलाते हुए पूछा।

‘‘तीन,’’ एकदम नपा-तुला और पूर्वाभ्यास के बाद आया जवाब सामने आ गया।

‘‘आप आगे से बिना कोई सवाल उठाए काम करती रह सकती हैं, या आप एंकरिंग छोड़कर शाम में डेस्क का काम भर कीजिए या फिर अपने लिए कुछ और सोच लीजिए।’’

‘‘मुझे लगता है, मैं यह काम छोड़ दूँगी,’’ कृष्णा ने बहुत शान्त भाव से और बिना अटके कह डाला। उसने सोचा था कि अपनी विदाई की सूचना वह थोड़ा ज्यादा संयत ढंग से देगी, पर शब्द थोड़ा ज्यादा तेजी से निकले और कठोर निकले।

हैमलेट उसे घूरे जा रहा था।

"ओह ! तो आप कब जाना पसन्द करेंगी ?"

"हफ्ते बाद या यह महीना पूरा करके, ठीक है ना ?"

हैमलेट हैरान था। लेकिन कृष्णा की तरह वह भी कभी नहीं स्वीकार करेगा कि उसने यह नहीं सोचा था कि ऐसा हो जाएगा या कि उन लोगों को भरोसा नहीं था कि वह इतनी आसानी और जल्दी से नौकरी छोड़कर चल देगी। उसने अपने आगे पड़े भद्दे कागजों को बहुत सावधानी के साथ मोड़ा और तब उसकी उँगलियों से भी तनाव दिख रहा था।

"खैर, हमें अच्छा लगता कि आप हमारे साथ ज्यादा समय रहतीं, खासतौर से तब जब आपका बुलेटिन काफी तेजी से लोकप्रिय होता जा रहा है।"

"यह मेरा बुलेटिन नहीं है। यह हिन्दी बुलेटिन है जिसके सिर्फ सम्पादन और एंकरिंग की मैंने शुरुआत की थी और अन्त में सिर्फ एंकरिंग ही कर रही थी। इसके लिए आपने मुझे अच्छी तनख्वाह दी। सो अहसान किसी का नहीं बनता।"

इस अवसर पर जो कुछ कहने के लिए कृष्णा ने सोच रखा था वह ज्यादा व्यवस्थित और तार्किक था। लेकिन अब तो जो निकलना था सामने आ गया था। उसने गहरी साँस ली और बात खत्म करने का फैसला किया। जो करना था सो किया जा चुका था।

"क्या आप अपना फैसला नहीं बदल सकतीं ?"

यह वाक्य कहने के बाद तीनों ही कुछ अजीब मुश्किल में आ गए क्योंकि तीनों को इसका जवाब मालूम था। हैमलेट भले ही एक साथ दादा और डरपोक, दोनों हो पर कुछ मामलों में कृष्णा उसका आदर भी करती थी। वह सचमुच यह चाहता था कि दिन-भर दोनों भाषाओं में बुलेटिन आते रहें। लेकिन चेन्नई और कोलकाता, नई दिल्ली और मुम्बई एक ऐसी भाषा को जरा भी स्वायत्तता देने के पक्ष में नहीं थे जिसमें उनके झंडाबरदारों की जरा भी पैठ न थी।

"मुझे उम्मीद है, आप किसी हार्ड फीलिंग के साथ नहीं जा रही हैं।"

कृष्णा विदा लेने को थी और हैमलेट अपनी उसी बनावटी मुस्कान के साथ हाजिर था—"देखिए हर किसी के कैरियर में ये चीजें होती ही रहती हैं।" उसने कृष्णा के लिए दरवाजा खोला।

"मैं जानती हूँ," कृष्णा ने कहा और दन से दरवाजे के बाहर निकल गई। वह इस खयाल से परेशान थी कि कहीं वह हाथ मिलाने या गले लगकर विदा करने या फिर कुछ और कहने का प्रयास न करे जिससे वहाँ से विदा लेते समय मन और ज्यादा न उखड़ जाए। लेकिन उसने बड़ी राहत के साथ यह एहसास किया कि वह भी इन चीजों को खूब जानता है। उसने सिर्फ इतना ही कहा कि सम्पर्क न तोड़िएगा और जब इच्छा हो इधर आ जाइएगा; हम अभी भी दोस्त बने रह सकते हैं।

कृष्णा उसके काम-काज को या उसको पसन्द करती थी, सिर्फ इसी के चलते ही नहीं, उसने एकदम अलग ढंग से भी सोचा कि सिर्फ हैमलेट होने के चलते ही वह न तो दोस्त बने रहने के योग्य है, न अच्छा आदमी माने जाने के और ना ही पूर्व नियोक्ता के रूप में याद किए जाने के।

26

"माँ की स्थिति बहुत खराब नहीं लग रही है।"

भैया उसके लिए इन्तजार कर रहा था। उनका विमान घंटे-भर पहले ही आया था।

कृष्णा की बहन ने आँखें पोंछ लीं। उसके खूबसूरत चेहरे में सूजी हुई आँखों के अलावा बाकी सबकुछ वैसा ही और दृढ़ था।

"मैंने नौकरी छोड़ दी है," उसने परिवारवालों को बताया।

"ओह !"

अस्पताल के कमरे से बाहर मिली इस सूचना से उन लोगों को हैरानी तो हुई ही, वे इस बात को लेकर थोड़े परेशान हुए कि अन्दर जाकर माँ को वे जो-जो बातें कहते वह नहीं कह पाएँगे। कृष्णा का शाल कन्धे से खिसक कर गिरा लेकिन उसके नीचे पहुँचने और जमीन पर घिसटने से पहले ही बहन ने उसे रोक लिया।

बाहर, फिर जोर का साइरन बजाती एंबुलैंस एक नए मरीज को इमरजेंसी में ले आई थी। इसके साइरन की चीख उन सबके मन से टकराती थी, उसे काटती थी। फिर इमरजेंसी से निकलनेवाली ट्रालियों और दौड़-भाग की आवाजें आने लगीं और थोड़ी देर में ही साइरन की आवाज रुक गई। बाहर रात घिरने के साथ ही आसमान ने मौसम बदल दिया। फिर हाल में कदमों की आवाजें आने लगीं। रात की पालीवाली नर्स शाम को दी जानेवाली सूई-दवाइयों के साथ हाजिर थी, "आप दोनों बाहर क्यों खड़ी हैं ?" उसने मुस्कुराते हुए कहा, "अन्दर आ जाइए।"

"अब जाओ," कृष्णा ने अपने भाई से कहा, "अब घर जाकर थोड़ा आराम कर लो, क्योंकि तुम्हें फिर कहीं उड़ जाना होगा।" जब देखो तब वह थका-हारा ही लगता था। और इस उड़ान से आया, उससे जाने की तैयारी में ही लगा रहता था। उसने वापस मुड़ते हुए उससे धीमी आवाज में कहा, "आई ऐम सारी।"

पार्वती को तकिए और बेड के सहारे बैठाया गया था। उसने नर्स से कहा, "आज तो तुम कुछ ऐसा दोगी जिससे मैं रात में थोड़ा सो सकूँ।" उसकी आवाज अभी भी भारी थी। मुँह से होकर घुसाई गई नलियों की वजह से आवाज एकदम बदल गई थी। लेकिन वह पूरे संघर्ष वाले मूड में दिखती थी। उसने बेटियों पर कटाक्ष किया, "तुम्हारा भैया अब कहाँ है ? अभी-अभी तो वह यहीं था। और कृष्णा का चेहरा यूँ उतरा उतरा क्यों दिखता है ?" उन्होंने थोड़े रुष्ट अंदाज में पूछा।

वे लोग चुप रहे। वे सभी अपराधी भाव से एक-दूसरे को देख रहे थे। उन्हें मालूम था कि अगर वे चाहें तब भी झूठ नहीं बोल सकतीं, बहाना नहीं बना सकतीं। माँ-बेटियों के बीच अब तक रहे सच्चाई के सम्बन्धों के आगे झूठ नहीं टिकेंगे।

"अम्मा," आखिरकार कृष्णा बोली, "मैंने भैया को अपने कारोबार की कुछ बहुत जरूरी चीजें निपटाने के लिए भेज दिया था। और तुम्हें कोशिश करके थोड़ा सोना और मन को आराम देना चाहिए। बहुत ज्यादा नहीं सोचो। मैं रात में तुम्हारे पास रहूँगी।"

"मैं आराम करने की कोशिश करती हूँ," पार्वती चुप हो गई क्योंकि नर्स उसकी दवाइयाँ ले आई थी। गोलियाँ निगलने से गले में दर्द हुआ। उसने आँखें बन्द कर लीं और अपनी पतली उँगलियों से गला सहलाने लगी। उन दोनों ने नजरें फेर लीं। फिर वे दोनों उसके बिस्तर से सटकर बैठीं जिससे कि उनके घुटने बिस्तर को छूते रहें। पार्वती के बालों में कंघी हुई थी और चोटियाँ भी बना दी गई थीं।

"तुम भी जरूर घर जाओ। यहाँ किसी के रात में रुकने की जरूरत नहीं है। नर्सें अच्छी हैं।"

"तुम जा सकती हो," कृष्णा ने अपनी बहन की तरफ इशारा करते हुए कहा, "मुझे रुकने में कोई परेशानी नहीं है। न बच्चे हैं, न नौकरी है।" उसने मुस्कुराने की कोशिश की। पार्वती ने हड़बड़ाकर सिर उठाया। उसने तिरछी नजरों से अपनी बेटी की तरफ देखा लेकिन कहा कुछ भी नहीं।

उनके आसपास रात धीरे-धीरे अपना डेरा डाल रही थी। लोग अपने बीमार और मरणासन्न रिश्तेदारों को छोड़कर घर लौट गए थे। अस्पताल में एक बार फिर सफाई-पोंछा के बाद पर्दे खींचे जा चुके थे।

अस्पताल की खिड़की से नजर आ रहे शहर में चमक-दमक तो थी, पर एक जबर्दस्त उदासी और शान्ति भी लग रही थी। माँ और बेटियाँ बिना कुछ बोले वक्त बिता रही थीं। तभी कृष्णा की बहन उठी और उसने टीवी चला दिया। रात नौ बजे वाले बुलेटिन की तस्वीरों से कमरे में कुछ जान आई लगी। हैमलेट ने बड़े भारी मन से उन्हें सूचना दी कि अखिल राय, जो पत्रकारों में भीष्म जैसी हैसियत रखते थे, नहीं रहे।

माँ ने कृष्णा की तरफ देखा, "क्या यह वही नहीं थे जिनके पास तू हर मुश्किल में दौड़ी-दौड़ी जाती थी ? तुमने तो कहा था कि उनकी रसौली का ऑपरेशन हुआ है और वे अब ठीक हो जाएँगे।"

"अम्मा, वे अस्सी वर्ष के थे," कृष्णा ने माँ को शान्त कराना चाहा पर खुद उसकी आँखों में आँसू आ गए।

"अगर उनको रसौली नहीं थी तो तुम्हें क्या लगता है...?" उसकी बहन ने कहा।

"मुझे कुछ नहीं लगता है," कृष्णा ने कहा और रोने लगी।

ऊपर पंखा अपने पूरे जोरों पर था। कृष्णा की बहन ने थोड़े समय बाद खुद को सँभाला और बाहर देखा, "अब मुझे चलना चाहिए," उसने धीरे से कहा।

रात में कृष्णा की नींद अचानक खुली। पार्वती गहरी नींद में सोई थी। उसकी साँस तेज लेकिन थोड़ी कमजोर लग रही थी। पर उसके चेहरे में चमक थी। कृष्णा माँ के चेहरे को, उसके पेट को उसी तरह छूना चाहती थी जैसे कि वह बचपन में डरने पर किया करती थी लेकिन उसे डर लगा कि देह छूने से माँ की नींद खुल जाएगी।

बाहर नर्सें धीमी आवाज में गप्प लड़ा रही थीं। फोन एक बार बजा, किसी ने फोन उठाया और धीमी आवाज में बातें करने लगा।

मान लो कि मैं काम पर गई होती ? मान लो कि माँ बीमार नहीं होती ? मान लो कि अखिल दा अभी भी जिन्दा होते ?

नहीं, मान लेने से काम नहीं चलता।

कृष्णा कुछ समय से अखिल दा के घर नहीं गई थी। आज जब वह गई तो अस्पताल के फट्टे पर तनाव में पूरी रात गुजारने के चलते एकदम पस्तहाल थी।

घर एकदम श्रीहीन लगा। जहाँ-तहाँ कुछ कुचले-टूटे फूल पड़े थे और सामने की फुलवारी में खरपतवार मर गए थे। पिछली बार जब वह यहाँ आई थी तो साफ-सुथरी फुलवारी की कटी-छँटी झाड़ियों के बीच चमेली के फूल भरे हुए थे और उनकी सुगन्ध घर के अन्दर तक के वातावरण में भरी थी। बरामदे में रखी उस बड़ी सी मेज पर पीतल के फूलदानों में अनेक फूलदार पौधे भरे थे। यहीं बैठकर वे लोग विशुद्ध दार्जीलिंग चाय पिया करते थे। चाय के पहले इतनी और इतने तरह की मिठाइयाँ आ जाती थीं कि कृष्णा चाहे जिस तेजी से उन्हें खाए बढ़िया कप में परोसी गई चाय ठंडी पड़ने लगती थी।

घर की नौकरानी की आँखें सूजी और लाल थीं। उसने कृष्णा को बताया कि लोग शव लेकर लोदी रोड विद्युत शवदाह-गृह की तरफ रवाना हो चुके थे। घर में कोई भी नहीं है, माँजी भी गई हैं।

धूल-भरे बरामदे के सारे फर्नीचरों का एक तरफ ढेर लगा दिया गया था। अन्दर का बिस्तर साफ-सुथरे ढंग से लगा था। अखिल दा का प्रिय कुत्ता वहाँ निगरानी कर रहा था। उसने कृष्णा को नजर उठाकर देखा। दीवार पर फ्रेम की हुई परिचित मातीस की पेंटिंग टँगी हुई थी।

कृष्णा को याद आया कि एक बैठक में अखिल दा किस तरह कृष्णा पर उखड़े थे, "तुमने हम सभी लोगों को शर्मसार कर दिया है। तुमने एक भ्रष्ट नेता से सार्वजनिक रूप से माफी माँग ली और अब तुम चाहते हो कि सारे पत्रकार लोग तुम्हारी नौकरी बचाने के लिए झंडा उठाएँ ?" और फिर उन्होंने वहाँ बैठे पत्रकारों से मुखातिब होते हुए कहा था, "मेरी बातों को याद रखिएगा। इन जैसे लोगों की वजह से यह पेशा जल्दी ही मर जाएगा।" जब वे यह कहने के लिए उठे तो उन्होंने खड़े होने के लिए मेज का सहारा लिया। उनकी आवाज़ थकी हुई थी, पर उनके गुस्से से हाल में एकदम शान्ति

छा गई।

अखिल दा के शेर जैसे मस्तक पर अभी भी चाँदी जैसे चमकते बाल भरे थे और मोटे शीशे के चश्मे के बीच रहनेवाली बटननुमा तेज आँखों से कोई भी छोटी चीज छुपी नहीं रहती थी। जब अखिल दा का इलाज चल रहा था और वे बिस्तर पर पड़े थे तो कृष्णा का मन होता था कि वह उसी तरह उनके बाल काढ़ दे, उनकी उँगलियों को चूमे जैसे अपनी बच्चियों के साथ वह किया करती थी।

ईमानदारी के हठ के साथ अखिल दा चालीस के दशक में बंगाल में पड़े भीषण अकाल के समय वहीं टिककर बैठे थे और इस मनुष्यनिर्मित महाआपदा से जुड़े वीभत्स और डरावने तथ्यों की रिपोर्टें लगातार भेजते रहे। बाद में उन्होंने पंजाब में उग्रवाद के उभार से जुड़े तथ्यों को भी इसी मुस्तैदी और ईमानदारी से प्रकाशित किया। उन्होंने कभी भी अपने लिए पुलिस संरक्षण की माँग नहीं की और पंजाब के आतंकवाद प्रभावित इलाकों में जाते समय संरक्षण देने की पेशकश भी वे नहीं मानते थे।

एक ओर अगर उनमें इतनी कठोरता थी तो दूसरी तरफ वे बहुत ही प्यारे इन्सान थे और जब कभी भी कृष्णा उनके किसी लेख या विश्लेषण की तारीफ करती थी तो वे किशोरों की तरह शरमा जाते थे। जब वह उनके पास से विदा होती थी तब वे जरूर दरवाजा खोलने की जिद करते थे और बाद में मजाक में यह भी पूछ लेते थे कि कहीं यह काम राजनीतिक रूप से गलत तो नहीं है। जब वह इस सवाल पर शरमा जाती थी तो उनका ठहाका बुलन्द होता था और वे सिर हिलाकर उसे विदा करते थे।

शवदाह-गृह में कृष्णा अखिल दा की पत्नी के साथ एक पेड़ के नीचे बैठी थी। उनकी एक सहेली उनका हाथ पकड़े खामोश खड़ी थी। उनके ढीले-ढाले कपड़े बहुत ही अच्छी पसन्द वाले रंगों के थे। उन्होंने कृष्णा को एक बार बताया था कि किस तरह उनके पति हरदम बढ़िया खाने, बढ़िया ढंग से सजी मेज पर खाने पर जोर देते थे और उन दोनों को यह बात बहुत पसन्द आती थी कि वे घर आए मेहमानों को बढ़िया से बढ़िया बंगाली मिठाइयाँ खिलाएँ। "आ जाओ, आ जाओ," उन्होंने कृष्णा को बुलाया और बाहर बने पत्थर के चबूतरे पर अपने पास की जगह के लिए इशारा किया, "यहाँ आकर बैठो।"

बचपन में जब कृष्णा अपनी क्लास में फर्स्ट आई थी और पिताजी ने पुरस्कार के रूप में टॉफियाँ खरीदने के लिए एक रुपया दिया था। तब उसके चचेरे-मौसेरे भाई-बहनों में से एक ने धक्का देकर उसे गिरा दिया और पैसे छीन लिए। फिर उसने और उसके दोस्तों ने उसे घेर लिया और धमकाया कि रोना नहीं। कृष्णा ने उन सबको देखा और यह जताने का प्रयास किया कि उसे चोट तो नहीं ही लगी है, वह उन लोगों से डरी भी नहीं है।

अखिल दा की पत्नी बहुत दुबली-पतली थीं लेकिन वे एकदम तनकर बैठी थीं और अपने हाथ मलती रहीं। कृष्णा को याद आया कि उसके एक स्वर्गवासी मित्र ने कभी कहा था, "अगर तुम्हें लगे कि तुम सही हो तो कोशिश कभी नहीं छोड़नी

चाहिए। मैंने अपनी प्रिय महिला को लगातार पाँच वर्ष तक फूल भेजे। फिर उसने हाँ कहा।''

''तुम्हारे अखिल दा को सदा हड़बड़ी रहती थी,'' उनकी पत्नी ने कहा, ''वे हरदम कहीं पहुँचने में, हर काम में सबसे आगे होना चाहते थे। और इस काम में भी देखो वे हम सबसे आगे निकल गए।''

27

अब चाहे यह टीवी धारावाहिकों का असर हो या खुद माँ द्वारा कई बार सुनाए किस्सों का, कृष्णा ने कई बार सोचा कि अस्पताल चमत्कार और अप्रत्याशित परिणाम भी तो कर सकते हैं।

लेकिन उनकी माँ अब कम उम्र की नहीं थी और इससे भी बड़ी बात यह थी कि उसमें रोग से लड़ने की इच्छा दिखाई नहीं देती थी। जब डॉक्टर लोग उससे आगे काफी समय तक दवा-इलाज चलाने की बात करते थे तो वह कुछ नाराज और कुछ बेपरवाह-सी लगती थी। इसका एक बड़ा कारण तो एंडोस्कोपी जैसी जाँच से हुआ भारी कष्ट भी था। शायद उसे यह भी लगता था कि अब उसके लम्बे इलाज और लम्बी देखभाल के लिए उसके बच्चों के पास पर्याप्त समय ही नहीं है। वह न तो चिड़चिड़ी थी, ना ही डॉक्टरों से उसका व्यवहार खराब था लेकिन वह बहुत तत्परता से इलाज कराने या डॉक्टरों को अपना कष्ट बताने के लिए उत्सुक नहीं लगती थी। जब डॉक्टर बड़े आराम से उसे उसके रोग और इलाज के बारे में अंग्रेजी में बता रहे थे तब अचानक उसने तेज आवाज में हिन्दी में कहा कि अब सबकुछ ठीक है और तुम लोग अब मुझे घर चले जाने दो। उसे मालूम था कि वह मरने जा रही है पर वह अपने बिस्तर पर, अपनी छत के नीचे मरना चाहती थी। जब उसने यह कहा तो उसके पूरे व्यक्तित्व पर एक डर का ऐसा स्पष्ट असर था जैसा आमतौर पर बच्चे ही जताया करते हैं। यह देखकर कृष्णा ज्यादा डर गई।

अपना घर माँ को सदा से महत्त्वपूर्ण लगता था। उसने अपने बच्चों के इस प्रस्ताव को बार-बार ठुकरा दिया था कि वह उनके साथ रहने लगे। वह बराबर कहा करती थी कि वह जहाँ है, वहाँ बहुत अच्छी है। वह कहा करती थी कि अपना घर अपना ही होता है और इसमें दोबारा सोचने की बात ही नहीं है।

पहले वे सभी माँ को चिढ़ाते थे कि वह पहाड़ों में बने खस्ताहाल मकान, पुराने और बदहाल फर्नीचरों, बाबा आदम के जमाने के बर्तनों, कहीं से टूटे-कहीं से खिसके चीनी मिट्टी के बर्तनों से इतना मोह क्यों करती है। इस पर पार्वती कहा करती थी, "मेरे रहने के ढंग-ढर्रे की क्यों सोचते हो ! यहाँ जो चीजें हैं उनका मोल मेरे सिवा कोई नहीं समझ सकता और उनका मोल तुम लोगों की सारी जायदाद को जोड़ने से भी ज्यादा होगा।" यह बात वह कुछ रहस्यमय ढंग से भी कहा करती थी। वह कहती थी कि

अपने आसपास के खाली मकानों को जब वह देखती है तो बहुत उदास हो जाती है। अक्सर वह जब घूमने जाती थी तो इन मकानों के दरवाजों के आगे पड़े कचरे, प्लास्टिक बैग या पत्थर वगैरह को खुद हटा भी देती थी।

कृष्णा माँ से यह सवाल अक्सर पूछा करती थी कि उसने क्यों वैधव्य की त्रासदियों और इस छोटे पहाड़ी शहर में खाने-पीने की चीजों की तंगी के अनुरूप खुद को ढाल लिया है ? उसे अपने बेटे के साथ रहने की बात से इतना खौफ क्यों होता है ? वह जब भी उनके पास जाती है, उसे क्यों जल्दी ही अपने शहर और घर की याद सताने लगती है और वह तय कार्यक्रम को बीच में ही काटकर अपने घर लौट आया करती है ? अगर उसका मुम्बई में रहने का मन नहीं होता तो दिल्ली में क्यों नहीं रहती ? लेकिन पार्वती इनमें से कोई भी तर्क नहीं मानती। वह कहती थी कि मैं अपनी बेटी के घर में किस तरह चैन से रह सकती हूँ ? कहने का शुक्रिया। मेरे पास अपना घर है और यह मेरे लिए पर्याप्त है।

"मैं कहाँ हूँ," जैसे ही दवा के सहारे आई नींद से पार्वती जगी, उसने पूछा था। उसका दिमाग और ज्यादा चकराता जा रहा था लेकिन वह अब भी कह सकती थी कि यह उसका घर नहीं है।

जब डॉक्टरों ने उसे खुद ही टायलेट तक जाने और वहाँ से आने की अनुमति दी तब उसने लौटकर कहा, "बाहर कितनी ठंड और सर्दी है, आपको अंदाज नहीं है।"

उसकी इस टिप्पणी पर डॉक्टर मुस्कुरा दिए।

उनकी मुस्कान बहुत वास्तविक और भली थी। कृष्णा को भरोसा हुआ कि उसकी माँ का इलाज अच्छे डॉक्टर कर रहे हैं।

कई बार पार्वती घर जाने या मायके जाने की बात करके भी मुस्कुरा देती थी। क्या वह अपने डॉक्टर पिता की याद करके मुस्कुराती थी जो अस्पताल के ऑपरेशन कक्ष में भी हिन्दी कविताएँ या राजनीतिक नारे-दोहे गुनगुनाते रहते थे !

उसके पिता बहुत जिद्दी थे और माँ उनसे भी ज्यादा जिद्दी।

माँ अपने घर के बारे में एक कथा कहती थी और जो कई बार दोहराए जाने पर भी कृष्णा को पसन्द थी। और मजेदार बात यह थी कि यह किस्सा अक्सर राष्ट्रीय पर्वों पर या उनके आसपास के दिनों में ही सुनाया जाता था। सम्भवतः इसे भारतीय इतिहास के, जिसकी आज कोई खास परवाह नहीं करता, अज्ञात और गहरे दार्शनिक हिस्सों के लिए मानसिक तैयारी करने की भूमिका के तौर पर कहा-सुना जाता था।

कृष्णा जब बच्ची और किशोरी थी, तभी उसने यह कथा कई बार सुनी थी और वह अब तक इसे नहीं भूली थी। और अब होता यह था कि जैसे ही उसकी माँ कहानी शुरू करती थी, उसके परिचित दृश्य खुद-ब-खुद मन की आँखों के सामने सिनेमा की भाँति आने लगते थे। अनन्त काल तक और बहुत धीमी रफ्तार में यह फिल्म चलती

ही जाती थी और माँ इसे समाप्त करके नए सुननेवालों के सवालों का, जो अक्सर उसके घर और माँ-बाबूजी के बारे में होते थे, जवाब दे रही होती थी, तब भी यह क्रम नहीं रुकता था।

आधी रात के बाद का समय था और कृष्णा के नाना, जो डॉक्टर थे, अपने मकान के दरवाजे पर खड़े थे। उस दिन वे दिन-भर अस्पताल में ही जुटे रहे थे। रात के अँधेरे में ही गाँववाले लोग अनेक जख्मी स्वतन्त्रता सेनानियों को चुपचाप अस्पताल में ले आए थे और वे दिन-भर उनकी मरहम-पट्टी में ही लगे रहे थे। पन्द्रह घंटे से ज्यादा समय से वे घर में नहीं आए थे जबकि घर अस्पताल परिसर में ही था। नौकर उनका दोपहर का खाना वैसे का वैसा ही ले आया था और उन्होंने उसे छुआ भी नहीं था। पति को खिलाए बिना पत्नी कैसे खाती, सो नानी भी भूखी थी।

जब दिन-भर के थके-माँदे और भूखे डॉक्टर घर लौटे तो पाया कि उनकी पत्नी दरवाजा रोके खड़ी है। पूरे नेम-टेम वाली और शुद्ध शाकाहारी उनकी पत्नी ने कहा कि पहले जाकर ठंडे पानी से नहाइए और अपने शरीर की छूत धो आइए। नौकरों ने उन्हें बता दिया था कि आज डॉक्टर साहब ने जिन दस लोगों की मरहम-पट्टी खुद की थी उनमें से पाँच तो हरिजन स्वराजी थे। इन लोगों ने ब्रिटिश कमिश्नर द्वारा कुलियों अर्थात बँधुआ मजदूरों की भर्ती करने का विरोध करते हुए सरकारी कागजात फाड़ डाले थे। सो उन्हें घर में आने के पहले अपने को शुद्ध कर लेना जरूरी था। बाहर फुलवारी में माली की झोपड़ी में उनके लिए एक बाल्टी पानी और धुले कपड़े रखे हुए हैं, यह भी उन्हें सुना दिया गया।

डॉक्टर इतना थक गए थे कि गुस्सा भी करने की इच्छा नहीं बची थी। उन्होंने चिरौरी की। पत्नी पर भी राष्ट्रवादी असर था, सो उसका भी हवाला दिया कि जरा सोचो कि ये सभी हमारी मातृभूमि के लिए लड़ रहे थे और इनमें से एक तो बड़ा कवि है। वे भला किसी जाति के कैसे हो सकते हैं या किसी को कैसे अशुद्ध कर सकते हैं ? लेकिन नानी का परम्परावादी मन नहीं पसीजा। उसने अपनी सास से वादा किया था कि वह घर और शरीर शुद्ध रखने का नियम-धरम किसी के लिए नहीं छोड़ेगी, उनके डॉक्टर बेटे के लिए भी नहीं। नियम-निष्ठा ही तो धर्म है। एक व्यवस्था और अराजकता के बीच खड़े शुद्धिकरण वाले कर्मकांडों की असली ताकत पर कौन सवाल उठा सकता है ?

थके-माँदे डॉक्टर को तो यह सब मालूम ही था और नियम-निष्ठा कराने वाली मुस्तैद पत्नी दरवाजे पर ही खड़ी थी। उन्होंने एक बार छूट की पैरवी की, पर वह भी नहीं सुनी गई। धर्मो रक्षति रक्षितः...अगर आप धर्म की रक्षा करेंगे, तभी धर्म भी आपकी रक्षा करेगा, यह बात पत्नी ने उन्हें धीरे से बताई क्योंकि आवाज ऊँची होने पर सोए बच्चों के जगने का डर था। उन्होंने अपनी साड़ी का पल्लू भी शरीर से लपेट

रखा था ताकि वह उड़कर पति के अपवित्र शरीर से न छू जाए। उन्हें बताया गया था कि छोटी जाति के लोगों के रक्त और शोणित से जितनी छूत लगती है उतनी धूल और मैल से नहीं लगती। ऐसी छूत लगने से परिवार में क्या-क्या अनिष्ट हो सकता है, यह आशंका उन्हें परेशान किए हुए थी। उसने सबसे पहले खुद को एक माँ और गृहिणी माना और सरकारी आदेश को फाड़ने वाले स्वराजी या खुद उनके पति जिस राष्ट्रवाद की भावना से काम कर रहे थे, या जिस तरह से छुआछूत नहीं मानते थे, उन सब बातों को उसने उससे कम महत्त्व दिया। अपने मकान में वह जब भी शौच जाती थीं तो वहाँ से आकर स्नान करने के साथ ही नई धुली साड़ी पहन लेती थी। चाहे माघ का महीना हो और पहाड़ों की ठंड हो, उन्होंने नहाने-कपड़े बदलने का नियम कभी नहीं तोड़ा।

"ठीक है," नाना ने आखिर में उससे कहा, "फिर मैं जाकर माली की झोंपड़ी में सो जाऊँगा और वह जाकर अस्पताल से मेरे लिए कुछ कम्बल ले आएगा। लेकिन मैं इस ठंड में नहाऊँगा नहीं।"

जब डॉक्टर माली की झोंपड़ी की तरफ मुड़े और नानी दरवाजे के अन्दर खड़ी थी तो कुछ समय के लिए खामोशी छा गई। अन्दर गर्म कमरों से बच्चों के साँस लेने की आवाज आ रही थी। सभी माँ-बापों की तरह उन्होंने भी सोचा था कि बच्चों ने न तो कुछ देखा है, न सुना है। उन्हें यह नहीं मालूम था कि सभी बच्चे जगे थे और सारी बातचीत सुन रहे थे। सबसे छोटा बच्चा तो अभी पाँच साल का था और वह भी जगा हुआ था।

"क्या झोंपड़ी में बाबू को भालू और बाघ खा जाएँगे ?" सबसे छोटे भाई ने अपनी सबसे बड़ी बहन से, जो बाद में कृष्णा की माँ बनी, धीरे से पूछा। बोलने के साथ ही उसकी आँखों से आँसू निकल गए। उससे कहा गया था कि अँधेरा होने के बाद बाहर फुलवारी में न जाए क्योंकि सर्दियों में भूखे भालू और उसके बच्चे शिकार तलाशने के लिए जंगल से बाहर भी निकल आते हैं।

"तू भी बौड़म है," बड़ी बहन ने उसे झिड़का, "तुझे नहीं मालूम कि बाबू भी सिद्धान्तों की खातिर लड़ रहे हैं। गांधीजी के आदमी को तो जंगल में भी बाघ और भालू भी छू नहीं सकते।"

कुछ मिनट बाद ही बच्चों ने सुना कि उनकी माँ धीमे पैरों अहाते में चल रही हैं। वह अपने पति को मनाने और उनके न मानने पर यह घोषणा करने गई थीं कि वे भी उसी झोंपड़ी में बिना कुछ ओढ़े जमीन पर ही सोएगी। उनको अक्सर जुकाम हो जाता था और तब जुकाम था भी, लेकिन वे अस्पताल के कम्बल को अपने पति के कपड़ों की तरह ही गन्दा और छुतहा मानती थीं, इसलिए उसे नहीं ओढ़ सकती थीं।

कुछ समय बाद बच्चों ने सुना कि उनके माँ-बाप, दोनों ही घर के अन्दर आ गए हैं।

डॉक्टर की पत्नी ने कई बार जोर से छींका, और फिर खामोशी छा गई। किसी को पता नहीं चला कि उस दिन किसने किसके लिए अपना नियम और जिद छोड़ी है। लेकिन उन सभी को पता हो गया कि संकट टल गया है। समस्या का समाधान हुआ कि नहीं, इसकी परवाह किसे थी !

नाना-नानी की वापसीवाला प्रसंग कृष्णा को सबसे प्रिय था। क्या उसके नाना जो डॉक्टर थे, आखिर में पत्नी की जिद पर नहाए थे ? या फिर उन्होंने अपने नौ बच्चों की अम्मा को भावनात्मक दबाव डालकर मना लिया था ? इसके बाद दोनों ही यह जाहिर नहीं होने देना चाहते थे कि किसने उस रात अपनी जिद छोड़ी और अपने नियम में ढील दी। या फिर यही जाहिर नहीं करते थे कि उस रात ऐसा कुछ हुआ भी था। शायद किसी ने नियमों की सचमुच परवाह नहीं की, क्योंकि इतने लम्बे वैवाहिक जीवन के बाद विवाह रीति-रिवाजों और नियमों से नहीं चला करते, उल्टे उनके अनुसार नए नियम बन जाते हैं।

पार्वती की माँ का किस्सा यहीं खत्म होता था, पर कृष्णा के मन में चल रही फिल्म अभी भी जारी थी।

वह देख सकती थी कि उसके नानी-नाना फिल्म में उसी अकड़ और मर्यादा के साथ मौजूद हैं। दोनों पास-पास लेटे हैं और नानी की घनी भौंहें जो कहा जाता है कि नानी से ही उसको मिली भी हैं, और ललाट एक अजब, शायद गुस्से और प्रेम की, आँख-मिचौली को सँभालने में लगे हैं। तब तक डॉक्टर गहरी नींद में समा चुके हैं और खर्राटे भी लेने लगे हैं।

कृष्णा माँ के कमरे से अस्पताल की नई इमारत का गन्दा-सा पिछवाड़ा देख सकती थी जो लॉन के उस पार खड़ा था। एअरकंडीशनिंग प्लॉटों की पूरी पाँत अस्पताल के वार्डों में कृत्रिम ठंडी हवा छोड़ने में लगी थी। ऐसे में अचरज नहीं कि पार्वती पहाड़ की अपनी परिचित आवाजों और सुगन्धों के बीच लौटकर उनके बीच ही शान्ति के साथ मरना चाहती थी। एक ऐसे घर में आखिरी समय बिताना चाहती थी जिसकी कुंडियों और सिटकनियों को वह आँख बन्द करके भी ढूँढ़ सकती थी, स्पर्श-भर से दरवाजे बन्द-खोल सकती थी। और कौन जानता है कि वहाँ उस मकान में कोई देवी-देवता भी आते-जाते हों ?

नानी के बगीचे में तो, जिसकी हिफाजत वह जी-जान से करती थी, माँ के अनुसार देवी-देवता चिड़ियों और बन्दरों, भौंरों और जानवरों का रूप लेकर विचरते थे और घर की चीजों का अपना अंश विभिन्न अनुष्ठानों और नियमों के चलते नियमित रूप से पाते थे। उन्हें मालूम था, जैसा कि नानी कहा करती थी, कि उनके प्रिय पेड़ों और झाड़ियों को कभी काटा-छाँटा नहीं जाएगा। और तो और, बच्चों तक के मन में यह

बात बैठा दी गई थी कि उन्हें पेड़-पौधों का कितना आदर करना है—तुलसी के पौधे में तो पैर लगना या लगाना भी पाप था।

फिर भी, जब उनके पति ने जाति और छुआछूत का नियम तोड़ा तो नानी ने शान्ति बनाए रखी। जब उसके आसपास के सारे लोगों को कष्ट हो रहा था तो उसे भी मालूम था कि उसे कष्ट होगा। वह इसकी शिकायत कर सकती थी, कराह सकती थी : मैं ऐसा नहीं चलने दे सकती, कुछ भी पवित्र नहीं रह गया है। लेकिन उसने ऐसा नहीं किया। वह माली की झोंपड़ी तक गई और पति को साथ लेकर ही लौटी। उसके लिए भी, जैसा कि उसकी बेटी के लिए अब था, घर-परिवार से बढ़कर कोई चीज़ नहीं थी।

उसने अपने बच्चों को देखा, बच्चों के बच्चों को देखा। उसने उनसे कहा कि एक बार तो मैं भी डर गई थी लेकिन उसके बाद नहीं। मुझे मालूम था कि मुझे ही सब चीजों का हिसाब करना है क्योंकि यह कोई नहीं कर सकता।

घर रोग-शोक को मिटाने की सबसे बड़ी दवा है।

सूखा-झुर्रीदार शरीर, लम्बे लेकिन अब भी ढंग से काम कर रहे पैरों का बर्फ जैसा रंग-धीरे-धीरे सड़ रहे फलों जैसी गन्ध पकड़ता उसका मुँह, पार्वती अब धीरे-धीरे अपनी माँ की तरह होती जा रही थी। शायद जल्दी ही वह भी पके और सड़ना शुरू करने वाले फल की तरह टपक जाएगी। चमड़ी, गूदा, बीज, सब अलग हो जाएँगे। फिर भस्मान्त शरीरम् !

कृष्णा को अमोल के दादा और गाभिन बकरी का खुशी-खुशी साथ बैठना, धुएँ, गोबर और कविता के बीच जीना याद आ गया। उसे अपने नाना और नानी याद आए और याद आया कि किस तरह वे भी अपना सबकुछ—अपनी जनेऊ, अपने शुद्ध-साफ कपड़े, यहाँ तक कि लाख रखवालीवाला बाग भी छोड़ते चले गए।

पर उन्होंने प्रेम को, आपसी स्नेह को कभी नहीं छोड़ा।

प्रेम, क्षमा और प्रेम।

कृष्णा का मन हुआ कि वह अस्पताल के बिस्तर पर मुड़ी-तुड़ी लेटी इस कमजोर बूढ़ी औरत से, जो भारत सरकार द्वारा सारा प्याज मध्यपूर्व भेजने पर और सारे तेज तथा प्रतिभावान लड़कों को पश्चिम की ओर ठेलनेवाली नीति पर सख्त नाराज हो जाती थी, पूछे कि पार्वती क्या तुम्हें असली प्रेम का मतलब मालूम है। अगर मालूम है तो मुझे भी कुछ बताओ। यह बताओ कि जब इस नई दुनिया में तुम्हारा बेटा और उत्तराधिकारी सात समुन्दर पार से सेटेलाइट फोन से डॉक्टरों से एक विदेशी भाषा में बात कर रहा है तब एक बेटी प्रेम की तुम्हारी इस वसीयत को अपनी मातृभाषा में कैसे सँभाले ? ऐसे प्रेम को तुम क्या कहोगी जो सपनों से वास्तविकता को, मनुष्यों से भाषा को और अन्त से शुरू को जुदा ही नहीं करना चाहता ?

कृष्णा के पति ने उसे देखा, "तुम अँधेरे में क्यों बैठी हो ? तुमने बत्ती क्यों नहीं

जलाई ?"

"क्योंकि मैं अपने घर में हूँ," उसने कहा, "यहाँ की हर चीज, हर राह मुझे मालूम है।"

"हाँ हाँ," उसके पति ने कहा, "तुम इन्हें जानती हो।"

वह उसके पास बैठ गए और उसकी हथेली को अपने हाथों में लिया। उनका शरीर गर्म और ठोस था, उनका स्पर्श बालों से भरा और चिर-परिचित था। उनके शरीर से उस साबुन की खुशबू आ रही थी जो कभी युवावस्था में वे दोनों इस्तेमाल करते थे।

●●●